dtv

Das Leben in der religiösen landwirtschaftlichen Siedlung im Norden Israels folgt strengen Regeln. Doch Jisca, mit fünfundzwanzig Jahren noch unverheiratet, kümmern weder die Sorgen der Familie noch die Konventionen ihres Umfelds. Sie ist anders. Und sie liebt. Sie liebt leidenschaftlich – Elischa, den früh verwitweten Mann aus dem Nachbarhaus. Elischa, der unerreichbar ist in seiner trotzigen Trauer um Alma, die bei der Geburt der gemeinsamen Tochter starb. Almas Geheimnis zu lüften, begibt sich Jisca auf Spurensuche. Sie verletzt die Tabus ihrer Herkunft, verstößt gegen jedes Maß der Vernunft. Die Welt, in die sie dabei eintaucht – das weltliche, bunte Jerusalem –, ist nicht ihre, aber in ihr gelangt sie zu sich selbst.
»Es geht um weibliche Existenz, verdrängte Leidenschaften und erotische Fantasien und um die Rebellion gegen äußere Zwänge ... Diese vielschichtigen Auseinandersetzungen mit der Welt der Orthodoxen beschreibt Mira Magén in einer klaren Sprache mit wohldosierten, poetischen Bildern.« (Jörn Klare im ›Tagesspiegel‹)

Mira Magén, Anfang der fünfziger Jahre in Kfar Saba (Israel) geboren, blieb der orthodoxen, ostjüdisch geprägten Welt ihrer Kindheit bis heute verhaftet, die Stationen ihrer Biographie jedoch lassen eine Revolte ahnen: Studium der Psychologie und Soziologie, Ehe und Kinder, alle fünf Jahre ein anderer Beruf – Lehrerin, Sekretärin, Krankenschwester und schließlich Schriftstellerin.

Mira Magén

Klopf nicht an diese Wand

Roman

Aus dem Hebräischen
von Mirjam Pressler

Deutscher Taschenbuch Verlag

Ungekürzte Ausgabe
April 2002
Deutscher Taschenbuch Verlag GmbH & Co. KG,
München
www.dtv.de

Titel der hebräischen Originalausgabe:
›Al taka ba-Kir‹

Umschlagkonzept: Balk & Brumshagen
Umschlagfoto: ›A memory‹ von Gordon Parks
(© 2001 Gordon Parks)
Satz: Fotosatz Reinhard Amann, Aichstetten
Druck und Bindung: Druckerei C. H. Beck, Nördlingen
Gedruckt auf säurefreiem, chlorfrei gebleichtem Papier
Printed in Germany · ISBN 3-423-12967-0

Für Schajke, meinen Partner und Freund

Die Hand, die schlug, ist die Hand, die mitfühlend sein wird
gegenüber allen, die geschlagen sind.
Doch wer Mitgefühl erfuhr,
wird mit verhaltener Sehnsucht sich erinnern an
das Gestern, das niemals wiederkommt.
Niemand wird pflegen,
was von Natur aus ungepflegt ist.
Nur die Vernunft wird sich irgendwie drängen, sich festhalten
an der fallenden Wand.
Das ist, wahrscheinlich, ihre letzte Pflicht
und auch ihre erste.
Und jemand leidet schon.

David Avidan, »Einführung zur Einführung«

Erstes Kapitel

Elischa Malkin war neunzehn, als er an einem Freitagnachmittag hinter einem Mädchen, das er nicht kannte, beim Moschaw aus dem Autobus stieg. Das Militärhemd war ihm zu groß, und sein Seesack drückte ihn fast zu Boden. Er stellte ihn auf dem Asphalt vor der Haltestelle ab und zeigte dem Mädchen den Weg zum Sekretariat. Siehst du die drei Pappeln? Dort geht es rechts sechs Stufen hinunter, dann geradeaus bis zu dem Gebäude mit den blauen Fensterläden. Sie wandte sich nach rechts zu den drei Pappeln, und er ging nach links, zu seinem Haus, und in dem ellipsenförmigen Schatten, den sein Seesack auf den Kies warf, sah er einen schmalen, gebräunten Knöchel und den weißen Riemen einer Sandale. Das war Alma, und elf Jahre sind es schon, daß sie nicht mehr da ist, und jedes Jahr bittet der Vorbeter der Chewra kaddischa, sie möge in Frieden ruhen, aber seine Bitten bleiben ungehört, weil zwei Menschen ihre Ruhe stören – Elischa, von dem man sagt, seine Liebe sei so stark wie der Tod und deshalb sei der Tod ihm gegenüber nicht im Vorteil, und ich. Jetzt ist er achtunddreißig, hat eine Tochter und eine Zitrusplantage und ein weißes Haus unten an unserer Straße und häßliche Sträucher im Garten, und ich bin fünfundzwanzig.

Sieben Uhr morgens, seine Heda treibt sich im Hof herum und sammelt Schoten des Flammenbaums, um sie zu durchbohren und ein Mobile daraus zu machen. Die Decke ihres Zimmers läßt geschwollene Zapfen sprießen, Hühnerfedern und Eicheln. Der Wind fährt in die Mobiles, läßt die Schatten an der Wand erzittern und schlägt die Gehängten hörbar aneinander. Heda läßt wieder die Schultern hängen, nur wenn meine Mutter ihre Schulter berührt und sagt, gerade, Heda, steh doch gerade, spannt sie sich für einen Moment, aber dann fällt sie gleich wieder in sich zusammen, und die ärmlichen Konturen, die sie wählt, prägen ihr Erscheinungsbild. Diesem Mädchen kommt es nicht in den Sinn, mehr zu wollen als das, was die Natur ihm gab, eine dicke, vorgewölbte Lippe, ein weich gerundetes Gesäß, einen geneigten Hals. Stundenlang führt sie dünne Beine und hinuntergerutschte Strümpfe in schwerfälligem und gleichmütigem Schritt zwischen dem Hühnerstall und dem Schuppen hin und her, und die drei alten, blöden Hühner folgen ihr trippelnd.

Sechs Jahre nach der Geburt seiner Tochter und nach dem Tod ihrer Mutter war ich nach Jerusalem zu der Hebamme Violet gefahren, um zu sehen, in welchem Flur Elischa Malkin gewartet hatte, durch welche Wand die Laute an sein Ohr gedrungen waren, in welchem Zimmer er die Nachricht empfangen hatte. Im Moschaw erzählte man, an jenem Tag habe sich die Farbe seiner Augen geändert, am Morgen waren sie noch blau, doch als er abends zurückkam, waren sie so grau geworden wie die Türen der Synagoge, und die Leute sagten auch, dieses Trauma sei schlimmer für ihn gewesen als der Tod seiner Mutter Nechama, obwohl er damals, als seine Mutter starb, noch ein Kind gewesen sei, noch nicht einmal Bar-Mizwa.

Erst sieben Uhr morgens. Schon seit über einer Stunde kracht der Wind gegen das Schuppendach, als wäre ein Dibbuk in ihn gefahren. Meine Mutter sagt, das ist doch kein Wunder, am Ende des Monats Tischri spielt der Wind verrückt, niemand hat ihm gesagt, ob er zum Sommer gehört oder zum Winter. Sie legt ihre Hand auf meine Papiere und schlägt das Fenster zu und kann sich nicht beherrschen, was sollen die ganzen Papiere, Ossi, machst du hier ein Büro auf? Wenn meine Mutter die Hand auf etwas legt, bleibt dem Wind kaum eine Chance. Ihre Hand ist aufgedunsen und schwer. Ganze Felder von Gurken und Karotten, die sie geschält, Hühner, die sie gerupft, und Nüsse, die sie geknackt hat, haben ihre Hände dick werden lassen, ihr Ärmel ist aufgerollt bis zum Ellenbogen, der entblößte Unterarm auf alles vorbereitet, auf stehendes Wasser, verstopfte Abflüsse, Spritzer aus der Suppe und renitente Rasensprenger. Einmal werde ich mich nicht mehr beherrschen können, ich werde ihr den Ärmel herunterziehen, bis er das ganze Handgelenk umhüllt, und ihr erklären, daß ich hier kein Büro aufmachen wolle, sondern daß es diese Papiere deshalb gibt, weil die Erinnerung das letzte ist, worauf ich mich verlasse, und daß ich deshalb nicht warte mit der Geschichte, die mir Violet vom Tod Almas erzählt hat, sondern mich beeile, sie aufzuschreiben, wenn auch nicht Wort für Wort.

Die ganze Nacht lang stiegen die Schreie Alma Malkins aus dem Kreißsaal auf, sie durchbrachen die Zimmerdecke und rissen die Böden der internistischen Stationen auf und bahnten sich einen Weg hinunter zum Stockwerk der Orthopädie, und sie drangen durch die Decke des fünften Stocks und stiegen himmelwärts, und was sich davon an den Kacheln der Wände gesammelt hatte, füllte die Ohren, auch nachdem Alma das Maß ihrer Schreie erschöpft hatte und ruhig dalag.

In Begleitung eines Gefolges von Assistenzärzten demonstrierte Doktor Schejnfeld in jener Nacht, wie ein richtiger Dammschnitt auszuführen war und wie eine korrekte Naht auszusehen hatte, sie standen um ihn herum, verfolgten den Weg der gebogenen Nadel durch das zerrissene Fleisch und hielten sich wegen des Echos der Schreie die Ohren zu. Der Dammschnitt war vollkommen, ebenso die Naht, der Faden fügte das Fleisch zusammen und alle Assi-

stenten traten der Reihe nach vor, jeder prüfte einzeln das Kunstwerk zwischen den gespreizten Beinen und zog sich dann zurück, um dem nächsten Platz zu machen.

Das Neugeborene wog dreitausendsechshundertfünfzig Gramm, seine Farbe war rosig und sein Muskeltonus einwandfrei, nur sein Schreien hörte sich ein wenig schwach und flach an, vielleicht wegen der Stimmen, die den Raum füllten. Und schon war man drauf und dran, den Hocker zwischen Almas Beinen wegzuziehen, auf dem der Doktor gesessen hatte, der jetzt stand und seine weißbehandschuhten Finger aus den sterilen Latexhandschuhen befreite und sagte: »Sie werden sehen, in drei Wochen ist die Sache da wieder einsatzfähig, was hinein soll, geht hinein, und was heraus soll, heraus, und in einem Jahr wird sie wieder hier sein.« Doch gerade, als er sagte, »schließlich machen diese Frommen jedes Jahr...«, deutete Violet, die magerste der Hebammen, mit dem kleinen Finger auf das Gesicht der Wöchnerin, der Doktor bemerkte die leichte Bewegung und hob die Augen von dem Fleisch, das er geflickt hatte, folgte dem Finger und schrie, der Blutdruck, zum Teufel, der Blutdruck.

Das Quecksilber senkte sich schnell, erst als es unter achtzig gefallen war, hörte der Doktor durch das Stethoskop das schwache Pochen. Er tastete nach ihrem Handgelenk, doch er mußte den Finger fest aufdrücken, um ihren leichten Puls zu spüren, schwach und rasend schnell – mit letzter Kraft versuchte das Herz, die fehlgelaufene Blutzufuhr zu kompensieren. Die schweren Haare der Wöchnerin fielen lose und ungebändigt in den Raum zwischen Matratze und Fußboden, und Schweißtropfen näßten das grüne Linoleum. Im ganzen Zimmer war nichts, was sich mit ihrer Blässe hätte vergleichen lassen, denn die Laken und Verbände waren weiß, in der einfachen Bedeutung des Wortes, während ihre Haut, die sich über den Kiefern spannte, von einem entleerten Weiß war – es gibt keinen Namen für eine Farbe, die von ihrer Farbe verlassen worden ist.

Violet beugte sich vor, befreite ihr Ohr von der sterilen Haube, näherte ihr mageres Ohrläppchen Almas Lippen, versuchte, die Worte aufzufangen, die aus ihrem Mund flatterten, und wenn sie sich nicht irrte, waren es die Worte: ›Eli sch'ma‹, oder ›Elohei neschama‹, oder ›Elischa‹, aber ganz sicher war sie nicht, denn Almas Mund stand offen, und es fiel ihr bereits schwer, die Lippen zu schließen.

Doktor Schejnfeld genügte das, er war erfahren genug, er sah den weißen Bauch, der immer mehr anschwoll, statt sich über der schrumpfenden Gebärmutter zusammenzuziehen. Eine Blutung, zum Teufel, schrie er, und das Notsignal ertönte. Wie ein Schwarm Heuschrecken versammelte sich das medizinische Personal in seinen grünen Kitteln, auch ein Narkosearzt und ein diensthabender Chirurg erschienen, doch das Quecksilber sank bis zum untersten Fünftel der Säule, und dort blieb es hängen und stieg nicht mehr höher.

Elischa Malkin wartete im Flur, er lehnte an der mit grauer Ölfarbe gestrichenen Wand und sagte den Psalm: »Ich rufe zu dem Herrn in meiner Not, und er erhört mich ...« Er konnte nicht ahnen, was sich drinnen abgespielt hatte, denn die Wände fuhren fort, Laute wiederzugeben, und sowohl aus der Decke als auch aus den Rohren, die durch den Flur liefen, stiegen die Echos wie Rauch auf. Und als der Arzt sanft den Ärmel seines Flanellhemdes antippte, schloß Elischa das Psalmenbuch über dem Finger, der die Stelle markierte, löste sich von der Wand und drehte dem Arzt sein junges, blasses Gesicht zu.

Schejnfeld würde sich aus irgendeinem Grund immer an die feinen, kreuz und quer laufenden Äderchen in den blauen Augen des jungen Mannes erinnern, auch daran, daß ausgerechnet in diesem Moment eine vollkommene Stille herrschte, als wären die Kreißsäle samt Personal und Geräten für kurze Zeit erstarrt, sogar das Summen der Neonleuchten hatte aufgehört.

Der Arzt fragte Elischa, ob er der Ehemann von Alma Malkin sei, obwohl er die Antwort kannte, denn er erinnerte sich noch, wie er ihnen zuvor im Flur begegnet war. Die Schwangere hatte sich auf den jungen Mann gestützt, und es war nicht schwer gewesen zu erraten, daß das Ungeborene sich bereits in den Geburtskanal drängte, der Bauch war sehr tief, und unwillkürlich hatte er sich noch einmal nach ihr umgedreht. Er hatte ihren schlanken, langen, nach hinten gebogenen Rücken gesehen, ihm war die blaue Haube aus Wolle aufgefallen, die ihre Haare bedeckte, und er hatte gedacht, daß es unter diesen Frauen wahre Schönheiten gab, und sich gefragt, ob der junge Fromme an ihrer Seite eigentlich zu schätzen wußte, was er da besaß.

»Sie haben eine Tochter, dreitausendsechshundertfünfzig Gramm schwer«, sagte Doktor Schejnfeld und winkte Elischa, ihm in sein Zimmer zu folgen, dann verlangsamte er seine Schritte und bedeutete Elischa mit einer Kinnbewegung, er möge vorausgehen. Nur in ganz seltenen Fällen hatte Doktor Schejnfeld erlebt, daß Patienten mit dem Rücken zu ihm an ihm vorbeigingen. Später würde er zu seinen jungen Assistenten sagen, er sei ein Anhänger von unverblümter Offenheit, laßt ihn zuerst eintreten, dann geht selbst rein, macht die Tür zu, deutet auf den Stuhl auf der anderen Seite des Tisches und erlaubt euch keinesfalls, selbstgefällig dazusitzen, sitzt aufrecht, mit einer sachlichen Miene, mit teilnahmsvoll gerunzelter Stirn, teilt ihm die Nachricht mit – knapp, scharf, klar und schnell, es ist besser, wie mit einem Pfeil zu treffen, der eine elegante Eintrittswunde hinterläßt, der Zuhörer wird für einen Moment die Besinnung verlieren, und bis er wieder zu sich kommt, ist er schon auf dem Weg zur Bürokratie in den Büros im untersten Stockwerk, denn schließlich hat jede schlechte Nachricht auch ihre Papiere, die erledigt werden müssen. Eine milde Andeutung vor der Nachricht kann nur schaden, der Zuhörer verfügt über eine Intuition, die seinen Geist verwirrt, wenn man sie nicht auf ein eindeutiges Ziel richtet.

Der Arzt konnte sich nicht vorstellen, daß dieser effiziente Ablauf dadurch gestört werden könnte, daß sich der doppelte Aufschlag seines Ärmels genau in dem Moment im Türgriff verfing, als er sie mit dem exakt passenden Ton hinter sich zumachen wollte. Auf keinen Fall mit einem lauten Knall – Türenschlagen war be-

sonderen Szenarien des Vorwurfs vorbehalten, als Strafe und Moralpredigt für einen Assistenten, der gesündigt hatte – zu einem solchen Anlaß gehörte ein langsames, rücksichtsvolles Zuziehen. Aber der Ärmel, der sich verfing, der mißlungene Versuch, ihn zu befreien, und der Knopf, der abriß und unter das Regal mit der immer auf den neuesten Stand gebrachten gynäkologischen Fachliteratur rollte – das alles führte dazu, daß die Tür gegen den Türstock geschlagen wurde, dadurch erzitterte das Regalbrett über der Tür und eine Fachzeitschrift für Geburtshilfe fiel zu Boden. Doktor Schejnfeld haßte Gegenstände, die sich ihm widersetzten. Mit Menschen konnte er umgehen, er wußte, wie er sie auf ihren Platz verweisen konnte, aber ein Ärmel, der plötzlich verrückt spielte … Und weil dem so war, konnte Elischa Malkin nicht erraten, daß das mürrische Brummen, mit dem der Befehl, er solle sich setzen, hervorgebracht wurde, nicht ihm galt, sondern dem Ärmel.

Elischa war siebenundzwanzig, als er die Nachricht von ihrem Tod erhielt, und sie war dreißig, und diese Nachricht stand in völligem Gegensatz zu der spürbaren Tatsache, daß ihre Schreie noch immer durch den Spalt zwischen der Tür mit dem Schild »Stationsleiter« und dem Fußboden bis in das Zimmer des Arztes krochen.

Violet, die Hebamme, vergißt nicht, wie das Echo über dem Kreißsaal hing, schwer wie Nebel, und sich erst langsam auflöste, als der Morgen anbrach. Sie vergißt auch nicht, wie sich der junge Mann über die Tote beugte, ihre Haare zusammenlegte und ihr das Laken bis zum Hals zog, wie er ihre Schultern bedeckte, als müßte er sie gegen die Kälte schützen, ihre Gliedmaßen verhüllte, nur ihr Kopf mit dem weißen, kalten Gesicht blieb unbedeckt, er berührte ihre feuchte Stirn mit seinen Lippen, ohne sie wirklich zu küssen, er drückte sie nur fest darauf und löste sie langsam wieder.

Inzwischen packte man ihre Sachen für ihn in eine Tüte, ihre Kleider, die blaue Wollhaube und die flachen Schuhe, den Ring nahm man von ihrem Finger, bevor die Totenstarre eintrat, und steckte ihn in einen weißen Umschlag, den man mit einem durchsichtigen Klebeband verschloß.

Violet saß im Schwesternzimmer und rauchte. Schon seit Jahren sitzt sie immer wieder auf diesem Stuhl, zwischen einer Geburt und der nächsten, und raucht, als zählte sie die Zahl der Geburten nach der Zahl der Zigarettenkippen. Erst hatte sie sich geirrt und mir von einer arabischen Wöchnerin erzählt, die gestorben war, dann schlug sie sich an den Kopf und sagte, ach nein, ich bringe zwei Geschichten durcheinander, du hast nach dieser frommen Frau gefragt? Natürlich erinnere ich mich, wie könnte ich das vergessen?

Sie fragte mich, wer ich sei und warum ich mich nach so langer Zeit für diese alte Geschichte interessiere.

Ich heiße Jiska Simon, sagte ich, ich möchte eine Gedenkschrift für sie herausbringen.

Iska? So einen Namen habe ich noch nie gehört. Gehörst du zu ihrer Familie?

Eine Cousine, log ich weiter.

Stammt dein Name aus der Bibel?

Ich nickte, und sie zog ihre dünnen, flaumigen Augenbrauen zusammen. Wie hast du gesagt, Iska? Noch nie gehört, wirklich.

Jiska, nicht Iska, aber das macht nichts. Auch meine Eltern haben Schwierigkeiten mit dem Namen, den sie mir gegeben haben, deshalb nennen sie mich Ossi.

Ach, Ossi kommt also von Iska, nun, das hört sich schon viel normaler an, sagte sie und fragte nicht weiter. Sie drückte ihre Zigarette in einer Untertasse aus, gab mir einen sauberen weißen Kittel und nahm mich mit in den Kreißsaal, um mir zu zeigen, in welchem Bett Alma ihre Seele ausgehaucht hatte.

Weißt du, was für Haare sie gehabt hat? Sie fielen vom Bett bis zum Fußboden, wie ein schwarzer Regen. Mit Fingern, die fleckig waren vom Nikotin und naß vom Desinfektionsmittel, machte Violet eine lange Bewegung an ihren dünnen Haaren hinunter und sagte, solche Haare habe ich nie wieder gesehen, und du kannst mir glauben, daß ich in meinem Leben viel gesehen habe.

Ich sagte, daß ich ihr glaube.

Im Flur ging ein Mann in einem weißen gestärkten Kittel vorbei, eine ausgegangene Pfeife zwischen den zusammengepreßten Lippen. Obwohl er den Kopf nicht bewegte, lag sein Blick auf meinen braungebrannten Beinen, die ich aus der Tür des Schwesternzimmers in den Flur streckte, ohne mir die Mühe zu machen, sie einzuziehen, um ihm Platz zu machen.

Doktor Schejnfeld, sagte Violet hinter dem Rücken her, der nun von der Tür verschluckt wurde und einen leichten Hauch von After-shave zurückließ.

Das habe ich mir gedacht, sagte ich, so, wie ich oft Dinge sagte, die ich wußte, oder Fragen stellte, nur um mich zu vergewissern, daß ich mich nicht irrte, und so, wie ich gleich gewußt hatte, daß er mir nicht den Eintritt verwehren würde, wenn ich an seine Tür klopfte.

Ein scharfer Geruch nach Tabak kam mir entgegen, als ich die Tür öffnete. Ich fragte ihn, ob er vielleicht ein paar Minuten Zeit für mich habe, und entschuldigte mich, daß ich nicht vorher einen Termin vereinbart hatte.

Kommt darauf an, wofür, sagte er.

Nur für ein paar kleine Informationen.

Er saugte an der Pfeife, betrachtete mich prüfend und sagte, Setzen Sie sich. Und dann erzählte er mir alles, woran er sich erinnerte. Als er fertig war, begleitete er mich zur Tür und sagte, wenn ich Lust hätte, könnten wir unsere Unterhaltung ja einmal in einem Café in der Stadt fortsetzen.

Gern, sagte ich, denn diese Lüge kostete mich nichts. Erst als ich das Ende des Flurs erreicht hatte, hörte ich, wie seine Tür ins Schloß fiel, und das Klacken meiner Absätze, das dumpf von den hohen Wänden zurückkam.

Würde Alma die Beschreibung ihres Todes lesen, würde sie bestimmt sagen, du machst Fortschritte, Ossi, kein schlechter

Aufsatz. Und wenn sie sagen würde, aber der Bericht stimmt nicht in allen Details, würde ich antworten, daß die meisten Details der Wahrheit sehr nahe kämen. So wäre ich bereit zu schwören, daß Elischa Malkin im Flur den Psalm »Ich rufe zu dem Herrn in meiner Not« gesagt habe und daß das Hemd, das er trug, aus kariertem Flanell gewesen sei.

Ich war auch bereit zu schwören, daß ich, bis sie in unserem Moschaw auftauchte, nie einen derart schmalen, langen Rükken gesehen hatte, der aus so schlanken, geraden Hüften herauswuchs. Wären nicht die kleinen Brüste gewesen und der glatte Hals, man hätte sie für einen Knaben halten können. Und auch so wilde Kreuzdornbüsche, wie sie sie in ihrem Hof pflanzte, hatte ich nie zuvor gesehen, auch keine Frau, deren Haare bis zum Schädel abgeschnitten waren. Eine Frisur wie bei der Marine, flüsterten die Leute. Erst als sie Elischas Frau geworden war, bedeckte sie ihren Kopf, und ihre Haare wuchsen und wölbten die blaue Kopfbedeckung, die sie immer trug.

Drei Tage nach ihrem Tod war meine Mutter, ausgerüstet mit allen notwendigen Papieren, zum Krankenhaus gefahren und mit dem neugeborenen Mädchen wiedergekommen. Bei Einbruch der Dunkelheit überquerte Elischa Malkin die Straße und kam zu uns, um seine Tochter zu sehen, mit Stoppeln der Trauer im Gesicht, blaß und geistesabwesend, begleitet von seinem Vater Jo´el. Jo´el hielt sich die Hand vor den Mund, wegen des Hustens und des Zigarettengeruchs, und sagte, die Kleine habe weder eine Großmutter noch eine Mutter, nur zwei nicht besonders gut gelungene Witwer, und wenn seine Nechama, Friede sei mit ihr, nur gekonnt hätte, hätte sie uns aus dem Garten Eden bestimmt eine Nudelpastete mit Rosinen geschickt. Er hielt sich seinen grünen Schal vor den Mund, beugte sich zu dem kleinen Kopf und sagte, als er seine Farbe sah, ein ungarisches Produkt, das Unheil möge ihr fern bleiben.

Jo´el vergaß, daß es ja noch Almas Eltern gab, Ziona und Awrum Scha´uli. Aber Ziona hatte es mit dem Rücken und konnte nicht auf den niedrigen Hockern sitzen, die in unserem Moschaw als Sitzgelegenheit für die Trauernden bestimmt sind. In ihrem Haus in Jerusalem, in Talpion, konnte sie sich in einen weichen Sessel setzen und sich ihrer Trauer hingeben, ohne die besonderen physischen Belastungen, die sie um den Verstand gebracht hätten. Zweimal rief sie an, um sich zu erkundigen, wie es ihrer Enkelin gehe, und bat, wir sollten die Kleine in ihrem Namen und im Namen Ofras, ihrer Tante, küssen, dann brach sie in Weinen aus, und als sie sich die Nase geputzt und die Tränen abgewischt hatte, sagte sie, entschuldigt mich, und legte auf.

Die gebrauchte Wiege, die wir uns ausgeliehen hatten, wurde bis zum Ende der Schiwa zwischen das Bett meiner Eltern und die Kommode geschoben. Noch ahnte niemand, daß man später beschließen würde, sie bis zum Ende der Schloschim da zu lassen, und nach den Schloschim hatte man sich daran gewöhnt, und niemand nannte mehr einen neuen Termin. Und wenn die Kleine mit Kopf und Beinen an die Wiegenwand anstieß, würde man eben bei Gelegenheit ein Gitterbett besorgen und die Kommode ein bißchen zur Seite rücken, um mehr Platz zu schaffen.

Während der Tage der Schiwa hatte sie keinen Namen, sie wurde nur die Kleine genannt. Man nahm an, der Vater würde sie Nechama nennen, nach seiner verstorbenen Mutter, deren einziger Sohn er war, denn wer konnte schon wissen, ob es nun, da er verwitwet war, weitere Nachkommen für die Malkins geben würde. Am siebten Tag, als er vom Friedhof zurückkam und sich die Hände am Waschbecken in unserem Badezimmer wusch, nachdem er sie schon am Wasserhahn des Friedhofs gereinigt hatte, hielt ihm meine Mutter ein sauberes Küchenhandtuch hin und sagte, die Kleine braucht einen Namen. Er war anderthalb Köpfe größer als meine Mutter, sah aber aus, als wäre er ihr Sohn; die Bartstoppeln ließen ihn keineswegs älter, sondern jünger wirken, denn sie bedeckten nur stellenweise seine glatte Haut, so daß er eher einem heranwachsenden Jüngling glich, dem der erste Bart wuchs. Er ballte die nassen Hände zu Tennisbällen und sagte, Heda.

Meine Mutter fragte, nach wem.

Nach *hed*, sagte er.

Noch Tage später dachte meine Mutter immer wieder daran, daß Nechama Malkin sich bestimmt zweimal im Grab umgedreht hatte, einmal, weil ihr Sohn Witwer geworden war, und ein zweites Mal, weil er sie vergessen hatte.

Was willst du von ihm, sagte mein Vater später, diese dünne Jemenitin hat ihm den Kopf verdreht, und meine Mutter legte den Finger auf die Lippen und bedeutete ihm pssst, pssst, und sagte, Ruwen, sie war keine ganze Jemenitin, nur eine halbe, ihr Vater kommt aus Polen, das weißt du, und außerdem spricht man nicht so über jemanden, der gestorben ist.

Wenn sie eine halbe Jemenitin war, dann ist ihre Tochter bloß eine Viertel-Jemenitin, antwortete er und zog den Rolladen hoch, um nachzuschauen, wie braun die Haut einer Viertel-Jemenitin war.

In jener Woche war ich vierzehn Jahre alt geworden. Mein neues Goldkettchen verbarg ich unter dem Kragen meines zugeknöpften Kleids, wegen des Trauerfalls, und erst als Elischa Malkin das Haus verlassen hatte, zog ich die Kette wieder heraus. Der runde goldene Anhänger fühlte sich warm an und glänzte, wie nur neues Gold glänzen kann.

Plötzlich hatte ich also eine Schwester, und diese Schwester hatte einen Vater, der fremd aussah, mit einer klaren weißen Stirn, so weiß wie die Meerzwiebel, die an den Feldrändern wuchs. Wenn er abends kam, um nach ihr zu schauen, zog ich einen dicken Pullover an, um mich zu verstecken, um flacher auszusehen, so, als wäre ich ein Kind, an dessen Unschuld nicht zu zweifeln sei, damit ich zuschauen und mir alles anhören konnte, denn das hätten sie mir gewiß untersagt, wäre ihnen aufgefallen, wie erwachsen ich in Wirklichkeit schon war.

Seit elf Jahren hängt Elischas Schlüssel nun schon am Handtuchhaken in unserer Küche, damit Heda ins Haus ihres Vaters gehen kann, sie weiß, daß sie den Schlüssel immer zurückhängen muß, und vielleicht weiß sie sogar, daß sie nicht die einzige ist, die ihn benutzt. Auch Jo´els Schlüssel hängt an diesem Haken, aber sein Haus ist immer offen, sie geht zu seiner Terrasse und bringt trockenes Brot, das sie in Wasser einweicht, für die drei Hühner, die von seiner Hühnerzucht noch übriggeblieben sind. Während sich das Brot mit Wasser vollsaugt, ißt sie Bitterschokolade und streicht mit verschwitzten Fingern über die Kuh auf dem roten Einwickelpapier.

Ihre Mutter sei doppelt gestraft worden, sagt man hier. Einmal, weil sie so früh starb, und ein zweites Mal, weil sie keine Erinnerung an sich selbst vererbt hat, noch nicht einmal ein Lächeln, eine Linie im Ausdruck, nichts.

Der Mund ist von Elischa, auch die braunen Locken, die sie hätte haben können, wenn Elischa nicht Manzi Ullmann gebeten hätte, an jedem Neumond, dem Rosch Chodesch, die Haare abzuschneiden, als wäre Manzis Schere fähig, das Unglück von Hedas Kopf zu entfernen, das im Laufe eines Monats nachwächst. Erst in den letzten Tagen des Monats, kurz vor der Geburt des neuen Mondes, fangen die braunen Keime, die nie reif werden würden, an, sich zu Locken zu biegen.

Und ich, obwohl ich mir den Kopf darüber zerbrach, konnte nicht verstehen, warum ihre Mutter eine Strafe verdient haben sollte, geschweige denn eine doppelte Strafe.

Auch heute morgen hatte ich Hedas Mund mit meiner Hand berührt, ich hatte sie die Spuren des Kakaos nicht selbst wegwischen lassen. Ich kann das allein, sagte sie und schüttelte sich Krümel des Schwarzbrots vom Rock, doch sie hielt mir brav die Lippen hin, gehorchte, wie sie den vielen besonderen Möglichkeiten des Verstehens zwischen uns gehorchte, um die ich mich seit jenem Tag bemüht hatte, da sie drei Tage alt gewesen war. Damals hatte sie leise geweint und sehnsüchtig die Lippen nach einer Brust geöffnet, die nicht für sie entblößt wurde. Und dann hatte sie plötzlich aufgehört zu weinen, hatte ihre kleinen Fäustchen sinken lassen und sich mit dem gelben Gummisauger des Fläschchens zufriedengegeben.

Ihr Hals wird kurz sein, wenn sie ihre Schultern weiterhin so rund hält. Elf Jahre alt, zieht sie die schmale, flache Brust ein, kniet sich hin und kratzt mit den Fingernägeln den Sand von den Schoten, die sie gesammelt hat, betastet eine nach der anderen, um eine Vertiefung zu finden, in die sie einen Nagel bohren könnte. Nachher wird sie ihr Kleid am Saum anheben, die Schoten in die Stoffmulde legen und zur Terrasse tragen, gleichgültig gegen ihre entblößten Oberschenkel und den Sand, der von ihrer Unterhose rieselt. Die Mädchen aus ihrer Klasse werfen schon mit einer schrägen Kopfbewegung die Haare zurück, verschränken ihre Finger unter dem Kinn und achten auf die Biegung ihres Halses. Auch ihr wächst schon ein Flaum in den Achselhöhlen. Aber sie sitzt im Unterricht da und ritzt Linien in das grobe Holz des Tischs, bläst die Späne und beobachtet das Sägemehl, das sich auf ihre Hefte verirrt.

Sie tut nichts dagegen, daß der Wind ihr Kleid aufbläht. Sie liegt über eine halbe Stunde lang auf dem Boden und ordnet die Schoten nach ihrer Größe und kratzt so lange an ihnen herum, bis sich ein Nagel hineinbohren läßt. Dieses knirschende Geräusch macht mich fast verrückt, aber ich sage kein Wort, denn sehr bald wird sie ein neues Mobile haben, Elischa wird wieder die Leiter brauchen, um Nägel in die Decke zu schlagen, und ich werde ihm sagen, etwas nach links, nein, weiter nach rechts, und während der ganzen Zeit werde ich unter ihm stehen und ihm die Leiter halten und Dinge sehen, die man aus einem anderen Blickwinkel nicht zu sehen bekommt.

Zweites Kapitel

Als ich gestern zurückkam, war es schon vollkommen dunkel. Ende Cheschwan, die Tage sind kurz. Das Torlicht beleuchtete eine weiße Kniescheibe, feuchte Lippen und längliche Kerne, die nebeneinander aufgereiht waren. Heda saß auf der Treppe, mit zusammengepreßten Beinen, die Arme um die Knie geschlungen, und wartete darauf, daß endlich die Scheinwerfer des Transit aufleuchten würden. Elischa war fortgefahren, um sich um den Verkauf der Clementinen zu kümmern, und noch immer nicht zurückgekommen, aber in dieser Jahreszeit gibt es viel Arbeit, da braucht man Langmut, da nützt kein Oj und kein Ach. Verdeckt vom Gewirr der Petersilie, das auf der Fensterbank wuchs, spähte meine Mutter heraus und betrachtete prüfend das Auto, das ich auf dem Parkplatz abstellte, als könnte man der scharfen Kurve, die der Peugeot machte, dem Knarren der Handbremse und dem Ausgehen des Motors irgendwelche Neuigkeiten entnehmen.

Wieder in Jerusalem?

Ja, wieder, sagte ich.

Sie verteilte gehackte Nüsse auf einen weißen, aufgequollenen Hefeteig, streute Puderzucker darüber und seufzte, und die Luft, mit der sie das »Oj« ausstieß, blies Zucker an den Rand der Backform und auf die Marmorplatte. Nachts beklagte sie sich bei meinem Vater über meine Ehelosigkeit, tagsüber bei

Manzi Ullmann. Schau, Itamar Mewurach hat schon zwei, und an Sukkot hat seine Frau wieder ein Kleid ohne Nähte an den Hüften getragen, und als ihre Kinder sich jedes an eine Seite des Kleides hängten, hat der gespannte Stoff gezeigt, daß ihr Bauch wie ein Pilz ist. Sie ist so alt wie Ossi, und wie fleißig sie ist. Fleißig ist gar kein Ausdruck, findest du nicht auch, Manzi? Und Manzi sagt: Ach, Dworale, wie kommt es, daß ich mich nicht an das Kleid erinnere, an nichts, nicht einmal die Farbe, es war olivgrün, oder?

Meine Ehelosigkeit war ein ziemlich großer Stachel hier – und wenn man einen Stachel nicht rechtzeitig entfernt, setzen sich im Lauf der Zeit Parasiten an ihm fest, wie zum Beispiel dieser Peugeot, der stinkt wie Hundezahngras. Ossi, du bist nicht weniger stur als der Maulesel der Lamdans, hatte meine Mutter gesagt, als ich damals meine Sparpläne änderte und das Auto aus zweiter Hand kaufte, in mittelmäßigem Zustand. Dabei hatte sie vergessen, wie brav und demütig der Maulesel der Lamdans gewesen war, der nun schon lange sein Heu aus der Krippe des Gartens Eden fraß. Drei Stunden lang hatte sie sich beherrscht und war nicht hinausgegangen, um sich das Auto anzuschauen, sie hatte gewartet, bis der Abfalleimer voll und sie gezwungen war, die Tüte hinauszutragen, zur Mülltonne. Sie stellte die pralle Tüte auf die Erde, warf einen schiefen Blick auf den Peugeot und sagte, daß du ja nie vergißt, in den Leerlauf zu schalten, bevor du den Motor anläßt, dann bückte sie sich, hob die Tüte wieder auf und ging, ohne Manzis Mißgeschick zu erwähnen, das mich vom Fahren hätte abhalten können. Heda, die mit ihr gekommen war, war noch eine Weile stehen geblieben, hatte ihr Gesicht im Scheinwerfer betrachtet, dem verzerrten Spiegelbild die Zunge herausgestreckt, ihren Namen auf die staubige Fensterscheibe geschrieben, und dann war sie zur Mülltonne gelaufen, um den Deckel wieder aufzulegen.

Meine Mutter verstand vom Leerlauf nicht mehr als von Fotosynthese, aber hier erwähnte man immer den Leerlauf, wenn man von Manzis Unfall erzählte, als ihr Ford einen Satz auf das Tor gemacht, die Katzen zur Seite geschleudert, die Mülltonne verbogen und den Buchstaben »U« des Namens Ullmann, der mit weißer Farbe darauf geschrieben war, wegradiert hatte. Oskar sagte, du lieber Gott, legte sich eine geballte Faust auf den Mund und wagte nicht, sie wegzunehmen, bis Manzi heil und gesund aus dem Auto stieg. Eine Stunde später setzte er sich mit ihr ins Auto, um mit ihr zu üben. Aufrecht und nicht an den Sitz gelehnt, sagte er, schalte in den zweiten Gang, jetzt nach rechts, Kupplung treten, und sie wechselte die Gänge, ließ die Reifen gegen den Randstein prallen und seinen Kopf ans Autodach, aber er machte keine Affäre daraus und ließ nicht locker, bis sie sagte, gut, jetzt habe ich ihn im Blut, den Leerlauf.

Jeden Donnerstag hupte sie vor dem Haus, um die Fahrt zum Genossenschaftsladen anzukünden, meine Mutter hörte es, ging hinaus, stieg zu ihr ins Auto und löste den Sicherheitsgurt nicht, bis Manzi den Motor wieder abstellte und sagte, Dworale, du bist Zeugin, daß ich mit dem Leerlauf angefangen habe, und den Katzen schrie sie zu, *kinderlech*, was ist euch passiert? Die Katzen hielten die Luft an, bis Manzi wieder zurück war und, den Autoschlüssel zwischen den Zähnen, den Kofferraumdeckel zuschlug.

In den ersten Wochen glaubte meine Mutter, das Ungeheuer aus Asphalt, das sich unter dem Peugeot schlängelte, würde mich in den Straßengraben schmeißen, und sie brachte von dem Moment an, da der Peugeot den Hof verließ, bis zu dem, da sein Dach wieder zwischen den Kasuarinen auftauchte und das Gebell von Lotti und das Knirschen auf dem Kies zu hören waren, keinen Bissen hinunter. Aber mit der Zeit gewöhnte sie sich an die Angst vor der Straße und begann, auf eine gute Nachricht zu hoffen. Doch nachdem ich fünf Jahre lang weggefahren und wiedergekommen war und nichts Besonderes zu vermelden gewesen wäre, änderte sich ihre unausgesprochene Hoffnung in ein »Ich habe ein schlechtes Gefühl und weiß nicht, worauf ich den Finger legen soll«, und dann wanderte dieser Finger, mit dem sie nicht wagte, in schlimmen Ahnungen herumzubohren, um eine von ihnen herauszuziehen, zu ihren Zähnen, sie biß ihre Fingernägel ab, bis die Nagelhaut riß, doch am Schluß gewöhnte sie sich auch daran und ließ ihre Nägel wieder wachsen.

Vor fünf Jahren, an der Tür zu seinem Zimmer, zehn Schritte von Violets Stuhl entfernt, hatte ich Doktor Schejnfeld versprochen, ihn vielleicht anzurufen, weil ich ihm nichts anderes anbieten konnte für die Zeit, die er mir gewidmet und die Information, die er mir gegeben hatte, und beide hatten wir genau gewußt, daß dieses Versprechen nichts bedeutete, nur Höflichkeit, aber eine Woche später hatte ich ihn doch angerufen.

Natürlich erinnere er sich, hatte er gesagt, und ich hatte gehört, wie seine Zähne auf die Pfeife schlugen. Doktor Schejnfeld stellte sich bestimmt nicht vor, daß er nichts anderes war als ein Pflaster für eine Wunde, und um die Wahrheit zu sagen, er hätte es sich auch nicht vorstellen können, denn ich war in einem weißen, weit ausgeschnittenen Kleid mit aufgedruckten Erdbeeren und mit geschminkten Lippen zu ihm gekommen. Er war fünfzig, die Haut an der Stirn immer noch straff, nur unter den Kieferknochen war das Fleisch zurückgegangen und zeigte einen kleinen Überfluß an Haut, doch diese Haut duftete nach Rasierwasser, das er sich vermutlich immer von gynäkologischen Kongressen in der Schweiz mitbrachte, und aus dem Mund roch er nach exzellentem Menthol, gemischt mit einem scharfen, bitteren Tabakgeruch. Er war gekonnt lässig gekleidet, die ausgeblichenen Jeans und ein Hemd aus grobem Baumwollstoff betonten das jugendliche Image, und auf all seinen Sachen prangten die Labels der Hersteller, die Expertentum und eine sichere Hand bewiesen.

In seinem Auto mit Klimaanlage, das übrigens das gleiche Grün hatte wie seine Sonnenbrille, schaute er, als er den Wagen auf die Straße manövrierte, erst in den Seitenspiegel, dann zu mir und sagte, ich habe gedacht, Sie würden es sich im letzten Moment anders überlegen und nicht kommen.

Warum?

Weil Sie ein religiöses Mädchen aus guter Familie sind.

Ich bin nicht für etwas gekommen, was dem Ruf meiner Familie schaden könnte, sagte ich.

Er lächelte leicht und drückte auf einen Knopf, und die Seitenscheibe glitt herab und versank in der Tür.

Waren Sie beim Militär? fragte er.

Nein, beim nationalen Dienst.

Wo?

In der Bezirksschule in unserem Moschaw.

Das erstaunt mich nicht, Sie sehen aus wie eine, die für sich selbst sorgen kann.

Ich widerspreche nicht, sagte ich, betrachtete seinen geraden Nacken und erschrak bei dem Gedanken, daß er so alt war wie mein Vater. Ich nahm an, daß sich unter seinen Kleidern all das verbarg, das bewies, daß ihn die Zeit nicht verschont hatte, daß der Gürtel zum Beispiel einen weißlichen Bauchansatz bedeckte und das grobe Hemd eine weiche, leicht faltige Brust. Der Widerspruch zwischen dem gestylten Äußeren und dem, was sich vermutlich dahinter verbarg, machte mich unruhig, aber seine weiche Hand mit der dünnen Haut besänftigte mich wieder. Die Hände der Männer in unserem Moschaw sind hart und rissig, ihre Daumenballen dick, die Fingernägel schmutzig, Hände, die der Erde keine Wahl lassen.

Aber der Doktor war nicht von gestern, er wußte, daß Wodka in hohen Kelchen und Licht, das von einem Vorhang gedämpft wird, Hände härter und weniger blaß erscheinen lassen.

Was ist mit dem Lernen? fragte er.

Drei Jahre Studium an der Universität in Haifa, M. A. in Soziologie, Abschlußnote 87.

Arbeiten Sie?

Gelegentliche Vertretungen bei uns in der Schule.

Wollen Sie keine Karriere machen?

Und ob ich das will, Doktor, Karriere auf dem Gebiet Freiheit, lachen Sie nicht, Doktor, Sie hören richtig, und wegen dieser Karriere werde ich nie eine feste Anstellung und ein bestimmtes Dienstalter haben, auch keine Patientinnen, die sich mir an den Hals schmeißen, keinen bekannten Namen, kein Geld und keine Assistenten, auch keine Aufsätze, die ich schreiben oder lesen muß, in meinem Terminkalender werden keine Sitzungen stehen, keine Besprechungen, in denen man vor Langeweile stirbt. Und um die Informationen zu vervollständigen und Ihnen weitere Fragen zu ersparen, Doktor, ich trage Schuhgröße achtunddreißig, bin einen Meter achtundsechzig groß, als Kind hatte ich Ruhr, und ich bin allergisch gegen Pfauenfedern, ach ja, ich hatte auch drei gute Freundinnen, Liora, Sarah und Jochi, aber heute sind sie die meiste Zeit entweder vor einer Geburt oder nach einer Geburt, Jochi war meine Freundin, seit ich mich erinnern kann, aber seit sie geheiratet und angefangen hat, das Land Israel zu bevölkern, besteht sie darauf, Jochewed genannt zu werden. Noch Fragen, Doktor?

Ja. Welche Schuhgröße hat Jochewed?

Jetzt übertreiben Sie aber, Doktor. Der Abstand von Jochis großem Zeh bis zur ihrer Ferse ist ein Geheimnis, das ihr und ihrem Schuhmacher vorbehalten bleibt.

Schejnfeld lachte, und ich sah, daß ihm ein Backenzahn im Oberkiefer fehlte. Er klopfte ans Autodach und sagte, ich habe richtig geraten, ich wußte gleich, daß wir gut miteinander klarkommen würden.

Fünf Jahre sind vergangen, und wir kommen noch immer ganz gut klar miteinander. Aber ohne diesen unglücklichen Abend bei Elischa weiß ich nicht, ob ich gestern meinen alten Peugeot noch dazu gezwungen hätte, nach Jerusalem zu fahren.

Nüstern wie ein Kaninchen hat Heda, sie zittern, wenn sie einen fremden Geruch wahrnimmt, sie will wissen, was das ist, sie gibt nicht auf und geht dem Geruch nach und läßt sich auch nicht von dem Geruch von Nüssen täuschen, die auf einem Kuchen braun werden und die Küche mit ihrem Duft erfüllen. Und wegen dieser empfindlichen Nüstern beeilte ich mich, zur Dusche zu kommen, und während sie noch die Kerne auf der Treppe einsammelte, wusch das Wasser die Reste des Tabakgeruchs und des After-shaves ab, die an mir klebten. Elischa war noch nicht zurückgekommen, aber draußen war es kalt, und Hedas Lippen färbten sich lila. Sie kam ins Haus und setzte sich ganz nahe an die Hitze, die der Kuchen ausstrahlte. Die Arme vor der schmalen Brust gekreuzt, wartete sie auf Lottis Gebell.

Gestern hatte ich in Jerusalem keinen Menschen gesehen, außer Doktor Schejnfeld und Arik. Ariks Fahrradgeschäft in der Agrippa Straße war geschlossen, an der Tür hing das Schild »Komme gleich«. Ich lehnte mich ans Gitter, weil meine Beine zitterten. Schejnfeld war diesmal ein hungriges Tier gewesen, und ich hatte die ganze Erregung von meinem Kopf in meinen Körper sinken lassen.

Das rechte Bein nachziehend, kam Arik vom anderen Ende der Straße auf mich zu, eine zusammengefaltete Zeitung unter den Arm geklemmt, ein Mann von einunddreißig Jahren, doch sein Kinn hatte schon seine festen Konturen verloren, und unter dem dünnen, zu engen Pullover zeigte sich die Wölbung eines kleinen Bauchs. Wegen seiner Kurzsichtigkeit erkannte er mich erst, als er so nahe war, daß sich das Schild »Fahrräder Arik Zefanja« in seiner Brille spiegelte. Überrascht blieb er stehen und fragte, was ich hier machte. Er streckte mir seine Hand mit den von Motoröl schwarzen Fingernägeln entgegen und fragte, wieder in der Angelegenheit Alma Scha'uli? Komm rein. Kaffee?

Ja, Kaffee, sagte ich, obwohl ich bei Schejnfeld feingemahlenen brasilianischen Kaffee getrunken hatte, aber ich hatte jetzt einen Kaffee ohne Stammbaum nötig, einen, dessen Geschmack man keine besondere Aufmerksamkeit zu schenken brauchte, den man einfach trank oder wo man sich auch nur die Hände an der Tasse wärmte.

Arik öffnete die Kette, mit der das Gitter verschlossen war, und machte die Tür auf. Aus dem Laden drang der Geruch nach neuen Gummireifen. Dutzende von Fahrrädern standen in langen Reihen an den Wänden oder hingen von der Decke herunter und seufzten wie Tiere, die man an den Hinterbeinen aufgehängt hat.

Wie geht es Amnon? fragte ich.

Mein Vater ist in Ordnung, sagte er und goß Wasser in eine Plastikkanne voller brauner, ellipsenförmiger Flecken. Arik beschäftigte sich mit dem Kaffee, und ich betrachtete seine Hände, die an die Pfoten eines Teddybärs erinnerten. Die Hände von Menschen, die körperliche Arbeit verrichten, erzählen Geschichten und sammeln Zeichen von Berührungen, wer weiß, ob an Elischas Händen nicht noch Anzeichen davon zu sehen sind, wie er Alma berührt hatte; ganz anders die Hände Schejnfelds, von denen Seifen und Cremes alle Zeichen wegwischen und dessen Finger, wenn er seine Patientinnen berührt, durch eine dünne, sterile Gummischicht von der Wahrheit getrennt werden.

Arik setzte sich in den Korbsessel, trank geräuschvoll einen Schluck Kaffee, und Fahrräder spiegelten sich gedrängt auf seinen Brillengläsern. Hätte ich nicht das Bild aus Almas Kommode geklaut, hätte ich nie erfahren, daß es Arik überhaupt gab, beziehungsweise daß Arik einen Vater namens Amnon hatte.

Was hast du mit dieser Geschichte zu tun? fragte er. Er hätte auch fragen können, woher stammt diese Obsession, aber in seinem Wortschatz fehlen Begriffe wie Obsession. Er bot mir einen schwarzen Keks aus einer Schachtel an, die offen neben der Registrierkasse stand, jemand kam in den Laden, wegen einer verbogenen Lenkstange, Arik zeigte in Nylon verpackte Lenkstangen, erklärte ausführlich die Unterschiede in Qualität und Preis und setzte sich wieder hin. Seine Zähne zermalmten knirschend einen Keks. Wenn ich Heda kauen höre, ermahne ich sie sofort, aber jetzt störte mich nichts, weder der starke Ölgeruch noch die Dämmerung, die die Reifen an der Decke verdüsterte, auch nicht die Krümel, die an Ariks Pullover hängen blieben, oder die direkte Art seiner neugierigen Fragen. Ich zog meine Schejnfeld-Schuhe aus, die mit den hohen Absätzen, die ich nur anziehe, wenn ich diese zusätzliche Verlängerung der Beine brauche, die den Gang verändert, legte die Füße auf Ariks Sessellehne und spürte, wie mein Blut wieder anfing zu zirkulieren.

Glaubst du, daß Alma und mein Vater ... daß sie ... na ja ..., fragte er und legte zwei Finger aneinander und kicherte, als er »na ja ...« sagte.

Was hatte sie mit deinem Vater zu tun, drängte ich und beschloß, nicht lockerzulassen, bis er das, was ihm durch den Kopf ging, klar und eindeutig formuliert hätte. Seine Brille spiegelte den schmalen, scharfen Lichtstreifen, der durch die Tür drang, er nahm einen weiteren Keks, verschlang ihn und fragte, glaubst du, daß sie miteinander geschlafen haben? Er lachte und ließ schnell die Pedale eines Fahrrads kreisen, offensichtlich hoffte er, das knarrende Geräusch würde den Schluß seiner Frage verschlucken.

Ja, sagte ich, glaubst du etwa, dein Vater hätte einer derartigen Verlockung widerstehen können? Männer lieben solche geheimnisvollen Augen, wie sie sie hatte. Nie konnte man wissen, wer sie wirklich war.

Arik kratzte eine braune Schicht vom Boden seiner Tasse und

sagte, wenn du mich was über Fahrräder oder Mopeds fragst, da weiß ich alles, aber geheimnisvolle Augen, das gehört nicht zu meinem Fachbereich, davon verstehe ich überhaupt nichts.

Was gibt es da zu verstehen, fragte ich. Sie starb vor elf Jahren, und ihr Mann ist immer noch verrückt nach ihr.

Arik senkte seinen schweren Kopf und vermied es, meine Beine anzuschauen. Aus meinen Unterschenkeln war das Blut zurückgeflossen, mir wurde eng hinter der Stirn und heiß am Hals, ich drückte auf den Knopf des Ventilators, der am Boden stand, und Arik sagte, warum ist dir so heiß, es ist schon Mitte November, vielleicht bist du krank.

Ja, November, sagte ich, weiter hatte ich nichts zu sagen, mir fiel nichts ein, was seine vollen Haare und seinen dicken Schädel hätte durchdringen können, stimmt, mir sollte eigentlich nicht warm sein, sagte ich und drehte den Ventilator zu mir.

Auch vorgestern abend, bei Elischa, war schon November gewesen, und auch dort war mir warm geworden.

Heda hatte schon geschlafen, als der Wind ihr neues Mobile bewegte. Zwei Stunden vorher hatte Elischa es ihr aufgehängt, und ich hatte die Leiter gehalten, damit sie nicht wackelte, und hatte den Geruch nach schwerer Erde und Brennesseln eingeatmet, der von seinen Sohlen kam.

Er schlug Nägel in die Decke, und das Hemd rutschte ihm aus der Hose, ich sah den Streifen Haare in der Mitte seines flachen Bauchs, und es passierte, was mir sonst in der Synagoge passiert, in der Stille, beim Gebet Schemone essre, ein Schrei, den ich verschlucke, die geballte Faust, die ich zurückhalte, damit sie nicht gegen das Fenster schlägt, dieser verrückte Drang, der mich dazu verleiten will, die Hände vom Geländer des höchsten Turms in der Stadt zu lösen und in die Luft zwischen den Eisenstangen und dem Boden zu fliegen, in die sich bewegende Kluft zwischen den Autos zu springen – oder in die Beine zu beißen, die nun so dicht vor meinem Mund auf der Leiter standen.

Heda reichte ihm die Nägel und das Fadenknäuel, sie spreizte die Beine, um einen besseren Stand zu haben. Ihr Körper füllte das Pepitakleid, das sie trug, ganz aus, den kindlichen Hüften war schon die zukünftige Birnenförmigkeit anzusehen, allem Anschein nach besaß sie nicht das schmale Becken ihrer Mutter, das sich unter dem Stoff geschmeidig hin und her bewegt und sich bemüht hatte, für das Ungeborene zu wachsen und breiter zu werden und schließlich doch aufgebrochen und zerrissen war.

Elischa steckte sich einen Nagel zwischen die Lippen und zog die Windjacke aus, die seine Bewegungsfreiheit einschränkte, und die Jacke, noch warm von seinem Körper, sank auf mich herunter. Ich legte sie auf das Bett, sie glitt in den Spalt zwischen dem Bett und der Wand, doch ich hob sie nicht auf, auch Heda nicht, sie erzählte ihm von der Hündin der Schochets, die fünf Junge geworfen hatte, und sagte, ich möchte eines.

Da mußt du Dworale fragen, ob sie einverstanden ist, sagte er, band die Fäden fest und rückte die Kipa auf seinem Kopf zurecht.

Ossi, wird deine Mutter es erlauben? fragte sie.

Meine Mutter sagt, daß die Schochets Hunde halten, weil sie keine Kinder haben, sagte ich, aber meine Eltern haben mich und dich.

Wir sind doch nur zwei, und die Schochets haben fünf, wenn sie uns ein Junges geben, bleiben ihnen vier, und wir sind drei. Sie legte die Fäden auf den Boden, überlegte noch einmal und nahm ihre Finger zum Zählen zur Hilfe.

Die Schoten, die Elischa aufgehängt hatte, gaben ein trockenes Geräusch von sich und hingen von der Decke wie rheumatisch gekrümmte Finger. Er stieg von der Leiter, fuhr Heda durch die kurzgeschnittenen Haare, setzte sich mit ihr aufs Bett und hörte sich an, was sie von den jungen Hunden erzählte. Sie sind feucht und saugen an Lottis Milchzitzen, sag mal, Papa, an was habe ich gesaugt, als ich ein Baby war, bestimmt an Dworas Busen, oder?

Du hast aus einer Flasche getrunken, sagte er und zertrat mit dem Schuh eine Schote, die nicht mehr ans Mobile gepaßt hatte.

Weil er sie kannte, versuchte er erst gar nicht, das Gespräch gleich abzubrechen, er wußte, daß es von selbst ersterben würde, denn Heda gibt sich mit wenigem zufrieden, ihre Neugier ist so durchschnittlich wie ihre Körpergröße und wie ihr Verständnis für Divisionsaufgaben in Mathematik, sie bohrt nicht nach, sie wühlt noch nicht einmal nach den Schnecken, die nach dem Regen in die Erde schlüpfen, sondern begnügt sich mit denen, die sich durch eine Schleimspur auf dem Boden verraten.

Meine Mutter kam von draußen herein, bot ihm etwas zu trinken an und fragte, wie es mit den Clementinen gehe, Ruwen hat gesagt, deine würden am besten schmecken, sie hätten keine Kerne und einen leicht säuerlichen Geschmack in der Süße, genau wie Clementinen sein sollten.

Das Licht, das aus Hedas Zimmer in die dunkle Diele fiel, beleuchtete meine Mutter, ihren engen Pullover, sie fragte, wie die Clementinen Nachwuchs haben könnten, so ohne Kerne, lachte und wartete nicht auf Antwort, sondern drehte sich wieder um und tauschte ihre guten Schuhe gegen Hausschuhe und den Hut gegen ein Kopftuch.

Heda gähnte laut und lange, und Elischa sagte, du mußt schlafen, deine Augen sind wie Rosinen, er stand auf, las mit ihr das Schema-al-ha-mita und küßte sie. Auch auf ihn fiel das Licht, als er durch die Diele ging. Schmal und groß, warf er einen langen Schatten auf die Tapeten, er ging ohne seine Jacke hinaus, und ich erinnerte ihn nicht daran.

Zwei Stunden später holte ich die Jacke aus dem Zwischenraum zwischen Bett und Wand und zog sie an, die Ärmel reichten bis über meine Finger, und das graue Futter roch nach

Clementinen, als hätte sich der Geruch der Zitrusplantage zwischen den Längs- und Querfäden des Gewebes festgesetzt. Ich zog mir den breiten Reißverschluß bis zum Hals hoch und verließ das Haus.

Der Mond stand hoch, ein schmaler Silberstreifen, Ende des Monats. In der nächsten Woche war Rosch Chodesch des Monats Kislew, und man würde ihr wieder die Haare schneiden.

Die Zweige der Kasuarinen bewegten sich und schüttelten die Zapfen, und von den westlichen Feldern kam der scharfe Geruch nach gepflügter Erde. Im Monat Kislew wird gesät, der Boden war gelockert, feucht und bereit. Schon die ganze Woche war das Schreien der Kuhreiher zu hören gewesen, die mit ihren grünlichen Beinen in den offenen Furchen landeten. Die schwere Jacke drückte von außen auf meine Brust, etwas anderes drückte von innen. Die Hündin der Schochets bellte und die Jungen fiepten. Heda hatte gesagt, sie seien feucht, sie hat recht, Trockenheit gehört zum Alter, meine Mutter hat rissige Haut an den Ellenbogen, sie schmiert Olivenöl darauf und massiert sie, bei Manzi Ullmann sind die Poren am Hals schon so verstopft, daß sie die Creme, die sie darauf schmiert, gar nicht aufnehmen, sie schmilzt auf der Haut wie Margarine auf einem Toast, aber ich bin erst fünfundzwanzig, meine Haut sondert noch Feuchtigkeit ab.

Die Straße war dunkel, die Laternen warfen schwache Lichtbögen auf den Boden, die Luft war voller Dunstschwaden, die zwischen dem geschnittenen Rasen und dem Himmel hingen. Die Nacht provozierte mich, drang mir in Nase und Hals, in den Bauch und zwischen meine Beine, und ich fügte mich der Schärfe, die sich mir aufdrängte, doch zugleich wußte ich genau, daß ich in der Lage war, eine kalte, messerscharfe Vernunft gegen sie ins Feld zu führen, die Dinge werden mir geschehen, weil ich beschlossen habe, daß sie geschehen sollen, nicht weil sie durch Düfte oder Feuchtigkeit erzwungen werden. Du hast alles dem Schicksal überlassen, Alma, du hast dir eingebildet, du könntest dich nicht vor ihm schützen, und als du dich dagegen auflehnen wolltest und dir die Haare abschnittest und den Garten mit diesen idiotischen Sträuchern fülltest, hörtest du, daß das Schicksal hinter dir auf der Straße des Moschaw stand und lachte. Aber was ist mit mir, daß ich mich jetzt auf dich stürze, es ist keine besondere Kunst, nachts Tote herauszufordern.

Der Jasmin der Mewurachs verströmte einen starken Duft, das Geißblatt glitzerte vom Tau oder von dem Wasser, das der Rasensprenger nachmittags darauf gesprüht hatte. Wieder war die dünne Haut meines Gehirns bis zum äußersten gespannt, es fehlt nicht viel und ich trommle auf die Mülltonnen, der Krach wird die jungen Hunde erstarren lassen und die Hühner aufwecken und verschlafene Gesichter an die Fenster bringen, sie wollen sehen, wer so verrückt ist, und sogar die Hündin Charlotte wird sich von ihrem Wurf erheben und erstaunt am Tor mit dem Schild »Familie Schochet« stehen.

Aber mir zitterte noch nicht einmal der Finger. Gekrümmt und bereit zum Klopfen, hielt er einen Moment inne, hing in dem Raum zwischen meiner Brust und seiner Tür und schlug dann genau unter dem Schild »Alma und Elischa Malkin« an das Holz. Seine Schritte in den Sandalen näherten sich der Tür, trotz des Herbstes war er noch nicht zu Schuhen übergegangen, am Tag die hohen Arbeitsstiefel und abends Sandalen. Er stand in dem erleuchteten Rechteck der Tür, das Gesicht im Dunkeln, das Licht im Rücken.

Ach, Ossi, komm rein.

Du hast deine Jacke vergessen, sagte ich, mir war kalt, deshalb habe ich sie unterwegs angezogen.

Und jetzt wird es dir auf dem Rückweg kalt sein, sagte er lächelnd. Du kannst sie ruhig anlassen, ich hole sie mir morgen, das Blau steht dir übrigens sehr gut.

Er bot mir nichts zu trinken an und sagte auch nicht, ich solle mich setzen. Wir standen in seiner kleinen Diele, und Alma betrachtete uns aus dem Bild an der Wand, ihre Augen blitzten im Licht der Deckenlampe, als wollte sie das Glas durchbrechen und herauskommen, nichts war mehr übrig von jenem gelassenen Gesichtsausdruck, an den ich mich erinnerte.

Ich denke, die Idee mit dem kleinen Hund ist ausgezeichnet, sagte ich.

Was für einen kleinen Hund meinst du?

Ein Junges von den Schochets. Weißt du, deine Heda wächst nur zwischen Erwachsenen auf, es bekommt ihr nicht, daß alle um sie herum alles besser wissen als sie, ich glaube, jeder Mensch braucht jemanden neben sich, der schwächer ist.

Warum?

Warum was?

Warum ist es wichtig, jemanden neben sich zu haben, der schwächer ist? fragte er, und dann sagte er, setz dich doch.

Ich setzte mich und sagte, man weiß nie, wie stark man ist, wenn man immer von anderen behütet wird, die stärker sind als man selbst. Nur wenn man ein Geschöpf um sich hat, vor dem man die Muskeln anspannen kann, kennt man ihre Kraft und weiß, was man sich zutrauen kann.

Er saß mir gegenüber und rieb sich das Kinn, die Stoppeln gaben ein leises Summen von sich, der Tisch mit der bestickten Decke war zwischen uns. Hier hatte er abends mit Alma gesessen und Clementinen geschält oder die Kerne eines Granatapfels aus der Schale geholt oder Tee für sie beide eingegossen.

Warum muß man unbedingt Kraft entwickeln, warum nicht Verantwortungsgefühl und Fürsorge? fragte er, und das Licht der Deckenlampe zeigte vereinzelt silberne Fäden in seinen Locken.

Glaubst du etwa, die Welt ist die Gelehrten-Versammlung von Rabbi Me´ir dem Wundertäter? sagte ich und lachte, und mein Lachen blähte den Jackenkragen auf, den ich mir an den Mund hielt. Die ganze Welt ist ein Spiel der Kräfte, sagte ich und hielt inne. In diesem Haus mit den dunklen und leeren

Zimmern, mit den gestickten Rosen auf der Tischdecke und den Augen einer Frau, die von der Wand herunterblicken, sollte man lieber einen anderen Ton anschlagen, einen behutsamen, weichen Ton, und es war auch ratsam, die Beine übereinanderzuschlagen.

Wenn er wüßte, wie mir seine Heda immer gehorcht, wie sie mir erlaubt, sie im Badezimmer im Namen der Reinlichkeit nach Zeichen von Alma und ihm abzusuchen, und wie sie mir antwortet, obwohl sie bei anderen nicht den Mund aufmacht.

Er saß zurückgelehnt im Stuhl, den linken Arm nach hinten geschoben, seine Hand schaukelte locker hin und her, als hinge sie an einer Schnur, seine Stirn war erwachsen und trocken, nicht mehr wie aus Stein gemeißelt, wie es mir als Vierzehnjährige vorgekommen war.

Ich möchte nicht, daß Heda ihre Kraft aus einem armseligen Hündchen zieht, sagte er, wenn sie Kraft nötig hat, wird sie sie schon finden.

Das stimmt nicht, sagte ich, schau dich doch selbst an, seit Jahren bist du schwach und findest keine Kraft.

Seine Hand hörte auf, sich zu bewegen, der Abstand zwischen seinen Lippen vergrößerte sich, als zappelte ein Satz in seinem Mund und trampelte auf seiner Zunge und er hielte ihn zurück. Ich fragte ihn nicht um Erlaubnis, ich nahm mir eine reife Dattelpflaume aus der Schüssel und rieb sie an meinem Rock, verließ mich aber nicht darauf, daß der Baumwollstoff die Spritzmittelschicht abwischte, sondern nahm das Messer aus der Schüssel, schälte eine braune Schalenschlange ab und sagte, seit Jahren unterwirfst du dich dieser Frau, Elischa, schon seit elf Jahren, und hast keinen Mut, dich von ihr zu lösen und eine neue Beziehung zu beginnen.

Das Fleisch der Dattelpflaume war hell, die Schale hinterließ einen feuchten Fleck auf der Tischdecke, ich schnitt die Frucht in vier Teile, zwei legte ich vor ihn hin, aber er rührte sie nicht an, seine Wangen waren weiß wie die Tischdecken, die man hier bei uns am Sonntagmorgen über die Wäscheleinen hängt. Durch die offenen Fenster drang ein feuchter Windhauch herein und brachte den Geruch nach schwerer Erde und Kuhmist mit sich. Mir war heiß, das Seil, über das ich ging, war dünn, ein unvorsichtiger Schritt, und ich würde stürzen. Doch andererseits fehlte nicht viel, und ich hätte ihn geschüttelt, eine passende Herausforderung würde reichen.

Mir ist heiß, sagte ich, mach mir den Reißverschluß auf, Elischa.

Du übertreibst, sagte er und ballte die Hand in der Hosentasche, die Faust ließ den Stoff anschwellen.

Mach mir die Jacke auf, Elischa, sagte ich und biß in die Dattelpflaume. Wenn du deine Jacke zurückhaben willst, dann mußt du sie mir aufmachen.

Er stand auf, seine bloßen Finger griffen nach dem silbernen Zipp, er zog und die Zähne des Reißverschlusses verfingen sich im Stoff, seine Hände flatterten auf meiner Brust, bemühten sich, die Jacke zu öffnen, die sich über mir spannte, und mit einem Schlag ging die Metallschlange auseinander und die Jacke öffnete sich. Darunter trug ich nicht mehr als ein dünnes Trikothemd.

Er wandte das Gesicht zur Seite, ging zum Fenster, schaute in den dunklen Hof hinaus und sagte, es wäre besser, du gehst jetzt.

Warum, Elischa, wovor hast du Angst?

Er antwortete nicht, nun ballten sich beide Hände in seinen Hosentaschen zu Fäusten, der Wind, der durch das Haus strich, fuhr ihm durch die Haare, trieb eine Locke in die Höhe und blähte seine Kipa.

Ossi, bitte geh, sagte er mit heiserer Stimme, als kämpfte er mit Worten, die herauswollten, die er aber mit Gewalt zurückhielt.

Wovor hast du Angst, Elischa? Vor ihren Augen, die von der Wand herunterblicken? Sie ist gestorben, und du bist noch jung, was für ein Leben hast du, sag es mir, verbringst deine Tage zwischen Clementinen und Dattelpflaumen und die Nächte in einem kalten Bett. Das Leben wird aus dir gepreßt wie der Saft aus deinen Früchten, es dauert nicht mehr lange, dann ist nichts mehr übrig, nur eine trockene, leere Schale.

Sei still, Ossi. Er drehte sich zu mir um, blaß und angespannt, an seiner linken Schläfe klopfte eine blaue Ader. Ich hob beide Arme, so daß er meine Achselhöhlen sehen konnte, aber er zog es vor, einen Fleck auf der Tapete über dem Bild zu betrachten.

Du bist schwach, Elischa, achtunddreißig, und das Alter kommt schon, du wirst kaum Zeit haben, hopp zu sagen, da fällt es schon über dich her und läßt dich einschrumpfen, dann wirst du auf der dunklen Terrasse sitzen wie Jo'el, dein Vater, und mit leeren Augen auf den Morgen warten, und die drei Hühner werden zwischen deinen Beinen herumscharren und dir auf die Schuhe scheißen.

Er verließ das Fenster und kam zu mir, bückte sich, näherte sein Gesicht dem meinen und sagte mit ganz ruhiger Stimme, ich verlange, daß du auf der Stelle weggehst, Ossi.

Du wirst wahrscheinlich Gewalt anwenden müssen, sagte ich, er hob die Kipa auf, die ihm hinuntergefallen war, richtete sich auf, ging zur Tür und verließ das Haus. Ich hörte den Kies unter seinen Sohlen knirschen, hörte, wie seine Schritte immer schneller wurden, bis sie vom Brummen der Pumpen und dem Lärm der Transformatoren in den Hühnerställen übertönt wurden. Der Garten war dunkel unter dem Kreuzdorngebüsch, dünne, nackte Zweige streckten sich in die Höhe, vereinzelte Blätter zitterten auf leeren Hülsen. Die Natur ist ihnen gegenüber freigebig, läßt ihnen Zeit, die alten, vertrockneten Blätter abzuwerfen, bevor sie dann plötzlich in Blüten ausbrechen. Es ist wirklich ärgerlich, daß die Natur manche bevorzugt und die Möglichkeiten so ungleich verteilt.

Das Haus stand nun zu meiner Verfügung, ich konnte in seinem Leben herumwühlen und bis zu Almas kleinen Unterhosen vordringen, die zusammengefaltet in dem großen Schrank lagen, darunter der Umschlag mit dem Ring, den man ihm damals im Krankenhaus gegeben hatte, aber ich schälte nur eine Dattelpflaume nach der anderen und legte die nackten Früchte auf die Tischdecke, wo sie runde Flecken hinterließen. Aber diese Tischdecke würde sowieso im Müll landen, die Obstflecken waren nicht mehr rauszubekommen, und er würde ohnehin versuchen, diesen Abend zu vergessen, und sich bemühen, alles loszuwerden, was ihn vielleicht daran erinnern könnte.

Ich hatte nicht gesehen, ob er sich nach links oder nach rechts gewandt hatte, als er durch das Tor gegangen war, aber ich wußte, daß er zur Plantage gehen würde, dort, unter den Pampelmusenbäumen, würde er versuchen, den Brand zu löschen, er würde Erdbrocken aufheben und sie gegen die Baumstämme werfen, er würde trockene Blätter zählen, die sich losgerissen hatten und zur Erde zurückgekehrt waren, und meine Worte über das Alter und über Alma würden wie ein Gewittersturm die Zitrusplantage über ihm erbeben lassen, und nach dem Zorn würde die Einsicht kommen, und er würde zugeben, daß ich recht hatte, und auch wenn er erschrickt und versucht, alles wegzuschieben und zu vergessen, wird er die junge Frau nicht aus seinem Gehirn wischen können, die jetzt in einem dünnen Hemdchen in seinem Wohnzimmer sitzt.

Ich ging zum Spiegel in dem mönchischen Badezimmer dieses Mannes, der jeden Tag den Staub und die Erde von seinem Körper wäscht und jeden Tag die Unterhose und das Handtuch wechselt. Eine einsame Zahnbürste auf dem löchrigen Gestell, ein schmaler Kamm und eine durchsichtige Schamponflasche. Narzissen aus Zellophan, wie man sie vor Jahren auf die Kacheln klebte, rollten sich an den Ecken auf, im Wäscheschrank fand ich eine weiße Unterhose, zwei Unterhemden und Arbeitsstrümpfe, in der Schublade ein paar Aspirin und eine alte

Schachtel mit Binden. Im Licht, das auf den Spiegel fiel, leuchteten meine Lippen purpurrot wie die Beeren des Kreuzdorns, da war kein Zweifel, was er auch tun würde, dort in der Plantage, unter den Grapefruits, die langsam voll wurden, er würde das Gefühl, etwas zu versäumen, nicht beherrschen können, und vielleicht wird in seinem Gehirn ein Golem die Hüllen wegziehen, und er wird hoffen, daß ich immer noch am Tisch sitze und nicht weggegangen bin.

Erde klebte an seinen Sohlen und dämpfte das Geräusch seiner Schritte, als er zurückkam. Das geht so nicht, ich habe dich gebeten, wegzugehen, sagte er von der Tür aus, und der Ton seiner Stimme war weich wie sonst, wenn er Heda überredet, schlafen zu gehen.

Willst du Kaffee?, fragte ich und goß Kaffee ein, ohne zu warten, daß er sich hinsetzte. Er legte seine rotgefrorenen Finger um die Tasse und trank schweigend, offenbar hatte er, nachdem ihm die Kälte in der Plantage den Kopf gekühlt hatte, beschlossen zu schweigen.

Du weißt doch, sagte ich, daß Alma zu dir gekommen ist, weil sie jemanden suchte, der schwächer war als sie.

Alles, was mit Alma zu tun hat, geht dich nichts an, sagte er, bewegte seine Füße, die schmutzig waren von Erde, und stellte die Tasse auf den Tisch.

Elischa, sie ist nach dem, was sie mit Amnon hatte, zu dir gekommen, bei Amnon war sie die Schwache und Hilflose. Unser verlassener Moschaw diente ihr doch nur dazu, jene Liebe zu vergessen, sie suchte jemanden, der schwächer war als sie, um sich mit seiner Hilfe wieder ihrer Kraft bewußt zu werden.

Wieder klopfte diese Ader an seiner Schläfe, er schwieg und fragte nicht, woher ich überhaupt von der Geschichte mit Amnon wußte, ein dicker Brocken Erde fiel von seiner Sandale, er zerstieß ihn mit der Sohle zu einem kleinen Hügel, stand aber nicht auf, um ihn mit dem Besen hinauszukehren. Vermutlich hatte er beschlossen zu schweigen, um meine Flamme ersterben zu lassen, er konnte ja nicht ahnen, daß ich ihn nicht in Ruhe lassen würde, bis er schrie, und daß sein Schweigen meine Glut nur noch mehr entfachen würde.

Weißt du, sagte ich, die meisten Leute gehen durch das Leben und irgendein Schatten läuft ihnen voraus, aber vor ihr liefen zwei. Der eine Schatten war Amnon, vor dem sie hierher geflohen war, und der zweite, von dem sie sich befreien wollte, war das Schicksal.

Elischa schob mit der Sandale die kleine Düne zusammen und trat sie platt, hörte aber auf, als ich weitersprach: Und du? Elf Jahre läufst du hinter ihrem dunklen Spiegelbild her, aber diese Frau ist tot, es gibt sie nicht mehr, hörst du, Elischa, es gibt sie nicht mehr. Das letzte »nicht mehr« schrie ich in einem Ton, mit dem ich sonst nur Heda anschrie, wenn sie Kaugummiblasen vor den Lippen platzen ließ.

Er richtete sich auf und sagte, Ossi, geh weg.

Ja, ich gehe weg, sagte ich, aber nicht bevor du dir alles angehört hast, was ich zu sagen habe. An jedem Schabbat triffst du die Leute vor der Synagoge, und sie verziehen die Lippen zu einem Lächeln, dessen Breite von vornherein festgelegt ist, sie streichen über den kurzgeschorenen Kopf deiner Tochter, geben ihr ein Bonbon und wünschen dir und ihr ein so weiches »Schabbat Schalom«, daß man förmlich hört, wie das Mitleid aus ihren Worten tropft wie das Fett aus einem *tscholent*, und wenn sie sich zum Mittagessen hinsetzen und einen ganzen Markt von Hühnern verzehren, schnalzen sie mitleidig mit der Zunge wegen der Familie Malkin, die kein bißchen Glück hat, und sie sagen, was hat diese Jemenitin nur mit diesem Mann angestellt, und sie erinnern sich, was für ein wunderbarer Junge du gewesen bist, ein Waisenkind mit glatten Wangen und einem vernünftigen Blick, ach, wie schade. Aber ich warte nicht, wie diese Leute es tun, bis ich deinen Rücken sehe, ich sage es dir ins Gesicht, wie der Wind, der durch das Fenster dringt und deine Wange berührt, ohne dich um Erlaubnis zu fragen. Du selbst bist für deine Tochter ein Zeichen dessen, was sie erwartet. Dein alter Vater Jo'el wurde in jungen Jahren Witwer und blieb mit einem wunderbaren Waisenkind zurück und heiratete nicht mehr, auch du bist als junger Mann mit einem Waisenkind zurückgeblieben und hast nicht mehr geheiratet, und wenn dein Waisenkind später einmal heiratet, wer weiß, ob sie dann ihren Mann nicht erstickt oder vergiftet, nur um die Reihe der unglücklichen Malkins fortzusetzen, die sich absondern, auf dunklen Terrassen sitzen und auf die einzige Straße dieses Moschaw hinausstarren, sie wird sich auch drei Hühner halten, um die Abfolge nicht zu stören, und jetzt sag endlich etwas, du kannst mir den Hintern versohlen oder mir eine Ohrfeige geben, aber bring mich nicht um mit diesem Schweigen.

Er ballte die Hand vor dem Mund, atmete in die geschlossenen Finger und starrte auf die Tischdecke.

Red endlich, sagte ich; ich baute mich vor ihm auf und befahl, sag schon was, und er bewegte sich nicht.

Weißt du, sagte ich, sie war wirklich etwas Besonderes, wir waren damals zwölf Jahre alt und konnten den Blick nicht von ihrem Hintern lassen, wenn sie sich umdrehte und die sieben Konjugationsformen an die Tafel schrieb. Bis sie kam, waren in unserem Moschaw nur fette Frauen herumgelaufen, aufgequollen von Hefeteig und Pflaumenmarmelade und *gefilte kischkes* und *kreplech*, und plötzlich war da ein städtischer Arsch aufgetaucht, wohlgeformt und gehobelt wie aus Modejournals.

Ossi, du bist betrunken, sagte er. Hast du was getrunken, als ich nicht hier war?

Du denkst wohl, nur Wein oder Wahnsinn bringen die Wahrheit zutage? Fällt es dir so schwer zu glauben, daß man alles offen und einfach aussprechen kann, nur weil man beschlossen hat, es zu tun? Nein, ich habe nichts getrunken, obwohl das gar keine schlechte Idee wäre, jetzt eine halbe Flasche Cognac zu kippen, du hast doch seit Jahren den Alkohol dort in deinem Schrank nicht angerührt.

Ich ging hinüber zu dem Schränkchen in seinem Bücherregal, die schweren Bände der Mischna standen über dem Fach mit den Flaschen und drückten auf das Holz, und die Tür, die seit Jahren nicht geöffnet worden war, quietschte. Ich goß Cognac in die Tassen, die noch warm vom Kaffee waren, sagte »Lechajim«, stieß Porzellan an Porzellan und trank den Cognac wie Cola. Elischas Augen wurden groß, und was ich in ihnen sah, war vermutlich so ähnlich wie das, was Doktor Schejnfeld in ihnen gesehen hatte, als er ihm vor elf Jahren die Nachricht überbracht hatte.

Trink, sagte ich mit einer Stimme, so weich wie das Plumpsen einer faulen Grapefruit auf die Erde. Trink, Elischa, erlaube dir doch das bißchen Vergnügen.

Wie Spucke flog sein Cognac in einem runden Bogen aus dem offenen Fenster in das Kreuzdorngebüsch. Er nahm die Tassen und ging, um sie zu spülen, und beugte sich über das Becken. Ich betrachtete die Wölbung seiner Brust und erinnerte mich an seine kleine Tochter, die mit ihren dicken Fäustchen in meiner Bluse gewühlt und den runden, goldenen Anhänger gesucht hatte, den ich zu meinem vierzehnten Geburtstag bekommen hatte, um ihn dann mit ihrer Spucke vollzusabbern. Im Hemd ihres Vaters zu wühlen, brachte nicht viel, so sehr sie sich auch bemühte, hatte sie dort nie mehr gefunden als dünne Haare und harte Knochen.

Der Cognac machte meinen Kopf leicht und luftig und ließ meine Tränen laufen, nicht daß ich einen Grund zum Weinen gehabt hätte, aber die Überfülle hatte sich angesammelt und quoll nun still heraus. Könnte ich doch nur auf die Größe des Babys damals zusammenschrumpfen, wären meine Hände doch nur so klein und mollig, mit Grübchen und kurzgeschnittenen, gewölbten Nägeln.

Schau mich nicht so an, Elischa, sagte ich, ich bin nicht krank und ich bin nicht betrunken, ich lasse dich jetzt in Ruhe und gehe. Nur noch eines, Elischa, nein, du brauchst mir nicht die Tür aufzumachen, ich habe doch gesagt, daß ich gehe, aber merke dir, auch wer stark ist, sehnt sich manchmal nach jemandem, der ihn von seiner Stärke befreit. Du weißt, daß ich zu den Starken gehöre, und ich bin deshalb so, weil ich beschlossen habe, mir vom Leben nichts gefallen zu lassen und nicht hinter irgendeinem Schatten herzulaufen, aber ich gebe zu, daß das Leben mir manchmal die Hand krümmt und mir einen Schatten in den Weg wirft, so lang und dunkel wie der Schatten der Zypressen im Garten der Mewurachs.

Ich erinnere mich nicht, ob ich noch etwas sagte, bis ich die Tür öffnete und, mit den Füßen nach den Kanten tastend, die Stufen hinunterging. Auf beiden Seiten der Straße glänzten die Büsche vom Tau, Schochets Hündin brach in wütendes Gebell aus, die Jungen drückten ihre Mäulchen an die Zitzen, und die Hündin schrie ihren Protest heraus, daß sie nicht losrennen konnte, um Katzen nachzujagen, und darüber, daß der Wind von der großen Tonne abgehalten wurde und nur noch der feuchte Geruch von Müll in ihre Nase drang.

Hedas Mobiles hingen schlaff von der Zimmerdecke und bewegten sich nicht. Ich zog ihr die Decke über die nackten Beine und stieß das neue Mobile an. Die Schoten tanzten an den Fäden, und Heda drehte sich im Bett um, als hätte ihr die leichte Bewegung an der Decke Luft ins Gesicht geweht.

Später warf ich mich in meinem Bett herum, ohne einzuschlafen zu können, der Morgen wollte und wollte nicht kommen, als steckte er irgendwo fest, und als er endlich kam, stand ich auf und fuhr nach Jerusalem. Der Peugeot durchschnitt den Wind und bestrafte das Gras und schleuderte mit den Rädern Papiere und Plastiktüten zum Himmel.

Arik klebte glänzende Kunststoffstreifen auf die Pedale alter Fahrräder, und als er fertig war, stand er auf, wischte sich die Hände mit Klopapier sauber und fragte, noch einen Kaffee? Er war kein großer Redner, und lange Schweigeperioden verwirrten ihn nicht.

Das Korbgeflecht des Sessels hatte einen Abdruck in meinen Unterschenkeln hinterlassen, ich nahm die Beine herunter und sagte, ja, noch einen Kaffee, und dann erkundigte ich mich, wie es Schula gehe. Wird immer dicker, sagte er, sie ist schon im fünften Monat und hat Schwierigkeiten mit Krampfadern an den Beinen. Er goß heißes Wasser in die Tassen und fragte, Alma ist bei der Geburt gestorben, nicht wahr?

Ja, sie hatte eine Blutung, sagte ich, aber sie hatte ein besonderes Geschick dafür, alles zu komplizieren, erinnere dich doch nur an das Theater, das es damals wegen des kleinen Dorns gegeben hat.

Du weißt alles über sie, was? Wer könnte glauben, daß sich nach zwanzig Jahren noch jemand an diesen Dorn erinnert. Er beugte sich vor, tauchte einen Keks in den Kaffee und achtete darauf, daß er sich im genau richtigen Ausmaß vollsog, bevor er ihn herauszog, damit er nicht abbrach und in den Kaffee fiel.

Wer hat dir davon erzählt, mein Vater?, fragte er.

Ja, sagte ich, Amnon hat es mir erzählt, aber ich brauche seine Worte nicht, mir reicht sein Adamsapfel, der sich jedes Mal auf- und abbewegt, wenn ich Alma erwähne. Komisch, nicht wahr, der Apfel des ersten Menschen, als wäre der erste Mensch nicht in der Lage gewesen, das, was ihm Eva gereicht hat, zu schlucken oder auszukotzen.

Warst du heute bei ihm?

Bei wem?

Bei Amnon.

Ach so, nein, ich hatte etwas anderes zu erledigen, sagte ich. Wenn man sagt, man habe etwas zu erledigen gehabt, werden einem keine weiteren Fragen gestellt, weil jeder sich vor irgendwelchen langweiligen Geschichten über bürokratische Unannehmlichkeiten fürchtet.

Arik begleitete mich hinaus auf die Straße und erkundigte sich, wie das Auto sei und wieviel es verbrauche, dann stieß er mit dem Fuß gegen den linken Vorderreifen und sagte, dir fehlt ein bißchen Luft.

Mir fehlt viel Luft, sagte ich und trat ebenfalls gegen das Rad, mit meinem prächtigen Schuh, der einen hohen, dünnen Absatz hatte.

Drittes Kapitel

Heute brauche ich Amnons Worte nicht mehr, aber damals, als ich zum ersten Mal bei ihm war, war ich auf sie angewiesen.

Er wußte nicht, wer ich war und weshalb ich zu ihm kam.

Was kann ich für Sie tun, meine Dame, fragte er über einen Stapel neuer Kalender hinweg. Ein Mann, etwa so groß wie ich, gut fünfzig, mit dünnen, zur Seite gekämmten Haaren, eingefallenen Wangen, einem faltigen Hals und vornübergebeugter Haltung. Ich mußte mich entscheiden, ob ich mich auf ein unverbindliches Gespräch einlassen und langsam und allmählich mit dem Grund meines Besuchs herausrücken sollte oder ob es besser war, direkt zu sagen, was ich wollte. Ich entschied mich für letzteres und legte den Briefumschlag auf die Ladentheke. Vor Überraschung riß er die Augen auf und machte den Mund zu. Er erkannte seine Handschrift und berührte den Umschlag, der sich im Lauf der Jahre gelblichbraun verfärbt hatte, als hätte jemand Tee darüber gegossen.

Wer bist du?

Eine Cousine von ihr.

Was willst du?

Daß Sie mir etwas über sie erzählen.

Wie Violet, nahm auch er mir die Geschichte von einer geplanten Gedenkschrift ab. Eine Stunde später wußte er, daß ich gelogen hatte.

Noch nicht mal ein Tag war vergangen seit dem Moment, als mir dieser Umschlag in die Hände gefallen war, und dem, da ich in seiner Buchhandlung in Jerusalem auftauchte.

Elischa war zum Reservedienst einberufen worden, genau als seine Bäume unter der Last ihrer Früchte fast zusammenbrachen, und obwohl man bei der Armee Rücksicht auf ihn nahm und ihm den Reservedienst auf vier Tage verkürzte, reichte mir das. In dem Haus, das seit zwei Tagen nicht gelüftet worden war, öffnete ich Schränke, wühlte in den Strümpfen, die sich im Lauf der Jahre angesammelt hatten, in Unterhosen, die er einzeln und pedantisch genau zusammengelegt hatte, die dreieckigen Zwickel übereinander, Kante auf Kante, alles gewaschen und heil, was bezeugte, daß er in den Jahren seines Waisendaseins mit Jo´el und den elf Jahren als Witwer etwas gelernt hatte. Bei Tag stieß er unermüdlich den Spaten in die Erde, und abends sammelte er seine Kräfte und stieß mit einer Nadel in aufgegangene Nähte und maß ameisengroße Abstände von einem Stich zum nächsten, verknotete Fäden und schnitt sie ab. Es gab kein Kleidungsstück und kein Stück Wäsche, das ich nicht anhob, um nachzuschauen, die Stoffe verströmten einen Duft nach Stärke, aber ich war nicht gekommen, um den Segensspruch »Bore minei besamim« zu sagen, und das, wofür ich gekommen war, machte weiteres Wühlen überflüssig. Alles, was ich fand, war ein Umschlag, der ein Schwarzweißfoto von ihr enthielt – mit kurzen Haaren und einem Schild »Friseur« dahinter, mit der einen Hand machte sie sich, mit gespreizten Fingern, selbst Hörner, die andere Hand war im Schatten. Auf der Rückseite des Fotos stand »Für meine Alma« und auf dem Umschlag die Adresse seiner Buchhandlung.

Hätte die Lehrerin der vierten Klasse nicht gerade unter ihren Gallensteinen gelitten, wäre ich sofort zu ihm gefahren, aber ich hatte ihre siebenunddreißig Schülerinnen zu beaufsichtigen, die Multiplikationstafeln auswendig lernen sollten, entweder ihre Hefte oder mich anstarrten, gähnten, in der

Nase bohrten, an Milchzähnen herumwackelten und zusammen mit mir den Geruch atmeten, der von Zwiebeln und Karotten herrührte. Im Hof jätete ein Schüler Hundezahngras und häufte es auf eine Schubkarre, und der Wind blies und teilte die Schaufäden seines kleinen Tallit. Acht Jahre lang sät man in diese Kinder Vorstellungen von Gut und Böse und reißt sorgfältig jeden fremden Keim aus. Und die Mädchen lernen schon ab ihrem siebten Jahr, den Rücken zu krümmen beim »Dankend bekennen wir dir« und die Knie halb zu beugen und sich zu verneigen beim »An uns ist es, den Herrn des Alls zu preisen«. Nur Gott weiß, wie schwer Alma die ersten Tage hier gefallen sein müssen, sie hatte eine flache Verbeugung gemacht, das Knie in einem stumpfen Winkel gebogen, die Gebete wie eine Fremde gemurmelt, die die örtlichen Bräuche und Sitten übertreiben und sich dabei doch so verhalten mußte, als wäre sie hier geboren, sie war drei Schritte zurück- und drei Schritte vorgegangen, alle gleich groß, und Sarah und Jochi hatten gekichert und auf einen Schritt zuviel gelauert, der ihre Unwissenheit verraten hätte. Heute bin auch ich gelegentlich Lehrerin an derselben Stelle, doch ich habe keine Vorstellungen von Gut und Böse, ich bin hier, weil ich Geld brauche, damit ich eines Tages diese Straße verlassen kann, die sich zwischen dem Genossenschaftsladen und unserem Haus hinzieht, und die Handvoll Menschen, die diese Straße entlanggehen, Kinderwagen schieben oder Tüten voller Gemüse schleppen, oder, wenn es sich um knochige Greise handelt, mit ihren metallenen Gehhilfen langsam spazierengehen. Früher hatte meine Mutter den Moschaw immer verteidigt, wenn ich über ihn herzog, heute tut sie das nicht mehr, obwohl sie durchaus etwas zu sagen hätte, aber sie versteht es, mit Anstand zu verlieren.

Ich begreife nicht, was so großartig an der Stadt sein soll, hatte sie einmal gesagt, als sie noch redete. Was ist gut daran, wenn man sich zwischen Menschenmengen herumdrücken muß, wenn man in der Krankenkasse und in der Bank Schlange stehen oder von der hinteren Tür des Autobusses laut »einen Moment, einen Moment« schreien und in Panik geraten muß, bis man es geschafft hat, die Einkaufstüten hinauszuhieven.

Ich hatte geantwortet, wenn der Moschaw so etwas Tolles wäre, hätte man längst weitere tausend Siedlungen dieser Art gebaut, Tatsache hingegen sei, daß die meisten Menschen es vorzögen, in der Stadt zu leben, und außerdem hätte ich keine Angst vor Autobussen und würde sowieso immer ein eigenes Auto haben.

Und was ist mit dem Schabbat? hatte sie gefragt, du weißt doch genausogut wie ich, wie sie in der Stadt den Schabbat begehen. Während man bei dir den Kiddusch spricht, rattert die Waschmaschine der Nachbarn, und dann geh und sag was zu ihnen. Und weißt du, was für Verbrechen auf der Straße passieren? Von der Tür, die du abschließen mußt, bevor du dir den Mantel ausziehst, weil immer jemand hinter dir die Treppe heraufgekommen sein könnte? Und von den Gittern vor den Fenstern, die dir die Luft in Vierecke schneiden und dich zu einem Vogel im Käfig machen? Aber nach dem Vogel im Käfig hatte sie geschwiegen, sie hatte ein Streichholz zerbrochen, hatte sich mit der Spitze die Fingernägel gesäubert und mich gefragt, was ich eigentlich in der Stadt machen wolle, eine Frage, die ihr sofort wieder leid tat, weil sie klang, als fügte sie sich in das Unvermeidliche und fände sich damit ab.

Ich werde ein Café haben, sagte ich.

Du, ein Café? Ossi, deine Einfälle treiben dich zu weit. Sie nahm meine Hand und fragte mich, ob ich vielleicht drei Jahre an der Universität studiert hätte, um nachher allen möglichen hergelaufenen Leuten Kaffee einzuschenken und die Spuren ihrer Lippen von den Tassen zu spülen.

Ich zog meine Hand nicht aus ihrer und sagte, ein Café sei ja keine Armenküche, zu mir würden Künstler kommen, Intellektuelle, meine Kellnerinnen würden schwarze Kleider tragen und die Gäste mit Eleganz bedienen, morgens würden alte Damen kommen und Croissants essen und eine Stunde lang ihre Osteoporose vergessen, dann würden sie sich die Nase pudern, den Mund mit einem Lippenstift nachziehen und der Kellnerin ein dickes Trinkgeld geben.

Sie schwieg, vielleicht dachte sie an das schreckliche Alter, das sie ohne mich erwartete, oder sie tröstete sich mit dem Gedanken an Heda, die sich aller Voraussicht nach nie vom Moschaw lösen würde, die einen fleißigen Bauern heiraten und ihr Stiefenkel gebären würde, die ihren Hof füllten und für die sie Apfelstrudel backen und Marmelade kochen könnte, im Winter aus Orangen und im Frühjahr aus Erdbeeren. Sie nahm einen Faden, der ihr vom Saum hing, rollte ihn um den Finger und sagte, so ist das, Kinder wollen die Welt auf eigene Faust erforschen und vergeuden die Hälfte ihres Lebens damit, Fehler zu machen.

Die Taubenjungen zwitscherten im Taubenschlag, bald würden sie groß genug sein, um auf andere Dächer umzuziehen, aber eine Taubenmutter macht aus so etwas keine große Affäre. Mein Vater wollte die Jungen schon loswerden, weil sie den Schlag verstopften und weil bald die Regenfälle einsetzen würden, aber meine Mutter sagte zu ihm, laß ihnen noch ein bißchen Karenz, Ruwen, die armen Tierchen, nach den Feiertagen bringen wir sie dann zum Schuppendach und machen den Taubenschlag sauber. Doch nun lauschte sie nicht auf den Taubenlärm, sie hing anderen Gedanken nach und sagte zweimal, schade.

Gar nicht schade, sagte ich, wenn jeder nur das machen würde, was die anderen vor ihm getan haben, würde sich die Welt nie ändern und das Leben wäre eine einzige große Langeweile.

Das Leben ist kein Abenteuerfilm, sagte sie, man hat alles schon erfunden, Ossi, und was das betrifft, was wir vorhin besprochen haben, merk dir, auch eine Frau, die ein Café besitzt, braucht Liebe und Kinder. Weiter sagte sie nichts, denn über Liebe sprach man nicht. Seit ich vierzehn war, hatte sie gesehen, wie ich meine Haare aufdrehte, wie ich mir Zitronensaft hineinstrich, damit sie glänzten, alles zu Ehren Elischas, sie hatte die ausgepreßten Schalen im Abfalleimer gezählt und geschwiegen. Auch die Art, wie ich mich um Heda kümmerte und daß der Schlüssel ab und zu vom Haken verschwand und wieder auftauchte, war ihr nicht verborgen geblieben. Aber nie hatte sie ihre Meinung, daß ich meine Zeit mit einem älteren Witwer vergeudete, der einen chronisch kranken Vater und ein schwieriges Kind zu versorgen hatte, laut ausgesprochen. Wie sie den Charakter und die Bestrebungen dieses Witwers einschätzte, diskutierte sie mit Manzi Ullmann. Die beiden Frauen waren zu dem Schluß gekommen, daß dieser Mann keine großen Gefühle mehr suchte, und falls er eines Tages eine Frau ins Haus bringen würde, dann nur dazu, daß sie ihm während der Saison bei der Arbeit half und ihm in den stilleren Jahreszeiten die Einsamkeit erleichterte.

Schweigend hob sie ihre großen Zehen an, und der Abstand zwischen ihren Fersen und der Sohle klappte auf wie ein offenes Fischmaul.

Komm, trinken wir etwas, sagte ich. Du wirst meine erste Kundin sein, was darf ich Ihnen bringen, meine Dame? Ich beugte mich vor, in der linken eine imaginäre Speisekarte, die rechte bereit zum Notieren.

Schwarz mit zwei Stück Zucker, sagte sie und lächelte bitter, und plötzlich richtete sie sich auf, stellte ihre Hausschuhe elegant nebeneinander und sagte: Verzeihung, könnte ich die Speisekarte bekommen? Haben Sie vielleicht eine frische Cremeschnitte? Doch es dauerte keinen Moment, da hingen ihr die schweren Brüste erneut auf den Bauch und sie stellte die Hausschuhe wieder auseinander, sichtlich bedauernd, daß sie sich an dem Spiel beteiligt hatte. Und als das Wasser kochte, sagte sie, nicht ganz schwarz, tu ein bißchen Milch rein, du weißt ja, nicht mehr als einen Zentimeter.

Um zwölf läutete die Schulglocke, und eine Minute nach zwölf war ich schon auf dem Heimweg. Meine Mutter hielt den Schlauch in der Hand und goß die Gladiolen, sie hob die Uhr in die Sonne, das Licht spiegelte sich im Glas und warf einen weißen Fleck auf den Zaun.

So früh, die Suppe ist noch nicht mal fertig, sagte sie und hob den Schlauch.

Was für ein Glück, daß die Schuluhr keine Ahnung von deinen Suppenzeiten hat, sagte ich.

Der Wasserstrahl trieb Spatzen lärmend in die Flucht, sie schüttelten ihre nassen Flügel und verschwanden in dem Guavabaum. Ich ging ins Haus, nahm das Foto aus dem Umschlag und betrachtete es prüfend im Licht, das durch das Fenster hereinfiel. Ich hatte das Gebot des Briefgeheimnisses, das unser großer Rabbi Gerschom ausgesprochen hatte, nicht vergessen, aber die Empfängerin dieses Briefes war längst tot, man konnte sie also nicht mehr kränken.

Rabbi Gerschom, hättest du im Ernst angenommen, ich würde das Foto wieder an seinen Platz legen, als wäre nichts gewesen? Schon bei meiner Bat-Mizwa, eine Stunde, nachdem ich es auf mich genommen hatte, deinen Geboten und Verboten zu folgen, hatte ich es gewagt, die Bescheinigungen für die Arztbesuche zu zählen, die in der Krankenkassentüte waren. Solange immer neue Bescheinigungen dazukamen, bestand die Möglichkeit, daß meine Mutter schwanger werden würde. Ab dem Jahr, in dem Heda zu uns gekommen war, blieb dann der Inhalt der Tüte konstant und der Abstand zwischen dem Bett meiner Mutter und dem meines Vaters vergrößerte sich allmählich.

Ich hatte auch immer heimlich nach den Briefen irgendeines Liebhabers gesucht. Meine Mutter war in meinen Augen zu schön, als daß man sie in Ruhe lassen würde. Ich lauerte auf einen fremden Herrn, der plötzlich hinter den Säcken mit

Hühnerfutter hervorschießen würde und dem sie von der Treppe entgegenkommen und mit dem sie in die Plantagen fliehen würde – endlich flöge ihr das Tuch vom Kopf, und ihre Haare wehten wie bei den Frauen im Kino.

Aber sie stieß nur ein lautes »oj« aus, ging zur Wäscheleine und hielt sich Hemden und Unterhosen ans Kinn, um zu prüfen, wie feucht sie noch waren, nahm die trockenen Teile ab, hängte die restlichen dichter zusammen und zog dann Radieschen fürs Abendessen aus dem Beet.

Rabbi Gerschom, es ist doch nur ein Foto, obwohl ich gestehen muß, daß ich mich, hätte ich ein Tagebuch von Alma gefunden, auch nicht anders verhalten hätte, sei es auch nur, um ihr auffälliges Lamed zu sehen, ein geschwungenes Lamed, das über die anderen Buchstaben hinausragte und sie von oben kontrollierte, man mußte kein Graphologe sein, um zu erraten, daß in diesem zarten Kopf ein Teufel steckte, hochmütig und wild wie ihr Lamed, obwohl sie offenbar mit ihren Gewohnheiten nicht aus der Rolle fiel. Ein Schwarzbrot-Sandwich, eine Clementine und eine Tasse hellen Tee vor sich, so hatte sie im Lehrerzimmer am Tisch gesessen, die anderen hatten ihre bescheidene Haltung gelobt und ihre Distanziertheit geachtet, sogar Schoschana Roth, die Turnlehrerin, hatte in Almas Anwesenheit eine didaktische Sprache benutzt und versucht, sich korrekt hinzusetzen, so daß sie aussah wie eine Gans mit zusammengebundenen Beinen.

Amnon fragte, wie das Foto in meine Hände geraten sei, und hängte ein Schild »Geschlossen« an seine Ladentür.

Einfach so, sagte ich, ohne es näher zu erklären, und fragte, wo haben Sie sie kennengelernt?

Wo ich sie kennengelernt habe, geht niemanden etwas an, sagte er, und ganz bestimmt gehört es nicht in eine Gedenkschrift.

Gut, zugegeben, ich habe gelogen, es gibt keine Gedenkschrift, sagte ich, aber mir liegt daran, möglichst viel über sie zu erfahren, da bleiben mir nur die Leute, die sie gekannt haben.

Ich weiß wirklich nicht, ob ich ein Interesse daran habe, dich an dem, was ich weiß, zu beteiligen, sagte er und legte die Kalender auf eine Stehleiter.

Herr Zefanja, außer Offenheit habe ich nichts, was ich Ihnen für Ihre Geschichte bieten kann, sind Sie trotzdem bereit, mir zu helfen?

Er antwortete nicht und fuhr fort, sich mit seinen Kalendern zu beschäftigen, blätterte in archäologischen Abbildungen, blieb am Bild eines bunten Mosaikbodens hängen, und als er das Blatt umdrehen wollte, legte ich meine eine Hand auf seine, um das Geblätter zu bremsen, mit der anderen zog ich ihm die Kalender unter den Händen heraus und fragte, sind Sie bereit, mir zu helfen oder nicht?

Jetzt würde er mich entweder hinauswerfen oder sich, von meiner Frechheit überwältigt, geschlagen geben, dachte ich. Doch es geschah weder das eine noch das andere. Er bewegte seine Faust in meiner Hand, entzog sie mir und schwieg. Er ignorierte die Abdrücke meiner Finger auf seiner Haut, machte sich daran, zwei der Kalender im Schaufenster aufzuhängen, und kam zur Theke zurück. Nun konnte er sich nicht mehr beherrschen, er griff nach Almas Foto, sein Adamsapfel senkte sich, als wollte er ihn verschlucken, dann hüpfte er wieder zurück in das obere Drittel seines Halses.

Nenn mich nicht Herr Zefanja, ich heiße Amnon, sagte er. Du kannst die Zeitungen vom Stuhl nehmen und dich hinsetzen.

Danke, Amnon. Ich legte die Zeitungen auf den Boden und wartete keine zweite Einladung ab.

Sie war die Lehrerin von Arik, meinem Sohn. Ich habe als Sanitäter an ihrem Jahresausflug nach Banjas teilgenommen, da habe ich sie kennengelernt.

Amnons Nägel waren gerade und sauber, man sah ihnen an, daß er darauf achtete, sie regelmäßig zu schneiden, die Hände eines Büroangestellten oder eines Steuerbeamten. Er setzte seine Brille auf, hielt sich das Bild näher ans Gesicht und sagte, es gab dort ein dichtes Gestrüpp und ihre Haare waren so lang, bis heute begreife ich nicht, warum sie sie nicht zusammengebunden hat, nicht nur, daß sie mit den Haaren im Gestrüpp hängen blieb und sich nicht freimachen konnte, sie hat sich auch noch einen Dorn eingezogen, im Daumen, so tief, daß noch nicht mal ein Blutstropfen herausquoll. Sie fragte, ob ich ihr helfen könne, und weil ich nicht wollte, daß sie meinen Schweiß roch, trat ich hinter sie und löste ihre Haare aus dem Gestrüpp, Strähne um Strähne, und sie, mit dem Kopf nach unten, sagte, wissen Sie, das erinnert mich an Absalom, der mit den Haaren in einer Eiche hängen geblieben ist, und mir fiel keine dümmere Antwort ein als, ich hoffe, diese Geschichte hier hört anders auf. Und was sagte sie darauf? Hoffentlich. Sie hörte, wie ich lachte, und sagte, das ist nicht zum Lachen, merken Sie sich, immer wenn jemand mit den Haaren irgendwo hängen blieb, ohne daß er sich befreien konnte, war sein Schicksal entschieden, seine Haare oder das Gestrüpp haben ihm den Tod gebracht. Ich schwieg, denn darauf war nicht viel zu sagen, sie hatte auf einmal eine miserable Laune, und wir haben nicht mehr miteinander gesprochen.

Jemand versuchte, die Ladentür aufzumachen, und spähte dann durch die Schaufensterscheibe, aber Amnon ignorierte den Mann, betrachtete wieder das Bild und ließ seinen Worten freien Lauf, sie strömten aus seinem Mund wie eine Herde Ziegen, vor denen sich plötzlich die Stalltür geöffnet hat, er erzählte von dem geschwollenen Daumen, über dem die Haut fast platzte, und von dem roten Strich, der sich bald von der Wunde bis zum Handgelenk zog. Die Schüler warteten auf dem Rasen um das Gasthaus, aßen Fladenbrot und Mais aus Dosen. Arik saß abgesondert von den anderen, die Maiskörner fielen ihm auf die Knie, seine kurzen Beine hatte er vor sich ausgestreckt, die Hosen hochgekrempelt. Du mußt verstehen, ihm sind alle Hosen der ganzen Welt zu lang, sagte Amnon, er ist zum einen dick und zum zweiten klein, ich habe dir noch nicht erzählt, daß sein eines Bein gelähmt ist, er hat auch einen Augenfehler, wegen seiner Kurzsichtigkeit saß er in der Schule immer in der ersten Reihe, doch nur beim Tanach-Unterricht schaute er sie mit großen Augen an, ansonsten kritzelte er, unter ihrer Nase, Dreiecke und Ellipsen und zeigte ihr nur den weißen Fleck auf seinem Hinterkopf, von dem aus die Haare nach allen Richtungen wuchsen. Sag mal, warum stoppst du mich nicht? Du bist doch nicht hergekommen, um etwas über Arik zu erfahren, Arik gehört überhaupt nicht zu der Geschichte.

Arik gehört schon dazu, sagte ich. Sie war schließlich seine Lehrerin, und was ihr gemacht habt, habt ihr auf seinem Rükken gemacht.

Du bist ganz schön frech, meine Dame, ich verstehe nicht, warum ich mich auf dich einlasse, du hast mir noch nicht mal deinen Namen genannt.

Du läßt dich auf mich ein, weil dir die Sache seit Jahren auf den Magen drückt, und endlich hast du eine Gelegenheit, alles auszuspucken, du brauchst das nicht weniger als ich.

Ohne zu antworten, stand er auf, verschwand im hinteren Teil des Ladens und spülte dort Tassen ab.

Ich heiße Jiska Simon, schrie ich ihm nach, aber du kannst mich Ossi nennen.

Gibt jemand seinen Kindern heute noch solche Namen? Wieviel Zucker? Er schob die Kalender zur Seite und stellte zwei Tassen mit aufgebrühtem Kaffee auf den Tisch.

Das war nicht heute, sondern vor über zwanzig Jahren, sagte ich. Zwei Löffelchen Zucker, bitte.

Aber er hatte schon das Interesse an meinem Namen oder an irgend etwas anderem verloren, war bereits wieder in seine

Geschichte versunken und erzählte weiter. Weißt du, Arik schob eine Tomatenscheibe in sein Fladenbrot und fragte, warum fährst du mit der Lehrerin ins Krankenhaus? Aber die Antwort war ihm nicht wichtig, hätte er verlangt, daß ich bei ihm bliebe, wäre ich nicht mit ihr gefahren, und alles wäre anders verlaufen, aber er verlangte es nicht, und ich begleitete sie. Sie legte ihre schwere Hand auf die Lehne vor sich und betrachtete die dunklen Büsche, an denen der Autobus vorbeifuhr. Ich saß einen halben Meter von ihr entfernt auf der anderen Seite des Gangs, wir sprachen kein Wort, bis sie sich plötzlich zu mir drehte und sagte, wissen Sie, an was ich gerade denke?

Nein, sagte ich, woher soll ich das wissen?

An den Widder, sagte sie.

An was für einen Widder?, fragte ich.

An den von der Opferung Isaaks, antwortete sie. Stell dir das vor, Ossi, da hatte sie eine häßliche Infektion an der Hand und fuhr zur Krankenhausambulanz, und sie dachte von allen Dingen auf der Welt ausgerechnet an diesen Widder. Sie hielt mir einen begeisterten Vortrag über den Widder, was für dünne, schlanke Beine er hatte und mit welch edlen Sprüngen er über die Felsen hüpfte – und dann war es mit einem Mal vorbei mit der ganzen Schönheit, weil er mit den Hörnern in einer Hecke hängen geblieben war. Sie redete so hysterisch, daß ich dachte, sie würde im Fieber phantasieren oder wäre komplett verrückt geworden, und dann stand sie auf und führte mir mitten im Autobus vor, wie der Widder den Rücken wand und in die Luft biß und um sich trat, wie er geblendet war von dem Engel, der vor ihm aufgetaucht war, er wußte noch nicht, daß ihm nichts mehr helfen würde, auch nicht der schreckliche Schrei, der aus seiner Kehle drang, denn mitten im Schrei wurde ihm die Stimme abgeschnitten. Sie hob die Hand in die Luft, als würde sie eine Fahne schwenken, und sagte, es ist schrecklich zu denken, daß jemand dort, genau an jener Stelle, einen Samen fallen gelassen und damit eine Hecke gepflanzt hatte, die dem Widder nachher im Weg stand, stellen Sie sich das doch mal vor, jemand hat im voraus die Bahn festgelegt und den Widder auf die gerade Linie zwischen dem Punkt, von dem er absprang, und dem, der ihm den Tod brachte, gesetzt, wirklich schrecklich.

Sie war panisch, und ich wußte nicht, wie ich sie beruhigen sollte, deshalb gab ich ihr ein Pfefferminzbonbon, sie schaute mich an, eine Wange über dem Bonbon gewölbt, und fragte, ob ich an das Schicksal glaube. Nein, daran glaube ich nicht, antwortete ich, warf mein eigenes Bonbon aus dem offenen Fenster und stellte mir vor, wie es in lauter blaue Stücke zersprang, die dann am Morgen in der Sonne schmelzen würden, die Bienen würden das Pfefferminz riechen und angeflogen kommen. Doch mir war klar, daß Alma etwas von mir erwartete, deshalb fragte ich, und Sie, glauben Sie an das Schicksal? Ja, sagte sie, man kann nicht viel machen gegen das, was einem bestimmt ist. Und dann fragte sie, ob ich meine, daß man ihren Daumen retten könne.

Amnon schlug mit dem Löffel an die Tasse, ein paar Tropfen Kaffee spritzten hoch. Er beugte sich vor, um den Tisch abzuwischen. Seine dünnen Haare blieben so fest in der vom Kamm vorgegebenen Richtung, daß sie wie angeklebt aussahen. Du kannst mich totschlagen, Alma, ich verstehe nicht, was du in diesem grauen Angestellten gesehen hast, an jedem Krankenkassenschalter sitzen solche wie er.

Hörst du mir zu? Die Augen, die sich an mich hefteten, waren sehr rund und wirkten seltsam in dem alternden Gesicht. Ich wurde rot und sagte, ja, natürlich, was hast du ihr auf die Frage wegen des Daumens geantwortet.

Im Laden klingelte das Telefon. Er nahm den Hörer nicht ab, und als das Klingeln aufhörte, sagte er, ich habe ihren Daumen berührt und gesagt, daß man niemandem so schnell einen Finger abnimmt, dann schlug ich ihr vor, ein Aspirin aus dem Erste-Hilfe-Kasten zu nehmen, aber das wollte sie nicht, und plötzlich, ich weiß nicht, wie und warum, änderte sich ihre Stimmung, sie sagte, was für ein Glück, daß ich einen Dorn im Daumen habe, denn ohne diesen Dorn müßte ich jetzt aufpassen, daß sie in ihren Zimmern das Licht ausmachen und mich im Speisesaal des Gastshauses mit drei müden Lehrerinnen zusammensetzen. Der Busfahrer sang »Rosa, Rosa, Rosa«, und wir stimmten beide in sein Lied ein.

Amnon lächelte vor sich hin und betrachtete seinen Kaffee, als könnte er etwas daraus lesen.

Was ist am Schluß mit ihrem Daumen passiert?, fragte ich.

In den ersten Tagen konnte sie ihn nicht abbiegen. Der Daumen war wie ein Strumpf, der vom Stopfen dick geworden war. Sie kam immer wieder zu mir in den Laden und zeigte mir den Daumen, und ich prüfte, wie weit sie ihn schon bewegen konnte, und sagte, der Finger Gottes würde sich bessern. Im Lauf der Zeit nahmen ihre Besuche in meinem Laden zu, aber sie sah immer bekümmerter aus, sie wußte ja, daß ich verheiratet und daß meine Frau Ariks Mutter war.

Eines Tages trat sie in den Laden und hob beide Daumen in die Höhe, und statt sie miteinander zu vergleichen, legte ich meine Lippen auf die Narbe und küßte sie. Sie zog ihre Hand nicht von meinem Mund weg, sie sagte, heute habe ich Geburtstag, und noch bevor ich ihr »herzlichen Glückwunsch« sagen konnte, machte ein Kunde die Tür auf und kam herein. Am Abend besuchte ich sie in ihrer Mietwohnung in jener vorwiegend von deutschen Einwanderern bewohnten Siedlung, brachte frische Burekas aus der Bäckerei und Blumen aus meinem Garten mit. Wir tranken Weißwein und hörten uns immer und immer wieder »Die grünen Felder« an, und von diesem Tag an besuchte ich sie mindestens zweimal die Woche.

In meiner Tasse war nur noch trüber Satz, am Rand klebten Kaffeereste. Amnon hatte seinen Kaffee nicht angerührt. Trink doch, sagte ich, aber sein Blick war in eine andere Zeit gewandert. Einmal gingen wir auf der Ringstraße spazieren, die den südlichen Teil der Stadt umgibt, erzählte er. Diese Straße hat etwas Gutes, die Schwere Jerusalems reicht nicht bis dorthin. Der Himmel ist leer, keine Moschee, keine Kirche, auch keine Synagoge, einfach ein Stück leerer Himmel, an den niemand anklopft. Und dort sagte ich zu ihr, wenn du mein wirst, lasse ich jetzt alles im Stich.

Ich gehöre dir, soweit es geht, sagte sie, damit müssen wir uns zufriedengeben.

Wir saßen oben auf den Steinen, vor uns lagen die Hänge, die Richtung Bethlehem abfielen, und beobachteten eine Ameise, die einen Holzsplitter, länger als sie selbst, zu irgendeinem unbekannten Ziel schleppte und das Hindernis umging, das ich ihr in den Weg legte. Ich sagte zu Alma, schau nur, wie in der Natur alles endgültig vorbestimmt ist, die Ameise hat keine Wahl, sie muß diese Last schleppen. Aber du und ich, wir haben die Wahl, warum sollen wir so leben, als wäre uns alles aufgezwungen? Sie betrachtete die Büsche, die am Wegrand wuchsen, und bat mich, sie in den Arm zu nehmen, denn da sei wieder diese Angst, sie sähe Absalom, der an seinen Haaren in der Eiche hängt, und der Maulesel läuft unter ihm davon, rennt wie ein Wilder in den Wald, und mit Absalom ist es schon aus, und dieser idiotische Maulesel weiß nicht, was er mit seiner plötzlichen Freiheit anfangen soll. Sie zitterte, als sie sagte, wir spielen dem Schicksal in die Hände, Amnon, es kommt dir nur so vor, als hätten wir eine Wahl. Unten im Wadi ging eine alte Araberin vorbei und trieb mit dem Stock ihren Esel an, ich schaute ihr zu und hatte das Gefühl, sie wäre eher wie die Ameise, die ich behindert hatte, nicht wie ein Mensch, der die Freiheit hat zu wählen. Auch Alma betrachtete die alte Frau und drängte sich an mich. Ich nahm sie, federleicht, wie sie war, auf den Arm, sie warf den Kopf zurück und sah die Häuser umgedreht, als wäre die Erde der Himmel.

Er schwieg, biß sich auf die Unterlippe und nahm nun einen Schluck von dem lauwarmen Kaffee. Seine Lippen waren blaß, die Zeit hatte keine einzige Linie seines Gesichts verschont, ein Büroangestellter im mittleren Alter, nur seine Augen hatte die Zeit in Ruhe gelassen, seine Lider waren nicht geschwollen und nicht erschlafft, die Augen waren groß und erwartungsvoll. Er rührte im Kaffeesatz und sagte, am Tag, als die großen Ferien anfingen, am ersten Juli, setzte sie sich bei einem Herrenfriseur auf den Stuhl und sagte zu dem Mann, schneiden Sie mir die Haare kurz, fast bis auf den Schädel. Der Friseur tat, was sie von ihm verlangte, und erschrak, ihr Kopf sah aus wie der eines Rekruten im Militärgefängnis. Er schmierte ihr Duftöl auf die Stoppeln und versuchte, das Geschehene abzumildern, aber das war gar nicht nötig, sie sah bildschön aus, auch so, ich habe sie vor dem Friseursalon fotografiert, und nachdem sie weggezogen war, habe ich ihr das Foto geschickt.

Amnon fuhr sich mit der Hand durch die dünnen Haare und brachte sie in Unordnung, dann sagte er, ich habe ihr mit dem Gepäck geholfen, als sie wegzog, sie winkte mir aus dem Autobusfenster zu, als wäre sie eine von Tolstois Heldinnen in einer Abschiedsszene, und ich dachte, gleich erreicht der Autobus Scha´ar ha-Gaj und wird von einer plötzlichen Helligkeit getroffen, denn dort hören die Bäume auf, und meine Natascha wird aus ihrem Traum aufwachen und vom Fenster aus nur noch Staub und Dornen sehen.

Er wollte noch etwas sagen, tat es dann aber nicht und legte das Bild hin. Ein winziges Insekt krabbelte über seinen Hals hinunter zum Rücken. Er stand auf, zog das Hemd aus der Hose und schüttelte es, schob die Hand hinein und kratzte sich, aber das Tierchen hatte bestimmt schon den Weg zum Bauch gefunden, er zog das Hemd aus und schwenkte es hin und her. Im Unterhemd stand er vor mir und rieb sich die Haare, die auf seiner weichen Brust wuchsen. Hörst du, Natascha, einen Meter von mir entfernt steht der Ritter deiner Jugend, in einem weißen Unterhemd der Firma Loggia, er hat graue Haare auf der Brust und dünne Haare auf den Armen und über dem Nabel eine rosige Glatze. Er zieht sein Hemd wieder an und knöpft es zu, schwupp, jetzt hat er ein Knopfloch übersprungen und tastet mit den Fingern, um das richtige zu finden, und was soll ich dir sagen, Alma, er macht den Reißverschluß seiner Hose auf, um das Hemd hineinzustopfen, er dreht sich nicht um, er schämt sich nicht vor mir, ich kann ein Stück von seiner weißen Unterhose sehen, die wahrscheinlich auch von Loggia stammt.

Ich weiß nicht, warum ich dir das alles erzählt habe, sagte er, aber nachdem es nun schon passiert ist, kann ich nur noch sagen, wenn sie recht hatte und es wirklich so etwas gibt wie Schicksal, dann ist es ein großer Vergeuder. Wie viele Frauen ihrer Art gibt es schon auf der Welt? Weißt du, einmal ist ihr das Bonbon eingefallen, das ich aus dem Autobusfenster geworfen hatte, in jener Nacht, als wir zusammen nach Safed gefahren waren. Es kann doch nicht sein, daß wir genauso zufällig aus dem Fenster geworfen worden sind, sagte sie, fast sicher, daß es jemanden gäbe, der die Hand in einen Sack steckt und auswählt, wen er wohin werfen will. Sie hatte das Gefühl, daß dieser Jemand ihr auflauerte, sie hatte sich die Haare scheren lassen in der Hoffnung, daß irgendein Widder an ihrer Statt in der Hecke hängen bleiben würde. Zu eurem Moschaw ist sie gekommen, weil bei euch die Leute Gott jeden Kredit gewähren und sich nicht mit dem Schicksal beschäftigen. Sie hat geglaubt, wenn sie verstehen lernen würde, was in euren Köpfen vor sich geht, hätte sie es leichter im Leben.

Amnon sah erschöpft aus, er ließ Schultern und Arme hängen und machte den Mund nicht mehr auf. Mit schleppenden Schritten ging er zur Tür und nahm das Schild »Geschlossen« ab, er zog dicke Kataloge aus der Schublade und legte sie vor sich auf den Tisch, er gab mir noch nicht einmal die Hand, als ich aufstand, um zu gehen, er sagte nur mit einer schweren, dumpfen Stimme »Schalom« und bückte sich, hob den Stapel Zeitungen auf und legte ihn wieder auf den Stuhl.

Der Moschaw stellte ihr ein altes Haus der Sochnut zur Verfügung, genau wie den anderen angestellten Lehrerinnen, und sie pflanzte unter dem Fenster zwei Kreuzdornbüsche und erschrak über ihre Heftigkeit, sie wuchsen so hoch wie die Rosen der Schochets, schauten durchs Fenster und sogen den Dampf auf, der aus dem Wasserkessel stieg. Menachem Mewurach bot sich an, ihr statt dessen ein paar Asparaguspflanzen und Jasmin vors Fenster zu setzen, aber sie lehnte mit Nachdruck ab.

Er wußte einiges über sie, sie saß oft stundenlang unter seinen Zypressen. Er sah, wie sie las, wie sie etwas in ihr Notizbuch schrieb, und rief ihr von seinem Traktor herunter einen Gruß zu und sagte, wenn eine Lehrerin ihn bei seiner Arbeit beaufsichtigen würde, bekäme er bestimmt intelligente Zwiebeln, und wenn die Sonne hinter den Schuppen unterging, machte er den Motor aus, nahm ihr zu Ehren die verschwitzte Kappe vom Kopf, verbeugte sich auf der Bühne seines dunkler werdenden Feldes und ging ins Haus. Er ist ein anständiger Mensch, dieser Menachem Mewurach, etwa fünfundsechzig Jahre alt, vielleicht siebzig, seine beiden Söhne haben den Moschaw vor Jahren verlassen, kommen aber an den Feiertagen und füllen das Haus mit dem Lärm von Enkeln und dem Geplauder der Schwiegertöchter, und wenn die Feiertage vorbei sind, packen Menachem und Tanja Mewurach körbeweise Kartoffeln, Zwiebeln und frische Eier für sie ein und helfen ihren Kindern ins Auto, und wenn sie dann losfahren, kann man Tanja sehen, wie sie mit einer Hand ihren Schürzenzipfel umklammert und mit der anderen, mit den von Arthritis gekrümmten Fingern, ihnen nachwinkt und vom Staub verschluckt wird, den die Reifen aufwirbeln.

Ich hätte Lust, Menachem Mewurach auszufragen, aber zu ihm muß man aufrichtig sein, er ist ein gerechter Mann, ich würde nicht wagen, ihm die Sache mit der Gedenkschrift zu verkaufen, die ich mir nur aus den Fingern gesaugt habe. Gestern ging ich an seinem Hof vorbei und dachte, jetzt wäre es möglich, doch dann sah ich, wie er über ein Beet gebeugt war und Zentimeter um Zentimeter mit einer kleinen Harke die Erde lockerte. Schalom, Menachem, sagte ich und ging weiter, ohne etwas gefragt zu haben.

Nach der Hochzeit grub Alma ihre beiden Sträucher aus und pflanzte sie in Elischas Hof. Heute umgibt das Kreuzdorngebüsch das Haus wie ein schwarzer Gürtel. Die Spatzen schwirren darin herum und picken die Schalen der Früchte auf, daß die Samen nur so herumfliegen, Elischa paßt zwar auf, daß die Sträucher nicht auf die Höfe der Nachbarn übergreifen, aber Herbst um Herbst holen sich die Vögel die purpurroten Früchte und machen sich einen Spaß daraus, dem Schicksal zu helfen.

Vor knapp einer Stunde hat Elischa an seinem Transit einen Reifen gewechselt, er kniete auf dem Boden, lockerte die Schrauben und nahm den kaputten Reifen heraus. Hi, Ossi, sagte er, als er mich sah.

Hi, Elischa, sagte ich, deutete auf das dornige Gebüsch und fügte hinzu, bald wird dieses wilde Zeug den ganzen Moschaw erobert haben. Er drehte den Kreuzschlüssel, schob das Rad hoch und sagte, mach dir keine Sorgen, ich werde dem Zeug eine Feuerpause verordnen.

Wenn dieser Witwer eine Ahnung davon hätte, was für ein Wissen ich über die Frau gesammelt habe, die ihn auch im Tod nicht in Ruhe läßt, ebensowenig wie sie es tat, als sie noch lebte, hätte er mir die Metallschrauben an den Kopf geworfen und den Gummireifen gleich hinterher. So aber fragte er nur, was gibt's, und kratzte sich an der Stirn, so daß ein schwarzer Streifen quer darüber zurückblieb.

Du siehst aus wie ein Schornsteinfeger, sagte ich.

Ist doch kein schlechter Beruf, meinte er. Vielleicht im nächsten Leben.

Gibt es denn ein nächstes Leben, Elischa?

Keine Ahnung, aber es gibt Leute, die daran glauben, sagte er, kniete sich auf den Schlauch, suchte das Loch und lächelte nicht.

Viertes Kapitel

Am Schabbat wurde der Monat gesegnet. »Der Neumond des Monats Kislew wird am Freitag sein, er möge zu Gutem für uns und ganz Jisrael kommen«, verkündete der Vorbeter. Heda suchte in ihrem Gebetbuch nach der richtigen Stelle, ihre Hände fuhren zum Kopf, versuchten, zu glätten und zu ziehen, aber was kann man mit Haaren anfangen, die gerade mal einen Monat alt sind, und was würden zwei, drei zusätzliche Tage schon bringen. In den Tagen zwischen der Segnung des neuen Monats und seiner Geburt wird man alte Zeitungen auf der Erde ausbreiten und den hohen Hocker darauf stellen, Heda wird, eingehüllt in ein großes Laken, auf den Hocker klettern und mit den Füßen in der Luft schaukeln. Für dieses Haareschneiden setzt sie sich so selbstverständlich hin, wie sie Zähne putzt, die Wasserspülung auf der Toilette drückt oder das Nachtgebet spricht. Dinge, denen man sich nicht widersetzt. Manzi Ullmann wird sagen, bück dich, ja, noch ein bißchen tiefer, bitte, das Kinn bis zum Hals, und Heda wird sich bücken, bis ihre Wirbel wie Nüsse herausstehen und sich ihre Haut bei der kalten Berührung durch das Metall zusammenzieht. Manzi wird, die aufgeklappte Schere in der Hand, immer wieder einen Schritt zurücktreten, wegen der Perspektive, sie wird feststellen, daß die Haare noch nicht ganz symmetrisch sind und die Haarfusseln wegpusten, die an der Schere hängen. Sie wird ein Stück von dem Hefekuchen mit Kakao, den meine Mutter für sie hingestellt hat, abbeißen und zum hundertsten Mal sagen, daß ihr Oskar auch bei diesem Wetter um fünf Uhr das Haus verläßt, um nachzuschauen, welche Schäden die Kälte angerichtet hat, und um die gelben Flecken auf den Blättern der Mangos zu zählen, und dann kommt er mit einer geschwollenen Nase und einer Haut wie ein Reibeisen zurück. Wer braucht diese Pflanzung? Was ist schlecht an einem Beet mit Radieschen neben dem Haus? Diese Bäume werden ihn noch umbringen, du wirst schon sehen, Dworale.

Meine Mutter wird sagen, mit Ruwen ist es genauso. Stimmt ja, er arbeitet nicht körperlich, aber auch die Buchführung kostet den Menschen Kraft, und Ruwen, so gradlinig wie eine Vorhangstange, legt eine Arbeit nicht aus der Hand, bevor er weiß, woher jeder Groschen gekommen und wohin er gegangen ist, sogar als wir in die Pension nach Moza gefahren sind, hat er Papiere mitgenommen und unter einem Baum gesessen und gearbeitet.

Heda wird eine Hand aus dem Laken schieben und ihren Schädel abtasten, aber sie wird nicht anfangen zu diskutieren. Es ist ja auch keine wirkliche Glatze, Manzi versteht es, rechtzeitig aufzuhören, Ossi, bring mir ein Bonbon, wird Heda fordern und wissen, daß ich ihr eins bringe, seit Jahren hat sie sich an die kleinen Entschädigungen und Bestechungen gewöhnt, die sie für das Unrecht bekommt, das man ihr mit der Schere antut.

Laß sie doch endlich in Frieden, sagte ich einmal zu Elischa, warum fütterst du sie mit der Verrücktheit ihrer Mutter, glaubst du wirklich, daß ihr Wohlergehen von der Schere abhängt?

Er betrachtete Heda, die im Garten stand, vor den Hühnern, die zu ihr gelaufen waren, um ihr das Futter aus der Hand zu picken. Er bohrte mit der Sandale in den Sand und sagte, weder du noch ich wissen, was einen Einfluß hat, ich sage das Gebet für die Reise, wenn ich wegfahre, obwohl niemand mir je versprochen hat, daß durch das Gebet Unheil verhindert wird, jeder versucht auf seine Art, dem Unglück vorzubeugen, und das ist durchaus erlaubt, wie du weißt.

Die Hühner waren noch nicht satt, schwer und alt wie sie waren, hüpften sie um Heda herum und pickten das Schwarzbrot aus dem grauen Wasser in der Schüssel. Hedas Gesicht war leer, es zeigte weder Trauer noch Freude, wie bei allem, was ihr widerfuhr. Trockene Schoten fielen von dem Flammenbaum zu Boden, nicht etwa, weil die Erde es von ihnen verlangte oder weil die Schoten sich danach sehnten, sich zu lösen. Die Hühner fraßen aus Gewohnheit, und Heda weichte das Brot ein, weil es trocken geworden war und man es loswerden mußte, und Brot durfte man nicht wegwerfen. Wir standen schweigend neben der Treppe und schauten ihr zu, Elischa kratzte ein bißchen Rost vom Geländer und betrachtete die Spuren, die die Füße der Hühner in den Sand gedrückt hatten, der Himmel war wie ein überreifer Paradiesapfel, grünlichgrau bis zu den Spitzen von Mewurachs Zypressen, Winterhemden auf der Wäscheleine ließen leere Arme zum Boden hängen, noch nicht einmal das Gras vor dem Zaun zitterte, der Hof war wie erstarrt, sogar der Staub, den die Hühner im Sand aufwirbelten, sank sehr langsam zurück auf die Erde. In dieser müden Stille hätte ich gern seinen Arm berührt und ihn gefragt, wie sein Glaube an Gott und seine leidenschaftlichen Vorkehrungsmaßnahmen gegen das Schicksal eigentlich zusammenpaßten, aber das Licht war so weich, zu dieser Szenerie paßte einfach kein theologischer Disput, also sagte ich nur, die Zukunft ist vielleicht weniger beängstigend, wenn man sie selbst gestaltet und nicht dem Zufall überläßt. Elischa lächelte, wie ein alter General beim Anblick eines begeisterten Rekruten lächelt, der nicht merkt, daß er kurz davor ist, über einen Stein zu stolpern.

Erinnerst du dich an »Elieser und Riwka« und an den Abend damals?, fragte ich, und sein Gesicht verdüsterte sich. Wer erinnert sich schon gern an solche Abende? Und wie hätte er diesen letzten Tag des Juni vergessen können? Der ganze Moschaw hatte sich in der Sporthalle versammelt, alle klatschten mit ihren von der Arbeit trockenen Händen laut und rhythmisch, als die kleinen Hauptdarsteller auf die Bühne traten, sich vor dem Publikum verneigten und wieder verschwanden. Meine Mutter klatschte besonders begeistert, und Jo'el hustete und erstickte fast vor Aufregung, auch Awrum und Ziona, Almas Eltern, die zu der Feier gekommen waren, gerieten ganz aus dem Häuschen. Er hatte eine schwarze Kipa aus Papier auf dem Kopf, eine von der Art, wie man sie an der Klagemauer oder auf Friedhöfen verteilt, und sie trug ein ärmelloses Kleid und hatte sich einen Schal um die Schultern gelegt, um ihre nackten Oberarme zu bedecken.

Elischa klatschte verhalten, vielleicht begnügte er sich sogar damit, die Hände aneinanderzulegen, doch er ließ kein Auge von Heda, die den Elieser spielte. Sie stand vorgebeugt auf der Bühne, mit einem grauen, am Kinn angeklebten Bart, der ihr schütter bis auf die Brust hing, und eine Kipa bedeckte ihren Kopf wie eine umgedrehte Suppenschüssel. Neben ihr stand Talja Lamdan, die Tochter Gideons, und verbeugte sich so elegant und so tief vor dem Publikum, daß ihre langen Haare die Bretter berührten. Heda schaute das Publikum nicht an, sie blickte noch nicht einmal zu uns, ihre Augen waren starr auf den Streifen gerichtet, der den Bühnenrand markierte, vor ihr knieten zwei Kamele, aus Gaze gemacht, sie hielt die Seile, deren andere Enden um die Hälse der Tiere geschlungen waren, und quetschte sie in ihrer Faust. Im Neonlicht sahen ihre Haarstoppeln um die Kipa herum wie Hundezahngras aus.

Auf dem Heimweg betrachtete Ziona Talja, die vor uns ging, und sagte, was für ein schönes Mädchen sie sei. Gideon hörte das und sagte, der Apfel fällt nicht weit vom Stamm, was?

Er und Elischa waren zusammen in die Schule gegangen und hatten in der gleichen Einheit gedient, waren aber nie Freunde gewesen. Gideon hatte sich schon sehr früh Öl auf seine blonde Haartolle geschmiert, hatte seine Hüften in enge Hosen gezwängt und war nach Haifa gefahren. Wenn er dann zurückkam, roch er nach Parfüm und hatte sich noch nicht mal die Mühe gemacht, die Lippenstiftspuren von Hals und Nacken zu wischen, und nach dem, was er erzählte, mußte es noch Spuren anderer Lippenpaare gegeben haben. Er heiratete Rina, als Talja schon in ihrem Bauch wuchs, es war wohl die kürzeste Schwangerschaft, die man in diesem Moschaw je erlebt hatte, sechs Monate zwischen dem Tag, als das Glas zerbrach, und Taljas Geburt. Was für ein Reinfall, sagte er zu jedem, der es hören wollte, ohne zu erklären, ob er damit die Schwangerschaft meinte oder Rina, die er hatte heiraten müssen. Inzwischen haben sie zwei weitere Kinder bekommen, Rina ist dicker geworden, ihre Hüften sind breiter, so daß nur mehr jemand mit einer gutentwickelten Phantasie eine Ähnlichkeit zwischen diesem schweren Geschöpf und jener Barbiepuppe erkennen kann, die damals mit schmalem Gesicht und der kleinen verräterischen Erhebung am Bauch unter der Chuppa gestanden hatte. Ein Schaltjahr nennt man Rina hier und behandelt sie mit übertriebener Vorsicht, weil man sie immer mit Schwangersein in Verbindung bringt. Wenn sie mit ihren Schülerinnen hinausgeht, um ihnen den Kreislauf des Wassers in der Natur oder die Anzeichen des Herbstes zu zeigen, machen die Mädchen ihren breitbeinigen Gang nach, sie watscheln wie Enten und seufzen, wenn sie sich bücken, um eine Schnecke aufzuheben oder sich den Schnürsenkel zuzubinden.

Heda ging in der Spur, die Taljas Kleid in den Sand gezogen hatte, und zupfte sich Barthaare vom Kinn, die rote Flecken hinterließen. Ziona hängte sich bei meiner Mutter ein und erzählte ihr von den Migräneanfällen, die sie hatte, seit Alma von uns gegangen war, nur der Knoblauch rettet mich vor diesem Übel, sagte sie, ich habe vielleicht schon fünf Dunam Knoblauch seither gegessen, Awrum sagt, man muß ihn kauen, denn

Knoblauch kommt, wenn man ihn im Stück ißt, auch als Stück wieder heraus, aber obwohl ich ihn nicht kaue, wegen des Geruchs, habe ich, entschuldige bitte, bis heute nichts entdeckt, das wie Knoblauch aussah, und ich habe es mir immer genau angeschaut. Elischa und ich gingen schweigend hinter den beiden her. Neben Ziona sah meine Mutter fast anämisch aus. Schau dir die Beine an, sagte ich zu Elischa, Beine made in Ungarn gegen Beine made in der Hungerzeit. Elischa lachte und betrachtete die Kleider, die sich über den Hüften der Frauen vor uns bauschten. Ossi kann bezeugen, wieviel Knoblauch bei mir am Fenster hängt, sagte Ziona und drehte sich zu mir um. Als sie erfahren hatte, daß ich öfters in Jerusalem zu tun hatte, hatte sie angerufen und erklärt, ich müsse sie unbedingt besuchen. Ich war auch hingefahren, hatte ihr Clementinen mitgebracht und ein Bild, das Heda für sie gemalt hatte. Sie hatte ihre gefeilten Fingernägel auf das Bild gelegt und gesagt, wenn es nicht wegen der Migräne wäre, hätte ich ihrem Vater nicht so leicht nachgegeben, ich hätte sie zu uns genommen und hier aufgezogen. Er wird ja doch irgendwann noch einmal heiraten, und Gott weiß, was für eine Frau er dann ins Haus bringt.

Glaubst du wirklich, daß er heiraten wird? fragte ich und betrachtete das Bild eines schönen fremden Mädchens auf der Glasvitrine.

Das ist Ofra, unsere jüngere Tochter, sagte Ziona, sie lernt Ballett in New York, schau mal, das Haus, eine richtige Bonbonniere, findest du nicht, nur Awrum und ich laufen hier in unseren vier Wänden herum, zählen unsere Wehwehchen und rennen zum Telefon, wenn es klingelt, als hätte uns jemand etwas Wichtiges mitzuteilen. Ich sage dir, Ossi, egal, wie schlecht es einem Menschen auch geht, er hört nicht auf zu hoffen.

Ofra ist sehr schön, sagte ich, nahm das Foto in die Hand und betrachtete das Mädchen aus der Nähe, Elischa könnte doch sie heiraten, oder?

Ziona fuhr mit dem Finger über die Vitrine und sagte, Ofra hat nicht die Absicht, zu heiraten, sie sagt, die Ehe bringt die Liebe um, und solche Sprüche von ihr bringen Awrum um. Und außerdem ist Elischa zu fromm und zu ernsthaft, das paßt nicht zu ihrem Temperament.

Und zu Almas Temperament hat es gepaßt? fragte ich und folgte ihr in die Küche.

Alma war etwas anderes, antwortete sie, Alma ist mit dem Leben umgegangen, als wäre es eine Porzellankanne, auf die man aufpassen muß, damit sie nicht zerbricht, die Wahrheit ist, daß diese Geschichte mit Elischa uns getroffen hat wie eine Bombe, wir haben ihr gesagt, daß er neben ihr wie ein Junge wirkt, und außerdem, warum sollte sie sich das Leben mit einem Frommen schwermachen, aber sie, die niemals frech geworden ist, hat nur gesagt, haltet euch da raus, das ist mein Leben.

Ziona kochte einen starken Kaffee mit Kardamon, nahm eine Zehe von ihrer Knoblauchkette am Fenster, schluckte sie mit dem Kaffee und fragte, willst du auch eine? Dann lachte sie und sagte, ich hoffe, du fühlst dich hier wohl, komm, wann du willst, du bist immer willkommen. Später brachte sie mich zu meinem Peugeot und küßte mich, und ihr Kuß roch nicht die Spur nach Knoblauch.

Wir saßen mit den Scha´ulis am Tisch und aßen Obst und Süßigkeiten. Ein Windstoß drang durch das Fenster und wehte Awrum die Papierkipa vom Kopf auf Hedas Fuß, Heda hob sie nicht auf. Jo´el fragte, was ist mit dir, fühlst du dich nicht gut? Und Ziona sagte, ach, fast hätte ich es vergessen, wir haben ihr ja etwas mitgebracht, und holte aus ihrer Handtasche einen orangefarbenen Schmetterling aus Kupfer. Heda machte den Nacken steif und wich den Händen aus, die den Schmetterling an ihren Elieser-Mantel steckten, sie senkte auch nicht den

Kopf, um das Schmuckstück anzuschauen. Danach schloß sie sich dem Gefolge an, das hinausging, um die Scha´ulis bis zur Bushaltestelle zu begleiten. Vom Fenster aus sah ich, wie sie neben ihnen herschlurfte, gebeugt von ihrem schweren Mantel, sie hob noch nicht einmal den Kopf, um den Raben nachzublicken, die sich von den Dächern erhoben und laut krächzend zu den Zypressen flogen. Auf dem Rückweg lief Heda vor allen anderen her, das Gewicht ihres Mantels machte ihre Schritte dumpf und schwer. Lotti hörte den fremden Schritt, sprang ihr entgegen und bellte, aber Heda ging an dem Hund vorbei wie ein Geist, rannte keuchend durch die Diele und warf dabei einen Stuhl um. Aus ihrem Zimmer drangen Geräusche, als wäre sie eifrig mit irgend etwas beschäftigt, und ich nahm mich zusammen und beschloß, sie diesmal in Ruhe das beenden zu lassen, was sie gerade tat.

Draußen wurde es schon dunkel. Mein Vater faltete die Zeitung auf, um sie zu lesen, und bevor er sich in sie vertiefte, sagte er, Elischas Schwiegermutter sei wie eine Challa, die man zu lange gebacken hatte, eine solche Hypochonderin habe er schon lange nicht mehr gesehen. Meine Mutter sagte, pssst . . ., pssst . . ., daß die Kleine nichts hört, und dann fiel ihr ein, daß Heda schon seit Stunden in ihrem Zimmer war, bei geschlossener Tür.

Reiche mir bitte etwas Wasser aus deinem Krug, hatte Heda auf der Bühne zu Talja gesagt, und Talja hatte ihren schmalen Rücken gebeugt und Wasser über die mageren Hände Eliesers gegossen, das Wasser war auf den Bühnenboden gelaufen und hatte einen großen Fleck auf den Holzdielen hinterlassen, Heda hatte den Knoten ihres Jutesacks gelöst, silberne Armreifen herausgenommen und damit Taljas hübsche Arme geschmückt, dann gab sie ihr Bernsteinketten, und als Talja die Hand hob, um ihre langen Haare zurückzustreichen, klirrte ihr Geschmeide. Heda machte große Augen, wie man es ihr bei den Proben beigebracht hatte, aber in ihrem Blick lag nichts von dem Erstaunen über Riwkas Schönheit, höchstens so etwas wie gleichgültiger Gehorsam.

Meine Mutter drehte die Pastete um, ganz eingehüllt von ihrem Duft, und sagte, ich solle Heda rufen, sie habe nämlich seit dem Morgen nichts mehr gegessen.

Acht kahlköpfige Puppen lagen auf ihrem Bett, mit zerkratzten Plastikschädeln, und die abgeschnittenen Haare wurden vom Wind, der durch das offene Fenster drang, über den Fußboden geweht. Noch immer in ihren Elieser-Mantel gehüllt, lag Heda quer auf dem Bett und schlief, die linke Hand geballt, am Daumen der rechten die Schere.

Sie ist erschlagen, laß sie schlafen, sagte ich zu meiner Mutter, machte das Licht aus und zog hinter mir die Tür zu.

Es ist schon fünf vor acht, Ossi, findest du nicht, daß es Zeit ist zu essen?

Was habt ihr nur immer mit dem Essen, sagte ich, man könnte meinen, ihr hättet zwei Tage gefastet.

Mein Vater ließ die Zeitung sinken und sagte, nur Sabres könnten so abfällig von Essen sprechen. Der Mensch muß ein Trauma erlebt haben, um den Wert von Brot schätzen zu lernen. Er sagte noch etwas über Indien und über den Holocaust, aber ich war schon draußen. Barfuß rannte ich über die Steine.

Elischa war verblüfft über mein hartnäckiges, forderndes Klopfen, vielleicht dachte er, jemand wolle ihm einen Brand in der Pflanzung melden, denn noch während ich klopfte, stand er schon in der erleuchteten Tür, fragte, was ist los, Ossi?, und trat zur Seite, um mich hineinzulassen. Er hatte wohl gemerkt, daß ich das, was ich ihm zu sagen hatte, nicht auf der Schwelle sagen würde, es gibt einfach Dinge, die man im Freien nicht aussprechen kann, weil man die Zähne nicht auseinanderbekommt aus Angst vor den Nachbarn, manche Sachen sagt man besser erst, wenn man die Tür hinter sich zugemacht hat.

Was tust du ihr an, sag?

Ich stellte mich so nahe vor ihn hin, daß ich auf seinen Wangen die Blutspuren der winzigen Schnitte sehen konnte, die er sich beim Rasieren zugezogen hatte.

Kannst du dich nicht endlich beruhigen und mir erklären, was los ist? Er zog mir einen Stuhl her, aber ich blieb stehen. Hast du dich nie gefragt, sagte ich, warum deine Tochter immer den Moses spielt, den Ahasverosch, den Elieser und den Jehoschua bin-Nun? Du weißt genausogut wie ich, daß das nicht an ihrer mangelnden dramatischen Begabung liegt.

Weil ich mich nicht hinsetzte, blieb er ebenfalls stehen. Er lehnte sich mit dem Rücken an die Wand und schwieg, aber er rauchte nicht, und er fuhr sich nicht durch die Haare und suchte nicht mit der Zunge nach einem Krümel zwischen den Zähnen und erschrak nicht über die angespannte Stille, er lehnte nur an der Wand und wartete.

Seit elf Jahren treffe ich ihn mindestens einmal am Tag, der Abstand von sechs Kasuarinenbäumen trennt sein Haus von unserem, man kann mich Hunderte verschiedene Schritte auf den Steinen hören lassen, ich brauche nur eine Sekunde, um seine zu erkennen, in Sandalen, in Arbeitsstiefeln oder barfuß, aber trotz allem, was ich von ihm weiß, ich weiß letztlich nichts, denn was nützt einem schon das Licht, das auf eine Wand fällt, wenn man zwar die Farbe des Anstrichs sieht, aber nichts Wesentliches von der Wand, etwa wie dick die Steine sind und aus welchem Material? Er verschränkte die Arme vor der Brust, und ein Streifen heller, ungebräunter Haut war zu sehen, da, wo er die Armbanduhr abgenommen hatte, ein Streifen wenig pigmentierter Haut, rosig unter den Härchen, die sich darauf ringelten, einfach nur ein weißer Streifen am Handgelenk, geh und sag ihm, was für eine Lust du hast, gerade diesen Streifen zu berühren, der von der Sonne verschont ist. Endlich kann man mal deine Originalfarbe sehen, sagte ich und berührte mit dem kleinen Finger den Streifen, eine beiläufige Berührung, und Alma betrachtete uns von der Wand mit so funkelnden Augen, daß man hätte denken können, sie wüßte etwas. Entweder du setzt dich oder du sagst mir, was du aufrühren willst, sagte er und schob mir mit dem Fuß den Stuhl zu.

Ich will nichts aufrühren, sagte ich, ich werde ganz offen sein. Ihre Haare, die du ihr nicht erlaubst wachsen zu lassen, bringen diesem Mädchen nur die Rollen von alten, harten Männern ein. Die anderen Mädchen, die lange, üppige Haare haben, tragen Krinolinen und malen sich die Lippen an. Am Anfang sind sie nur Feen aus dem Fernsehen, aber mit der Zeit lernen sie, ihren kleinen Hintern zu bewegen, die Hüften zu schwenken, und bei den Aufführungen der achten Klassen sind sie schon verführerische Frauen. Hast du Gideons Talja gesehen? In zwei, höchstens drei Jahren werden am Schabbatausgang die Autos in Schlangen zum Moschaw gefahren kommen, aus der ganzen Gegend werden die jungen Männer herbeiströmen, um sie anzufassen. Und Heda, die mit ihrem großen, geschorenen Kopf immer nur Rollen wie Abrahams alten Diener spielt, wird zu Hause sitzen und Löcher in Flammenbaumschoten stechen, und vor lauter Eifer wird ihr Rücken so krumm werden wie der Spazierstock deines Vaters.

Elischa löste sich von der Wand, ging zum Fenster und fragte, also das ist es, was dich um diese Uhrzeit hergetrieben hat?

Nein, das ist nicht alles, sagte ich, es gibt eine ausgezeichnete Pastete, Nudeln mit Zimt, meine Mutter sagt, du mußt sie unbedingt probieren, sie hat auch eingemachte Aprikosen und Rosinen hineingetan, so etwas hast du noch nicht gegessen, und dann konnte ich mich nicht beherrschen, ich ging zu dem Bild an der Wand und strich mit dem Finger über die glatte Wange, und wäre nicht das Glas dazwischen gewesen, hätte ich sie in das weiche Fleisch zwischen Ober- und Unterkiefer gekniffen. Elischa sah mir zu und sagte kein Wort.

Wir gingen schweigend hinaus, die Kreuzdornbüsche zerkratzten mir die Beine. Diese idiotischen Büsche sehen aus wie Hedas Frisur, sagte ich und bedauerte, daß ich barfuß war, hätte ich Schuhe angehabt, hätte ich jetzt wütend ein paar Zweige zertreten. Was für ein Juni-Abend, dachte ich, ich barfuß und Elischa neben mir, solche Abende sind nicht geschaffen für Pasteten mit Zimt und ganz bestimmt nicht für Vorwürfe, könnte ich schreiben, würde mich dieser Abend zu ein paar Zeilen verleiten, aber weil ich nicht wußte, wie man Empfindungen in Gedichten ausdrückt, summte ich »Der letzte meiner Tage ist vielleicht schon nah« vor mich hin, und nach der ersten Zeile hörte ich auf und sagte, schau, wir erfinden uns Freuden und vernichten sie dann mit eigener Hand. Erst vier Bäume weiter fragte er, welche Freuden ich gemeint habe.

Die Pastete, sagte ich, gleich wirst du sehen, wie viele Schichten sie hat und wie der Zimt die Nudeln färbt, und du wirst denken, wie schade, daß unsere Zähne dieses Kunstwerk vernichten werden, meinst du nicht? Elischa lachte nicht, er kannte mich und traute meinem scherzhaften Ton nicht.

Plötzlich blieb er stehen, hielt mich am Arm fest und sagte, Ossi, was ist los. Ich blieb auch stehen. Was los ist? Es ist los, daß der Witwer Elischa Malkin den zarten Ellenbogen der jungen Dame Jiska Simon hält, die in einer wunderschönen Nacht Ende Juni barfuß an seiner rechten Seite geht.

Er erhöhte den Druck auf meinen Ellenbogen, bis ich »au« sagte und fragte, Ossi, was soll das Theater?

Was für Hände, sagte ich, bestimmt kannst du damit Nüsse wie Eierschalen zerknacken, und lange Zeit tat mir diese Stelle am Ellenbogen weh und ich rieb sie immer wieder, bis am Schluß nichts mehr zu sehen war.

Meine Mutter und mein Vater saßen wütend am Tisch und warteten, ihre Lesebrillen warfen helle Flecken auf die Zeitung, die sie sich geteilt hatten. Meine Mutter riecht Gefahren, wie sie riecht, wann ein Kuchen richtig durchgebacken ist. Sie ließ einen Schuh fallen und gleich auch noch den zweiten, als sie sah, wie ich Elischa am Ärmel zu Hedas Zimmer zog, die Tür aufmachte und das Licht anknipste. Umgeben von den kahlen Plastikköpfen, noch immer in Eliesers großem Mantel und nach säuerlichem Schweiß riechend, riß sie bei der plötzlichen Helligkeit die Augen auf, zog den Daumen aus der Schere und fragte, was wollt ihr? Ich überlegte, ob ich die beiden allein lassen sollte. Das Mitleid und die Boshaftigkeit kämpften in mir, ohne daß eines von beiden die Überhand bekam. Was ist, hast du hier einen Friseurladen aufgemacht? Kann man sich bei dir anmelden?, fragte Elischa. Er sah aus, als hätte man ihn ins Gesicht geschlagen.

Heda antwortete nicht, wild stieß sie seine Hände weg, die ihr den Mantel ausziehen wollten. Sie haßte diesen Mantel nicht weniger als sie ihren kahlen Kopf haßte, aber es schien, als habe sie endlich begriffen, welcher Nutzen sich aus ungerechten Kränkungen ziehen läßt.

Vorfreude stieg in mir auf, der Golem in ihrem Inneren wachte langsam auf, mit ihr geschah etwas, und wenn mit ihr etwas geschah, würde sich zweifellos auch etwas in dem Mann verändern, der sich hilflos über sie beugte. Ich betrachtete die beiden, er mit seinem Gewissen, sie mit ihrer Gekränktheit, und berechnete die Tantiemen, die mir dieser doppelte Schmerz bringen würde. Ganz ohne Zweifel ist etwas mit mir nicht in Ordnung, dachte ich, und trotz der getrübten Freude ließ ich die beiden nicht allein und suchte mir eine Schote an der Decke aus, an der ich meinen Blick festmachen konnte.

Mit abgeschnittenen Haaren war die Mutter dieses Mädchens zwischen den Büschen herumgegangen und hatte Tag um Tag hartnäckig und hilflos mit dem Schicksal gehadert. Erst nach ihrer Heirat hatte sie ihre Haare wieder wachsen lassen, zuversichtlich, daß die Kopfbedeckung, die sie als verheiratete Frau trug, sie von ihrem Schicksal trennen würde

Aber das Schicksal war geduldig und konnte warten. Die

Kopfbedeckung wölbte sich über ihren Haaren, und Violet, die Hebamme, hat nie vergessen, wie sich Almas Haare lose und ungezügelt in dem Raum zwischen Bett und Fußboden ausgebreitet hatten wie schwarzer Regen. Zu diesem Zeitpunkt hatte der Tod schon seinen vom Weg staubigen Mantel ausgezogen und den sterilen Kreißsaal betreten, zu diesem Zeitpunkt stand er schon zwischen den Assistenten, wickelte eine Haarsträhne, die feucht war von ihrem Schweiß, um seinen Daumen. Aber er beherrschte sich, steckte die Hände tief in die Taschen und nahm sie erst wieder heraus, als das Schreien des Neugeborenen zu hören war. Und Elischa, der Mann, der sonst doch so genau weiß, wie die Dinge in der Natur ablaufen, konnte nicht verstehen, daß ihre Gebärmutter immer größer und größer geworden war, um den dreitausendsechshundert Gramm Platz zu machen, nur eine Ader war zu kurz gewesen und zerrissen, und von dem Blutsturz wurde ihre Seele mitgerissen und ging unter. Dieser Mann, der die Dattelpflaumen ausschneidet, damit die Früchte zwischen den Zweigen Platz haben, um groß zu werden und zu reifen, der den Zusammenhang zwischen der Sterblichkeit der Insekten und der Sprühmittelhaut, mit der er seine Früchte überzieht, genau kennt, ließ sich von Almas Glauben anstecken, daß ihr Tod und ihre Haare in direkter Beziehung zueinander standen. An dem Tag, da auf Hedas kleinem Kopf Haare wuchsen, legte er die Hände auf sie und versuchte, den Flaum zu ersticken, aber schneller, als er sich das vorstellen konnte, reiften die Keime, und noch bevor die Kleine ein Jahr alt wurde, war ihr Kopf voller weicher, brauner Haare, und er sagte zu meiner Mutter, sie müßten einmal im Monat geschnitten werden.

Meine Mutter sagte nicht, was soll denn dieser Blödsinn, sie meinte nur, die Leute würden das Kind für einen Knaben halten. Ich verstehe nicht viel von Psychologie, sagte sie, aber ich habe das Gefühl, daß das dem Mädchen schaden könnte, Mädchen sollen wie Mädchen aussehen, schloß sie in einem

Ton, der energischer war, als sie es sich normalerweise zugestand, aber trotz des Tones gab er nicht nach, und als er gegangen war, sagte sie zu meinem Vater, du hast recht, diese Jemenitin hat ihn komplett verrückt gemacht, woraufhin mein Vater sie wieder daran erinnerte, daß Alma nur eine halbe Jemenitin gewesen war.

Als man Heda zu ihrer ersten Schur hinsetzte, bewegte sich ihr kleiner Kopf entsprechend der Schere, und ihr Geschrei war bis zu den Schochets zu hören. Die Süßigkeiten, die man ihr anbot, halfen nichts, weder die Töpfe, auf die meine Mutter trommelte, noch der rote Turban, den sich mein Vater aufsetzte, noch die Zunge, die er herausstreckte. Für einen Moment lang erfror ihr Weinen, und es hörte sich an, als käme Hilfe. Sie schaute das Publikum an, das sich um sie geschart hatte, verzog das Gesicht, übergab sich und brüllte erschrokken.

Lotti, die damals noch eine junge, wilde Hündin war, hörte das Geschrei und kam zur Tür, und wider Erwarten machte meine Mutter ihr auf und hielt sie auch nicht zurück, als sie auf die Marmorplatte sprang und dort ihr Fell schüttelte. Verblüfft von dieser neuen Erfahrung, lief Lotti zwischen den Becken herum, schnüffelte an Töpfen und leckte einen Rest Reis aus, der in der Pfanne klebte. Schließlich wurde auch Heda von dem Anblick angezogen. Innerhalb weniger Minuten war ihr Kopf geschoren, Manzi blies über die Schere und den kleinen Nacken, und meine Mutter lächelte säuerlich und sagte, wenn wir in die Stadt fahren, lassen wir ihr Löcher in die Ohren stechen und ziehen ihr Ohrringe an, damit jeder sieht, daß sie ein Mädchen ist. Doch später vergaß sie das, und Heda wurden keine Löcher in die Ohren gestochen, statt dessen bekam sie Spitzenkleidchen und rote Lackschuhe.

Noch verquollen vom Schlafen, kam Heda zum Tisch und weigerte sich, den Mantel auszuziehen. Meine Mutter drängte sie nicht, was die Pastete betraf, sie schob ihr nur den Karamellsirup hin, die kleine Kanne stieß gegen den Teller, und der Klang von Porzellan auf Porzellan war zu hören. Heda hob eine Schulter, drückte das Mantelrevers an ihren Hals und schwieg. Der Schmetterling, den ihr Ziona mitgebracht hatte, glitzerte und sah aus, als wollte er zu den künstlichen Blumen in der blauen Vase fliegen. Elischa schnitt sich ein Stück von der Pastete ab und fing an zu essen, aber man sah ihm an, daß ihn weder die Rosinen noch der Zimt interessierten.

Iß, sagte ich zu Heda, und sie zog die Schultern hoch, so daß ihr Kinn, an dem noch immer Haare klebten, fast nicht mehr zu sehen war.

Ich ließ nicht locker. Es sind auch Aprikosen in der Pastete, sagte ich, entschlossen, mich auch diesmal nicht mit dem Drama zufriedenzugeben, das das Leben selbst erfindet, ich wollte die Szene bis zum äußersten auskosten. Aber meine Mutter schlug auf den Tisch und sagte, Ossi!

Heda schob ihren Teller zurück, und das Kännchen mit dem Karamellsirup fiel um. Mein Vater stand auf, um die Pfütze aufzuwischen, und Heda drückte die Knie zusammen und wich Elischas beruhigender Hand aus.

Lechajim!, rief ich und stieß mein Glas mit Wasser gegen Elischas Glas, trinken wir auf Jeanne d'Arc, die endlich das Wunder des Aufstands entdeckt hat.

Elischas Gabel sank auf den Teller. Er erhob sich und schlug Heda vor, heute nacht bei ihm zu schlafen. Sie sprang auf, rannte in ihr Zimmer und kam, den zusammengerollten Pyjama unter dem Arm, zurück.

Wir schauten ihnen nach, wie sie zum Tor gingen, und meine Mutter sagte, du kennst keine Grenze. Das Licht der Straßenlaterne fiel auf Elischas Rücken und den Elieser-Mantel Hedas, die mit hängenden Schultern neben ihm durch die Dunkelheit ging. Bevor sie hinter der Biegung verschwanden, sah ich noch, wie Heda sich bückte, einen Stein aufhob und ihn gegen die Mülltonne der Ullmanns warf. Als sie weiterging, sprangen unter ihren Sohlen Steinchen vom Kiesweg auf.

Mein Vater sagte, eine solche Gemütsverfassung sei bei diesem Mädchen alles andere als normal – er kratzte eine Nudel von der Tischdecke –, wirklich, alles andere als normal, er erinnere sich nicht, fügte er hinzu, daß sie je in so einer Gemütsverfassung gewesen sei, dann berührte er die Schulter meiner Mutter und fragte etwas auf Ungarisch, und sie sagte »nem«.

Als die beiden schon vor dem Fernseher dösten, ging ich zu Elischa, mit Hedas Zahnbürste und ihren Hausschuhen. Elischa machte die Tür auf und hinderte den Wind nicht, sie zurückzuschieben, so daß nur ein kleiner Spalt offenblieb, und er lud mich nicht ein, hereinzukommen.

Trotzdem fühlte ich mich federleicht und schwebend, als ich wegging. Ich hatte ein gutes Vorgefühl. Statt nach Hause zu gehen, lief ich die Straße zum Genossenschaftsladen entlang. Das Schloß an der schweren Tür glänzte in der Dunkelheit, die Pappeln im Garten der Verwaltung warfen das Mondlicht zurück. Ich lief am hinteren Zaun vorbei zu den Feldern. Hätte Schejnfeld jetzt meine Zehen gesehen, verschmiert von feuchter Erde, hätte er ein Fenster aufgemacht, mir ein Handtuch hingehalten und auf die kleine Dusche gedeutet, die er in der Praxis hatte. Aber Schejnfeld war weit und fern, hatte mit meiner Freude nichts zu tun, von der nur der Teufel wußte, woher sie stammte. Denn wie ließ sich diese plötzliche Erleichterung erklären? Niemand hatte mir ein freundliches Gesicht gezeigt oder mir etwas versprochen oder die Tür, die der Wind zudrückte, für mich wieder aufgemacht. Der Mond war voll und hoch und sein Licht klar. Um ihn herum bildeten dunstige Schleier einen Hof und trennten sein Licht von der Dunkelheit auf den Feldern. Die Häuser des Moschaws lagen hinter mir, in einem von ihnen ist das Mädchen, das sich in seinem Mantel verschanzt. Er sitzt jetzt neben ihr und sucht nach Worten, erschrocken über die Veränderung, versucht er zu besänftigen und zu erklären. Dieser Mann, dem sein Weg antwortet und schon Vertiefungen zeigt, die zu seiner Sohle passen, erlebt jetzt, daß sich der Weg gegen ihn erhebt und eine neue Orientierung von ihm verlangt wird. Er muß vor seinem geistigen Auge alle Schnitte der Schere vorüberziehen lassen, er muß all die abgeschnittenen Haare aneinanderreihen und feststellen, daß sie Heda eigentlich schon bis zu den Knöcheln reichen würden. Er muß sich vorstellen, wie sie auf der Bühne gestanden hätte, in einem prachtvollen Kleid, sich elegant vor dem Publikum verbeugend, und wie sie abermals herausgekommen wäre und sich wieder verbeugt hätte.

Die umgegrabenen Erdschollen auf Mewurachs Feld taten meinen Füßen nicht weh, in der Dunkelheit ragten seine Zypressen wie ein Messer von der Erde himmelwärts, und der Stein, den er wegen Alma behauen hatte, sah aus wie ein ziselierter Gewehrkolben. Eine Schleiereule rief im Gipfel, schwer und voll, und die Nacht war noch lang. Aber vielleicht war die Eule noch hungrig und spannte ihre Muskeln zum Flug, warnte die Dunkelheit, knirschte vor Kälte in den Zweigen und schlug den Schnabel ins Holz.

Aus den Plantagen drang ein langes, einsames Heulen. Ein Schakal. Auch Schakale wagen sich nur in der Dunkelheit heraus, warnen mit ihrem Heulen junge Vögel in den Nestern und Mäuse in ihren Löchern. Bei Tag werden all diese Geräusche vom Lärm der Menschen überdeckt, doch kaum wird es Nacht, ist die Welt dem Kampf um Nahrung preisgegeben.

Oben im Gipfel schlug die Schleiereule mit den Flügeln, löste sich und flog zum nördlichen Teil des Feldes. Heda schläft jetzt schon, er sitzt neben ihr, schlägt sich vielleicht mit der Faust gegen die Brust, geht zum Fenster, schaut hinaus auf das Kreuzdorngestrüpp und sagt, was bin ich doch für ein Narr, er wartet nicht auf den Morgen und schneidet die Sträucher bis zu den Wurzeln ab, reißt sie heraus, und dann klopft er an Manzi Ullmanns Tür, um von ihr die Schere zu fordern. Erschrocken kommt Manzi in ihrem dünnen Nachthemd heraus, ihre schweren Brüste schaukeln über dem Bauch, sie gibt ihm die Schere, er bricht sie auseinander und wirft sie weg, die beiden Schneiden fliegen einzeln davon und bohren sich in die feuchte Erde. Die beiden Ullmanns stehen in ihren Nachtgewändern in der dunklen Tür und reiben sich die Augen, um zu sehen, ob das alles nicht ein böser Traum ist, den sie gemeinsam geträumt haben, doch er ist inzwischen wieder in seinem Haus und reißt das Bild aus dem Rahmen und sagt, das alles ist wegen dir, und Heda dreht sich im Bett um, als sie im Schlaf das Klirren hört, mit dem das Glas zersplittert.

Von weitem war Lottis Gebell zu hören. Auch sie hat ihre eigenen Gemütsverfassungen. Ihr hündisches Gehirn sehnt sich nach der Weite, sie träumt, wie es wäre, wenn sie nicht wegen ihrer Jungen gezwungen wäre, sich mit dem schmalen Streifen Sand zwischen der Mülltonne und ihrer Hütte zu begnügen. Die Beine tragen sie fast nicht mehr, die alten Muskeln sind nicht mehr in der Lage, sich zusammenzuziehen und zu dehnen, um sie zu dem Weg zu führen, von dem aus alle Wege der Welt abgehen. Sie folgt schnüffelnd der Spur des Autobusses, leckt den Asphalt und kehrt erschöpft in den Hof zurück.

Wer weiß schon, ob der Schakal und die Schleiereule die einzigen sind, die hier in der Nacht lauern. Was ist, wenn jetzt ein wilder Nomade vom Berg heruntersteigt und zum Feld kommt? Ich lehnte mich gegen den feuchten Stamm und wehrte mich nicht gegen den abgerissenen Schlummer, der sich über mich senkte. Wenn ein Nomade käme, würde er mich nicht anrühren. Man greift nicht an, wenn man keine Angst riecht.

Ein Ichneumon lief über den Weg, angeregt vom Geruch der Küken, suchte nach einer Ritze, scharrte den Sand vor dem Zaun auf und versuchte, seinen geschmeidigen Körper in den

Stall zu zwängen. Die Felder waren dunkel und grenzenlos, selbst wenn jetzt ein Schakal vor mir auftauchen würde, würde sich sein Lachen verzerren, und er würde verstehen, daß mir diese Nacht die Welt zu Füßen lag, denn ohne diesen verschwommenen Schlummer hätte ich die Zypressen ausreißen und den Himmel fort vom Berg tragen können.

In den Tagen danach lernte Heda, sich einen Faden um den linken Finger zu wickeln, beim Stricken in das richtige Loch einzustechen, Maschen anzuschlagen und korrekt zu wölben. Sie hielt das Wollknäuel zwischen den Knien, bewegte die Stricknadeln und trennte Fehler auf, sie ließ nicht locker, bis all die kahlen Plastikköpfe mit bunten Wollmützen bedeckt waren. Weil sie so damit beschäftigt war, Mützen zu stricken, kam kein neues Mobile zu ihrer Sammlung an der Decke, und niemand stieg auf die Leiter, die man halten mußte, damit sie nicht umfiel. Auch wenn in Elischa Zweifel aufgetaucht sein sollten, er erlaubte sich nicht, Taten folgen zu lassen, und sein Gewissen beruhigte er mit Geschenken, die er ihr brachte. Und das, wovon ich gehofft hatte, daß es passieren würde, passierte nicht, doch ich tröstete mich, daß dieses Stocken vielleicht gut war, und zügelte vorläufig das, was in mir brannte und nach größerer Weite verlangte, als die Zwiebel- und Karottenfelder boten. Das Leben nahm seinen normalen Gang und brachte keine Überraschungen. Es gab allerdings drei Veränderungen: die Tage wurden kürzer, eine Flugzeugstaffel flog oben am Himmel über den Moschaw, mit blitzenden weißen Flügeln, und Jo´els Husten wurde trockener und schwerer als im letzten Herbst.

Fünftes Kapitel

Ende Dezember konnte man Jo´els Husten schon nicht mehr ignorieren.

Warum Dezember, sagte mein Vater, Kislew paßt dir schon nicht mehr? Daß ich die Bezeichnungen des allgemeinen Kalenders benutzte, sah er als neues Symptom in der Reihe besorgniserregender Zeichen, die in der letzten Zeit an mir festzustellen waren. Was für das Volk Israel dreitausend Jahre lang gut war, paßt der Dame auf einmal nicht mehr? Er stand im Flur zur Toilette und schnitt Klopapier für den Schabbat. Im Genossenschaftsladen gab es zwar geschnittenes Papier zu kaufen, aber alle Handlungen und Tätigkeiten am Freitag, die der Vorbereitung des Schabbat dienten, machten den Tag königlicher und gerechter. In seinem Morgenrock sah mein Vater magerer aus. Die Jahre bringen die Knochen näher zusammen, und die Zwischenräume schrumpfen, als würden Ritzen geschlossen, um die schweren Krankheiten des Alters am Eindringen zu hindern. Schejnfeld gab nicht so leicht auf wie mein Vater. Schejnfeld schwamm, er stemmte Gewichte und schluckte Vitamine und jeden Tag ein halbes Aspirin.

Seit dreißig Jahren schneidet mein Vater Klopapier für den Schabbat, und jede Woche überlegt er aufs neue, wie groß die Menge sein würde, die vier Leute im Haus benötigen, er drückt die geschnittenen Papiere aufeinander, damit keine Luft dazwischen Platz findet, den Haufen aufbläht und ihm den trügerischen Eindruck vermittelt, die Menge reichte schon. Wenn Heda Lust hat, glättet sie die Papiere, legt sie Kante an Kante aufeinander und gibt keine Ruhe, bis sie ein genaues Rechteck zustande gebracht hat.

Seit die Tage kürzer geworden sind und die Kälte zugenommen hat, geht Heda häufiger zu Jo´el. Er spuckt seinen Schleim aus, und sie kocht ihm Tee, und in den Pausen zwischen Husten und Trinken schaut sie ihn besorgt an. In der letzten Zeit wartet sie nicht mehr, bis ihr einzelne Wimpern ausfallen, sondern reißt sie sich mit Gewalt heraus, schneller, als sie nachwachsen können, und wenn sie so weitermacht, wird sie in einem Jahr kahle Lider haben. Sie nimmt jede Wimper einzeln auf den Finger, macht sie zum Abgesandten ihres Wunsches und hört nicht auf zu blasen, bis die Wimper sich vom Finger gelöst hat. Was für Wünsche hat sie? Werden ihre Bedürfnisse nicht in einem hohen Maß erfüllt, sei es aus Mitleid oder aus Schuldbewußtsein, oder auch aus dem unbestimmten Gefühl, sie für das entschädigen zu müssen, was Gott ihr genommen hatte, noch bevor sie ihr erstes Weinen ausstieß? Aber für den Aberglauben, den Tante Rosi ihr eingeredet hat, gilt das alles nichts. Bei ihrem letzten Besuch hatte Tante Rosi einen Finger auf Hedas Wange gelegt, eine Wimper genommen und gesagt, wünsch dir was, nun, was willst du, ein neues Kleid? Schuhe? Schönheit? Aber letzten Endes wünschte sich Heda nur, man solle ihr erlauben, die überschüssige Schokolade zu schlecken, die von der Torte geflossen war. Tante Rosi spitzte die Lippen und blies gegen die Wimper, bis sie vom Wind ergriffen wurde, der den Vorhang blähte, und als sich ihr Mund entspannte, war zu sehen, daß der Bart, der ihr auf der Oberlippe wuchs, nur ein feiner Flaum war. Ihr Trick mit der Wimper war erfolgreich, wie sich herausstellte, Heda durfte die Schokolade ablecken.

Seit dem letzten Sommer ist es mit der Hoffnung, die vielleicht der eine oder andere noch hegte, endgültig vorbei, der

Hoffnung nämlich, Tante Rosi mit Jo´el verheiraten zu können. Tante Rosi hat eine feste Arbeit mit Pensionsberechtigung, sie ist ein Jahr jünger als mein Vater und hat nie geheiratet, aber Gott ist groß. Bei allem, was mit Gott zu tun hat, macht Tante Rosi sich selbst keine festen Vorstellungen, und wenn mein Vater sie warnt, weil sie am Schabbat Nachrichten hört, sagt sie, denk doch ein bißchen rational, Ruwen, ein Finger, der in der Nase bohrt, verbraucht mehr Energie als ein Finger, der auf einen Knopf am Radio drückt, ich bin sicher, wenn unser Meister Mosche heute auf den Berg steigen würde, würde er etwas Kompakteres zurückbringen, nicht so schwere Steine, die Welt hat sich verändert, Ruwen, mach doch die Augen auf.

Tante Rosi wohnt in der Bar Kochba Straße in Tel Aviv, siebeneinhalb Schritte von der Dizengoff Straße entfernt, und führt uns bei ihren Besuchen Dinge aus der Großstadt vor – Schuhe mit Plateauabsätzen, Gürtel aus elastischem Satin, Büstenhalter, die ohne Träger das stützen, was zu stützen ist. Das nennt man »strepless«, erklärt sie und zeigt uns das Wunder, das ihre welken Brüste hebt. Sie nimmt auch Vitamine zur Erhaltung der Jugend und Tabletten gegen Kalkmangel, und ein Spray, das sie sich in die Locken sprüht, gegen das physikalische Gesetz der Gravitation, welches die Haare plattdrückt.

Zweimal im Jahr, an Rosch ha-Schana und an Pessach, kommt sie zu uns und bringt ihren Hund Gito mit. Die Gesetze der Hunde sind nicht wie die Gesetze der Menschen, deren Paarungen schwer sind wie das Überschreiten des Schilfmeers. Lotti riecht den Gast, ihr Gedächtnis ist gut genug, um an Rosch ha-Schana zu jubeln und an Pessach wieder, und sie bellt und springt in die Luft und wirft sich auf die Erde und weiß doch nicht, wohin ihre Freude sie führen wird.

Der Name, den Rosi diesem Geschöpf nach seiner Geburt gegeben hatte, war Siro, die umgestellten Silben ihres eigenen

Namens. Doch als ihr klar wurde, daß sich der Name für Englisch Sprechende anhören würde wie Zero, änderte sie ihn in Gito.

Die Hunde spielen also ausgelassen auf der Wiese, und Rosi sagt, ihr kleiner Dickwanst würde ihr wohl noch Enkel bescheren, doch im Moment hat er noch nicht vergessen, daß er reinrassig ist und Charlotte ein Mischling, ohne jeden Stammbaum. Nur Rosi nennt den Hund Charlotte, wir hier begnügen uns mit Lotti, weil man sie so viel leichter anschreien kann, sie solle sich setzen oder sie solle endlich aufhören zu stören, außerdem erleichtert das Vergessen ihres ursprünglichen Namens auch das Vergessen der »Affäre«. Tante Rosi, die alles weiß, was bei uns passiert, nennt das große Interesse, das Oskar Ullmann und Jecheskel Schochet damals dem deutschen Mädchen Charlotte entgegenbrachten, »Affäre«. Charlotte war eines Tages aufgetaucht, vor über zwanzig Jahren, ihre Widersacher sagten, sie sei eine Goja, ihre Anhänger sagten, aber sie trägt einen Davidsstern um den Hals, und sowohl die einen wie die anderen betrachteten prüfend das Kettchen und was daran baumelte.

Groß, mit blonden, über den Ohren zusammengerollten Zöpfen und Augen, so blau wie die Fensterläden der Verwaltung, klopfte sie eines Tages ohne jede Voranmeldung an die dortige Tür und sagte auf Deutsch, sie sei gekommen, um der heiligen Erde nahe zu sein, und sie sei eine, die arbeiten könne. Sie stellte ihre Koffer ab und zeigte meinem Vater und Jecheskel Schochet zwei gesunde, braungebrannte Hände mit sauberen, gepflegten Nägeln.

Jecheskel, der nicht wußte, ob das Meer in ihren Augen von selbst so blau war oder ob es an den Fensterläden lag, sagte, er besitze ein großes Haus, und weil er einstweilen noch keine Kinder habe, könne sie in dem freien Zimmer schlafen, zweifellos würde Rutha, seine Frau, sich freuen, ihr Deutsch ein bißchen aufzupolieren.

Trotz ihrer kräftigen Hände sah Charlotte zart und zerbrechlich aus, mit einem Gesicht, als sei sie verwöhnt, daher bot ihr niemand Arbeit auf dem Feld oder in den Plantagen an, noch nicht einmal im Ziergarten. Nur Sami vom Genossenschaftsladen stellte sie als Hauptgehilfin ein, nachdem er die Muskeln an ihren Unterschenkeln gesehen hatte, als sie sich zum Kühlschrank bückte, um ein Joghurt auszusuchen. Sie zerschnitt große Käselaibe und verpackte sie in Portionen von einem Viertel Kilo, ordnete Milchflaschen ganz unten im Kühlschrank, klebte Preisschilder auf Konservendosen und brachte leere Schachteln auf den Hof, und um drei Uhr nachmittags hinterließ sie Sami einen sauberen, aufgeräumten Laden, duschte und ging zum Rasen der Schochets.

Die Sonne des zu Ende gehenden Tages trocknete ihre Zöpfe, der Wind wehte ihren Saum hoch und legte einiges frei, und Oskar Ullmann konnte nicht anders, als es zu sehen, denn um diese Tageszeit lag er gerade unter seinem Traktor, um ihn zu schmieren. Er sah, wie ihre Zöpfe, dunkel vom Duschen, in der Sonne langsam heller wurden und wie das frühe Abendlicht die pfirsichfarbene Haut ihrer Beine vergoldete. Tante Rosi sagt, Charlotte sei ins Dorf eingebrochen, gerade als seine Manzi einen riesigen Bauch hatte, von Wassersucht geschwollene Beine und graue Schwangerschaftsflecken im Gesicht, und plötzlich war diese Schickse da, das genaue Gegenteil von Manzi.

Während Oskar unter seinem Traktor lag, stand Jecheskel an seinem Küchenfenster und betrachtete ihren Hals und den Spalt, den der Wind zwischen dem Davidsstern und der Bluse freigeweht hatte, er sah, wie sie die Beine streckte und den Rücken nach hinten bog, als lehne sie ihn an die Luft, mit geschlossenen Augen und weit geöffneten Lippen. Das ist es, was sie verrückt gemacht hat, sagt Tante Rosi, geöffnete Lippen bei einer Frau sind eine Einladung, und dieses *mejdele,* das gekommen war, um die Luft des Heiligen Landes zu atmen, war sehr dankbar und wenig egoistisch und behielt das, was sie hatte, nicht für sich, und sie hatte was, das sage ich dir, du und ich, wir wären froh, wenn wir das hätten.

Drei Tage lang dauerten Manzi Ullmanns Wehen, und bis es drei Uhr nachmittags wurde, rannte Oskar zwischen dem Bett seiner Frau, dem Feld und dem Traktor hin und her. Am Morgen des vierten Tages schrie ihm Manzi vom Haus aus zu, das Wasser gehe ihr ab, schon mehr als ein Liter, und Oskar, schwarz vom Motoröl, sprang von seinem Traktor und rannte wie ein Sturmwind ins Haus, wechselte noch nicht einmal seine Kleidung und wusch sich auch nicht die Hände. Manzi ging langsam, ganz langsam zum Ford, mit zusammengepreßten Beinen, zog sich am Türgriff hoch in das Polster und bemühte sich, auch im Sitzen die Beine zusammenzupressen, um den Rest Fruchtwasser noch zu behalten. Innerhalb von zwei Stunden war ihre älteste Tochter Tamar geboren, ein großes, gesundes Kind, aber runzlig und trocken. Noch bevor es dunkel wurde, notierte sich Oskar alles, was er morgen mitbringen sollte, küßte sie, ging hinaus und jagte den alten Ford nach Hause, pfiff eine Schabbatmelodie vor sich hin und merkte erst zwanzig Meter weiter, daß die Hand, die ihm am Straßenrand zugewinkt hatte, Charlotte gehört hatte.

Er trat auf die Bremse, der Ford schaukelte und quietschte und wirbelte eine Staubwolke auf. Im Seitenspiegel sah er sie rennen, sah, wie ihre Glieder sich in dem dünnen Trikotkleid, das sie trug, hin und her bewegten, und hörte ihre Sandalen auf den Straßenbelag schlagen. Tante Rosi weiß nicht, was im Auto passierte, denn sie hatte alles aus zweiter Hand erfahren, aber sie besitzt eine gutentwickelte Phantasie, und schließlich hat sich ja herausgestellt, daß die Realität ihrer Phantasie in nichts nachstand, sondern sie im Gegenteil noch übertraf. Weißt du, wie das ist, ein junger Mann, der einen Monat oder mehr seine Frau nicht mehr berührt hat, die Ärzte empfehlen ja, es am Ende der Schwangerschaft nicht mehr zu machen, und da steigt plötzlich junges Fleisch in seinen Ford und erfüllt ihn mit dem Duft nach Frau.

Als sie den Moschaw erreichten, war es schon dunkel, und den ganzen Abend machte Oskar kein Licht im Haus an. Die Nachbarn vermuteten, er sei im Krankenhaus geblieben, am Bett der Wöchnerin, denn er war mit ausgeschalteten Scheinwerfern zu seinem Haus gefahren und hatte den Ford zwischen den Hühnerställen abgestellt. Nur Jecheskel Schochet, dessen Augen Löcher in das Fliegengitter des Fensters bohrten, sah, wie Charlotte gegen Morgen aus der Hintertür der Ullmanns trat, in jeder Hand eine Sandale, und barfuß und schwer über den vom Tau feuchten Rasen lief, mit aufgelösten, wilden Zöpfen, schwarzen Flecken von Schmieröl auf dem Kleid und geöffneten Lippen. Er erwartete sie in ihrem Zimmer, sie war nicht überrascht und hielt es trotz ihrer Müdigkeit für angebracht, dem Hausherrn für seine Gastfreundschaft zu danken.

Das Triumfeminat versammelt sich, und wie immer, wenn Rosi und Manzi und meine Mutter Kaffee trinken und die Küche mit hastigen Übergängen ins Ungarische und mit lautem Gelächter erfüllen, verkündet mein Vater, ich verschwinde, denn obwohl er sich dabei überflüssig fühlt, achtet er dieses Forum und verzieht nie das Gesicht, sondern wartet geduldig auf das, was meine Mutter ihm später von den Gesprächen und Entscheidungen in der Küche berichtet. Auch Heda steht dem Reiz dieses weiblichen Dreierrats nicht gleichgültig gegenüber und gesellt sich oft zu den Frauen, doch die meiste Zeit schweigt sie und starrt nur Tante Rosis Finger an, die sich bewegen wie rotäugige Eidechsen.

Tante Rosi weiß zu berichten, daß Charlotte drei Nächte hintereinander in Manzis Bett lag und die Nacht jeweils in den Morgenstunden mit Jecheskel beendete, doch als Manzi mit dem Säugling nach Hause kam, hörte alles mit einem Schlag auf. Oskar war damals wie verrückt, Sachen, die er eingekauft hatte, vergaß er auf der Theke des Genossenschaftsladens, auf der Straße rempelte er jeden an, der ihm entgegenkam, und die Leute waren alle sehr freundlich zu ihm, zeigten ihm den Weg und sagten, auch bei Männern gäbe es manchmal so etwas wie eine Kindbettdepression. Tante Rosi liebt es, bei der Beschreibung der Dinge, die sich damals, in der Zeit von Manzis Niederkunft, in jenem Bett abgespielt hatten, zu übertreiben. Die ganze Kränkung ihrer eigenen Jungfernschaft legt sie in jene Tage und vermischt alles mit dem, was in den Romanen steht, die sie sich aus der öffentlichen Bücherei holt, und mit dem, was sie in den Frauenzeitschriften liest, die sie sich regelmäßig am Kiosk kauft. Wenn sie erzählt, drückt sie immer mit den Händen gegen ihren »strepless«, hebt ihren Hängebusen und zieht ihr Zwerchfell ein.

Du weißt ja, ich bin keine *rebezn*, sagt sie, aber man muß nicht viel von der Tora verstehen, um zu wissen, daß es noch nicht mal verboten war. Diese Deutsche war nicht verheiratet, und Gott ist intelligent genug und versteht auch genug von Männern, um ihnen zu erlauben, daß sie es mit einer freien Frau tun, also hatte Oskar keine Schwierigkeiten mit Gott, aber was Manzi anging, da war es etwas anderes, oho, und was für Schwierigkeiten er mit ihr hatte. Nach dem Bettuch, das sie in der Wäsche fand, und nach dem Zustand der Sprungfedern, die fest gewesen waren, als sie gegangen war, und quietschten, als sie drei Tage später zurückkam, wußte Manzi alles. Sie warf seine Kleidungsstücke auf den Boden, ein Fach nach dem andern, und sagte, heb's auf und verschwinde. Oskar sammelte seine Hemden und seine Unterhosen auf, und die Worte, die er sprach, mischten sich mit dem dünnen Schreien des Kindes. Manzi entblößte eine volle Brust und sah, wie die Adern anschwollen am Hals des Mannes, der vor ihr kniete und sie vom Boden aus anflehte. Sie machte einen Satz nach vorn und schrie ihm ins Gesicht, mit dir bin ich fertig, und achtete nicht darauf, daß die Kleine an ihrer Brustwarze erstickte, und erst als sie keuchte und blau anlief, erschrak Manzi, legte sie sie auf den

Bauch und klopfte ihr auf den winzigen Rücken, und Oskar war auch erschrocken aufgesprungen, der Duft der Milch aus den vollen Brüsten verwirrte seine Sinne. Als das Baby wieder zu sich gekommen war, umarmte er Manzis Rücken und sagte, er liebe nur sie wirklich, und er leugnete nicht ein bißchen von dem, was Manzi erraten hatte. Er schlug sich mit der Faust an die Stirn, bis Zeichen zu sehen waren, und brach in Weinen aus, und mit der zweiten Faust schlug er sich an die Brust wie am Jom Kippur beim Sündenbekenntnis und sagte, ich war ganz verrückt, vielleicht war das ein Virus, das ich aufgeschnappt habe und das mich so verrückt gemacht hat. Manzi drehte die Kleine um, die rosige Farbe kehrte in die kleinen Wangen zurück, und das Mündchen spitzte sich schon wieder gierig. Sie schob vorsichtig die Brustwarze in die winzige Öffnung zwischen den Lippen und sagte sich, es sei vielleicht wirklich nicht seine Schuld gewesen, schau doch nur, was diese Romane alles mit mir gemacht haben, wie idiotisch habe ich doch im Krankenhaus geweint, die Tränen sind mir nur so aus den Augen geflossen, ganz ohne Grund, wer weiß, vielleicht kommt auch bei Männern die Chemie des Körpers und des Gehirns durcheinander, vielleicht passieren auch den Männern komische Dinge, und nachdem sie gehört hatte, daß Jecheskel das gleiche passiert war, zweifelte sie nicht mehr daran, daß es sich um ein Virus gehandelt habe, das beide infiziert hatte, und tatsächlich war Oskar in den Tagen danach blaß, und abends stieg seine Temperatur. Um sich abzukühlen, ging er auf den Hof und lief auf und ab, und genau um diese Zeit waren auch aus Schochets Hof Geräusche zu hören, schnelle, heftige Füße zertraten die trockenen Blätter der Guave und zerquetschten, was von den Mispeln noch übrig war, und traten Steine und leere Konservendosen in die Dunkelheit. Mit Rutha Schochet war es viel einfacher, sagt Tante Rosi. Rutha wußte damals schon, daß sie defekte Eierstöcke hatte und nie Kinder bekommen würde, und sie meinte, ihr Jecheskel sei wie unser Erzvater Abraham und dürfe irgendeine Schickse benutzen, weil er von seiner Frau keine Kinder bekam. Sie hoffte, das Ergebnis seiner Aktivitäten in Charlottes Zimmer würde ein blonder Säugling sein, den sie zum Juden machen und dem sie eine kleine, blausamtene Kipa aufsetzen könnten. Aber Charlotte war keine Hagar, und diese Geschichte brachte ihnen keinen kleinen Ismael.

Bei jedem ihrer Besuche läßt Tante Rosi Charlottes Nächte wieder aufleben, und nie klagt irgend jemand über Langeweile, vor allem ich nicht, was hätte ich darum gegeben, diese Frau zu kennen, die in unseren abgelegenen Moschaw gekommen war und es in drei Nächten geschafft hatte, die Ehemänner von zwei Frauen vollkommen verrückt zu machen. Und hätte sie sich nicht geweigert, die Nacht in noch kleinere Scheiben zu schneiden, hätten Menachem Mewurach und Ruwen Simon auch ihren Anteil bekommen. Sollen mir doch all die Gerechten sagen, was daran nicht anständig ist? Warum darf man mit anderen seine Freude teilen, seine Gedanken, seine Angst und alles, was in der Seele ist, und nur das Fleisch soll so geheiligt sein, daß man seine Freuden das ganze Leben lang nur mit einem Menschen teilen darf? Soll mich doch einer davon überzeugen, daß das Fleisch durchdrungener ist als Gedanken und Ängste. Erkläre es ihnen doch, Charlotte, erkläre ihnen, daß das Verlangen ein Feuer ist, und wenn du Oskar etwas davon gibst, hält dich das nicht vor Jecheskel zurück, denn Feuer verliert nichts von seinem Licht und seiner Wärme, egal, wieviel man davon abgibt.

Aber Charlotte hatte in dem Moment, als Oskar sich von ihr abwendete, das Interesse an Jecheskel verloren. Rutha schmierte ihr belegte Brote für unterwegs und küßte sie, als sie ins Auto stieg, Jecheskel fuhr sie zur Haltestelle, und Rutha blieb auf der Treppe stehen und sah, wie ihr Abraham mitten auf der Straße das Auto wendete und mit seiner Hagar den Weg in die Wüste einschlug, und sie ging lange nicht in das leere Haus zurück. Als sie endlich ihren Saum hob und beschloß, hineinzugehen, ließ sie ihn plötzlich doch wieder fallen, lief hinunter in den Hof, schlug mit der Spitzhacke in den Boden und grub den Rosenstöcken Bewässerungsmulden.

Es ist nicht bekannt, wer von beiden trauriger war, Rutha oder Jecheskel, aber an jenem Morgen wurden zum ersten Mal die scharfen Falten bemerkt, die beide um den Mund hatten. In den ersten Jahren danach lief Rutha jedes Mal hinaus, wenn sie den Autobus kommen hörte, und hoffte, daß ein kleiner blonder Kopf zwischen den Kasuarinen auftauchen würde. Später stand sie nur einfach da und wartete, vielleicht auf die Engel, die Abraham damals die Botschaft überbracht hatten. Und heute, klein und eingeschrumpft, wartet sie auf nichts mehr, ihre Rosen stachen einem ins Auge mit ihrem Rot und wuchsen immer noch weiter, als hätte sie ihnen ihr Blut gegeben, bis für sie nichts mehr übrig war.

Jahre später fand Jecheskel unter den Blättern von Kartoffelpflanzen ein verlassenes Hundejunges, das zitterte und fiepte. Er wusch ihm unter dem Wasserhahn im Hof die Erde ab, und Rutha tropfte ihm mit der Pipette einer Flasche mit Nasentropfen Milch auf die Zunge und sagte, Charlotte. Dann verkürzte sie den Namen zu Lotti. Sie ließen die Hündin impfen, kauften ihr ein Halsband mit silbernen Knöpfen, weigerten sich aber, sie zu erziehen. Sie soll ein wilder Hund bleiben, sagten sie, und Lotti tobte von der Wand zum Schrank und vom Schrank zum Sessel, fiel über die Polster her, nagte die Stuhlbeine an, scharrte in den Teppichen und zog Fäden heraus, füllte ihre Blase und entleerte sie mit erstaunlicher Häufigkeit auf dem Fußboden, bis die beiden Schochets klein beigaben und ihr im Hof eine Hütte bauten.

Und damit diese ganzen Jahre nicht vergessen werden, achtet Tante Rosi darauf, bei jedem ihrer Besuche anzumerken, daß der Hund Charlotte nichts anderes sei als ein häßliches Tier mit chronisch entzündeten Augen, ganz anders als die Hauptfigur der »Affäre«. Heda fragt oft, was ist eine Affäre, und hört sich zum wer weiß wievielten Mal an, daß es Dinge gibt, von denen Dworale noch nicht erlaubt, daß man sie ihr erzählt. Und warum, Ossi? fragt Heda dann, auch das zum wer weiß wievielten Mal.

Rosi behandelt Heda auf eine ganz besondere Art, denn wenn alles wie geplant gelaufen wäre, würde Heda jetzt als ihre Enkelin gelten. Die Idee von einer Verbindung zwischen Rosi und Jo´el stammte von meiner Mutter. Als Jo´els Frau starb, war Rosi in den Dreißigern, die Schwellung, die sie auf dem Rücken hatte, deutete sich schon an, aber ihre Figur war noch eine Figur. Sie trug feine Seidenblusen und preßte ihre Taille in breite Ledergürtel, aber ihr größter Vorteil lag in dem Trubel, den sie veranstalten konnte. Nach Meinung meiner Mutter brauchte ein Haus wie Jo´els eine Frau, die es mit Leben erfüllte. Er war damals über vierzig, mußte für einen zwölfjährigen Jungen sorgen, für die großen Ställe mit Legehühnern und für eine Pflanzung mit Wassermelonen. Er war groß und mager, steckte sich eine Time an der anderen an, kaufte im Genossenschaftsladen eine ganze Stange und rauchte sie in fünf Tagen auf.

Schon damals war er verrückt mit dem Sefer ha-Agada, als wollte er sich damit einen Schutz vor der Wirklichkeit verschaffen. Stundenlang saß er mit Elischa auf der Terrasse, bildete mit der Asche seiner Zigarette lange Schlangen auf dem Rand des Aschenbechers und las vor. Der Junge beobachtete die Ameisen, die von den Ritzen im Boden verschluckt wurden, und hörte zu. Seine Aufmerksamkeit ließ selbst dann nicht nach, wenn sich die Hühner auf der Terrasse versammelten und ihn in die Füße pickten.

Es war ausgemacht, daß mein Vater Jo´el die Sache vorlegen solle, meine Mutter würde, ausgerüstet mit Orangenmarmelade und Clementinen, zu Rosi fahren.

Überrascht von dem ungewöhnlichen Besuch, küßte Rosi meine Mutter zweimal auf jede Wange, stellte Wasser für Kaffee auf und sagte mit einem Blick auf die Uhr, es würde noch für die Nachmittagsvorstellung reichen. Meine Mutter trank den heißen Kaffee im Stehen, und weil sie sich die Zunge verbrannte und sich außerdem nicht an den ersten Satz erinnerte, den sie sich vorher zurechtgelegt hatte, sagte sie kurz und bündig, Rosi, wir haben jemanden für dich.

Rosi schob die Lippen vor und fuhr sich mit der Zunge darüber, doch als sie hörte, um wen es sich handelte, wurden ihre Lippen wieder flach und sie sagte, ein Witwer mit Kind? Glaubst du, ich bin auf den Kopf gefallen? Ich weiß sehr gut, was ich wert bin. Soll ich einen gesunden Kopf in ein benutztes Bett legen? Dann schwieg sie gekränkt, legte die Finger zusammen und klopfte sich auf den Mund, und meine Mutter sagte, wir hätten dir den Vorschlag nicht gemacht, wenn irgend etwas daran nicht in Ordnung wäre, und Rosi, die genau wußte, wie man seine Gekränktheit bewahrt, ohne auf die Befriedigung der Neugier zu verzichten, fragte, ob er noch immer so mager sei, und nachdem sie gehört hatte, daß er mager war, sagte sie, weißt du, Dworale, Dicke kommen bei mir überhaupt nicht in Frage. Das Gute an Mageren ist, daß man es nur mit dem Netto zu tun hat.

Meine Mutter war damals so jung wie sie, aber viel schöner. In Rosis Gesicht zeigten sich schon zwei scharfe Falten, während das Gesicht meiner Mutter voll und glatt war, mit hohen, breiten Wangenknochen. Aber Rosi machte kein großes Theater um kleine Unterschiede, an denen die Natur schuld war, im Gegensatz zu den groben Fehlern, die der Mensch selbst machte, zum Beispiel das Orange des Kleides, das zu tragen meine Mutter sich an diesem Tag entschieden hatte. Das ist ekelhaft, Dworale, du siehst aus, als hättest du Gelbsucht, sagte sie zu meiner Mutter am Busbahnhof, küßte sie und blieb zwischen den Stangen stehen, bis der Fahrer die Tür zumachte. Meine Mutter kam besiegt nach Hause und sagte, deine Schwester ist eine zu harte Nuß, Ruwen.

Mein Vater hingegen war optimistisch. Der Fels hat sich ein bißchen bewegt, sagte er und erzählte ihr, wie er mit Jo´el auf der Terrasse gesessen hatte.

Joel sah aus wie der Schornstein der Wäscherei, dünn und lang stieß er Rauch aus Nase und Mund. Er brachte zwar einen Stuhl für meinen Vater und forderte ihn auf, sich zu setzen, aber mein Vater verstand sehr schnell, daß eher der Messias erscheinen würde als auf dem Tisch ein Schluck Cognac, noch nicht mal ein Glas Wasser. In der ganzen Zeit schnitzte der Junge an einem Stück Holz, und Jo´el ließ den Blick nicht von seinem Taschenmesser. Sei vorsichtig, Elischa, es ist scharf, sagte Jo´el, aber der Junge hat geschickte Hände, du hättest sehen sollen, Dworale, wie sicher er das Taschenmesser in der Hand gehalten hat, was für gerade Linien er geschnitzt hat, ich sage dir, die Hände eines Künstlers.

Mein Vater wußte, daß man, wenn man bei Jo´el etwas erreichen wollte, mit den Feldern anfangen und sich zuerst erkundigen mußte, wie es den Wassermelonen gehe, danach konnte man Stück für Stück zur eigentlichen Sache kommen. Jo´el sagte, die Wassermelonen sind in Ordnung und fragte sich vermutlich, was will dieser Ruwen eigentlich von mir, wieso kommt er plötzlich bei mir vorbei, aber mein Vater ließ sich nicht beirren, er fuhr fort mit dem, was er sich vorher überlegt hatte. Und wie geht's den *fejgelech*, wieviel legen sie am Tag?

Jo´el hörte zu und grinste, klopfte die Asche in den Aschenbecher und sagte, und Gott der Herr rief Adam und sprach zu ihm: Wo bist du? Wirklich, Ruwen, glaubst du, Gott hätte nicht gewußt, wo Adam war? Aber damit er nicht erschrecken solle, fing er an, mit ihm zu reden. Was verstellst du dich, Ruwen. Fragst mich nach den Legehennen und den Wassermelonen? Du weißt doch besser als ich, was mit meinem Hof ist. Wer führt denn die Konten der Genossenschaft, ich oder du? Wer weiß genau, was ich auf mein Konto kriege und was weggeht, ich oder du? Wozu also dieses Theater? Los, sag schon, was führt den hohen Herrn zu mir?

Aber mein Vater war kein ungebildeter Mann, man konnte ihn mit Bibelzitaten nicht so leicht aus der Fassung bringen, und weil er nichts schuldig bleiben wollte, zahlte er es Jo´el sofort zurück und sagte, auch Kain hat der Herr gefragt, wo ist dein Bruder Abel? Nun, hat Gott etwa nicht gewußt, was mit Abel passiert war?

Der Junge hob den Kopf, legte das Messer aus der Hand und wartete, was er noch zu hören bekäme. Mein Vater sah, daß er zuhörte und fragte, ob es möglich sei, von dem Jungen ein bißchen allein gelassen zu werden, aber Jo´el sagte, der Junge kann alles hören, zwischen uns gibt es keine Geheimnisse.

Und was hat Elischa getan, als du darum gebeten hast, daß er euch allein läßt? fragte meine Mutter.

Elischa hat sich wieder mit seinem Taschenmesser beschäftigt und den Kopf gesenkt, sagte mein Vater. Ich denke, er wäre gerne weggegangen, wußte aber, daß Jo´el wollte, daß er bleibt, also tat er beides, er war da und war nicht da, er senkte den Kopf so tief, daß seine Haare den Boden berührten.

Weil er keine Wahl hatte, griff mein Vater nach dem Sefer ha-Agada, das auf dem Tisch lag, schlug es auf und las laut und bestimmt vor: »Ein Mann, der keine Frau hat, ist kein ganzer Mensch. Denn es heißt, männlich und weiblich erschuf er . . .«

Jo´el bewegte sich nicht. Er war wie erstarrt. Mit der einen Hand stützte er sein Kinn, in der zweiten hielt er die Zigarette, die Augen waren auf das Taschenmesser des Jungen gerichtet. Dworale, solch eine Sturheit muß man ausreißen, wie man einen Baum ausreißt. Man wackelt an ihm, bis sich die Wurzeln bewegen und die Erde aufbricht, dann nimmt man ihn fest mit beiden Händen und zieht. Und damit sich die Wurzeln bewegten und locker würden, fuhr ich fort zu lesen: »Rabbi Tanchum sagte: Einem Mann, der keine Frau hat, fehlt es an Freude, an Segen und Glück.« Und Jo´el vergaß, die Asche von der Zigarette zu streifen, ein langes, graues Aschestück brach ab und fiel auf den Tisch, und der Wind zerblies es, und dieser Salzblock bewegte sich nicht, um den Dreck wegzuwischen.

Und der Junge? fragte meine Mutter.

Der Junge? Sein Kopf war schon in Höhe der Ameisen. Dieser Mann hat nicht verhindert, daß er alles hört, dabei wollte der Junge es eigentlich gar nicht hören, er wollte nur seinen Vater nicht verärgern. Und ich hatte keine Wahl, ich mußte den entscheidenden Satz vorlesen, und der Junge hörte zu: »Der Alte will eine Frau nehmen. Da sagten sie zu ihm: Unglücklicher, welche Frau wird dich nehmen, wenn deine Nasenlöcher tropfen, wenn dein Gehör schwer und deine Augen dunkel sind?«

Du wirst dich wundern, Dworale, es hat gewirkt, und wie es gewirkt hat. Keine Spielchen, Ruwen, hat er gesagt, komm direkt zur Sache.

Ohne daß wir allein sind? fragte mein Vater.

Ohne.

Meine Schwester, sagte mein Vater direkt.

Statt die Zigarette im Aschenbecher auszudrücken, warf Jo´el sie in den Hof, die Hühner rannten hin, als wäre ihnen Manna vom Himmel gefallen, rochen daran und flohen, und er zog sich keine neue Zigarette heraus, er saß nur da und schwieg, seine langen Hände lagen auf dem Tisch, zwischen ihnen stand der Aschenbecher. Die Hühner hatten ihre Runde beendet und kamen eins nach dem anderen zurück, Elischa kauerte auf dem Boden, und seine Bewegungen wurden von Minute zu Minute schneller. Er verzichtete auf das, was er mit dem Holzstück vorgehabt hatte, er zerschnippelte es wie eine Gurke für den Salat, und die Stücke, die hinunterfielen, teilte er noch einmal, bis sich zwischen seinen Beinen ein Stapel aus dünnen Holzspänen gesammelt hatte und nichts mehr von dem Schiff oder dem Flugzeug übrig war, das er eigentlich hatte machen wollen.

Mein Vater sah es, atmete tief ein und sagte, Jo´el, wir haben Zeit; er zog einen kleinen Kalender aus der Tasche, riß den Monat Tischri heraus und schrieb mit großen Buchstaben Rosi Simon darauf, dazu ihre Telefonnummer, schlug Jo´el auf die magere Schulter und sagte, eine gute Frau zu finden, heißt, das Glück zu finden, was Jo´el? Und noch bevor er seine Hand von Jo´els Schulter genommen hatte, ergriff der Wind den Zettel und wehte ihn zu den verwahrlosten Rosen, und Elischa folgte dem Papier mit den Augen, stand aber nicht auf, um es zu holen, die Telefonnummer von Rosi wehte in die Bewässerungsgrube des Zitronenbaums und blieb am Stamm hängen, als wäre sie ein Schild, auf dem die botanischen Besonderheiten des Baums vermerkt wären.

Hör mir gut zu, Ossi, weder Kriege noch Unfälle noch Krankheiten, kein Ungeheuer ist so schlau wie die Zeit, sagt Tante Rosi, und die Zeit ist die größte Betrügerin, die es gibt. Wenn du zwanzig bist, macht sie dich glauben, es gäbe sie tonnenweise und man könne sie bedenkenlos vergeuden, und du fühlst dich sicher und beeilst dich nicht, und nichts brennt dir unter den Nägeln, und ohne es zu merken, wirst du vierzig, und dann zeigt sie dir plötzlich ihr wahres Gesicht und präsentiert dir die Rechnung.

Ich war auch einmal so schön wie du, sagt sie, und mein Vater, der aus der Küche zuhört, ruft, na ja, Rosi, du mußt nicht übertreiben, wir haben noch nichts vergessen. Aber Rosi bleibt dabei, sie behauptet, nicht nur einer oder zwei hätten um sie geworben, aber sie habe mit der Zeit gespielt, als wäre sie Sand, der nie ausgeht. Meine Mutter hört es und erschrickt, du lieber Himmel, Rosi, noch ist nichts verloren, sie will nicht, daß Rosi weiterspricht, denn ihre Worte könnten ein böses Omen sein und mir ein ähnliches Schicksal bringen.

Obwohl sie keine Begeisterung zeigte, besuchte uns Rosi damals häufiger als sonst. Sie manikürte sich die Nägel und zupfte ihre Augenbrauen aus, bis sie so schmal wie Fäden waren, und als sie bemerkte, daß Jo´el den Kopf fast die ganze Zeit gesenkt hielt, machte sie Pediküre, lackierte ihre Zehennägel rot und kaufte sich neue Sandalen.

In Wirklichkeit verhielt sich Jo´el übertrieben ehrfürchtig.

Dieser Dummkopf, sagte mein Vater, statt den Hals zu recken und den Rücken zu strecken, um Eindruck auf sie zu machen, läuft er herum wie eine Banane. Ich habe ihm gesagt, Jo´el, habe ich gesagt, sie ist eine junge Frau und schau doch mal, wie du dastehst. Aber er hat nur verächtlich gelacht und gesagt, auch aus jemandem, der mit hochgerecktem Kopf durch die Welt geht, wird nach seinem Ende nur so etwas Kleines wie eine Linse wachsen. Trotzdem erschien er zu dem schicksalhaften Treffen in seinem Schabbat-Hemd, er hatte sogar seine Schuhe geputzt und brachte seine Zigaretten und seinen Sohn mit. Nun, ich frage dich, dieser Idiot trifft sich mit einer Frau und bringt seinen Jungen mit und macht gleich am Anfang alles kaputt.

Aber Rosi freute sich. So konnte sie sich gleich von der Sauberkeit des Jungen und von seinen Manieren überzeugen, und beides fand sie befriedigend, doch was seinen Vater betreffe, sagte sie, bevor man sich mit wenigem zufriedengebe, müsse man den Markt genau prüfen.

Noch am selben Abend ging mein Vater zu Jo´el und fragte, nun, gefunden oder gefunden worden? Jo´el hatte sich schon wieder sein Khaki-Hemd angezogen und sagte, Ruwen, was brennt? Nicht gefunden und nicht gefunden worden, einstweilen wird noch gesucht.

Dieser Dummkopf hat sich mit dem Jungen beraten, sagte mein Vater, und wie ich den Jungen kenne, hat er gesagt, geht es uns etwa so schlecht, wozu brauchen wir Trubel mit rotlackierten Nägeln im Haus? Und dann hat er es bestimmt übernommen, für die Wäsche und die Sauberkeit im Haus zu sorgen, nur um die Gründe für die Anwesenheit der Dame zu verringern. Meine Mutter sagte, der Junge habe auf den Zehenspitzen gestanden und seine Unterhemden und die seines Vaters auf die Leine gehängt, sorgsam getrennt zwischen der bunten Werktagswäsche und den weißen Hemden für Schabbat, und außerdem sei er einkaufen gegangen, der schwere Korb habe seine dünne Schulter so nach unten gezogen, daß er ausgesehen habe wie ein halber Kringel.

Elischa hatte nicht viel Zeit zum Kindsein, doch in der wenigen Zeit, die ihm nach dem Kochen und der Wäsche und dem Einkaufen blieb, baute er sich eine Hütte im Paternosterbaum, kletterte wie ein Affe hinauf und schnitzte kleine Tiere, und manchmal lief er im Hof herum und stemmte Holzblöcke, die vom alten Schuppen übriggeblieben waren, als wären es Gewichte, schob den Ärmel hoch und betastete prüfend seine Muskeln, und als Jo´el sah, welche Klötze er bis über den Kopf hob, bekam er Angst, so ein Ding könnte herunterfallen und ihm den Schädel zerschlagen, aber er sagte kein Wort zu ihm.

Was für eine Welt ist das, in der zwölfjährige Kinder Suppe kochen müssen, sagt meine Mutter, siehst du, Ossi, er wußte schon, wieviel Salz und wieviel Pfeffer in eine Suppe gehören, und dabei war er erst zwölf, und dazu noch die Last mit dem Haus. Ja, ich sehe es, sage ich, aber wo ist er heute, und wo ist seine Heda? Heda hat er sie genannt, das schwache Echo einer wirklichen Stimme, Heda, bei der alles, was sie tut, nur das Echo einer wirklichen Handlung ist. Sie sucht im Garten herum und spielt mit den Sachen, zieht sich aber nicht die Strümpfe hoch, die ihr immer bis zum Knöchel rutschen, sie scheucht keine Mücke weg, die ihr einen Zentimeter vor der Nase herumfliegt. Nur ein einziges Geschöpf ist in der Lage, ihre Passivität zu erschüttern, Gito. Früher hat sie sich auch an den Hühnern begeistert, aber die drei sind inzwischen alt, außerdem würde sie inzwischen ein ganzer Hühnerstall nicht mehr beeindrucken. Sie sitzt stundenlang in der Badewanne und spielt mit dem Schaum, der zu ihrer nackten Scham treibt und Wellen schlägt, sie sieht mich in der Tür stehen und sagt nicht, geh raus und mach die Tür zu.

Jahrelang hatte ich diesen Körper gewaschen, der aus der Vereinigung zwischen Elischa und Alma entstanden war, jahrelang hatte ich über sie die beiden berührt, bis sie an irgendeinem Abend, der sich nicht im geringsten von den vorausgegangenen unterschied, die Beine zusammenpreßte und die Hände auf die Brust legte und sagte, genug, Ossi, ab heute wasche ich mich allein.

Ich legte ihr den Schwamm in die ausgestreckte Hand, sie spreizte die Beine, und der Schwamm, schwer vom Wasser, glitt über ihren Bauch.

Laß mich mal nachschauen, ob du dir auch den Rücken richtig gewaschen hast, sagte ich. Zitternd vor Kälte stand sie auf, zog das Handtuch vom Haken und schrie, daß du mich ja nicht anrührst. Dabei schlugen ihre Zähne aufeinander.

Seit damals habe ich sie nicht mehr angefaßt, ich stehe nur in der Badezimmertür, und wenn mein Schatten die Farben der Seifenblasen trübt und sie mich anschreit, Ossi, geh raus, dann gehe ich hinaus.

Vorabend des Schabbat, Ende Dezember. Nur wenn man an die Tür klopft und sie dazu auffordert, wird sie aus der Wanne steigen, triefend und blau vor Kälte im Badezimmer stehen und sich ihr Schabbat-Kleid anziehen, zu Jo´el gehen und ihn zur Synagoge begleiten. Er wird husten, und sie wird über ihre Wange tasten, ob ihr eine Wimper ausgefallen ist, denn die, die von alleine ausfallen, sind stärkere Wunscherfüller als jene, die man mit Gewalt ausreißt.

Aber Tante Rosi haben alle Wimpern nichts geholfen, die ihr von den Lidern gefallen sind. Dieser alte Gaul Jo´el, sagt mein Vater, keucht vor Durst neben der Tränke, aber niemand bringt ihn dazu, zu saufen.

Jahrelang stand diese Sache zwischen ihnen, Tante Rosi hatte schon die Vierzig überschritten, und die Zeit hatte ihr wahres Gesicht gezeigt, aber Rosi wurde nicht nachlässig und sprühte sich mit neuen Wohlgerüchen ein, inzwischen hatte sie auch einen kleinen Koffer für all ihre Salben und Cremes. Doch Jo´el, der meist den Kopf hängen ließ, sah nur die leichte Schwellung ihrer Knöchel und die Löcher, die ihre Absätze in den Sand machten.

An die Hochzeit von Elischa und Alma hatte Tante Rosi große Hoffnungen geknüpft. Wenn dieser Dickschädel seinen Sohn erst verheiratet hatte, würde er allein und hilflos wie ein Hund sein, in seinem Haus würde sich der Staub sammeln und seinen Husten verschlimmern, und am Schluß würde er nachgeben.

Das Kleid, das sie zur Hochzeit trug, hätte einen glauben machen können, die »Schwiegermutter« wäre die Hauptperson. Rote Rosen schmückten es, und in der abendlichen Dämmerung leuchteten sie röter als die Geranien, die im Synagogenhof wuchsen. Das Set von Edelstahltöpfen, das sie dem jungen Paar als Geschenk mitgebracht hatte, machte großen Eindruck, und abgesehen von dem Wind, der leere Plastikbecher und Salzstangen über den Rasen blies, war die Zeremonie vollkommen. Sogar ihre Hochfrisur gehorchte Rosi und blieb aufrecht und gekämmt und ließ sich vom Wind nicht zerstören.

Aber das Alleinsein, nachdem Elischa drei Höfe weiter gezogen war, machte Jo´el nur noch sturer. Hatte er bis dahin noch auf jemanden hören und Brot, Zeitung und Toilette mit einem anderen teilen müssen, so war er jetzt keinesfalls bereit, seine Ruhe mit jemandem zu teilen, erst recht nicht seinen Husten oder seinen ausgespuckten Schleim. Er schaute Rosis Beine nicht mehr an, wenn sie die Synagoge verließen, und wenn sie sich bückte, um einen Stein aus dem Schuh zu holen, ging er an ihr vorbei und sagte ein hastiges »Schabbat Schalom«. Weil er es so schnell hinter sich bringen wollte, klang sein »Schabbat

Schalom« dumpf und abgehackt, als hätte er es mit Gewalt ausgestoßen, und Rosi war überzeugt, die Aufregung ersticke seine Stimme, und je gepreßter sein »Schabbat Schalom« klang, um so mehr Bedeutung maß sie ihm bei.

Als Alma zwei Jahre später starb, kam Tante Rosi in einem schwarzen Jackett zur Beerdigung, wischte sich mit einem Taschentuch die Augen und breitete es dann aus, um zu sehen, ob Spuren ihrer Schminke darauf zurückgeblieben waren. Sie drückte Jo´els Hand mit der rechten und legte ihre linke darauf, und zu meiner Mutter sagte sie, daß sein Blut stark floß. Jedenfalls sei an diesem Morgen seine Hand warm wie ein Ofen gewesen. Nachdem das Grab halb mit Erde bedeckt war, drückte sie noch einmal seine Hand, und auch diesmal spürte sie seine hohe Temperatur, trotz der Erde, die an der Haut klebte.

Vielleicht wird ihn das Unglück weiterbringen, sagte sie zu meinem Vater, als sie während der Schiwa noch einmal kam, um einen Trauerbesuch zu machen. Jo´el saß neben Elischa und gönnte ihr keinen Blick. Er hatte den Kopf zwischen die Schultern gezogen und interessierte sich nur für die Zigarette zwischen seinen Fingern, sie streckte die Hand nach der Schale mit den Dattelpflaumen aus, die auf dem Tisch stand, doch dann fiel ihr ein, daß die Früchte dazu bestimmt waren, den Trauernden ihr Leid zu erleichtern, deshalb zog sie ihre Hand schnell zurück.

Der einzige, der etwas Leben in ihre Aussichten bringen konnte, war Gito. Einmal, als der Hund beim Herumstreunen durch Jo´els Tor lief, hob dieser den Blick vom Sefer ha-Agada und betrachtete den Gast. Lotti drehte Gito auf den Rücken und stieß gegen seinen weichen Bauch und beschnüffelte alles, was er da zum Beschnüffeln hatte, und er richtete sein kleines Glied auf und bellte vor Vergnügen. Rosi hörte sein Bellen, lief hinaus auf die Straße und entdeckte die Hunde, sah ihr dreistes Toben und sah auch Jo´el, der dabeistand und ihnen zuschaute. Sie konnte schon nichts mehr daran ändern, daß Jo´el sie in ihrem zu engen Morgenrock sah, ohne ihren »Strepless«, und daß das Relief ihrer schlaffen Brüste und der fette Bauch deutlicher als sonst zu sehen waren.

Gehört er dir? fragte Jo´el.

Ja, sagte sie und richtete sich auf, sie riß das Paar nicht auseinander, trotz der Erde, die sich in ihrem Fell sammelte und trotz des verwirrend gesetzlosen Anblicks.

Als sie danach wieder zu Hause war, lief sie zum Badezimmer und betrachtete sich im Spiegel, um zu sehen, was Jo´el vorher gesehen hatte.

Tante Rosi kam nicht auf die Idee, daß der armselige Morgenrock, dessen Schnitt nichts verbarg, Jo´el glauben ließ, sie habe endgültig verzichtet. Nun, da er dachte, das Thema Heirat sei erledigt, wurde sie für ihn zu einer Person, mit der man auch mal ein Gespräch hätte führen können, ohne sich etwas zu vergeben. Der Nutznießer war Gito. Das kleine Bindeglied wurde mit Aufmerksamkeit überschüttet, er tobte wie ein Verrückter zwischen den Häusern herum, freiheitstrunken, und Tante Rosi ertrug tapfer seine neuen Unarten und verdrängte den Gedanken an die Erziehungsarbeit, die sie erwartete, wenn sie beide in die Bar Kochba Straße in Tel Aviv zurückkehren würden.

Aber daß Rosi den Hunden hinterherlief, führte zu keinem Ergebnis, noch nicht einmal zu einem »Wie geht es dir?«. Er lehnte am Tor, zog eine Zigarette nach der anderen aus seiner Hemdtasche, steckte sie, das Feuer mit der Hand gegen den Wind abschirmend, an und betrachtete die Hunde. Und Lotti hüpfte mit gestreckten Beinen hoch und versuchte den Rauch zu schnappen, den er ausstieß.

Rosi verstand nicht, daß sein Interesse an den Hunden philosophischer Natur war. Er sah, was den Hunden, im Gegensatz zu den Menschen, alles erlaubt war, und beneidete sie darum, daß sie in ihrem Leben nur eine Zeit kannten, die Gegenwart, ohne Erinnerung, ohne Sehnsüchte, ohne Reue wegen etwas,

was gewesen war, auch ohne Forderungen oder Ängste, was die Zukunft betraf, während er selbst sich bis in alle Ewigkeit nach Nechama sehnen würde, seiner Frau, die zu früh gegangen war, und er bedauerte Elischa, dessen Jugend verbittert wurde, und fürchtete sich vor dem grausamen Alter, vor dem immer kleiner werdenden Rauminhalt seiner Lungen. Um die Wahrheit zu sagen, er hatte auch ein reales Interesse an den Hunden, nur sie könnten ihn vor dem Überfall der Raben auf die Pflanzung schützen. Wenn es ihm gelänge, einen kleinen Hund so zu dressieren, daß er auf das Krächzen der Vögel reagierte, würde er mit seinem Gebell die schwarzen Flieger vertreiben können. Aber bis er die nötige Energie dazu aufbrachte, ließen sich die Vögel weiter mit wildem Krächzen auf seinen Wassermelonen nieder, hackten ihre Schnäbel in die Schale und rissen rote Stücke heraus.

Rosi teilte ihre Enttäuschung mit Manzi Ullmann und mit meiner Mutter, ohne etwas zu beschönigen oder zuzudecken. Manzi sagte, du hast zu viele Jahre an ihn verschwendet, wer weiß, wie viele mögliche Bräutigame dir dadurch durch die Lappen gegangen sind, Rosi, aber warum soll man jetzt über verschüttete Milch weinen, man muß schauen, was man weiter tut. Sie setzten ihre Lesebrillen auf, beugten sich über die Heiratsanzeigen in der Zeitung und strichen jeden, der in Frage kam, mit Bleistift an. Und bis es mit einem Bräutigam aus der Zeitung soweit wäre, blieb Rosi genug Zeit, die sie dazu nutzte, sich um das schwere Los der Malkins zu kümmern.

Nun, was ist, Elischa? Denkst du nicht ans Heiraten?

Elischa lachte und fragte, wozu denn?

Ich bin ja keine große Gelehrte, aber soweit ich weiß, ist es einem Mann auch nach der Halacha verboten, ohne Frau zu bleiben, weil ihm sonst alle möglichen Ideen in den Kopf kommen, du weißt schon, was ich meine.

Ich weiß, sagte Elischa und wurde rot.

Um einen Mann wie dich würden sie sich reißen. Wenn du mir grünes Licht gibst, bringe ich dir zehn auf einmal. Mit solchen Augen und mit so einer Figur, sie werden dir nachlaufen. Wenn ich zwanzig wäre ... ach, sie seufzte, zog an ihrem »Strepless« und sagte, und außerdem hast du einen Hof und eine Zitrusplantage, solche Chancen findet man nicht auf der Straße.

Und drei Hühner hat er auch, sagte ich und lachte, und Elischa lachte auch. Rosi schwieg gekränkt und machte den Mund nicht auf, bis Gito mit wilden Sprüngen hereinplatzte, sich auf sie stürzte und ihr die Beine zerkratzte, gefolgt von der begeisterten Heda. Elischa sah ihre funkelnden Augen und war dem Hund und seiner Besitzerin dankbar, er sagte, entschuldige Rosi, ich habe es nicht so gemeint.

Der Hund schaute mit seinen feuchten Augen einen nach dem anderen an, und seine Zunge zitterte vor Erregung zwischen einem Abenteuer und dem nächsten. Du Wildfang, sagte sie zu ihm und packte ihn am Schwanz. Du verrücktes Mannsbild.

Aber er ist kein Mann, er ist ein Hund, sagte Heda und rannte zur Toilette, nachdem sie Gito mit einer Handbewegung bedeutet hatte, er solle warten, sie sei gleich wieder da.

Was den Erwachsenen mit diesem Mädchen nicht gelang, schaffte der Hund. Als hätte er in die verstopften Nasenlöcher ihrer Wahrnehmung geblasen und sie geöffnet. Endlich sprang sie auf, um den Tisch zu decken, bevor man sie darum bitten mußte, verdoppelte ihre Besuche bei Jo´el, wischte die Krümel weg, die meinem Vater am Ärmel hängen geblieben waren, zog an Manzis Kleid, das ihr zwischen den Hinterbacken festklemmte, und bot sich an, meiner Mutter beim Reisauslesen zu helfen. Aber die Rettung dauerte nicht lange. Als Rosis Hoffnung geschwunden war, kam sie seltener zu Besuch, und Heda ließ wieder die Schultern hängen und ging nach den Hausaufgaben langsam in den Garten, vom Garten zu Jo´el, nur das Herausreißen der Wimpern betrieb sie energisch, bis man ihr eine gelbe, fettige Creme auf die Lider schmieren mußte, die ihre Kahlheit nur noch betonte.

Heda, du machst dir die Augen kaputt.

Ich mache gar nichts kaputt, antwortet Heda in dem Ton, den sie sich in der letzten Zeit angewöhnt hat, läuft an dem Stapel Papier, das mein Vater für den Schabbat geschnitten hat, vorbei und wirbelt ihn durch die Bewegung ihrer Schultern auf. Die Blätter schweben durch die Luft und landen auf dem Boden des Toilettenflurs, und Heda starrt sie an, als wären sie Kuhreiher.

Wie nervös du doch bist, sagt mein Vater, schau nur, was für ein Durcheinander du angerichtet hast. Beide bücken sich und heben die Blätter vom Boden auf, bis mein Vater sich aufrichtet und ihr den Stapel aus der Hand nimmt, den sie aufgesammelt hat.

Freitagabend, Ende Dezember. Heda trug ihr Schabbat-Kleid und blankgeputzte Halbschuhe, verschlang große Stükke von der Heferolle und lief dann, mit Kakaospuren auf der Wange, hinaus. Keine Minute später quietschte Jo´els Hoftor und knallte dann laut gegen die Torstangen, von denen die Farbe abblätterte.

Nach zwei Stunden kam sie mit den anderen aus der Synagoge zurück, murmelte ein kurzes »Schabbat Schalom«, wich dem Kuß meiner Mutter aus und sagte nicht Amen, als mein Vater den Segensspruch über die Challa sprach und die *Hamozi* verteilte. Sie betrachtete die Weißbrotstücke und sagte, Großvater hatte heute Blut im Taschentuch.

Die Blicke, die sich mein Vater und meine Mutter zuwarfen, drangen durch die Weinflasche und zogen einen erschrockenen Strich über den Tisch. Bestimmt hat er eine Wunde im Mund, sagte ich.

Nein, hat er nicht, beharrte Heda. Er hustet Blut.

Die Angst vor der Wahrheit war ihr anzusehen, vielleicht hatte er ihr auch schon erklärt, was ihm bevorstand, denn der alte Idiot machte nie einen Unterschied zwischen Erwachsenen und Kindern.

Diese Mitteilung verdarb zwar nicht den Geschmack von *gefilte fisch* und Suppe, aber sie befand sich mitten auf dem Tisch, wie das Salz und der Wein, und wir hüteten uns vor ihr und rührten sie bis zum Ende der Mahlzeit nicht an. Die Zweige der Kasuarine schlugen gegen das Fenster und schaukelten die Nacht zwischen ihren Blättern, die Lampe und die Kerzen spiegelten sich in der Scheibe und strahlten in dem Baum davor. Heda rührte das Essen nicht an, sie klopfte mit ihren Halbschuhen auf den Boden und ließ den Blick nicht von dem Baum im Fenster und der großen Dunkelheit, die sich dahinter erstreckte.

Sechstes Kapitel

Am neunten Januar hatte Jo´el seinen Untersuchungstermin. An diesem Morgen taute ich den Kältedunst auf meinem Peugeot nicht ab, denn ich hatte beschlossen, im Transit mitzufahren, der Jo´el nach Jerusalem bringen sollte.

Über dem Berg trieben runde Wolken und zogen den Himmel tiefer. Es war kalt, in den Gärten zitterten die nackten Zweige von Pflaumen- und Apfelbäumen, ihre Knospen waren noch verschlossen. An diesem Morgen stand Lotti nicht auf, um zu sehen, was diesen Tag von seinen Vorgängern unterschied, und auch die Raben hatten keine Eile, die Zypressen zu verlassen und sich ein anderes Ziel zu suchen. Am Abend vorher waren die Scheiben des Transit gewaschen und der Dreck von seinen Rädern entfernt worden, das Auto stand mit offenen Türen auf der Straße und wartete.

Hinten im Auto befand sich Jo´els Reisetasche, die eine Seite war ausgebeult, die Ecken des Sefer ha-Agada drückten sich deutlich ab. Noch vor sieben Uhr hatte Heda sich ihr Flanellkleid angezogen, darüber den Mantel, sie hatte sich die Strickmütze aufgesetzt und die Reisetasche, die sie zu ihrem zehnten Geburtstag bekommen hatte, über die schmale Schulter gehängt, und fix und fertig stand sie auf der Schwelle. Es ist überhaupt nicht wahr, sagte sie in dem Ton, den sie sich in letzter Zeit angewöhnt hatte, daß ein Krankenhaus kein Ort für Kinder ist. Sie verfolgte die weißen Atemwolken, die aus dem Mund meiner Mutter kamen, als diese ihr zu erklären versuchte, daß man besser nicht zum Krankenhaus fuhr, wenn man nicht mußte. Während meine Mutter noch überlegte, ob sie Hepatitis oder andere schlimme Infektionen erwähnen sollte, kamen weiter weiße Atemwolken aus ihrem Mund, aber Heda hatte bereits das Interesse verloren, sie ging zu Jo´el und lehnte sich an ihn. Jo´el legte seine mageren Finger auf ihre Wollmütze und zog sie ihr über die Ohren.

Inzwischen war Manzi Ullmann aufgetaucht, sie machte den Reißverschluß von Jo´els Reisetasche auf und stopfte ein in Alufolie gewickeltes Gebäck hinein. Jo´el zeigte schon die ersten Anzeichen von Willenlosigkeit, trotzdem hob er abwehrend die Hand, doch Manzi schob das Paket mit einer Hand in die Tasche, mit der anderen machte sie den Reißverschluß wieder zu. Die Hühner hatten sich mit gegen die Kälte aufgeplusterten Federn der außergewöhnlichen Ansammlung angeschlossen, sie hüpften aufgeregt herum und pickten in Hedas Schuhe, und Heda scheuchte sie weg. Ihre Füße standen so dicht nebeneinander, daß sich die Knöchel berührten.

Auch als das Auto anfuhr und die Reifen Kies aufwirbelten, weinte sie nicht. Sie wußte schon lange, daß es besser war, die Zähne zusammenzubeißen und die Füße fest gegen den Boden zu stemmen, als zu weinen. Im Seitenspiegel des sich langsam entfernenden Transits sah ich sie auf der Straße stehen, mit verbittertem Gesicht, ohne auf die Erklärungen meiner Mutter zu achten. Ein Redefasten hat sie uns geboten, sagte meine Mutter später, den ganzen Tag hat sie kein einziges Wort gesagt, und ab vier hat sie nur noch auf die Uhr geschaut, zur Straße gehorcht und sich nicht von der Stelle gerührt.

Der Transit fuhr an Jo´els Hoftor vorbei, von dem die Farbe abblätterte, ich sah die schweren Fensterläden aus Metall. Seit Jahren standen sie immer offen, diese Fensterläden, sogar der Wind hütete sich, sie zuzuschlagen, dicke Spinnweben hatten einen grauen Nebelstreifen zwischen Angel und Wand gezogen. Weder Jo´els Husten noch sein Schweigen oder seine faltigen Ohrläppchen oder seine in letzter Zeit immer magerer gewordenen Hände berührten mich so wie diese Symbole der Einsamkeit, die an seinem Haus hingen – Fensterläden, die der Hausherr nicht schließt, weil es nichts zu verbergen gibt, auch nicht als Schutz gegen die Sonne, weil es keine Rolle spielt, ob es im Haus hell ist oder dunkel, sie hingen da, zwischen seinen dämmrigen Zimmern und dem grellen Licht des Gartens, und wurden manchmal vom Flügel einer Amsel berührt, oder ein Schmetterling ruhte sich zwischen einem Nektarsammeln und dem nächsten auf ihnen aus.

Ich saß auf dem Rücksitz und betrachtete die Haare, die Elischas Nacken bedeckten, und die gehäkelte Kipa, die vom Fahrtwind angehoben wurde. Jo´el war so groß wie er, aber seine gebückte Haltung machte ihn kleiner. Es war schwer zu sagen, ob sein zwischen die Schultern gezogener Kopf Verzicht ausdrückte oder ob er den anderen Körperteilen so nahe wie möglich sein wollte, um sich auf den Schlag vorzubereiten, der ihm schon im voraus bekannt war. Keiner der beiden Männer versuchte, das Schweigen zu brechen. Sie waren mutig genug, die Stille auszuhalten. Jo´el hustete an diesem Morgen sogar weniger. Der bläuliche Dunst, der aus den Kiefernwäldern stieg, vermischt mit dem Duft nach Harz, weitete seine Brust, er drehte den Kopf in dem hohen Kragen und betrachtete die Straße, die nach Jerusalem hinaufführte.

An der Ampel der Herzl Straße stieg ich aus. Jo´el streckte mir die Hand hin, und noch bevor ich mich entschieden hatte, welchen Charakter ich unserem Abschied beimessen solle, rutschte sein Ärmel hoch und entblößte ein knochiges, sonnengebräuntes Handgelenk. Ich küßte seine trockene Haut und fühlte, daß er Fieber hatte.

Dann stand ich draußen, ich hob weder die Hand, um mir ein Taxi zu winken, noch stieg ich in den Autobus. Ich schlug meinen Mantelkragen hoch und ging zu Fuß zum Viertel Beit-Kerem, zur Privatpraxis von Doktor Schejnfeld, wobei ich aufpaßte, auf dem schmutzigen Gehweg nicht auszurutschen. Die eisige Luft biß mir in die Ohren, meine Nase wurde kalt, und die Hände taten mir so weh, als hätte ich sie an Eisblöcken gerieben. Schejnfeld hatte sich den Morgen freigenommen und erwartete mich in seinem warmen Sprechzimmer. In seinem bordeauxroten Pullover machte er mir die Tür auf, rieb meine Hände in seinen und versuchte, meine Finger zu bewegen.

Du bist Arzt, sagte ich, also erkläre mir bitte, was es bedeutet, wenn jemand Blut hustet.

Wenn du gekommen bist, um meinen Rat als Arzt zu hören, dann mußt du mir aber etwas bezahlen, sagte er.

Ich hielt meine blauen Hände über die rotglühenden Spiralen des Ofens, ohne erst den schwarzen Mantel auszuziehen, den ich mir in der letzten Saison gekauft hatte, und sagte, ich bezahle dir, was du willst, nur gib mir eine Antwort.

He, sagte er, sei nicht so voreilig, meine Tarife könnten dich arm machen. Nachdem er erklärt hatte, daß außer Krebs auch noch weniger tödliche Möglichkeiten in Frage kämen, fing ich an, die großen Holzknöpfe aufzuknöpfen, und noch bevor ich aus den Ärmeln geschlüpft war, lagen seine Hände auf meinen Hüften.

Ein Mann aus unserem Moschaw spuckt Blut, sagte ich.

Und was ist mit Gott, hilft er ihm nicht? Bei euch haben doch alle so gute Beziehungen zu ihm, sagte er und kam mit seinem Gesicht näher zu meinem.

Es ist das dritte Mal, daß Gott ihm nicht hilft, sagte ich und nahm seine Hände von meinen Hüften, heute nicht, Schejnfeld.

Jetzt übertreibst du aber, Jiska, jemand aus deinem Moschaw hustet Blut, und schon funktionieren deine Hormone nicht mehr?

Sei nicht so grob, Schejnfeld.

Ich hätte vier Patientinnen in dieser Zeit behandeln können, sagte er. Warum hast du mich nicht angerufen, um mir Bescheid zu sagen?

Ich gebe dir das Geld für vier Patientinnen, wenn es dir darum geht. Können wir nicht einmal einfach nur zusammen sitzen und uns unterhalten?

Jiska, in meinem Alter wird manches dringender als anderes, ich habe schon so viel gehört in meinem Leben, es ist schwer, mir etwas Neues zu erzählen.

Du bist grob, Schejnfeld.

Ich weiß, aber das magst du doch. Er ging zu der kleinen, in die Wand eingelassenen Bar, betrachtete unschlüssig ein paar Flaschen Wodka und nahm den höchstprozentigen heraus.

Ich fühlte mich bedrückt und wußte nicht, ob der Zustand von Jo´els Lungenflügel Schuld daran trug oder der nahende Rosch Chodesch, der seinen Schatten auf die Familie Malkin warf. Schejnfelds Hosen waren aus feinem Karostoff und zeigten scharfe Bügelfalten, sein Gürtel war mit aufgenähten Lederstückchen verziert und hatte eine ziselierte vergoldete Schnalle. Die Wärme, die der Ofen verströmte, drang mir nicht bis auf die Knochen und erreichte nicht meine Füße. Ich hätte gerne die Stiefel ausgezogen und mit den Zehen in dem warmen Teppich gespielt, ließ es aber nach kurzem Zögern bleiben. Schejnfeld würde darin nur ein Zeichen der Unterwerfung sehen. Vielleicht bedrückte mich auch die trübe Luft, die von dem grauen Nebel stammte, der den Himmel auf die Stadt zog und die Räume zwischen den Dächern ausfüllte. Je weiter Schejnfeld den Vorhang zurückzog, um so grauer und trüber war das Licht von draußen gegen den roten Schein, der vom Ofen ausging.

Ich muß unbedingt kühl und vernünftig bleiben, dachte ich und sagte, hör mal, Schejnfeld, glaubst du, daß man eine Entscheidung nur mit dem Kopf fällen kann, ganz unabhängig vom Gefühl und von der Stimmung?

Das ist nicht einfach, sagte er, aber wenn man sich Mühe gibt und viel übt, könnte es möglich sein.

Das flache Dach des Nachbarhauses war durch die Gläser zu sehen, in die er jetzt Wodka goß. Der Efeu, der am Fenster herunterhing, sah dunkel und feucht aus. Ich wußte, daß meine Augen in diesem Licht dunkelgrün wirkten, aber ich nützte die Gelegenheit nicht aus, ihm das zu zeigen. Schejnfeld tippte mit seinem Glas gegen meines, drehte sich um, ging zu dem breiten Schreibtisch und ließ sich in seinen schwarzen Ledersessel mit der hohen Kopfstütze fallen. Wir saßen uns gegenüber wie ein Arzt und seine Patientin.

Weißt du, ich kenne außer Mathematik nicht viele Bereiche, die vom Gefühl unbeeinflußt sind, sagte er, oder, wenn du so willst, von unserer Biochemie. Zwei und zwei wird immer vier sein, auch wenn dich eine Frau eine Sekunde zuvor abgewiesen hat und obwohl das, was sie gesagt hat, für dich alles verändert hat. Er kniff die Augen zusammen und betrachtete mich aus schmalen Schlitzen.

Nach zwei Schluck Wodka wurde mir leichter. Der Himmel schien hoch zu schweben oder sich jedenfalls vom Fenstersturz zu lösen und zu entfernen. Schejnfeld saß aufrecht in seinem Chefsessel, seine Brust weitete sich und dehnte die bordeauxroten Zöpfe auf seinem Pullover. Der Rest Wodka im Glas war durchsichtig, ich trank ihn mit einem Schluck leer und sah, wie der Transit zu einem kalten, blauen Punkt wurde, und ich sah Elischa, der die Reisetasche seines Vaters trug, und mit jedem Schritt traten die Konturen des Sefer ha-Agada stärker hervor. Als ich meine Stiefel auszog, bemerkte ich ein Kieselsteinchen, das an einer Sohle klebte. Meine Füße versanken in dem weichen Teppich. Schejnfeld trommelte an sein Glas, das Tam-Tam seiner Finger war langsam und rhythmisch und brach plötzlich ab, als ich meinen Gürtel aufschnallte.

Was schaust du mich so an? sagte ich. Du hast doch schon genug Frauen in deinem Leben gesehen.

Ich wundere mich.

Worüber?

Über die Kraft, die du mobilisierst, um gegen deine Natur zu handeln. Wir sind schließlich beide aus dem gleichen Holz geschnitzt, ich kenne dich und weiß, wie impotent die Vernunft ist, wenn man sie zum Wächter der Lust ernennt.

Es ist eine Frage der Entscheidung, sagte ich und bemühte mich, Worte zu finden für unsere Fähigkeit, das, was uns geschieht, zu beherrschen, so wie ich mich bemühte, die Hand zurückzuhalten, die sich nach der Flasche ausstreckte, um das Glas zu einem Drittel mit Wodka zu füllen, und die so lang und so breit wurde wie die Hand Charlottes. Oskar zieht ihr das kleine Trikotkleid aus, und der Mond beleuchtet ihren Bauch, der Baum läßt dunkle Flecken auf ihren Brüsten tanzen, und sie knetet seinen Hals und zieht ihm das blaue, nach Schmieröl riechende Hemd aus, wer braucht schon eine saubere Vernunft, warum sollte die Vernunft würdiger sein als der Körper, und der ist schließlich nichts anderes als eine Ansammlung von Zellen und Flüssigkeiten und Enzymen und dem Gleichgewicht zwischen allem. Charlotte hat sich nach dem einen Mann und dem nächsten nicht gewaschen, und der ganze Abstand zwischen den beiden ist wie der zwischen Oskars Pflaumen und Schochets Guaven, nicht mehr als acht Hühnerschritte.

An der Wand über Schejnfeld hing eine schwangere Frau, ihr runder Bauch war von einem durchsichtigen Schleier bedeckt, und auch ihr Bauch war durchsichtig, alle Glieder des Ungeborenen, zusammengefaltet in der Gebärmutter, waren zu erkennen. Der dicke Bauch kam mir von der Wand herunter entgegen. Ich legte den Finger auf den Nabel und ließ ihn langsam über die Wölbung nach unten gleiten, sie streckte mir ihre kühlen Hände entgegen und berührte mich, aber die schweren Hüften, die mich drückten, gehörten nicht ihr, ihre Hüften waren sehr weich. Ich schlang meine Beine so fest um seinen

Rücken, daß ich noch Stunden später, als ich die Treppe hinaufstieg, gezwungen war, mich am Geländer festzuhalten.

Jiska, wann verstehst du endlich, daß du vor allem eine Frau bist? Er atmete schwer, rollte sich von mir herunter und sagte, ich habe ja schon viele Frauen gesehen, aber . . . du weinst?

Nein, das ist dein Wodka, der mir aus den Augen läuft, sagte ich und wischte mir die Tränen nicht weg, ich ließ dem Strom freien Lauf, ich drückte seine verschwitzten Schultern gegen den Teppich und sagte, komm zu mir, ich will jetzt mit dir schlafen, weil ich beschlossen habe, es zu wollen, nicht weil ich ein mit Wodka vollgesogener Lappen bin, der ausgewrungen wird.

Schejnfeld liebte Herausforderungen, die seine alternden Lenden auf die Probe stellten, und preßte jede Zelle seines Körpers aus. Ich erließ ihm nichts. Lange Zeit später lag er noch da, atmete keuchend, mit geöffnetem Mund und geschlossenen Augen. Ganz langsam zog sich die schwangere Frau wieder in die Wand zurück, bis sie nichts weiter mehr war als ein billiges Poster, nur eine Reklame für hormonelles Gleichgewicht.

Jiska, ich könnte mich noch in dich verlieben, sagte er und schaute mir vom Teppich aus zu, als ich mich anzog.

Du bist gar nicht fähig, dich zu verlieben, Schejnfeld. Du investierst soviel Liebe in dich selbst, daß dir für einen anderen Menschen nichts übrigbleibt.

Du bist doch genauso, sagte er und setzte sich auf, seine Schenkel waren so weiß und glatt wie die einer Frau, und er achtete darauf, mit den Knien nicht an den heißen Ofen zu stoßen.

Das stimmt nicht, Schejnfeld, sagte ich, ich bin in jemanden verliebt.

Er lachte, legte seine nackten Arme um die Knie und schaute zu, wie ich mir den Strumpf über das linke Bein zog. In wen? In Jiska?

An der Wand glänzten drei silberne Stethoskope. Der Mann,

der hier nackt auf dem Teppich saß, horchte oft genug mit einem Stethoskop die Herztöne von Ungeborenen ab, ängstlich beobachtet von den Schwangeren, die von ihm beruhigt werden wollten, aber in meinen Augen war er nichts anderes als ein Stück gieriges Fleisch.

Ich bin wirklich verliebt, Schejnfeld, sagte ich und fuhr ihm durch die graue Mähne.

Und weiß dein Geliebter, daß du hierherkommst? fragte er. Er schlang die Arme fester um die Knie.

Er weiß noch nicht einmal, daß er mein Geliebter ist, sagte ich und dachte an Elischa, der jetzt auf einem Stuhl saß und auf das schwere Atmen seines Vaters lauschte, während sich hinter dem Wandschirm Ärzte über Jo´els geschwollene Brust beugten und seine zerstörten Lungen abhorchten.

Ist er aus deinem Moschaw?

Ja.

Der Efeu vor dem Fenster zitterte. Ein feiner Nieselregen schlug gegen die Scheibe. Schejnfeld erhob sich schweigend und ging zu der kleinen Dusche. Der Geruch von Seife und der Dunst heißen Wassers breitete sich in der Praxis aus. Sollte ich gehen, solange er noch unter der Dusche stand? Aber wohin? Amnons Laden war keine sehr verlockende Möglichkeit. Mit Amnon unterhielt man sich über Alma, aber Alma war heute morgen weit weg. Alle Pläne, die ich geschmiedet hatte, alle Daten, die ich gesammelt hatte, und Alma, die sich mir langsam entschlüsselte, verblaßten vor den Flecken, die sich in Jo´els Lungen ausbreiteten, angesichts der Wolke, die über seinem Kopf hing, kam mir das Wühlen in der Vergangenheit überflüssig vor, ab heute würde sich Elischas Leben ändern, und was bisher schwer war, würde doppelt schwer sein.

Schejnfeld zog sich seinen bordeauxroten Pullover über und kämmte seine feuchten Haare vor dem Spiegel über dem Waschbecken.

Ich kann mir nicht vorstellen, daß du in jemanden verliebt

bist, ohne daß er es weiß, sagte er und kippte Mentholwasser ins Becken. Du bist keine, die sich zurückhält, obwohl du dich rühmst, die Hohepriesterin des kühlen Verstands zu sein. Die erfrischende Schärfe des Wassers hatte seine Bewegungen langsamer werden lassen, sein Körper sank entspannt in den Sessel.

Du bist alt, Schejnfeld, sagte ich grausam, in deinem Alter mißt man alles daran, ob es weniger anstrengend ist. Für dich ist Liebe das, was sich zwischen Hormonen und Bettlaken abspielt, du bist zynisch, übersättigt und düster, und der Anteil der Gefühle in dir ist schon versteinert, das einzige, was bei dir noch nicht verkalkt ist, ist die Drüse, die dein Glied anstachelt. Aber ich bin noch jung, Schejnfeld.

Er ballte die Hand zur Faust, als müsse er sich beherrschen, um nicht zuzuschlagen. Er hinderte mich nicht, als ich meinen Mantel anzog und die Schnallen an meinen Stiefeln zumachte, selbst der Regen, der ans Fenster schlug, entlockte ihm kein Wort, er schlug nicht vor, mir ein Taxi zu rufen, und fragte nicht, wohin ich bei diesem Wetter gehen wolle. Weil er sich nicht die Pfeife stopfte und seine hängenden Schultern nicht aufrichtete und weil seine Hände hilflos und mit schlaffen Fingern auf dem Tisch lagen, ging ich, als ich schon an der Tür war, noch einmal zu ihm zurück und sagte, siehst du, wir hätten es heute nicht tun dürfen, wir hätten heute verzichten müssen, dann hätten wir verhindert, daß dieser ganze Mist hochkommt.

Schejnfeld sagte nichts, er stand auch nicht auf, um mich hinauszubegleiten. Bevor ich die Tür hinter mir zumachte, sah ich noch seine Wangen, die von den Händen eingedrückt wurden, und seine Ellenbogen in dem bordeauxroten Pullover, die sich auf den Tisch stützten.

Als ich auf der Straße war, hatte der Regen nachgelassen. Ich spannte den Schirm nicht auf und machte keinen Versuch, den Tropfen auszuweichen, sie schlugen an mein Gesicht und rollten mir an Hals und Nacken herunter. Ich ging, als hätte ich es eilig, irgendwohin zu kommen, ohne jedoch zu wissen, wohin, aber der glatte Gehweg zwang mich dazu, meine Schritte zu zügeln. Ein paar vereinzelte Mädchen waren schon auf dem Heimweg von der Schule. Eine beugte sich, den großen Ranzen auf dem Rücken, über eine Pfütze, die sich auf dem Gehweg gebildet hatte, rührte mit einem Stock im Wasser und beobachtete die Wellen, die entstanden.

Böe um Böe trieb der Wind die Wolken, die den Himmel über der Stadt grau färbten, von Westen nach Osten. Wohin man in dieser Stadt auch schaut, man sieht Türme, die in den Himmel ragen, Halbmonde, die ihn ankratzen, oder spitze Kreuze, die in ihn hineinstechen. Die Menschen, die hier leben, glauben, daß der, der ihr Flehen hört, genau über ihnen wohnt und deshalb alles, was von hier kommt, am besten hört. Schejnfeld hatte einmal gesagt, der Fruchtbarkeit der Frommen verdanke er seinen Lebensunterhalt, und oft genug prahlte er damit, daß nur er und Gott die gespreizten Beine ihrer Frauen und das, was dazwischen ist, zu sehen bekamen. Hach, Schejnfeld, nur du und Gott, sagte ich laut, Regen floß mir in den Mund, und wegen der Autos spritzten mir Pfützen gegen die Stiefel. Eine Stunde lang lief ich herum, vielleicht auch zwei, ignorierte den Schutz von Dächern und zog meinen Ärmel nicht hoch, um auf die Uhr zu schauen. Lärmende Schulkinder an den Bushaltestellen ließen mich ahnen, wie spät es wohl sein mochte, genau wie die Tatsache, daß meine Beine allmählich weh taten. Mein Mantel roch nach Schejnfelds Praxis, auch an mir hing ein Hauch des Geruchs seiner Patientinnen. Naß und tropfend stieß ich die Tür zur Buchhandlung auf und trat ein.

Zwei Kunden standen an der Kasse. Amnon hob den Blick, erkannte mich aber offenbar nicht. Das Wasser, das von mir floß, hinterließ Flecken auf den Morgenzeitungen und den bunten Magazinen. Wegen des Elektrostrahlers, der im Laden brannte, fing mein Mantel an zu dampfen. Amnon tippte Zahlen ein, ohne sich in seinen Berechnungen stören zu lassen, er nahm nicht einmal wahr, daß ich mich wieder umdrehte, zur Tür zurückging und sie hinter mir schloß. Dunkle Bäche flossen zum Gully vor seinem Haus, der aber das ganze Wasser nicht aufnehmen konnte, deshalb trat es über den Randstein und überschwemmte den Gehweg.

Drei Männer, offenbar Kanalarbeiter, schlugen gerade ihre gierigen Zähne in knusprige Baguettes und schauten mir entgegen, als ich die Tür zum Café aufmachte. Was ist mit dir, gibt es keine Schirme mehr auf der Welt? fragte einer der Arbeiter, mit Brotkrumen an den Lippen. Die Frau hinter der Theke kam zu mir, legte eine Speisekarte vor mich auf den Tisch und betrachtete mich mit distanziertem Blick.

Kaffee mit Milch, sagte ich, sechs Augen musterten mich und senkten sich dann auf das Brot, und Hände schoben herausgerutschte Tomatenscheiben und Käse zurück.

Wie ein Wäschestück, das man aus der Badewanne gezogen hat, sagte der mit dem Bart, und alle drei lachten.

Ja´akow, rief ein anderer, warum bietest du dich nicht an, sie abzutrocknen?

Ich bin ganz scharf darauf, sie naß zu machen, sagte Ja´akow.

Ich wandte ihnen den Rücken zu, stützte eine erfrorene Wange auf die Hand und beobachtete das Wasser, das von meinem Ärmelaufschlag über das Handgelenk zum Ellenbogen hinunterlief. Ich tat nichts, um meinen Körper oder die nassen Kleidungsstücke, die an ihm klebten, zu trocknen, ich verkroch mich in dem nassen, kalten Mantel und kochte vor Zorn. Sogar wenn du mit Dreck beschmiert bist, mit angeklebten Haaren und roter Nase, haben sie es nur auf deine Weiblichkeit abgesehen, während du dir wünschst, sie würden einfach nur das müde Geschöpf in dir sehen, das sich nach nichts anderem sehnt als nach einer mittelgroßen Tasse Kaffee.

Die drei hörten nicht auf zu kichern und sagten etwas über

heiße Mädchen, aber ich konzentrierte mich darauf, was der Kaffee in meinem Bauch tat, spürte, wie sich die Wärme bis in mein Zwerchfell ausbreitete. Noch einen, bitte, sagte ich zu der Frau hinter der Theke und tippte mit dem Finger auf die Tasse.

Mir war kalt, trotzdem wagte ich nicht, den nassen Mantel auszuziehen, denn das Wollkleid, das ich darunter trug, war dünn und feucht und klebte mir bestimmt am Körper.

Rauchst du? fragte Ja´akow, beugte sich vor und schnippte für mich eine Time aus der Schachtel. An einem Tag wie heute gibt es nur eins, was besser ist als eine Zigarette, sagte er und blinzelte den beiden anderen zu. Donnerwetter, das ist aber eine Harte.

Er nahm sich selbst die Zigarette, und die dicke Rauchwolke, die er ausstieß, hing zwischen ihrem Tisch und meinem.

Einen Kaffee vor der Zigarette oder lieber danach, fing dieser Ja´akow wieder an, aber meine Hände ballten sich schon zu Fäusten, um sein nächstes Wort zurückzuschlagen. Seine Sinne waren irgendwie geschärft. Was glaubst du eigentlich, wer du bist? fuhr er mich wütend an, dann schwieg er und rauchte und trug kein Wort mehr zum Gespräch der beiden anderen bei, sondern senkte seinen schweren Kopf auf die Brust und starrte auf den Fußboden. Alle drei trugen schmutzige Gummistiefel. Wer weiß, was sie in den Tiefen der Röhren sahen, wenn sie unter dem Kanalgitter standen, wie viele Röcke über ihnen, auf den Bürgersteigen, vom Wind aufgeweht wurden, wie viele Strumpfbänder, Strümpfe und Schenkel über ihren Köpfen sichtbar wurden.

Die Besitzerin des Cafés blätterte in einer Zeitung. Sie saß breitbeinig da, die Schürze spannte sich zwischen ihren Knien. Mehr als einmal hoben sich ihre Augen über die Brille und sie warf mir einen Blick zu. Das Wasser, das von mir tropfte, hinterließ eine Pfütze auf den schachbrettartig angeordneten Fliesen. Ich streckte meine Arme über den Tisch, legte meinen Kopf darauf und versuchte einzuschlafen. Wenn ich einigermaßen getrocknet war, würde ich mir das Gesicht waschen, mich kämmen und zum Krankenhaus fahren. Bestimmt drückte Elischa gerade auf einen Knopf im Fahrstuhl und brachte Jo´el zur Blutabnahme oder zur Röntgenabteilung, wo eine Aufnahme von seinem Brustkorb und von seinen Lungen gemacht würde. Bald würden die Ergebnisse eintrudeln und sich auf dem Tisch von jemandem sammeln, der eine energische und eindeutige Fallbeurteilung schreiben würde.

Inzwischen waren die drei Kanalarbeiter in ihren dicken Windjacken aufgestanden, sie drückten ihre Zigaretten in dem Glasaschenbecher aus, schoben die Stühle zurück und öffneten ihre Geldbeutel. Der Jüngste drehte einen Zopf aus den Fransen des alten Vorhangs, der die Tür bis zur Hälfte bedeckte. Noch bevor er das Wechselgeld in den Geldbeutel steckte, ging der Zopf wieder auf. Als er schon durch die Tür getreten war, drehte sich Ja´akow halb um, auf seiner einen Schulter glitzerten Tropfen, die von der Sonnenmarkise über der Tür heruntergefallen waren. Er warf mir noch einen Blick zu, sagte aber nichts und verschwand dann endgültig.

Auf einmal war der Raum größer geworden, die mit Fliegenkacke gepunktete Lampe gab nur ein schwaches, graues Licht von sich, die Hausherrin stand am Spülbecken und wusch die Tassen ab. Ihr Rücken sah aus, als wäre sie durchaus in der Lage, einen zahlungsunwilligen Kunden am Hals zu packen, einem Störenfried den Arm umzudrehen oder den Kopf eines Betrunkenen unter kaltes Wasser zu halten.

Brauchen Sie vielleicht eine Kellnerin? fragte ich.

Sie antwortete nicht, sondern beschäftigte sich weiter mit den Tassen im Spülbecken. Erst als sie umgedreht auf dem Gestell standen, trocknete sie sich ihre roten Hände an der Schürze ab und sagte: Steh auf.

Ich stand vor ihr und zog mir das feuchte Kleid herunter, das mir am Hintern klebte, sie musterte mich prüfend und sagte, ohne Mantel, bitte.

Ich zog meinen schwarzen Mantel aus, und sie schob ihre Hände in die Falten ihrer Schürze, betrachtete mich und sagte, ich brauche eine, die Kundschaft anlockt. Wenn du fünfzig bist und schon Krampfadern an den Beinen hast, hilft es dir nichts, daß du den am besten gemahlenen Kaffee der ganzen Stadt servierst. Wenn Männer etwas trinken, brauchen sie Mädchen zum Anschauen. Du bist in Ordnung, ich nehme dich, wenn du willst, aber als Verdienst gibt es nur das Trinkgeld.

Sie riß einen Streifen von der Zeitung ab und schrieb mit kräftigem Strich die Telefonnummer des Cafés darauf. Wenn du nicht so klatschnaß vom Regen bist, siehst du sicher noch schöner aus, sagte sie und schob mir eine nasse Strähne aus der Stirn, um mich besser zu sehen, dann drückte sie mir den abgerissenen Zettel mit der Nummer in die Hand. Nicht viel später schwamm der Zettel in dem schlammigen Regenbach im Rinnstein der Jaffo Straße.

Bis der Mann an der Aufnahme den Namen Jo´el Malkin getippt hatte und bis auf dem Bildschirm vor ihm die Antwort in grünen Buchstaben erschien, stützte ich mich auf die Ablage vor dem Schalter, ich beeilte mich auch nicht, als er sagte, Internistische 3, fünfter Stock. Die wenigen Meter zum Aufzug legte ich humpelnd zurück, spannte die Muskeln an den Unterschenkeln und die Sehnen der Knöchel. Man hätte mich für eine Patientin halten können, eine, die nicht zu den leichten Fällen gehört. Als die Aufzugtür zugegangen war und die Zahl der Stockwerke, eine nach der anderen, aufflackerte, spürte ich wieder die gleiche Übelkeit wie am Schabbat, als Heda gesagt hatte, Jo´el habe Blut im Taschentuch gehabt. Vielleicht war ja Schejnfeld schuld an dem Druck auf meinem Magen, jedenfalls hatte ich das Gefühl, ich würde gleich den Kaffee und den Wodka auskotzen. Doch da flimmerte schon die Nummer fünf auf, und die Tür öffnete sich. Ich ging hinaus, und vor mir tanzten die Worte Internistische Station 3.

Dicht an der Wand gehend, betrat ich die Station, atmete

den Geruch meines hochgeschlagenen Mantelkragens ein. Bevor ich Jo´el erkannte, entdeckte ich den nackten Streifen von Elischas Rücken, er bückte sich zum Kopfteil des Bettes und versuchte, es etwas höher zu stellen, er zog an Eisenstangen und Querbalken. Jo´el stand am Fenster, band sich die Schnur seiner blauen Pyjamahose zu, legte die Stirn an die Scheibe und betrachtete die Aussicht aus dem fünften Stock.

Mit einem lauten Quietschen gab das Bett nach, das Kopfteil klappte nach oben, und Elischa richtete sich auf. Sein Gesicht war rot vom langen Bücken, er rückte sich die Kipa zurecht und sagte, Ossi, bist du sicher, daß du in Ordnung bist?

Hundertprozentig, sagte ich und ging zum Waschbecken, um mir die Hände zu waschen, doch als ich in den Spiegel schaute, verstand ich, daß auch ein Fremder diesem Anblick gegenüber nicht gleichgültig geblieben wäre.

Setz dich hin und ruh dich ein bißchen aus, sagte er. Er fragte den Kranken vom Bett gegenüber, ob er den Stuhl neben seinem Bett nehmen könne. Der Mann rieb sich das blasse Kinn mit dem Laken und nickte. Elischa nahm eine große Jutetasche mit Schnüren vom Stuhl. Mit violetten Buchstaben war der Name »Naomi« aufgestickt. Schwarze Ringe tanzten vor meinen Augen, das Wort »Naomi« platzte in Stücke, die sich von der Tasche lösten, ich legte meinen Kopf an die Wand und sagte, Elischa, bitte ein bißchen Wasser. Obwohl er das Glas nicht vollgemacht hatte, lief das Wasser von meinem Mund zum Hals und näßte, was ohnehin schon naß war.

Ossi, du bist krank, sagte er, wir fahren gleich heim, ich helfe meinem Vater nur noch, sich zurechtzufinden.

Langsam, ganz langsam kehrten die Buchstaben Naomi an ihren Platz zurück und waren nichts weiter als eine violette Stickerei.

Elischa legte die Arme um Jo´els mageren Rücken und schmiegte seine Schulter an ihn, und Jo´el, der seit Jahren nicht mehr berührt worden war, ergab sich verwirrt der Berührung, ohne sich zu wehren, Elischa nahm seine Hände nicht zurück, bis ein erneuter Hustenanfall herauswollte und in der Kehle drückte und die Schultern auseinanderschob und den ganzen Rücken erzittern ließ.

Wir waren auf dem Weg zur Tür, als ich die Schulter sah, an der nun die Tasche mit dem aufgestickten Namen »Naomi« hing. Sie ging zu dem Bett mit dem Namensschild »Simon Levi«, der Mann erkannte ihre Schritte und hob den Kopf vom Kissen. Ich sah nur ihren Rücken und erinnerte mich später nicht mehr, ob der braune Streifen über ihrem Rücken ein Zopf gewesen war oder ein brauner Schal.

Tiefe Wolken hingen, durchbohrt von den Autoantennen, über dem Parkplatz des Krankenhauses. Der Transit stand groß und schwerfällig zwischen den anderen Autos und sah aus, als läge die Last des Himmels auf seinem Dach. Elischa fragte, ob mir meine Tasche zu schwer sei, aber was konnte schon schwer sein, nur die Ausrüstung, die ich üblicherweise zu Schejnfeld mitnahm, ein Kajalstift, ein Deo und ein Kamm befanden sich darin. Trotzdem konnte ich die Beine kaum von dem rötlichen Gehweg heben. Elischa fragte nicht weiter, er ging nur langsamer, so wie er seine Schritte Hedas Schritten angepaßt hatte, als sie noch klein war, damals war er neben ihr hergegangen und hatte sie nicht zur Eile angetrieben, auch wenn sie sich von jedem Vogel auf dem Mispelbaum und von jeder Schnecke im Gras aufhalten ließ. Warum war ihr diese Neugier und diese Fähigkeit zum Staunen im Lauf der Zeit verlorengegangen?

Erschöpft, leer und zitternd setzte ich mich auf den Beifahrersitz, da, wo Jo´el auf der Herfahrt gesessen hatte. Bevor Elischa den Motor anließ, nahm er eine alte Decke, stopfte sie um mich fest und sagte, du zitterst ja.

Vielleicht hatte ich Fieber, vielleicht hatte die Wirkung von Schejnfelds Wodka noch nicht aufgehört, ich rieb mir die Stirn, konnte aber den Nebel und die Bilder nicht vertreiben, die mir durch den Kopf schossen, aufleuchteten und wieder verschwanden.

Vor Jahren hatte ich mit Itamar Mewurach auf dem alten Wagen der Familie Lamdan gesessen. Vor uns lief schwerfällig und ergeben ihr alter Maulesel, seine Hufe schlugen auf die harte Erde. Gideon Lamdan, größer und älter als wir, saß zwischen uns und trieb das Tier an, und wir betrachteten das dunkle Hinterteil und lachten über die dampfenden Äpfel, die unter dem erhobenen Schwanz herauskamen, auf den Weg fielen und liegen blieben. Als wir an ihrem Acker ankamen, band Gideon den Wagen am Zaun fest und ging los, um den Hahn zur Bewässerung der Kartoffeln aufzudrehen. Der Maulesel hob den Schwanz, um Fliegen von seiner Rückseite zu verjagen. Itamar bückte sich und betrachtete das, was Maulesel zwischen den Beinen haben, er schob sich die Hand zwischen das Hosengummi und seinen Bauch und sagte, komm, zeigen wir es uns gegenseitig. Er zog die Hand aus der Hose und sagte, los, zieh schnell aus, bevor er zurückkommt. Du zuerst, sagte ich, und er, zwischen dem gelbblühenden Senf, drehte sich um und zog sich die Turnhose herunter. Du hast vergessen, Unterhosen anzuziehen, sagte ich und betrachtete seinen weißen Hintern, der von der Sonne beschienen wurde, aber noch bevor er sich ganz zu mir gedreht hatte, wieherte der Maulesel. Itamar zog sich erschrocken die Hose hoch und sagte, jetzt bist du dran.

Ich habe nichts gesehen, sagte ich und weigerte mich, meinen Teil der Abmachung einzuhalten.

Betrügerin, sagte er, und während des ganzen Rückwegs saß er wütend auf seinem Platz und spielte mit seiner blonden Haartolle, und der Wagen holperte über den holprigen Boden und schaukelte uns und unser Schweigen hin und her.

Nun schwiegen wir, Elischa und ich. Alles, was ich ihm hatte sagen wollen, wenn wir auf der Rückfahrt allein wären, hatte sich in Luft aufgelöst. Ich war wie ein Reifen mit einem Loch, platt und leer. Ich riß die Augen auf, und sie fielen mir wieder zu, und in meinem zerrissenen Schlummer sah ich, wie die Scheibenwischer sich in dem halbrunden Ausschnitt auf der Windschutzscheibe hin- und herbewegten. Im Spiegel sah ich mein eingefallenes Gesicht mit einer angeklebten Haarsträhne. Der Anblick war so vollkommen armselig, daß ich von Selbstmitleid ergriffen wurde. Alles Extreme hat etwas an sich, das einen reizt, dachte ich, wie jenes nicht genau definierbare Extrem, zu dem Menachem Mewurach durch seinen Glauben an Gott geführt wird. Wenn er sich noch weiter mitreißen läßt, wird er unweigerlich zu dem Punkt kommen, an dem ihm nur noch der Wahnsinn bleibt. Und nicht weniger reizen ein unbedeckter Kopf und das öffentliche Leugnen Gottes. Die meisten Menschen in unserem Moschaw hüten sich vor Extremen und führen ihr Leben auf der flachen Straße zwischen dem Genossenschaftsladen und der Verwaltung, und ihr Himmel ist so hoch wie die Dächer der Kuhställe oder der Hühnerställe.

Alles war fern und weit, mein Lebensplan schwankte, nur die Kälte war real und beißend, trotz der Decke, die über meinen Beinen lag. Der Mann links neben mir bemühte sich, auf die gelben Streifen zu beiden Seiten der Straße zu achten, und ich legte den Kopf an die Lehne und fragte: Was haben die Ärzte gesagt?

Elischa wischte die beschlagene Scheibe ab und sagte, sie wissen es noch nicht, sie werden noch ein paar Untersuchungen machen, und in der Zwischenzeit werden sie ihm das Rauchen abgewöhnen.

Was für Vergnügungen sind ihm schon geblieben, fragte ich. Das Verlangen nach Nikotin wird ihn umbringen, er wird an Holzstücken und an Bleistiften saugen, Salzstangen knabbern und an seinen Fingernägeln herumbeißen, bis sie bluten.

Ich hoffe, du irrst dich, sagte Elischa. Seine Wortkargheit machte mich ganz fertig. Er sparte Wörter und hortete sie, als drohte eine Sprachknappheit oder als wollte er einen Vorrat haben für den Tag, an dem er den Mund aufmachen und soviel sagen müßte, daß sein üblicher Schatz an Worten nicht reichen würde.

Inzwischen hatte der Regen aufgehört. Im Westen sammelten sich schwarze Wolkenhaufen, und dahinter ging die Sonne unter und färbte einzelne, vom Wind weggeblasene Wolken rot. Ich gab mich mit den Bröckchen zufrieden, die Elischa zu unserem Gespräch beisteuerte, und fragte, an was für einer Krankheit Jo´els Bettnachbar, Nachum Levi, leide.

Kennst du ihn?

Nein, ich habe seinen Namen auf dem Bett gesehen.

Ich weiß es nicht, sagte Elischa und fuhr langsamer, um den Abstand zu dem Lastwagen, der die Windschutzscheibe vollspritzte, zu vergrößern.

Ist er aus Jerusalem?

Auch das wußte Elischa nicht. Noch nicht einmal der mit violettem Faden aufgestickte Name »Naomi« auf der Tasche, die er vom Stuhl genommen hatte, war ihm aufgefallen.

Vielleicht hat er es auch an der Lunge, plapperte ich weiter, getrieben von dem Wunsch, diese Fahrt so unbedeutend wie möglich zu machen. Die kahlen Weinberge rechts und links der Straße wurden dunkel, leere Zweige ließen nasse Ranken zu Boden hängen. Die warme Luft aus den Autoauspuffen bildete Dunstwellen auf der Straße, auf dem Asphalt hatten sich Pfützen gebildet. Ich starrte hinaus auf die Straße, und wir wechselten keine weiteren Worte.

Obwohl es dunkel wurde, waren die Zypressen in Mewurachs Garten zu erkennen, ihre Wipfel waren schwer von Wasser. Eine kleine Gestalt erhob sich von der Bank an der Autobushaltestelle, aber ohne zu winken. Steif, die Arme dicht am Körper, die Hände zu Fäusten geballt, stand Heda da. Elischa bremste, stieg aus und legte ihr die Hände um den unbedeckten Kopf, durch eine Bewegung entzog sie sich seiner Berührung. Wortlos stieg sie in den Transit, schob sich an mir vorbei und setzte sich zwischen uns. Er versuchte nicht, sie zum

Sprechen zu bringen, er bemühte sich auch nicht, sie zu umarmen und zu trösten, sie würden die Sache unter sich klären, wenn ich nicht dabei war. Großvater ist im Krankenhaus geblieben, sagte er, sie wollen noch ein paar Untersuchungen machen, und sie starrte geradeaus und preßte die Lippen zusammen.

Zwölf Stunden lagen zwischen den Plänen, die ich am Morgen geschmiedet hatte, als ich meinen Mantel zugeknöpft und die Schnallen an meinen Stiefeln geschlossen hatte, und dem schwerfälligen Sprung aus dem Transit in den nassen Kies jetzt. Der Plan war vollkommen gewesen, warum war nur alles so schiefgegangen? Die Dinge laufen nicht immer so, wie man will, meine Liebe, sagte ich zu mir, das passiert eben. Was würden dir jetzt deine Fragen nützen? Elischa faltete die Decke zusammen, in die er mich gewickelt hatte, und wartete darauf, daß Heda ausstieg, aber sie saß wie festgeklebt da und bewegte sich nicht. Mir war klar, daß ich sie in Ruhe lassen mußte. Der Himmel war schwarz, vom Mond war keine Spur zu sehen. Er fragte sie, ob sie die Absicht habe, heute nacht im Auto zu schlafen, und sie gab keine Antwort.

Kalte Nadeln stachen mir in den Rücken, Elischa stand so nahe, ich müßte mich nur ein bißchen nach rechts schieben, dann könnte ich unter seiner Achsel verschwinden, so wie Jo´el verschwunden war. Oder die Hand ausstrecken und die warme Stelle zwischen Kragen und Nacken berühren.

Ich schob den Arm unter die Träger meiner Tasche, sagte »danke fürs Mitnehmen« und befahl meinen geschwollenen Beinen zu gehen. Er starrte auf den Boden und bewegte sich nicht, als ich seinen Ärmel berührte und fragte, sag mal, kennst du einen Doktor Schejnfeld? Seine Hand hob sich einen Moment lang, sank dann wieder. Er schaute sein dunkles Fahrzeug an und sagte, ich habe einmal einen gekannt.

Als ich zum Hoftor ging, war sein Gesicht starr im Schatten des Transit, und seine aufsässige Tochter saß noch immer steif und unbeweglich auf dem Sitz. Doch plötzlich löste er sich, drehte mir das Gesicht zu, holte mich ein, packte mich am Ärmel und sagte in befehlendem Ton, Ossi, wenn du einen Arzt brauchst, geh nicht zu ihm, er war es, der Alma umgebracht hat.

Vielleicht wollte er noch etwas sagen, der Abstand zwischen seinen Lippen vergrößerte sich, Wind drang ein und kam wieder heraus, aber kein einziges Wort, und ich hatte das Gefühl, als blitzte mir etwas entgegen aus den Tiefen des Schlamms, in dem ich den ganzen Tag gesteckt hatte.

Ich steckte die Hände in die Taschen und schwieg, und den Rest des Weges bis zur Treppe legte ich leichtfüßig zurück, trotz der verkrampften Muskeln und der schweren Beine, und in meinem leeren Bauch hüpfte die doppelte Freude, die plötzlich in mir aufgestiegen war. Ich wußte nicht, über was ich mich eher freuen sollte, über die Verbindung, die Elischa plötzlich zwischen seiner vergeblichen Sorge für Alma und seiner Sorge um mich gezogen hatte, oder darüber, daß er zum ersten Mal ein schlechtes Wort über jemanden gesagt hatte, endlich eine Reaktion, etwas aus Fleisch und Blut, endlich Zorn und Vorwurf und Beschuldigung. Dadurch, daß seine Vollkommenheit einen Fleck bekommen hatte, war er vollkommener und näher und erreichbarer geworden.

Die Luft war kühl und rein. Lotti kam mir entgegen, ihre feuchten Augen glänzten im Dunkeln. Sie leckte auf dem Weg zur Treppe die Schlammbrocken von meinen Stiefeln, schnüffelte nach Gerüchen, die von fremden Orten erzählten. Die Scheinwerfer des Peugeot waren vom Regen saubergewaschen, auch die Stoßstange.

Fast im Chor sagten mein Vater und meine Mutter, jemand habe für mich angerufen und gebeten, ich solle mich melden, die Nummer, die sie groß auf eine Rechnung des Genossenschaftsladens geschrieben hatten, war die von Schejnfeld. Sie fragten, warum ich so aussähe und warum ich keinen Schirm mitgenommen hätte. Einfach so, mir tun die Beine weh, sagte ich und ging in mein Zimmer, sie blieben im Licht stehen, das aus der Küche fiel, und vielleicht hörten sie ja, wie ich die Rechnung des Genossenschaftsladens in immer kleinere Stücke zerriß.

Ich streckte mich, noch im Mantel, auf dem Bett aus, schloß die Augen und sah den Boden des Cafés vor mir, schwarz-weiß kariert, und nahm mir vor, den Boden des Cafés, das ich einmal haben würde, auch so zu fliesen, wie eine Königin würde ich mich auf meinem Schachbrettboden bewegen, und in meinem Café würde es keinen Ja´akow geben, der seine schwarzen Finger in ein Baguette steckte, um eine Tomatenscheibe zurückzuschieben, kein Ja´akow würde sein Gesicht zu mir erheben, mit Krümeln an den Lippen, und fragen, wer glaubst du eigentlich, daß du bist. Vielleicht schlief ich ein, vielleicht auch nicht, ein plötzlicher Windstoß wirbelte die Papierfetzchen mit Schejnfelds Telefonnummer in die Höhe, und langsam, so langsam wie Schneeflocken, sanken sie wieder und landeten weich und leicht auf dem Boden.

Siebtes Kapitel

Die Erde war schon satt getrunken und die Zwiebelfelder hatten sich in Seen verwandelt, doch bei uns fuhren sie fort, »der den Wind wehen und den Regen fallen läßt« zu sagen, aber mit leiser Stimme, in der Hoffnung, sie würde das Ohr dessen nicht erreichen, der den Regen fallen läßt.

Seit zehn Jahren hat es so einen Januar nicht mehr gegeben, sagte Oskar. Die Bäume stehen bis zu den Knien im Wasser, und noch immer ist kein Ende abzusehen.

Dann zieh ihnen Stiefel an, sagte Heda, und er nahm sie am Kinn, hob es hoch und sagte, *Bubale*, das ist überhaupt nicht zum Lachen.

Doch, es ist zum Lachen, sagte sie, schau nur, was für eine Sintflut, bald wird den Bäumen das Wasser bis zum Hintern stehen. Er ging zum Fenster, starrte in den Regen hinaus und sagte, olala, Heda, seit wann hast du so ein Mundwerk?

All die Tage hauchte sie die Fensterscheiben an und schrieb mit dem Finger den Namen »Naomi« in die beschlagenen Stellen, die Buchstaben blieben erkennbar, auch wenn der Dunst getrocknet war. Meine Mutter sagte, sie ist nicht mehr sie selbst, seit ihr Großvater im Krankenhaus liegt, ihr Zimmer ist voller angefangener Sachen, und nichts wird fertig, an der Stricknadel hängt eine halbe Mütze, die Aluminiumdeckel von den Sauerrahmbechern, die sie gebügelt hat, um ein Mobile daraus zu machen, fliegen auf dem Boden herum und stinken nach saurer Milch, daneben ein angefangener Brief an Jo´el, Lieber Großvater, mehr nicht. Aber meine Mutter machte ihr keine Vorwürfe, laßt sie in Ruhe, sagte sie zu uns, seht ihr denn nicht, daß sie in der letzten Zeit Dornen im Hintern hat?

Naomi. Mir fiel absolut keine Naomi ein, außer der Naomi aus der Bibel, der Schwiegermutter von Ruth und Orpa, und die Naomi, deren Namen in Violett auf die Jutetasche gestickt gewesen war.

Meine Mutter fragte, wer ist sie, diese Naomi?

Eine, die zu dem Kranken kommt, der neben Großvater liegt und ihm die Stirn massiert, antwortete Heda.

Seine Frau?

Nein, seine Tochter.

Ist sie nett? fragte meine Mutter.

Weiß ich nicht, sagte Heda und malte Schlingen auf die Fensterscheibe.

Nasse Spatzen saßen zitternd und mit gesträubtem Gefieder auf dem Rasen und schenkten sich gegenseitig Wärme. Heda klopfte ans Fenster, aber die Spatzen ließen sich nicht stören, Flügel an Flügel blieben sie sitzen. Heda wußte nicht, ob Naomi nett war, weil sie sich nicht für Bewertungen interessierte. Auch die Phänomene der Natur wurden von ihr nicht benotet. Noch nicht einmal der Regenbogen, der sich vorgestern über den Himmel gespannt hatte. Weniger als eine Minute lang hatte sie auf Zehenspitzen gestanden, die großen Zehen ins Gras gebohrt, und hatte die farbigen Streifen betrachtet, die sich über dem Moschaw wölbten, dann hatten sich ihre Fersen auch schon wieder gesenkt. Woher kommt dieser Bogen und wo ist sein Ende, hatte sie gefragt, aber meine Mutter hörte die Frage nicht, denn in diesem Moment legte sie den Kopf zurück und sagte, großer Gott, wie schön.

Schön hin oder her, das Dach der Synagoge verdeckt den Anfang und das Ende, maulte Heda, hob ihre wimpernlosen, gleichgültigen Augen zum Himmel und würdigte weder Gott noch seinen Regenbogen eines lobenden Wortes.

Mindestens einmal in der Woche fuhr sie mit Elischa nach Jerusalem, um Jo´el zu besuchen. Sie löcherte mich nicht mit Fragen, wohin ich ginge, wenn ich an der Ampel ausstieg, und woher ich käme, wenn ich das Krankenzimmer betrat, und ich wußte nicht, ob das aus Höflichkeit geschah oder wegen ihres Mangels an Neugier. Nur einmal sagte sie, Ossi, wenn du so viele geheimnisvolle Sachen in Jerusalem zu erledigen hast, warum fährst du dann nicht mit deinem Peugeot?

Jo´el hob den Finger zu der Zeichnung, die Heda ihm über das Bett gehängt hatte, und sagte zu der Krankenschwester, schauen Sie nur. Die Schwester betrachtete die Bäume, die in Stiefeln steckten, und links und rechts von Wasser umgeben waren, hängte sich das Stethoskop um den Hals und fragte, ob das vielleicht Moschawniks wären, die sich als Bäume verkleidet hätten.

Richtig und auch das Gegenteil, sagte Heda, es sind Bäume, die sich als Moschawniks verkleidet haben.

Menschen können sich als Bäume verkleiden, aber daß sich Bäume als Menschen verkleiden, davon habe ich noch nie was gehört, sagte die Schwester und legte die Blutdruckmeßmanschette um Jo´els Arm.

Heda trennte eine Reihe an ihrem Strickzeug auf und sagte, Bäume können sich als alles verkleiden, was ich will.

Elischa hatte, genau wie ich, den aufsässigen Ton ihrer Stimme bemerkt, ermahnte sie aber nicht. Sie verfolgte, wie die Quecksilbersäule des Blutdruckmessers schnell stieg und sich dann langsam wieder senkte. Doch das Wunder dieses Geräts lenkte sie nicht von der Kränkung ab, die den Bäumen zugefügt worden war.

Die hat einen Knall, sagte sie, als die Schwester den Raum verlassen hatte.

Achte auf deine Zunge, mahnte Jo´el, nahm aber nicht die Hand von ihrer Schulter, und sie hatte plötzlich genug von ihrem Strickzeug, stand auf und kontrollierte, ob der Schlauch des Sauerstoffgeräts noch richtig in seiner Nase steckte und ob die kleine Metallkugel auf der Zahl fünf zitterte.

Ich habe gehört, dein Zustand ist besser, als sie gedacht haben, sagte ich zu Jo´el.

Ja, Gott sei Dank sind alle Untersuchungen negativ ausgefallen, es ist also nicht jene Krankheit. Er sah beruhigter aus, aber nicht glücklich. Als fiele es seinem Unterbewußtsein, das sich schon mit jener Krankheit abgefunden hatte, schwer, mit diesen besseren Aussichten fertigzuwerden.

Sie haben gesagt, daran stirbt man nicht, das heißt, nicht so schnell, sagte er. Man nennt das C.O.P.D., *chronic obstractiv pulmonary disease*.

Heda hörte es und wiederholte dieses Sioupidi dreimal. Und dann fragte sie, was das sei. Er hatte keine Lust, es ihr zu erklären, und sagte, was spielt das schon für eine Rolle, eine Lungenkrankheit, man könnte sie auch Grippe oder Kikeriki nennen, weißt du was, Kikeriki ist ein prima Name, komm, nennen wir die Krankheit Kikeriki und basta.

Zweifellos hatte er abgenommen, seit er hier eingeliefert worden war. Die Falten an seinem Hals waren mehr geworden, seine Stirn war trocken, die Sonnenbräune verblaßt. Aber Jo´el gehörte zu den Menschen, denen das Alter nichts von ihrer Männlichkeit nimmt. Er altert wie ein Baum. Sein mönchisches Leben hat ihn nicht feist werden lassen, das Fleisch über seinen Knochen ist nicht dicker als absolut nötig und hat sich seine Härte bewahrt. Jo´el würde nicht leicht sterben, Jo´el würde zerbrechen.

Erinnerst du dich noch an den Eukalyptusbaum vor der Verwaltung? fragte ich Elischa.

Natürlich erinnere ich mich, aber du? Du warst damals doch ganz klein, warum ist er dir eingefallen?

Keine Ahnung, einfach so.

Es hatte damals keinen gegeben, der nicht hinuntergegangen war zu dem Platz vor der Verwaltung, um den umgefallenen Riesen zu betrachten. Jahrelang hatte er uns überragt und war für jeden zum Symbol unseres Moschaws geworden, ein sichtbares Symbol, egal, ob man die Straße entlangging oder auf den Feldern im Tal arbeitete. Sogar Sami vom Genossenschaftsladen, der längste Mann bei uns, hatte den Kopf weit in den Nacken legen müssen, um den Baumwipfel zu sehen. Und es gab kein Kind, das nicht seinen Namen in den Stamm geritzt hätte, und selbst wenn sich die Kinderzahl des Moschaws verdoppelt hätte, wäre Platz genug für alle Namen gewesen.

Der Sturz war in der Nacht passiert. Der Moschaw war in Schlaf versunken, als plötzlich ein dumpfer, schwerer Schlag die Luft und die Fenster erzittern ließ. Die Leute rannten in die Höfe, um nachzuschauen, ob das Dach vom Hühnerstall oder vom Kuhstall heruntergekracht war, und als sie feststellten, daß alles in Ordnung war, hielten sie das Ganze für einen Alptraum und gingen wieder zu Bett. Der erste, der den umgestürzten Baum entdeckte, war Menachem Schochet, als er im Morgengrauen zur Synagoge ging. Die Nachricht verbreitete sich wie ein Lauffeuer, und um sieben hatten sich fast alle um den umgestürzten Baum versammelt, der auf dem geschundenen, aufgerissenen Platz lag.

Ein eleganter Tod, sagte Rutha Schochet und erklärte dem Publikum, daß ein Baum genau wisse, wann es mit ihm zu Ende sei, er würde von selbst zusammenbrechen, nachts, um niemanden zu gefährden.

Einer lachte und sagte, Blödsinn, der Baum hatte eine Krankheit, die ihn von innen aufgefressen und morsch gemacht hat, nur die Rinde hat ihn so lange zusammengehalten, bis er umgestürzt ist.

Die Erwachsenen beugten sich über den Stamm und betasteten dunkle Stellen, Itamar Mewurach weinte, und Elischa fragte, was das heißen solle, ein eleganter Tod. Jo´el saugte an seiner Zigarette und sagte, Tod ist Tod, am Tod gibt es nichts Elegantes. Als schließlich jeder zurück an seine Arbeit gegangen war, stand die Katze des Genossenschaftsladens auf, spazierte den Stamm entlang, rieb sich den Schnurrbart an den Blättern und suchte nach verlorenen Vogeljungen.

Elischa schaute aus dem Fenster. Die Heizung hatte die Luft stickig gemacht, und man ließ unwillkürlich die Augen zu der Scheibe wandern, hinter der es frische und kühle Luft im Überfluß gab. Nachum Levi starrte durch seine dicken Brillengläser hinauf zur Decke, er hatte das Laken bis zum Hals gezogen, es umhüllte ihn wie ein Leichentuch. Stundenlang blickte er so zur Decke, sah das erste Dämmerlicht beim Morgengrauen, das blendende Licht der Mittagszeit und das abnehmende Licht nach dem Abendessen. Er sah auch Schimmelflecken und Stellen, an denen die Farbe abblätterte, er sah die Leitungsrohre für die Installationen und den Strom, und er sah die Abdrücke der Augen derer, die vor ihm hier gelegen und genauso zur Decke hinaufgestarrt hatten. Nachum Levi wußte auch, daß sich über der Decke der Himmel befand und darüber die anderen Himmel, und in ihnen der, der alles erschaffen hatte und in dessen Hand es lag, ihn wieder gesund zu machen.

Im Zimmer war es still, es herrschte so etwas wie eine familiäre Atmosphäre. Jo´el, an seine Kissen gelehnt, las die Erläuterungen des Wochenabschnitts, Heda strickte und trennte immer wieder falsche Maschen auf, und Elischa blätterte in der Zeitung. Um die hintergründige Ruhe des Augenblicks zu vervollkommnen, fragte ich, wer Tee wolle. Heda wollte, die anderen hatten nichts dagegen, und Nachum Levi vergeudete keine Zeit mit Höflichkeiten und sagte zur Decke, ich will nicht. Höflichkeit überließ er offenbar jenen, die noch freigebig mit ihrer Zeit umgehen konnten.

Gleich wird sie kommen, nur Naomi erlaubt er, ihm Tee zu machen, sagte Heda und sprang auf. Sie ging hinaus, um auf die Fahrstühle zu lauschen, erhoffte sich irgend etwas, kam nach ein paar Minuten zurück und ging wieder hinaus.

In der kleinen Küche, die den Familienangehörigen der Kranken zur Verfügung gestellt wurde, wartete eine kleine Schlange auf den elektrischen Wasserkessel aus glänzendem Edelstahl, auf dem ein Schild angab, daß er »zur Erinnerung an Schoschana Schulman, ihr Angedenken gereiche uns zum Segen« gestiftet worden war. Das gewölbte Metall verdoppelte die Länge meines Halses und machte ihn schlank und schwanengleich. Ich richtete mich auf, ordnete meine Haare und wischte mir eine lidstrichverschmierte schwarze Stelle weg. Die zehn Schritte zwischen Jo´els Bett und dem Wasserkessel verbanden mich mit dem Leben und ließen mich vergessen, daß ich mir vorgenommen hatte, an diesem Ort bescheiden aufzutreten und meine gute Gesundheit nicht zu demonstrieren.

Ich drängte die Frau, die Minzeblätter zerkrümelte und sie geschäftig auf Tassen verteilte, nicht zur Eile, auch nicht die andere, die Zucker in Nescafé rührte. Diese Geduld kostete mich keine Anstrengung, so bin ich nun mal, wenn mir etwas Erfreuliches passiert. So sehr ich mich auch bemühte, das Papier zu vergessen, das Amnon mir gezeigt hatte, und die Gedanken daran auf zu Hause zu verschieben – immer wieder drängte es sich mir auf, als besäße es ein eigenes Leben.

Das hat sie mir geschickt, als sie schon verheiratet war, hatte Amnon gesagt, die Innenklappe seiner Brieftasche geöffnet und ein kleines Nylonpäckchen herausgezogen, in dem sich ein vielfach gefaltetes Stück Papier befand. Er hatte es mir hingehalten und gesagt, los, mach auf, aber ich hatte Hemmungen gehabt, das Papier anzurühren, das wie ein toter Schmetterling auf meiner Handfläche lag.

In Amnons Laden war kein einziger Kunde gewesen, als ich ihn betreten hatte. Es war ein kalter Jerusalemer Morgen, die

Leute beeilten sich, dorthin zu gelangen, wo sie dringend hinmußten, und eine Buchhandlung gehörte nun mal nicht zu den Orten, zu denen man dringend hinmußte. Amnon ordnete Bücher und stellte sie, alphabetisch nach Autoren geordnet, in die Regale. Ossi, du siehst fabelhaft aus, sagte er und bedeutete mir mit einer Handbewegung, ich solle zum Heizofen gehen und mir den Mantel ausziehen. Ich gehorchte, hockte mich neben den Ofen und schaute Amnon zu. Zum wer weiß wievielten Mal versuchte ich, ihn mir zwanzig Jahre jünger vorzustellen, um zu verstehen, was Alma an ihm gefunden haben mochte. Vielleicht war es das Staunen gewesen, das sie angezogen hatte, der Blick, in dem eine ewige Frage lag. Und als sie die Bedeutung der Frage herausgefunden hatte, konnte sie sie nicht aushalten und ging an einen Ort, an dem das Leben einfach und geordnet abläuft, so wie es den Erfordernissen der Jahreszeiten entspricht und dem Willen dessen, der im Himmel wohnt.

Warum zeigst du mir das, fragte ich, ohne das Papier anzurühren.

Wenn du jahrelang etwas mit dir herumschleppst, beschleicht dich die Furcht, du hättest es dir vielleicht nur ausgedacht. Ich brauche einen Zeugen, damit ich es glauben kann, sagte er und strich das Papier glatt. Und ich sagte, okay, ich bin bereit zu bezeugen, daß Alma das geschrieben hat, ihr auffallendes Lamed verrät sie.

Amnons Adamsapfel ging hinauf und hinunter. Er schaute auf die nasse Straße hinaus, und ich las das Geschriebene, las es wieder und dachte, wenn die Welt ein Spiel ist, bei dem man die Hände sinken läßt, wenn man aufgibt, dann liegen Almas Finger jetzt auf dem Tisch, gekrümmt und geschlagen.

»Es gibt nichts mehr, was ich für dich tun könnte oder womit ich dir Freude machen könnte. Ich liege mit einem anderen, aber dich liebe ich. Ich bin geflohen und lasse dir die Weiten der Freiheit. Tu alles, was du willst, aber klopf nicht an diese Wand, das macht Lärm, wir werden uns zuwinken, das wird das

Zeichen zwischen uns sein.« (Die Übersetzung eines Spruchs über dem Eingang zu einer Grabhöhle aus dem dritten Jahrhundert.)

Eine lächerliche Frau, diese Alma, sagte ich zu Amnon. Sie schickt dir Worte, die eine andere Frau vor vielen hundert Jahren an ihren Geliebten geschrieben hat, statt zu dir zu kommen und dir zu sagen, daß sie dich noch liebt.

Amnon schob ein paar Bücher auf dem Tisch näher zusammen und sagte, überlege doch mal, was das bedeutet, in einer Welt, in der es nur Bäume und Steine gab, liebte eine Frau ganz genau so, wie Frauen heute, im digitalen Zeitalter, lieben, auch an der Eifersucht hat sich nicht viel geändert. Dann schwieg er und häufte unverkaufte Zeitungen auf einen Stapel.

Ich bat ihn um die Erlaubnis, die Sätze abzuschreiben, die Alma ihm geschickt hatte, als sie schon die Frau eines anderen gewesen war, ohne ihm zu erzählen, daß mir plötzlich ein Klassenausflug eingefallen war, den wir einmal zu den Höhlen von Bet-Guvrin gemacht hatten.

Alma hatte auf einem Stein gestanden und uns von Kreidefelsen und den Glockenhöhlen erzählt. Sie hatte ihren Hut festgehalten, damit er nicht an den Mastix-Terebinthen hängenblieb, die dort wuchsen, und ging uns voraus in die Höhle. Als wir wieder herauskamen, riß sie einen Zweig von einem Strauch, und das Harz machte Flecken auf ihrer Hand. Jemand schrie, die Mastix-Terebinthen stehen unter Naturschutz, und sie sagte, oj, da hab ich nicht aufgepaßt, drehte sich um und ging in die Höhle zurück. Wir blieben draußen stehen und warteten auf sie, und jemand sagte, was ist bloß mit ihr los, sie ist heute schrecklich zerstreut. Dieses Stück Papier war jahrelang erhalten geblieben, während von ihr nicht mehr viel übrig war, nur noch Knochen, ein brüchiger Schädel und trockene Wirbel und die Haare. Was passierte eigentlich mit den Haaren?

Die Frau vor mir gab mir ein Zeichen, daß ich jetzt an der Reihe war, und sie bedeutete mir auch, daß ich den Rest Minzeblätter, den sie auf der Marmorplatte zurückgelassen hatte, verwenden könne. Ich trug das Tablett mit vier Tassen zurück ins Krankenzimmer und sah schon von der Tür aus die Jutetasche auf Nachum Levis Bett liegen. Ein großes junges Mädchen beugte sich über Heda, betrachtete die Zeichnung an der Wand und lachte, daß die Grübchen in ihren Wangen deutlich zu sehen waren.

Nachum Levi war zornig, weil sie ihm ihre Aufmerksamkeit entzogen hatte. Gewöhnt an seinen Zorn, betrachtete Naomi alle Details der Zeichnung. Man hätte nicht sagen können, sie wäre schön, aber ihre Haut war sehr glatt und ihre Bewegungen so geschmeidig, daß man sie für schön halten konnte.

So sehen also die Zitrusplantagen bei euch im Moschaw aus?, fragte sie.

Ja, sagte Heda, es ist einfach kein normales Jahr, der Schulhof ist eine einzige, große Pfütze, und man weiß nicht, wo man in den Pausen spielen soll.

Nachum Levi packte die Eisenstangen seines Bettes, zog sich das Laken bis zum Hals und gab keine Ruhe, bis Naomi zu ihm ging und sein Gesicht massierte.

Heda schaute den Fingern zu, die über seine Stirn strichen; erst machte sie die Bewegungen auf dem Bett nach, von dort ließ sie die Hände zu Jo´els Kopf wandern und klopfte und strich eifrig darauf herum.

Was machst du denn da? fragte Elischa, vielleicht will Jo´el das gar nicht.

Aber Jo´el sagte, laß sie doch, mein Kopf ist so alt, daß er sich über nichts mehr aufregt. Heda erschrak und berührte weich seine Schläfe.

Naomi räumte den Nachttisch ihres Vaters auf, warf eingetrocknete Orangen weg, ordnete seine Tefillin und sein Waschzeug in das obere Fach und Kekse und Schokolade in das untere, und Heda ließ den Blick nicht von ihr. Fast hätte man den Verdacht haben können, es wäre die Schokolade, die sie anzog, aber als Naomi ein paar Stücke abbrach und sie ihr anbot, lehnte sie ab, wippte ungeduldig mit den Knien und wartete darauf, daß die Vorstellung weiterging, daß Naomi Plastiktüten zusammenfaltete und mit einem Gummi verschnürte und daß sie nicht aufhörte, sich zu bewegen.

Elischa legte die Zeitung zur Seite, trank einen Schluck Tee und unterhielt sich mit Jo´el über die Grapefruitpreise, und Jo´el rührte die Minzeblätter in seiner Tasse, hielt sich eines an die Nase und roch daran. Nachum Levi saugte süßes Zitronenwasser aus einem Strohhalm und machte Naomi ein Zeichen, daß er genug hatte. Sie nahm ihm die Brille ab und klappte die Bügel zusammen. Seine geschwollenen Augenlider fielen zu, und er schlief ein, das Laken, mit dem er sich zugedeckt hatte, hob sich ruhig und gleichmäßig. Naomi zog die Schnüre ihrer Jutetasche auf, holte ein dickes Buch heraus und setzte sich neben das Kopfende seines Bettes, beim Lesen paßte sie auf, ihren Vater nicht durch lautes Blättern zu stören. Die kleine, enge Schrift, der mönchische Einband und ein blauer Stempel der medizinischen Fakultät deuteten darauf hin, daß es sich um ein Lehrbuch handelte.

In zwei, drei Jahren wird sie durch diese Flure gehen, der weiße Kittel wird gut zu ihrer Mandelhaut und zu ihrer Größe passen, ihr Auftreten wird bei den Kranken Ehrfurcht vor der Kompetenz wecken, die zur Stellung von Medizinern gehört. Sie werden die Beine unter der Decke übereinanderlegen, sie werden an ihren Pyjamas zupfen, sie werden lächeln und die junge Ärztin erwartungsvoll anschauen, um die Diagnose zu hören, die über ihr Schicksal entscheidet.

Heda sah, daß Naomi sich in das Buch mit den fremden Buchstaben vertiefte, und verstand, daß das Schauspiel zu Ende war. Was ist das für ein Buch, fragte sie und betrachtete es voller Abscheu.

Ein wissenschaftliches Buch über Bakterien, sagte Naomi, man nennt das Mikrobiologie.

Heda schwieg, das Wort hatte sie sichtlich beeindruckt, und um die Wahrheit zu sagen, mich auch. Naomi würde Ärztin sein, und ich würde ein Café haben, aber inzwischen schloß sie schon Bekanntschaft mit Bakterien und zog energische Striche über das Blatt, während ich meine Tage mit jämmerlichen Vertretungen in der Schule füllte, meine freien Tage längst Verstorbenen widmete und mich mit alternden Ärzten vergnügte.

Das Licht, das von draußen hereinfiel, brach sich an den großen Fensterstürzen und warf bläuliche Streifen auf die weißgetünchten Wände. Jo´el fragte, wieviel Uhr es sei, stand auf und ging zum Pinkeln. Das Sauerstoffgerät, das er hinter sich herzog, hinderte ihn daran, die Klotür zuzumachen. Elischa begleitete ihn, und Heda scharrte absichtlich laut mit den Sohlen auf dem Fußboden, um das Geräusch seines Urinierens zu übertönen. Sie tastete mit dem Finger über ihre Wangen, fand aber keine Wimper, deshalb stand sie auf, klopfte Jo´els Kissen, strich das Laken glatt und stopfte es unter der Matratze fest, legte die Decke ordentlich hin und klappte sie auf, glättete eine Welle im Bezug und ging zu dem großen Fenster, um die Starenschwärme zu betrachten, die den Himmel mit silbernen und weißen Flecken bedeckten.

Ich ließ mich ihr gegenüber nur selten von meinen Gefühlen hinreißen, doch nun stand ich auf, ging ebenfalls zum Fenster und legte meine Hand auf ihre Schulter. Sie zitterte, wich der Berührung aber nicht aus. Ich hätte sie umarmen können, wurde aber von dem Gefühl der Distanz, das in den letzten Jahren zwischen uns entstanden war, zurückgehalten und streichelte deshalb nur ein paarmal über den dicken Pullover, den sie trug. Ihre Unterwerfung erstaunte mich nicht, ebensowenig wie mich eine widerspenstige Bewegung von Hals und Schultern überrascht hätte.

Schau nur, es sind so viele, und keiner stößt mit dem anderen zusammen, sagte ich.

Wir betrachteten die dunklen Schleifen, die die Stare über

den Himmel zogen, sie sanken von den felsigen Gipfeln ins Tal und stiegen als senkrechte Welle in den Himmel.

Schade, daß man sie nicht hören kann, sagte ich.

Die großen Scheiben trennten das Krankenhaus von dem lärmenden Leben draußen und schlossen seine eigenen Geräusche ein.

Naomi legte das Buch aus der Hand und gesellte sich zu uns. Sie roch nach billigem Deodorant von der Art, wie Sami sie in unserem Genossenschaftsladen verkauft.

Ich beneide sie, sagte sie, ich würde auch gerne fliegen.

Der Schwarm teilte sich in zwei Arme, zog schwarze Kreise über den Himmel und vereinte sich wieder.

Du bist ihnen ähnlich, sagte Heda, sie brüten über ihren Eiern und du über deinen Prüfungen.

Naomi stieß ein kurzes Lachen aus und sagte, ich hätte Lust, mit ihnen zu tauschen.

An der Tür waren das Schlurfen von Jo´els Hausschuhen und das Scharren des Schlauchs, den er hinter sich herzog, zu hören. Er hustete, und Hedas Rücken spannte sich. Sie ließ von den Staren ab, schaute zu Boden und wartete darauf, daß er aufhören würde zu husten.

Naomi kehrte zu ihrem Buch zurück, nur ich blieb am Fenster stehen und beobachtete die Stare. Ihr Flug hatte etwas Wildes, Ungezügeltes, sie schrien ihren Traum von Freiheit in die Welt und durchquerten, vom Wind getragen, die Luftfelder, die zwischen Tal und Himmel hingen, aber ich war nicht neidisch auf sie. Sie waren Geschöpfe ohne Bewußtsein, ohne die Möglichkeit der Wahl, dieser Flug war ihre Bestimmung, sie hatten keine Chance, sich dagegen aufzulehnen.

Heda schlief auf dem orangefarbenen Plastikstuhl ein, ihr Kopf nickte und sank nach vorn. Es ist Zeit, daß ihr heimfahrt, sagte Jo´el, warum sollt ihr in der Dunkelheit fahren. Vom Flur her drang schon der Geruch nach Grießsuppe ins Zimmer, die die Kranken zum Abendessen bekommen würden.

Bevor wir gingen, prüfte Heda noch, ob das silberne Kügelchen des Sauerstoffgeräts auf fünf stand und ob der Schlauch am Messgerät richtig befestigt war, dann beugte sie sich über Jo´el, er küßte sie und sagte, das nächste Mal bringst du mir Bäume in Regenmänteln und Hühner mit Schirmen mit. Sie antwortete nicht. Sie war sehr müde, gähnte, rieb sich die Augen und schaute nach, ob ihr eine Wimper an den Fingern hängen geblieben war. Erst, als sie mitbekam, daß Naomi ein Stück mit uns fahren würde, riß sie die Augen auf und sagte, da ist eine! Elischa verabschiedete sich von seinem Vater, ging zu dem anderen Bett und sagte, gute Besserung, Herr Levi, und Nachum Levi hob vier Finger von der Decke und sagte mit schwacher Stimme, es liegt alles bei Gott.

Obwohl es draußen noch hell war, wurden schon Edelstahlwägen mit Tabletts, auf denen das Abendessen der Patienten stand, durch die Flure geschoben. Nur in Krankenhäusern und beim Militär hat der Abend nichts mit der Erdbahn und dem Himmel zu tun. Drei Studenten gingen im Flur an uns vorbei und sagten »hi« zu Naomi, und sie lächelte ihnen zu, Heda ging neben ihr und fragte, ob es weit wäre nach Kiriat-Juwal.

Nein, nur zwei, drei Kilometer.

Heda stieß ein nervöses »Uff« aus und trat als erste ein, als die Fahrstuhltür aufging.

Jerusalemer Wind pfiff über den Hang, der zum Parkplatz hinunterführte, und bog kleine Kiefern mit dünnen Kronen. Elischa schlug sich den Mantelkragen hoch. Im Zwielicht sah sein Gesicht aus, als würde es von einem seltsamen Lächeln verzerrt.

Der schmale Weg zwang uns dazu, zwei und zwei hintereinander zu gehen. Heda und Naomi liefen uns voraus. Der Wind trieb Naomis Mantelschöße auseinander, aber sie zog ihn nicht fester um sich. Heda paßte ihre Schritte Naomis langen Beinen an, sie hörte zu und gab Antwort, aber der Wind riß ihre Worte weg, und ich konnte nicht verstehen, was sie sagte, ich beobachtete nur ihr Geplapper und ihre langen Sprünge, und auch Elischa betrachtete die beiden und hing seinen eigenen Gedanken nach.

Deinem Vater geht es besser, sagte ich, was für ein Glück, daß es nicht jene Krankheit ist.

Ja, es ist kein Krebs. Er fürchtete sich nicht vor dem Wort. Außer seiner Sturheit, was Hedas Frisur betraf, ließ er sich nicht von den vielen Beschwörungen in unserem Moschaw anstecken und versuchte nicht, ständig den Teufel zu besänftigen. Er küßte noch nicht einmal die Mesusa. Aber auch C.O.P.D. ist kein Vergnügen, sagte er. Man muß immer auf eine Verschlimmerung und weitere Krankenhausaufenthalte gefaßt sein. Er drückte seinen Kragen an den Hals und trat gegen einen Stein, der auf dem Weg lag. Und als ich fragte, warum bringst du ihn nicht in ein Krankenhaus, das näher bei uns zu Hause ist, antwortete er nicht gleich.

Dann sagte er, während er auf das große Gebäude hinter uns deutete, ich glaube, hier kann man ihn am besten behandeln. Über dem Haus sammelten sich auberginefarbene und violette Wolken.

Es wird schwer sein, sagte ich und dachte dabei weniger an das traurige Leben, das Jo´el bevorstand, als an die häufigen Besuche, die Elischa zum Krankenhaus führen würden. Denn selbst wenn Nachum Levi entlassen würde oder starb, würde Naomi immer dort sein. Dieser anständige Mann ging neben mir und sah, wie seine Tochter lange Schritte machte, um sich Naomi anzupassen, und pfiff vor sich hin und hatte keine Ahnung von dem, was seine Frau an einen anderen Mann geschrieben hatte, als sie schon mit ihm verheiratet gewesen war.

An der Ampel von Kiriat-Juwal wollte Naomi aussteigen. Er schlug ihr vor, sie bis nach Hause zu bringen, schließlich sei es kein Vergnügen, bei so einer Kälte draußen herumzulaufen. Naomi lehnte das Angebot nicht ab, sie sagte, gut, also jetzt nach rechts.

Der Umweg begeisterte Heda nicht. Sie saß zusammengesunken da und schaute Naomi nicht an, als sie sich ihre Jutetasche umhängte und den Mantel zuknöpfte. Der Transit fuhr durch verschiedene Siedlungen von Kiriat-Juwal, vorbei an langen grauen Wohnblocks, von denen der Verputz abbröckelte. Der Wind beugte die mageren Falschen Pfefferbäume, wehte Papiere und Plastiktüten gegen Zäune und schlug gegen Wäsche und Wäscheleinen. Am Block Nummer dreiundzwanzig, genau gegenüber einem nackten Laternenpfahl mit einer geköpften Lampe sagte Naomi, hier.

Achtes Kapitel

Nachum Levi starb am Rosch Chodesch des Monats Tewat, der auf einen Schabbat fiel, und wurde am Sonntag begraben. Seine Augen waren offen und leer, und bis die Schwester kam und ihn zudeckte, blieben seine dicken Brillengläser weiterhin auf die Schimmelflecken und die Röhren an der Decke gerichtet. Eine Stunde nach der Hawdala rief Naomi Elischa an und sagte ihm Bescheid, und am Morgen kam er über die Küchenveranda zu uns, kratzte sich an der aufgesprungenen Stufe die Erde ab, allerdings nur von einem Schuh, und trat ein. In der Küche war es kalt. Ein Sonnenstrahl traf die Ölflasche und warf einen runden gelben Fleck auf die Kacheln, dann wanderte er zu den Pfefferminzpflanzen, die sich gegenseitig die Blätter verdeckten.

Ossi, hat das Wasser schon gekocht? fragte Elischa.

Plötzlich erkundigte er sich nach heißem Wasser, elf Jahre ging er nun schon bei uns ein und aus, ohne etwas zu essen oder zu trinken, es sei denn, man stellte es vor ihn hin und forderte ihn ausdrücklich dazu auf. Die Zeit, die er mit Jo´el, seinem Vater, gelebt hatte, der nie jemanden einlud und nie jemanden besuchte, hatte ihn nicht dazu erzogen, sich unbefangen an den Tisch anderer Leute zu setzen, und plötzlich ...

Aufgebrühten oder Nes?

Aufgebrühten, stark und ohne Milch.

Ist etwas passiert?

Ja.

Heda hielt mitten im Essen inne. Die Abdrücke ihrer Zähne waren auf der Brotscheibe zu sehen. Sie hatte zu viele Zeichen zu entziffern – er war durch die Hintertür gekommen, er hatte sich die Erde von einem Schuh gekratzt und achtete nicht darauf, daß der zweite den Küchenboden verschmutzte, und jetzt bat er auch noch, daß man ihm einen Kaffee machte.

Naomis Vater ist am Schabbat gestorben, sagte er und hob die Hände, und Heda sagte »oh« und riß das weiche Innere der Brotscheibe heraus und hängte sich die Rinde wie einen Armreif ums Handgelenk.

Setz dich, ich mache mir selber Kaffee, sagte er und drückte auf den Knopf des Wasserkochers. Tausendmal hatte ich mir in meiner Phantasie schon ähnliche Bilder ausgemalt, wir beide morgens in der Küche, beim gemeinsamen Kaffeetrinken, doch jetzt befand sich auch der Tod von Nachum Levi in der Küche und war nicht weniger real als die Mürbkekse und die Kälte.

Kann das auch Großvater passieren? fragte Heda.

Zucker fiel von seinem Löffelchen auf die Marmorplatte. Er nahm den Lappen und wischte ihn weg, dann drehte er sich mit dem Rücken zur Platte und sagte, Nachum Levi war sehr krank, mit seinem Tod hat man rechnen müssen. Großvaters Krankheit ist nicht ganz so schlimm.

Aber kann er daran sterben? Sie ließ nicht locker. Zu früh hatte sich ihr der Tod gezeigt und jede Neugier auf ihn getötet. Seit Jahren weigert sie sich, zum südlichen Rand des Moschaw spazierenzugehen, auch wenn die Chrysanthemen blühen. Zweihundert Meter von dort liegen ihre Mutter und ihre Großmutter begraben, und wenn der Wind den Mais nach unten biegt, kann man die schwarzen Buchstaben »Hier ruht« sehen, die oben auf den Grabsteinen stehen. Heda weicht dem Friedhof aus, genug damit, daß der Todestag ihrer Mutter immer mit ihrem eigenen Geburtstag zusammenfällt. Einmal im Jahr, bevor sich alle auf den Weg zum Friedhof machen, bläst Heda Luftballons auf, befestigt sie an den Gurten der Rolläden und wartet. Nach dem Kaddisch und dem Minchagebet kommen sie dann zurück, Zionas Augen sind rot vom Weinen oder vielleicht auch vom Insektenvertilgungsmittel, mit dem der Zwiebelacker neben dem Friedhof gespritzt worden ist. Heda packt ihre Geschenke aus, und die Erwachsenen unterhalten sich darüber, wer zum Friedhof gekommen ist und wer nicht gekommen ist und daß die Leute von Jahr zu Jahr weniger werden, sie erwähnen auch die beiden Männer mit einer Kipa aus Papier auf dem Kopf, die aussehen wie Vater und Sohn, der jüngere zieht den einen Fuß nach, sein Schuh hinterläßt eine lange Rille in dem Sandweg, Schochet teilt ihnen die kleinen Gebete zu, und sie blättern höflich im Gebetbuch. Dann zieht der ältere Mann einen in Zeitung gewickelten Blumenstrauß aus seiner Tasche und legt ihn aufs Grab, und der Wind, der zu dieser Jahreszeit schon stark ist, reißt die Blütenblätter ab und läßt die nackten Stengel zurück. Morgen werden sie schon dürr und vertrocknet sein, sie werden leichter sein als die Luft und mit dem Wind davonfliegen. Auf dem Rückweg fällt der jüngere Mann hinter dem älteren zurück, der wartet auf ihn und bewegt sich nicht, bis der jüngere den Schuh auszieht und die Blase betrachtet, die er sich beim Laufen zugezogen hat.

Elischa sagte, die Beerdigung sei um elf, er würde bald losfahren. Heda zog mit der Gabel Furchen in die Margarine und schob seine Hand weg, die er auf ihre Schulter legte.

Nur selten war sie bereit, solche Tröstungen zu akzeptieren, vor allem nicht von jemandem, der den Tod durch die Hintertür in die Küche gebracht hatte und möglicherweise in irgendeiner Verbindung zu ihm stand. Doch schon bald sprang sie auf und rief, setz dich, Papa, hier im Körbchen ist schon geschnittenes Brot. Anscheinend war sie zu dem Schluß gekommen, daß ihr Vater mehr mit dem Tod zu tun hatte als sie.

Unser Friedhof ist sehr großzügig angelegt, der Weg vom Tor zu den Gräbern ist weit, man kann mehrmals sagen »Er aber war barmherzig und vergab die Schuld und vertilgte sie nicht«. Und bis man das Grab erreicht, kann sich jeder Rechenschaft darüber ablegen, woher er gekommen ist und wohin er gehen wird, und kann die Leichtigkeit der Tage hinter sich lassen. Nie hat man daran gedacht, den Weg zu verkürzen oder ihn mit Kies zu bedecken, immer klebt Erde an den Schuhen, von der künstlichen Bewässerung oder vom Regen, und wenn der Fuß in der Erde versinkt, denkt der Kopf, daß auch er nur aus der gleichen Erde gemacht ist, die nun an seiner Sohle klebt und ihn hinunterzieht, und daß früher oder später Erde wieder zu Erde wird.

Bis jetzt gibt es noch nicht so viele Gräber. Mit Nechama Malkins Grab fängt die zweite Reihe an, zwei Grabsteine weiter liegt Alma, und der Platz zwischen ihnen wartet geduldig auf Jo´el. Awrum und Ziona hatten nicht darauf bestanden, daß Alma in Jerusalem begraben wurde, sie sagten, dort auf dem Har ha-Menuchot gibt es so viele Gräber, daß man ein einzelnes gar nicht sieht, und außerdem lasse man dem Tod in unserem Moschaw mehr Platz und mehr Zeit, unsere Chewra Kaddischa dränge nicht zur Eile. Und wie beeindruckend waren doch die Dattelpalmen, die man gepflanzt hatte, um den Ort zu bezeichnen, und wie üppig die Früchte, die von der Fruchtbarkeit der Erde zeugten, die den Toten als Ruhestatt diente.

Elischa war der erste Junge aus unserem Moschaw, der zum Friedhof ging, bevor er Bar Mizwa wurde. Er saß eingequetscht zwischen den Erwachsenen auf den harten Brettern des Wagens, der von einem Traktor gezogen wurde, und seine Beine baumelten in der Luft zwischen Holz und Erde. Obwohl es nicht wenige Autos bei uns gab, fuhr man mit dem Holzwagen, denn bei uns sagt man, wer mit einem Auto zum Friedhof fährt, der erhebt sich über die Toten.

Jo´el ersparte Elischa weder Nechamas Leichenzug noch ihre Beerdigung. Der Schuldirektor hatte ihn gewarnt, der Junge könne ein Trauma davontragen, aber Jo´el hatte nur seine knochigen Schultern hochgezogen und gesagt, einen Jungen, der jedes Huhn beerdigte, das im Hühnerstall starb, könne man doch nicht davon abhalten, bei der Beerdigung seiner Mutter dabeizusein. Zieh eine lange Hose und Schuhe an, sagte er, und Elischa zog seine alte Trevirahose an und seine braunen Schabbat-Schuhe, und bis sie zur Grube kamen, waren die Schuhe schon weiß vom Staub, den der Wagen aufgewirbelt hatte, und dann versanken sie im hohen Gras.

Der Friedhof war damals so jung wie seine Bewohner, man achtete nicht auf Äußerlichkeiten und jätete auch kein Unkraut. Jo´el änderte nichts an dieser Gewohnheit, er schmückte das Grab nicht, er pflanzte keinen Baum und stellte keinen Blumenstock darauf, nicht weil er Nechama nicht geliebt hätte, sondern weil Tote das alles nicht brauchen, wenn jemand ein Grab schmückt, tut er es nur zu seinem eigenen Trost, sagte er, dem Toten ist das egal. Die Brennesseln verbrannten die Beine des Jungen durch die Hose, aber er stand fest im Unkraut und betrachtete seinen Vater Jo´el und die Wolken, die über seinem hohen Kopf vorbeizogen. Jo´els Hände, die den Siddur hielten, waren trocken wie Brotkrusten, er sagte den Kaddisch auswendig und schnell und ohne besondere Betonung, um unauffällig zu sein, um die Aufmerksamkeit nicht von der Toten abzulenken, um derentwillen sich alle versammelt hatten. Als sie zurückkamen, war der Riß in Elischas Hemd so groß, daß man den Rand seines Unterhemds und ein Stück der Achselhöhle sah. Nach der Schiwa wickelte er das Hemd zusammen und warf das Bündel in den Mülleimer.

Was ist mit Naomi, fragte Heda und fischte mit einem Löffelchen die Haut vom Kakao.

Sie ist traurig wie jeder, dem ein naher Mensch stirbt, sagte Elischa; er suchte sichtlich nach weiteren Worten, die er sagen könnte, er fand aber keine und trank seinen Kaffee.

Hat sie geweint? fragte Heda.

Weiß ich nicht.

Hast du es nicht an ihrer Stimme gehört?

Ich weiß nicht, was für eine Stimme sie hat, wenn sie weint, daher kann ich nicht unterscheiden, ob sie weint oder nicht.

Dieses Mädchen, das nie etwas verlangte und sich mit dem zufriedengab, was ihr vor die Nase kam, erkundigte sich auf einmal so hartnäckig nach dem Kummer einer Person, die sie höchstens sechsmal gesehen hatte. Die Spitzen ihrer Brüste, die in der letzten Zeit dicker geworden waren, bohrten sich in den dünnen Pullover, den sie trug. Zieh dir was an, du frierst, sagte ich. Sie zog die Schultern hoch, blies sich warme Luft über die Finger, die schmal und weiß vor Kälte waren, und betrachtete die Fetzen der Kakaohaut, und wir anderen schwiegen.

Als meine Mutter in die Küche kam, verkündete Heda laut, Naomis Vater ist gestorben, aber sie schaute noch nicht einmal hin, ob meine Mutter von dieser Nachricht beeindruckt war. Auf einmal hatte sie genug von den Erwachsenen, von denen sie immer umgeben war, sie stand auf und packte ihre Schultasche, und nur wenige Minuten später saß sie fix und fertig im Flur, mit zwei verschieden langen Mantelteilen, weil sie beim Zuknöpfen ein Knopfloch übersprungen hatte. Elischa ging mit ihr hinaus, und durch das Fenster sah ich, wie er zum Himmel schaute und etwas sagte, vermutlich erwähnte er, daß es nach Regen aussah. Schon seit zwei Wochen waren die Tage kühl und trocken und die Nächte bitter kalt, was dazu führte, daß die Blätter der Dattelpflaumen Frostflecken bekamen.

Meine Mutter schälte Kartoffeln, die langen Schalenschlangen hinterließen graue Stärkespuren auf ihren Händen. Sie entfernte die Augen und die dunklen Flecken und sagte, die Kleine liebt diese Naomi so sehr, vielleicht laden wir sie einmal zu Schabbat ein, damit sie sich freut.

Hör schon auf, sagte ich, siehst du nicht, wie jämmerlich blaß er ist?

Wer?

Ach, egal, die Kartoffel, sagte ich, und dann fügte ich hinzu, es ist wirklich eine großartige Idee, Naomi einzuladen.

Elischa ließ mich am Stadtrand aussteigen. Wir hatten abgemacht, daß wir uns nachmittags bei Jo´el treffen würden. Er fuhr zum Har ha-Menuchot hinauf, während ich schnell und wütend zum Café Margit lief und versuchte, den billigen und überflüssigen Gedanken, wie nahe Tod und Liebe doch beieinander lagen, zu verdrängen, aber es gelang mir nicht, er begleitete mich, als ich die Jaffo Straße hinunterging, und füllte meinen Kopf mit jener gärenden Erregung, die die Phantasie zum Blühen bringen kann. Er wird auf dem Friedhof stehen, von Naomi getrennt durch Dutzende von Studenten, die sie umringen, er wird mit dem Fuß Erdschollen zertreten, die Stunden davor erst ausgegraben worden waren, er wird den Spaten nehmen und, um seine religiöse Pflicht zu erfüllen, Erde auf den Toten werfen. Naomi wird zusammenbrechen, denn in solchen Momenten weinen auch die Starken, ihre Nase wird rot werden, ihr Mund wird sich verzerren, aber wer weiß, vielleicht werden die Tränen sie ja erstrahlen lassen, vielleicht wird sie, wie beim Lachen, auch beim Weinen Grübchen in den Wangen bekommen.

Ich trat gegen kleine Steine, die auf dem Gehweg lagen, ein kaltes Licht erhellte die grauen alten Hauswände der Jaffo Straße, drang mit scharfen Strahlen in kleine Werkstätten und beleuchtete die Häßlichkeit und Erbärmlichkeit ihrer Besitzer, Schuster, Schmiede, Uhrmacher. Gleich kam Amnons Laden, in der Parallelstraße war Ariks Fahrradgeschäft, aber inzwischen hatten mir beide nichts mehr zu bieten als ein bißchen Zuneigung und eine Tasse Kaffee. Alles, was Alma getan hatte, war jetzt weniger bedrückend als eine Träne, die vielleicht an Naomis Kinn herunterlief und die Aufmerksamkeit der Trauergäste erregte.

Diesmal lag die Schwelle in der Sonne. Die Sonnenmarkise war nicht ausgerollt. Die Tür stieß einen goldfarbenen Glokkenklöppel an. Margit kniete auf dem Boden vor der Kühlvitrine und machte Platz für eine prächtige Käsetorte. Sie schaute mir durch das Glas entgegen. An einem Tisch saßen zwei alte Frauen und aßen Croissants, an ihren Wollröcken hingen Krümel. Am Fenstertisch saß ein Mann und las Zeitung. Die Sonne beleuchtete seine Kaffeetasse, seine Glatze und einen weißen Hautfleck an seinem Hals. Margit, hinter der Theke, schnaufte in ihren aufgekrempelten Ärmel und sagte, du hast nicht angerufen, hast du etwas anderes gefunden? Ihr »r« war lang und rollend.

Nein.

Was heißt nein, arbeitest du nicht?

Manchmal.

Kaffee mit Milch?

Ja, aber wirklich kochend heiß.

Bei mir gibt es keinen Kaffee mit Milch, der nicht wirklich kochend heiß ist, sagte sie, und die beiden Frauen nickten zustimmend. Die Kaffeemaschine gab zischende Geräusche von sich, stieß Dampfwolken aus und verströmte einen intensiven Kaffeegeruch. Margits Hals war verwelkt und schlaff, das Kinn grob und der Mund scharf, aber ich hatte keinen Zweifel, daß noch Männer hinter ihr her waren, sei es auch nur wegen ihrer slawischen Wangenknochen, der vollen Brüste und des rollenden »r«.

Sie haben offenbar auf eine Kellnerin verzichtet, sagte ich.

Nein, ich habe eine, die nach zwölf kommt, aber sie ist nur eine halbe Portion, ich brauche eine mit Pfeffer, interessierst du dich noch für den Job?

Bin ich eine mit Pfeffer?

Das sieht man gleich. Sogar als du damals naß wie eine Katze von der Straße hereingekommen bist, habe ich das gemerkt. Ich sehe den Leuten alles an, Süße. Ich weiß, daß ich es nicht leicht mit dir haben werde, aber das ist es, was der Laden hier braucht. Du wirst mir Contra geben, aber du wirst mir auch neue Kunden bringen.

Sie stand vor mir, die roten Hände auf die Lehne eines Stuhls gestützt, die Finger nackt, ohne Ringe, auch ohne Ehering, und mit roten Lackresten auf den Nägeln.

Wo wohnst du?

Im unteren Galil.

Sie fragte, wo diese Straße sei, im Governeurspalast-Viertel?, und als ich lachte, warf sie mir einen wütenden Blick zu und fragte, was daran so komisch sei.

Sie wissen nicht, wo der untere Galil ist? Man muß durch Afula fahren, um zu meinem Moschaw zu kommen.

Dann sag's doch gleich, ich habe gedacht, es gibt in Jerusalem eine Straße, die Unterer Galil heißt, so wie es eine Tel Chaj Straße gibt. Du willst nach Jerusalem ziehen?

Ja.

Zum Studieren?

Nein.

Ein Mann?

Nein, Arbeit.

Vom Bedienen wirst du nicht reich werden. Wenn du gekommen bist, um Geld zu machen, dann such dir etwas, was mehr einbringt.

Ich möchte lernen, wie man ein Café führt und später selbst eins aufmachen.

Das ist nicht einfach, Süße. Hast du Geld?

Wenn es soweit ist, werde ich welches haben. Könnten Sie mir den Kaffee noch einmal warm machen?

Sie schob den Finger durch den Henkel, der Unterteller, der an der Tasse geklebt hatte, fiel herunter und schepperte ein paarmal auf dem Tisch. Der Mann rückte an seiner Brille und wandte den Kopf, um zu sehen, was diesen Krach machte, und die Sonne schien immer noch auf seine Glatze und auf den weißen Hautfleck an seinem Hals.

Wann ziehst du nach Jerusalem?

Macht es Ihnen etwas aus, wenn wir später darüber reden? Ich möchte meinen Kaffee in Ruhe trinken, solange er noch heiß ist.

Sie runzelte die Augenbrauen und preßte die Lippen zusammen. Hätte sie gekonnt, hätte sie auch noch die Nasenflügel zusammengezogen. Mit diesem Blick bedachte sie sonst vermutlich unverschämte Männer oder Händler, die sie übers Ohr hauen wollten.

Wahrscheinlich sagt dort gerade der Vorbeter der Chewra Kaddischa das »Er aber war barmherzig«, und bald steht Elischa in der Reihe derer, die Naomi ihr Beileid ausdrücken wollen. Er wird ihr nicht die Hand drücken, weil er Frauen nicht die Hand drückt, er wird nur mit dem Kopf nicken und sagen, der Ewige möge euch trösten, und sie wird ihm von den letzten Stunden Nachum Levis erzählen, all diese Einzelheiten, die Trauernde immer erzählen, von diesen letzten Minuten, die das Ende eines Menschen einzigartig werden lassen und zum persönlichen Eigentum des Verstorbenen gehören, bevor der Tod alle gleich macht, Nachum Levis Hand, die auf dem Laken oder darunter lag, sein Mund, der saugte oder sprach oder schwieg oder einfach nur aufging und das rosafarbene, harte Zahnfleischimitat seiner Prothesen zeigte.

Um fünf vor zwölf erschien die halbe Portion. Ihr Minirock bedeckte den Anfang von Streichholzbeinen, die in schwarzen

Strümpfen steckten. Sie war blaß, mit grellgeschminkten Lippen, hob die Hände, band sich die Haare zusammen und stöckelte auf hohen Absätzen hinter die Theke, nachdem Margit ihr nur knapp zugenickt hatte. Verschlafen, ein Gähnen unterdrückend, hängte sie ihre Tasche auf, dann kam sie wieder vor die Theke. Sie folgte sofort Margits auffordernder Kinnbewegung zu einem Tisch mit zwei Männern – geh und frag, ob alles in Ordnung ist. Die beiden sagten, ja, alles okay, Püppchen, können wir ein Glas Leitungswasser haben?

Wegen des unreifen Hinterns, den sie nicht richtig zu bewegen wußte, und wegen der Stelzen in den schwarzen Strümpfen, die sich absatzklappernd von einem Platz zum andern bewegten, verstand ich, warum sie nicht die Kundschaft anlockte, die Margit sich wünschte. Diese Närrin richtete ihre Aufmerksamkeit nur auf ihre Kleidung, dafür gab sie ihr ganzes Trinkgeld aus und verstand nicht, daß einer Frau, die weiß, wie sie die Hüften zu schwenken hat, die Welt zu Füßen liegt, auch wenn sie sich nur eine zerrissene Decke umhängt.

Die Wanduhr zeigte halb eins. Naomi trägt heute Schwarz, und wegen ihres weißen Halses, der aus dem Schwarz ragt, wirkt sie angemessen ernst und distanziert. Von Minute zu Minute wurde die Luft im Café drückender und stickiger, ich fragte Margit, ob ich mal telefonieren dürfe.

Ein Ortsgespräch?

Ja. Schlagen Sie einen Schekel auf meine Rechnung.

Sie deutete mit dem Kinn zum Telefon an der Wand.

Schejnfeld war überrascht. Du lebst noch?

Im allgemeinen schon. Darf ich dich zu einer Tasse Kaffee einladen?

Wo?

Café Margit, Stadtmitte.

Jetzt? Hättest du nicht vorher anrufen können? I am very sorry, auf mich warten noch Patientinnen. Aber wenn auf dich niemand wartet, könntest du ja vielleicht herkommen?

Ich werde darüber nachdenken.

Er sagte nicht, ich solle kommen, er schlug es noch nicht einmal wirklich vor. Wenn er wenigstens schade gesagt hätte, dann wäre ich getrost weiter im Café Margit sitzen geblieben, aber dieser alte Sünder wußte, wie man die Angel auswirft. Sparsame Worte forderten meine Entschlossenheit heraus.

Kommst du?

Mal sehen.

Margit schaute mir nach, als ich zu meinem Tisch zurückging. Auch als ich saß, ließ sie mich nicht aus den Augen. Dann warf sie ihrer dünnen Kellnerin einen Blick zu und sagte, Orli, wie oft habe ich dir schon gesagt, daß du nicht mit solchen Absätzen kommen sollst, sie hämmern einem den Kopf voll. Orli antwortete nicht, sie betrachtete den Lappen in ihrer Hand, mit dem sie Streifen in die Resopalplatte des Tisches zog, den der Mann freigemacht hatte.

Ich hatte ihn über einen Monat lang nicht gesehen, ich hatte ihn auch nicht angerufen, und plötzlich nun dieses dringende Bedürfnis. Ohne den Gedanken an Naomis schwarzen Mantel hätte der Körper sich vielleicht beherrscht oder sich nicht einmal erinnert. Ich mußte mir eingestehen, daß Lust und Frust etwas miteinander zu tun haben. Laß das, sagte ich laut zu mir, kümmere dich lieber darum, daß du mit deinen anderen Angelegenheiten vorwärtskommst.

Margit fragte, ob ich etwas gesagt hätte.

Nein, sagte ich gleichgültig, ich habe mit mir selbst gesprochen, das ist so eine Angewohnheit von mir. Margit hatte ich schon in der Tasche.

Sie beugte sich über mich und fragte, ob ich das mit dem Café ernst meinte. Die schlaffe Haut an ihrem Hals zog einen Spalt bis zwischen ihre Brüste. Wenn du es ernst meinst, sagte sie, dann solltest du sofort anfangen. Im Mai fahre ich für einen Monat nach Tschechien, wenn du gut bist, kannst du dann dein Praktikum machen und das Café führen.

Ich fiel ihr nicht um den Hals vor Freude, ich wußte, wie man sich beherrscht, aber die Möglichkeit, ihre Stellvertretung zu übernehmen, begeisterte mich. Dieses Café würde eine ungeahnte Entwicklung durchmachen, und wenn sie zurückkäme, würde sie staunen, sie würde dreimal auf Holz klopfen und mir vorschlagen, ihre Teilhaberin zu werden.

Ich bin bereit, mir das zu überlegen, sagte ich. Aber erst muß ich eine Wohnung finden.

Du kannst erst mal bei mir wohnen, sagte sie und stand nun so nahe bei mir, daß ich ihren mit Parfüm vermischten Schweiß riechen konnte.

Was wird Ihr Partner dazu sagen? fragte ich.

Ich habe keinen, ich lebe allein.

Eine Falte lief quer über ihren Pullover und bezeugte, daß er zusammengelegt im Schrank aufbewahrt worden war, fest gepreßt zwischen anderen Pullovern. Ihre Schränke sind voll, dachte ich, wahrscheinlich ist ihre Wohnung dämmrig, mit alten, schweren Holzmöbeln an den Wänden, im Wohnzimmer hat sie ein dickes, weiches Sofa, die Flaschen stehen in einem Spiegelschränkchen wie bei Tante Rosi, die Vorhänge sind zugezogen, bestimmt läßt sie morgens, bevor sie aus der Wohnung geht, die Rolläden herunter. Ich stellte mir diese Wohnung reizvoll vor, mit etwas Schimmel an der Decke, dessen Geruch sich mit dem dampfender Suppen mischte, mit dem Duft des Deodorants, das sie sich in die Achselhöhlen sprühte, dem Geruch von Kleidern und dem anderer Menschen, die sich für Minuten oder für Tage in den Zimmern aufgehalten hatten. Sie würde mir den Unterschied zwischen Likör und Likör beibringen, zwischen Wein und Wein. Ich betrachtete die Lackreste auf ihren Fingernägeln und nahm mich zusammen, um nicht sofort zu sagen, daß ich mit beiden Händen nach diesem Angebot griff. Zu diesem Zeitpunkt konnte ich mir nicht vorstellen, daß meine erste Aufgabe in meiner Café-Karriere darin bestehen würde, den Fliegendreck von einem Lampenschirm zu kratzen, und daß sie auf meine Bemerkung, ich sei doch keine Putzfrau, antworten würde, wer ein Café führen will, muß wissen, wie ein Putzlappen riecht.

Orli ahnte noch nicht, daß dies einer ihrer letzten Tage im Café Margit war. Sie kaute in monotonem Rhythmus einen Kaugummi, aber ihre Initiative reichte nicht, einen Ballon daraus zu blasen.

Sag mir Bescheid, wenn du dich entschieden hast, sagte Margit, als ich aufstand, um zu gehen. Wenn ich nichts von dir höre, setze ich ein Inserat in die Zeitung. Sie gab mir die Rechnung. Darauf stand auch das Telefongespräch, das ich geführt hatte.

Die drei Frauen, die in Schejnfelds Praxis warteten, hoben den Blick von den Illustrierten und musterten mich. Mein Eintritt brachte frischen Wind in das Wartezimmer mit der Holzdecke und den mit braunem Cord bezogenen Sesseln. Im Vergleich zu der jungen Frau mit dem für ihr Alter sehr schmalen Bekken, das vielleicht ihr ungeborenes Kind daran hinderte, sich richtig zu entwickeln, und den beiden älteren, die vermutlich Ersatz für die Hormone brauchten, die ihre Drüsen nicht mehr produzierten, sah ich geradezu strahlend aus.

Die Aussichten, die sich mir im Café Margit eröffnet hatten, beflügelten mich und gaben mir ein Gefühl der Leichtigkeit. Die goldfarbene Glocke über der Tür zum Café würde wie verrückt bimmeln, Kundschaft würde kommen und nicht gleich wieder gehen, und eine lange Schlange von Menschen würde auf einen freien Tisch warten. Und ich würde hinter der Theke sitzen und die Kasse bedienen, bis mir die Finger weh täten. Die Kiesstraße des Moschaw kam mir jetzt, als ich an sie dachte, schmal und wurmartig vor. In allernächster Zukunft würde ich den Lärm der Bienen los sein, die zwischen der Mispel und der Guave hin und her flogen und sich nicht wegtrauten. Wäre da nicht dieses Er-aber-war-barmherzig gewesen, das die ganze Zeit über meinem Kopf kreiste wie ein giftsprühendes Flugzeug, wäre dieser Tag vollkommen gewesen.

Die Tür von Schejnfelds Zimmer ging auf, eine Frau kam heraus, band sich ein blaues Tuch um den Hals und sagte, vielen Dank, Doktor Schejnfeld. Sie nahm ihre Handtasche und fügte hinzu, ich werde Ihnen das Ergebnis mitteilen, und ging, anmutig ihren dicken Hintern bewegend, hinaus. Schejnfeld stand da, in seinem weißen Kittel, und sagte zu der Frau mit dem schmalen Becken, die bereits ihre Füße zusammenstellte, sie müsse noch ein bißchen warten, er habe einen Notfall. Frau Simon, kommen Sie bitte.

Die drei Frauen rutschten tiefer in die Sessel und zogen ihre Beine ein, um mir Platz zu machen, sie trösteten sich wohl mit dem Gedanken, daß es auf der Welt schlimmere Sorgen als ihre eigenen gab.

Verdammt sollst du sein, sagte Schejnfeld, als er die Tür zum Behandlungszimmer zugezogen hatte. Monatelang hört man nichts von dir, und plötzlich tauchst du mitten am Tag hier auf.

Du hättest ja das Skelett da draußen vor mir drannehmen können, sagte ich. Du warst es doch, der gesagt hat, ich wäre ein Notfall. Im Zimmer hing ein starker Geruch nach Tabak und Parfüm.

Stimmt, Frau Simon, und ich nehme nichts zurück. Ihr Problem duldet keinen Aufschub. Er schloß die Tür ab und nahm mich unter seinen gebügelten Kittel. Weißes Mittagslicht fiel durch das Fenster und beleuchtete die Adern an seinen Lenden und dünne, feuchte Haare auf seinen Schenkeln. Die braunen Strümpfe, die er hastig ausgezogen hatte, lagen zusammengerollt auf dem Boden, sie sahen aus wie Vollkornbrötchen. Aus der Luft, die voll war von den Gerüchen der Frauen, die vorher in diesem Zimmer gewesen waren, stieg mir Margits Schweißgeruch in die Nase. Ich drängte Schejnfeld, alles auszuziehen, noch nicht einmal das Unterhemd sollte er anbehalten, es flog durch die Luft wie ein Huhn und landete auf dem gynäkologischen Untersuchungsstuhl. Der Kittel lag auf dem Teppich, ein Ärmel war hochgestülpt und deutete auf den nackten Doktor, der mit mir schlief wie einer, der seit zwei Jahren keine Frau mehr gehabt hatte.

Du bist wirklich gut, da gibt es keinen Zweifel, sagte ich in einem Anfall von Großzügigkeit und wedelte mir mit dem Rezeptblock Kühlung zu.

Er öffnete seinen Mund, sauer von Schweiß, atmete tief und sagte, ich akzeptiere das Kompliment gern und ohne Einschränkung, vor allem, wenn man bedenkt, daß die Patientin, die vor dir dran war, an einem ähnlichen Problem gelitten hat.

Ach so, war sie auch ein Notfall?

Ja.

Was bist du doch für ein Mistkerl, sagte ich und wühlte in dem Kleiderhaufen nach meinem Büstenhalter.

Er liegt auf dem Tisch, sagte er, stand auf, hob die beiden Vollkornbrötchen auf und zog sie an.

Die Luft war modrig, verbraucht vom Ein- und Ausatmen. Am Har ha-Menuchot ist die Luft gewöhnlich gut. Dort beginnt der Himmel in Höhe der Grabsteine, und es gibt nichts, was die Luft davon abhalten könnte, aufzusteigen und mit dem Wind herumzuwirbeln.

Was ist mit dir, Jiska? Ich habe dich doch auch nicht gefragt, aus welchem Bett du gerade gekommen bist.

Gib mir was zu trinken.

Etwas Scharfes oder Kaffee?

Sowohl als auch.

Er goß mir etwas von dem weniger hochprozentigen Wodka ein und Kaffee aus der Thermoskanne, und für sich selber nur Kaffee.

Jetzt glaube ich es, daß du Alma umgebracht hast, sagte ich. Ein feiner Dunst stieg aus den Tassen und löste sich in der Wärme der Schreibtischlampe auf. Schejnfeld zog noch einmal an seiner Krawatte, nahm einen kleinen Kamm aus der Schublade, kämmte sich und fragte, von wem ich spreche.

Von der Frau, die dir auf dem Geburtstisch gestorben ist.

Von deiner Cousine?

Ja.

Die Frau von diesem durchsichtigen Frömmler?

Nenne ihn nicht so, du bist nicht einmal soviel wert wie sein kleiner Finger. Und noch etwas, sie war nicht meine Cousine.

Aber das ist die Geschichte, die du mir vorgesetzt hast. Und außerdem bin ich verblüfft über deine medizinischen Fachkenntnisse, die es dir erlauben, zu beurteilen, was passiert ist.

Ich habe keine medizinischen Fachkenntnisse, sagte ich, aber ich verstehe sehr wohl etwas von Menschen. Ein Arzt, der mit zwei Frauen schläft, während drei Patientinnen sich hinter der Tür die Nägel abbeißen, vernachlässigt seinen Beruf und läßt seine Patientinnen im Stich.

Und hätte er nur mit einer geschlafen, wäre die gelehrte Feststellung dann anders ausgefallen?

Ja. Man hätte zu seinen Gunsten sagen können, daß sein Trieb nicht zu zügeln gewesen sei.

Merk dir, in ihrem Fall war ich sogar sehr gut. Einen so schönen Dammschnitt sehen meine Assistenten nicht jeden Tag. Und eines muß dir klarsein, Jiska, er ballte die Hand und legte sie auf den Tisch, sie ist an einer inneren Blutung gestorben, Punkt. Das sind Dinge, die passieren, ein Arzt ist kein Gott. Schejnfeld trommelte mit dem Finger auf die Tasse. Nach ein oder zwei Minuten schaute er auf die Uhr, lächelte bitter und sagte, wir sind immer noch in der Zeit. Also, was kann schon passieren? Die Patientinnen werden Nagelfeilen aus ihren Taschen nehmen, tiefer in die Cordpolster sinken und sich die Nägel feilen.

Ich sagte nichts.

Weißt du, ich staune wirklich, was die Eifersucht aus dir macht.

Wovon redest du?

Von dem ganzen Ärger, den du ausgespuckt hast und der nicht herausgekommen wäre, hätte es die Frau vor dir nicht gegeben.

Ich trank abwechselnd Kaffee und Wodka und gab ihm keine Antwort. Auf der Zunge mischte sich die Wärme mit der Schärfe, sie drückte sich an den Gaumen, und der Geschmack wurde weggewischt. Durch das Fenster sah ich Geranien, die auf dem Balkon gegenüber dunkelrot flammten, und plötzlich war die Freude wieder da, die ich vorhin im Café gespürt hatte. Ich werde drei Blumentöpfe mit Geranien in Margits großes Fenster stellen, dachte ich, gesunde, starke Pflanzen, die Ableger werde ich mir bei Schochet holen. Ich werde Margit schon noch beibringen, wie man Blumen zum Blühen bringt, auch Schejnfeld würde es nichts schaden, mit seinen weichen Händen Löcher in die Erde zu graben. Schau dir die Blumen auf dem Balkon da drüben an, sagte ich. Er schaute gleichgültig durch das Fenster zum Haus gegenüber.

Ich betrachtete den Mann, der, zufrieden mit seiner Potenz, mir gegenübersaß, und dachte, er sei der richtige Mann für mich, einer, der etwas von Lust und Eifersucht versteht. Man muß die Erwartungen mit der Wurzel ausreißen, wenn man sie in den falschen Boden gepflanzt hat. Elischas große Bescheidenheit läßt den Verdacht zu, daß sich dahinter Hochmut verbirgt. Vermutlich gibt es in seiner Welt nichts als Dattelpflaumenschößlinge und Clementinen. Aber während er mit seinen Stiefeln fest auf der feuchten Erde steht, schwebt sein Kopf oben in den Höhen und macht ihn zum Objekt seiner Sehnsucht.

Weißt du was, obwohl ich hinter jedem Wort stehe, das ich gesagt habe, werde ich vermutlich doch wieder hierherkommen. Wir kommen nicht schlecht miteinander aus, Doktor Schejnfeld, danke.

Obwohl ich nicht soviel wert bin wie der kleine Finger des anderen?

Im runden Licht der Schreibtischlampe sah sein Gesicht welk aus, mit eingefallenen Wangen. Seine Finger schlossen sich fest um die Tasse, man sah, daß sie, trotz ihrer Weichheit, durchaus dazu fähig wären, das Porzellan zu zerdrücken.

Weißt du, was ich gedacht habe, als ich ihn damals, neben der schweren Tür zur Pathologie, seine Psalmen murmeln sah? Ein feuchtes Weichtier, habe ich gedacht. Lang, dünn, blaß und mondsüchtig, die ganze Nacht hat er dort gewacht, damit niemand sie aufschneidet, als hätte jemand vorgehabt, sie ihm zu stehlen. Wer hätte glauben können, daß dieser Mann dein Apollo werden würde.

Doktor Schejnfeld sah verloren aus. Ich nahm ihm die Tasse aus der Hand und verschränkte meine Finger mit seinen.

Wir sind komplizierter als wir zugeben, sagte ich, auch bei dir, Doktor, ist die Eifersucht unschwer zu erkennen.

Das ist keine Eifersucht, Jiska, das ist Angst. Jeder wird einmal von der Angst gepackt, er könnte allein und verlassen zurückbleiben.

Die gespannte Haut auf seiner Stirn glättete sich, bittere Traurigkeit machte seine Unterlippe schlaff, die überschüssige Haut am Doppelkinn hing herunter. Genau wie bei meinem Vater, wenn sich sein Kinn am Schabbat entspannte, in der einsamen Stunde am Nachmittag, wenn der Tag seinem Ende zuging und er sich überlegte, wie viele solcher Tage er noch erleben würde.

He, was soll diese Niedergeschlagenheit, ich habe doch gesagt, daß ich wiederkomme.

Schejnfeld lächelte, spannte aber das Kinn nicht an. Geh jetzt, Jiska, ich habe noch drei Patientinnen, die warten.

Ich legte meine Finger um die Tasse und erzählte ihm, daß ich nach Jerusalem umziehen würde. Diese Mitteilung straffte sein Gesicht. Heiratest du?

Na, hör mal, eine Frau wechselt ihren Wohnort doch nicht nur, wenn sie heiratet.

Nein, aber du bist doch verliebt.

Er drehte einen vergoldeten Stift zwischen den Fingern und lächelte säuerlich. Ich rieb sein glattrasiertes Kinn und sagte, jetzt gehe ich. Er nahm meine Hände und drückte sein Gesicht hinein. In diesem alternden Don Juan versteckte sich immer noch ein Kind, das sich nach Weichheit sehnte. Sechs Augen folgten mir mitleidig, als ich hinausging, und sechs Schuhe scharrten feindselig über den Boden. Die Frau mit den dünnen Beinen stemmte schon die Füße gegen den Boden, bereit, aufzustehen und zur Tür zu gehen, wenn sie gerufen würde.

Die Sonne drang durch die dichten Wipfel der Fikusbäume und malte Lichtflecken auf die Pappeln. Der Himmel war weiß und leer, Nachum Levi hätte sich keinen klareren Tag aussuchen können für seine Beerdigung. Es fehlte nicht viel, und ich hätte angefangen, über den schmalen Gassen zu schweben. Schließlich solltest du dankbar sein, daß du deinen alternden Doktor magst, sagte ich laut zu mir, aber ich wußte, daß das, was um halb drei Uhr nachmittags richtig war, um vier oder fünf vielleicht seine Gültigkeit verloren haben würde. Wie einfach war es doch, Gefühle auszuhalten, die man so leicht wieder loswerden konnte, und wie schwer drückte eine Liebe, die mit Tricks und Eifersucht verflochten war. Almas Überzeugungen, ihre Ängste, ihre Liebschaften, und jetzt ihre Heda, die sich anschickte, durch ihr Aufblühen die Dunkelheit und die Undurchlässigkeit, die ihr bei ihrer Geburt auferlegt worden waren, zu durchbrechen.

Ganz plötzlich trübte sich der Nachmittag, die Luft, die leicht und leer gewesen war, wurde drückend. Wer kann schon wissen, was aus diesem Mädchen wird, sie ist ein noch unbehauener Holzblock. Die Veränderungen, die sie zur Frau machen werden, werden ohne mich stattfinden, ich werde in Jerusalem wohnen, alles wird im Beisein von zwei älteren Personen passieren, die sich übertriebene Sorgen um ihr Wohlergehen machen, da ist mein Vater, der im Spiegel ein alterndes Gesicht sieht, der den Hals reckt und prüft, wie dick seine Gurgel ist, und meine Mutter, die schon soweit ist, daß sie ihre eigenen Versäumnisse erkennt und versucht, sie in Erbsensuppe und Nudeln und dem Kaffee, den sie mit Manzi Ullmann trinkt, zu ersäufen.

Im Krankenhaus war nichts von der sauberen, leichten Luft im Tal zu merken. In den Fluren roch es warm und stickig. Würde jemand die großen Fenster öffnen, würden sich die Kranken in ihren Betten aufrichten, die frische Luft mit dem harzigen Kieferndurft einatmen und gesund werden, denn welche Chancen, hier herauszukommen, hat jemand, der immer nur den Geruch des Schleims einatmen muß, den die eingefallenen Lungen um ihn herum ausspucken. Auch im Aufzug roch es nach Krankenhaus, dieser Mischung aus Lysol und Gemüse, das in großen Töpfen in der Küche gekocht wurde.

Tante Rosi, in einem blauen Wollkleid, saß mit zusammengedrückten Oberschenkeln neben Jo´els Bett. Ihr beigefarbener Mantel lag unten auf der Decke, an seinem Fußende, nur daß seine Füße nicht so weit reichten, denn er hatte die Knie angezogen und ein spitzes Zelt aus der Decke gemacht. Sie stand auf, küßte mich und drückte ihren Oberlippenflaum an meine Wange. Du siehst schön aus, sagte sie, und ihre gezupften Augenbrauen wölbten sich zu einem fadendünnen Bogen.

Nachum Levis Bett war sauber und leer. Die darübergebreitete Wolldecke bedeckte ein hartes Laken, das noch nicht unter einem warmen Körper weich geworden war. Elischa fragte, ob ich etwas trinken wolle, und hängte sich die Henkel der schmutzigen Tassen wie Ringe an die Finger.

Was hast du eigentlich immer in Jerusalem zu erledigen, Ossinka, man könnte denken, du wärst irgendeine wichtige Person im Sicherheitsministerium, fährst weg und kommst wieder und erzählst nicht, wohin und warum, deine Mutter hat schon viele graue Haare wegen deiner Fahrerei nach Jerusalem. Rosi dachte nicht lange nach und fragte, was meine Mutter nicht zu fragen wagte, vermutlich weil sie schon verstanden hatte, daß das, was passieren mußte, ohnehin passieren würde.

Der Sauerstoffschlauch hing an der Wand. Jo´el sah gut aus und freute sich über meinen Besuch. Ich war für ihn ein gesunder und fröhlicher Gruß aus dem Moschaw. Er bot mir von den Butterplätzchen an, die Rosi ihm gebracht hatte. Die teuerste Sorte, die es gibt, sagte sie, als er die Blechdose öffnete, und betrachtete seine Finger, als erinnere sie sich an ihre Wärme.

Jo´el rieb sich das magere Kinn und war ruhig und gelassen. Das Bett, die Decke und sein Status als Patient schützten ihn vor der Gastgeberrolle und erlaubten ihm, zu schweigen und die letzten Lichtstreifen zu betrachten, die an der Zimmerdecke verblaßten. Rosi schob ihren Ärmel hoch, und als sie sah, wie spät es geworden war, sprang sie auf, breitete die Arme aus, schob sie in ihren Mantel und sah plötzlich aus wie ein großer Vogel. Ihr Kleid spannte sich über dem Strepless und Jo´el, der die Hügel unter dem Wollstoff sah, senkte das Kinn auf die Brust und wartete, bis sie den Mantel zugeknöpft hatte. Sie streckte ihm ihre manikürte Hand hin, er legte seine trockene, knochige hinein. Der Abstand zwischen Pullover und Handgelenk zeigte deutlich, wie mager seine Arme waren.

Gute Besserung und mach endlich Schluß mit diesen blöden Zigaretten, sagte Tante Rosi, und als sie mich auf die Wange küßte, fühlte sich ihr Flaum gesträubt und hart an. Grüße an deine Eltern, Ossinka, und nimm ein bißchen Rücksicht auf sie. Elischa, Küsse für die Kleine. Ihre Absätze klickten energisch, als sie durch den Flur zu den Fahrstühlen ging. Jo´el streckte die Beine lang aus, das Zelt fiel zusammen. Er gähnte lange und streckte seine Glieder.

Eine orangefarbene Abenddämmerung senkte sich über das Krankenhaus. Der Himmel lag auf den Gebäuden wie ein Berg goldenes Stroh, die Kiefern bewegten geschmeidig ihre Wipfel, senkten und hoben ihre Zweige. Elischa schaute vor sich auf den Weg, und nichts verriet, was ihm heute geschehen war. Er pfiff ein Lied vor sich hin, das ich nicht kannte.

Warst du schon mal in einem Café? fragte ich.

In meiner Militärzeit, als wir mal abends freibekommen haben und in die Stadt gegangen sind.

Was hältst du davon, wenn wir noch irgendwohin gehen?

Ich habe eine Thermosflasche mit Nescafé im Auto, sagte er.

Elischa, kein Nescafé aus irgendeiner Thermosflasche läßt sich mit Kaffee vergleichen, der schäumend aus der Maschine kommt.

Seine Höflichkeit hinderte ihn daran, Heda oder die späte Uhrzeit als Gründe dafür anzuführen, nicht nachzugeben. Ich hatte nicht vor, es ihm leichter zu machen, sondern wartete geduldig darauf, daß er sich fügte. Der Himmel über dem Parkplatz hatte nun einen grauen Schimmer bekommen, der goldene Farbton verblaßte, bis nur noch ein mattes gelbliches Grau übrig war.

Die Wahrheit ist, ich bin ziemlich hungrig, sagte er. Das letzte Mal, daß ich was in den Mund bekommen habe, war heute morgen in eurer Küche.

Die Wände des Transit strahlten noch die Wärme der Sonne ab. Es roch nach einer Mischung aus Erde, Orangen und nassen Säcken. Ich atmete tief den Geruch ein und dachte, daß mir dieser Geruchscocktail fehlen würde. Du gibst die Richtung an, sagte er und bewegte den Schalthebel, auf seiner Hand, die das Lenkrad drehte, trat eine Ader hervor. Die Fenster der Häuser oben auf dem Berg glühten im Abendrot, die Hänge lagen schon im Schatten und wurden immer dunkler.

Die kleine goldene Glocke bimmelte, als wir eintraten. Margit leerte die Kaffeemaschine, und Orli wusch die Tische mit einem Lappen und heißem Wasser ab. Der Lippenstift glühte nicht mehr auf ihren Lippen, sie waren ausgetrocknet, die Farbe war verschmiert, doch sie hatte noch einen Kaugummi im Mund, den sie mit verblüffender Geschwindigkeit kaute. Elischa rückte mir keinen Stuhl zurecht, er half mir auch nicht, den Mantel auszuziehen. Er stützte die Ellenbogen auf den Tisch und schaute sich prüfend um. Margit ihrerseits musterte ihn auch, erst so, wie man einen Fremden mustert, dann so, wie eine Frau einen Mann abschätzt.

Das ist Elischa, aus meinem Moschaw.

Sehr angenehm, sagte sie und ersparte ihm die Peinlichkeit einer ausgestreckten Hand, denn ihre Hände waren naß. Ich habe nicht gewußt, daß es in deinem Moschaw Fromme gibt, aber bei mir ist alles koscher. Hier, ich habe die Bestätigung vom Rabbinat, sagte sie und rieb ihre Hände aneinander, um sie zu trocknen, dann ging sie zurück zur Theke.

Wie geht es Naomi? fragte ich.

Naomi hat gewußt, daß es nur eine Frage von Tagen war, sagte er. Sie war nicht überrascht und hat alles getan, damit er nicht leiden mußte.

Aus seinem Mund klang ihr Name weich und angenehm, vielleicht weil sie jetzt auf der Seite derer war, die Trost brauchten. Es wäre dumm gewesen, ihn zu fragen, was sie angehabt hatte und ob das Weinen sie schöner machte, aber, um die Wahrheit zu sagen, diese Fragen beschäftigten mich mehr als das Ende ihres Vaters.

Obwohl Elischa nicht an Cafés gewöhnt war, machte er vom ersten Moment an den Eindruck eines Menschen, der die Vorteile, die er sich mit seinem Einlenken eingehandelt hatte, in vollen Zügen genießen wollte. Ich nehme an, daß du hier Stammgast bist, sagte er, nahm ein Stück von der Torte, die Margit uns hingestellt hatte, und trank einen Schluck Kaffee nach.

Ich erzählte ihm nicht, daß dies mein neuer Arbeitsplatz war und daß das erste Bett, in dem ich hier schlafen würde, in der

Wohnung dieser Frau stand, die jetzt gerade Geldscheine mit der Hand glättete und sie auf Tschechisch zählte. Er trug ein neues Hemd mit Karos in Beige und Grau, mit doppelten Steppnähten und geknöpften Schulterklappen. Immer kariert, immer Flanell, ihm sind Farbe und Stoff egal. Seine Unterhemden und -hosen waren aus grober weißer Baumwolle, von der Art, wie sie beim Militär und in Gefängnissen zur Verfügung gestellt werden. Kleidung spielte für ihn keine Rolle. Die wenigen Sachen, die er besaß, kaufte er, wenn er gelegentlich in der Stadt war.

Das gedämpfte Licht, das Margit angemacht hatte, schwächte das Grau seiner Augen, sie sahen jetzt heller aus, so wie sie vor Jahren ausgesehen hatten, damals, im alten Schuppen. Heda war drei Jahre alt gewesen, ich siebzehn. Er wollte sie mit aufs Feld nehmen, um ihr die wilden Hyazinthen zu zeigen. Ich hörte sie von der Dusche aus und rief, sie sollten auf mich warten, dann rannte ich ihnen in meinem dünnen indischen Hemd hinterher, die Sandalen mit meinen nassen, gekrümmten Zehen festhaltend.

Viele Vögel saßen dichtgedrängt auf der Stromleitung, als warteten sie auf etwas. Der Himmel hing tief über der Erde, und der Boden bestand aus großen, trockenen Erdbrocken. Heda suchte sich zum Auftreten flache Stellen zwischen den Brocken, sie hielt den Kopf gesenkt. Neben dem alten Schuppen waren die Stoppeln besonders dicht, harte Stengel bohrten sich in meine Beine, doch ein paar Meter weiter erhoben sich schon die Stengel mit den weißen Blüten.

Heda pflückte Blüten ab, zerrupfte sie und fragte, wo ist der Zimt? Hyazinthen, korrigierte Elischa, nichts mit Zimt.

Sie drehte Steine um und drückte Gras nieder und interessierte sich nicht für die Blumen, die weder nach Zimt rochen noch die Farbe von Zimt hatten, enttäuscht suchte sie den Himmel nach Leben ab, aber abgesehen von ein paar Kuhreihern war nichts zu sehen.

Ihr mangelndes Interesse an den Blumen machte Elischa traurig, schau doch, wie schön sie sind, sagte er bedrückt zu mir, dieses Jahr sind sie besonders groß. Für ihn waren sie ein Zeichen für die Kraft der Natur, für fette Erde und einen versöhnlichen Gott.

Das Unwetter kam ganz plötzlich. Eine schwarze Wolke riß über dem Feld auf, und ihr Wasser ergoß sich mit einer Wucht wie aus einem geplatzten Schlauch. Elischa hob Heda hoch, und zu dritt suchten wir Schutz in dem alten Schuppen.

Sie barg ihren Kopf an seiner Schulter, erschrocken von den Lichtblitzen, die im Zickzack über den Himmel jagten, und von dem nachfolgenden Donner. Der Regen trommelte auf das Blechdach, wir saßen auf Säcken mit Düngemitteln und warteten. Dann, bei einem besonders lauten Donner, schrie Heda: Regen, und hörte auf zu weinen. Plötzlich war ihr eingefallen, was das Geräusch bedeutete, und sie beruhigte sich. Das war schließlich erst ihr dritter Winter. Lange Regenstreifen schlugen gegen das verstaubte Fenster, durch das nur wenig Licht hereindrang. Heda verlor das Interesse an dem Regen, der auf das Dach trommelte. Im Schuppen gab es nichts außer zwei verrosteten Heugabeln und einem Handtuch, das an einem Haken hing. Sie rutschte vom Schoß ihres Vaters, ballte die kleinen Hände und kam zu mir. Sie legte ihre Finger auf eine meiner Brustwarzen und fragte, Papa, was ist das? Sie rieb den Knopf, der sich durch das nasse indische Hemd bohrte, und wollte noch einmal wissen, was das sei.

Das ist Ossis Körper, sagte er, hob einen Strohhalm auf und zog Linien in den Staub auf dem Boden, und das dünne Licht fiel auf seine Haare, die im Regen ganz anders aussahen, und auf seine nasse Kipa. Heda ließ die Finger nicht von meiner Brustwarze, fuhr über den dunklen Hof, der sich durch das dünne Hemd abzeichnete. Ich will sehen, verlangte sie und schob ihre Hände zwischen die Knopfleiste.

Ich nahm ihre kleinen Hände nicht von mir, ich öffnete einen

Knopf nach dem anderen. Sie starrte die leeren Knopflöcher an und wartete gespannt auf das nackte Fleisch, das sich wegen der Kälte und der Nässe aufgerichtet hatte. Sie zog an den offenen Hemdzipfeln und sagte, Papa, schau nur.

Elischa wischte eine Linie weg, die er in den Staub gezogen hatte, und hob den Kopf, Heda machte ihm die Sicht frei und schaute abwechselnd ihn und mich an. Der Strohhalm hing ihm zwischen den Fingern wie eine Zigarette, sein Blick war voll und direkt und nicht verlegen, und der Schatten der grauen Wolken hatte das Grau seiner Augen heller werden lassen, genau wie jetzt.

Du wirst dich erkälten, Ossi, sagte er, zerdrückte den Strohhalm, stand auf, griff nach dem Handtuch und hielt es mir hin. Nimm, sagte er, trockne dich ab. Das Gewebe war grob und hart, Heda schrie, nein, legte ihre Hände auf meine Brust und versuchte mich zu hindern. Ihre Hände waren warm und weich und glichen zartem Efeu, das sich um die großen Hände rankte. Sie warf sich an meinen Bauch und schrie, und als er sie von mir wegnahm, weinte sie und trat ihn mit ihren roten Schuhen an die Füße.

Der Regen hörte genauso schnell auf, wie er angefangen hatte. Wir gingen über nasses Gras zum Moschaw zurück. Die Stengel lagen umgedrückt auf der Erde, so daß wir nicht einsanken, und ich bedeckte mit den Händen das, was das indische Hemd nicht verbarg. Danach ging das Leben weiter, und ich verstand, daß er mich betrachtet hatte, wie er die steifen Knospen von Mandelbäumen betrachtete, wie er Hyazinthenblüten betrachtete oder einen Regenbogen. Mein junger Körper war in seinen Augen eines der wunderbaren Werke des Schöpfers, bei deren Anblick man andächtig »Groß und zahlreich sind deine Werke, o Herr« sagt. Lust hatte ich nicht in ihm geweckt, höchstens ein größeres Verlangen nach seinem Gott.

Weißt du, Schejnfeld hat Alma nicht umgebracht, sagte ich, sie ist an einer inneren Blutung gestorben. Ja, ich legte plötzlich ein rotes, brennendes Tuch zwischen uns auf den Tisch, verdarb wissentlich die angenehme Stimmung.

Aber Elischa erschrak nicht, er kannte mich gut genug und fragte, woher weißt du das.

Er hat es mir gesagt.

Mit welchem Recht redet dieser Doktor mit einer Patientin über eine andere Patientin, fragte er.

Ich bin nicht seine Patientin, sagte ich. Ich habe ihn bei irgendeinem Anlaß kennengelernt, uns verbindet eine lockere Bekanntschaft. Elischa starrte auf den braunen Schaum, der innen an der Tasse hängen geblieben war, und fragte nicht weiter. Ich hob den Löffel und leckte den Zucker ab, den Margit allzu großzügig über ihren Hefekuchen zu streuen pflegte. Draußen war es dunkel geworden, die Ampeln leuchteten rot auf, und eine schwarze Menschenwolke überquerte die Straße. Elischa saß zurückgelehnt und entspannt da, sein Gesicht war trocken und sonnengesättigt, er schaute mit der Ruhe und Gelassenheit eines Bauern aus dem Fenster. Mein Vater sah nie so aus, er war noch nie Bauer gewesen, er führte den Bauern die Bücher, der Staub ihrer Pflüge drang nicht zu seinen Papieren. Aber Elischa beobachtete immer aus den Augenwinkeln den Himmel, auch wenn er das Gesicht zum Boden gesenkt hatte, und verfolgte die kleinste Wolke und den leichtesten Windhauch. Für ihn waren trockenes Stroh und verwelkte Blumen kein Beispiel, sondern die Moral der Geschichte.

Der Transit war kalt und feucht, aber er sprang sofort an, und wir fuhren durch die Dunkelheit.

Erinnerst du dich an das Unwetter damals, vor Jahren, als wir auf dem Feld waren, um die Hyazinthen zu betrachten?

Ja, das war ein richtiger Wolkenbruch.

Erinnerst du dich auch daran, was im Schuppen passiert ist?

Ja.

Ich war etwa so schön wie die Hyazinthen, nicht? fragte ich.

Du warst schöner.

Er packte das Lenkrad fester und trat aufs Gas. Die drei Worte, die er gesagt hatte, blieben in der Luft hängen, die nach feuchten Säcken und Erde roch.

Wie kommt es, daß du, ein mönchischer und gerechter Witwer, da auf dem Sack gesessen und mich betrachtet hast, ohne dich zu schämen?

Ossi, du hast die Schönheit um ihrer selbst willen gezeigt, einfach und offen und ohne etwas dafür zu verlangen.

Die Dunkelheit verschmolz die Kiefern auf den Hängen zu einer dunklen Einheit. Die feuchte Erde roch verführerisch. Ich drehte das Fenster etwas weiter herunter und sagte, du hast seit elf Jahren mit keiner Frau geschlafen. An sich kann das ja auch ganz einfach sein, wenn man mit niemandem etwas zu tun hat und von keinem abhängig ist.

Die Scheinwerfer vorbeifahrender Autos streiften seine Wange. Die Schultern waren über das Lenkrad gebeugt, seine Unterlippe war vorgeschoben wie beim Mund eines Schwarzen. Der Transit machte einen Satz und blieb stehen, der Sand, den seine Räder aufgewirbelt hatten, verschwand mit dem Licht seiner Scheinwerfer.

Das Gestrüpp verströmte einen Geruch nach Wachstum, nach Humus, nach Farnblättern und Sporen. Es war die Nacht der Geburt des Mondes, und es gab keinen Mond. Ich konnte den Kratzer auf seiner Hand nicht sehen, aber ich rieb den warmen Schorf, unter dem das Blut pulsierte, und dachte, wenn er jetzt aufbricht, wird das Blut auf seine Kleider tropfen. Er ließ es zu, daß ich über den Schorf strich, und zweimal sagte er, Ossi, und schwieg, dann streckte er die andere Hand aus und legte sie auf meinen Rücken und umfaßte meine Schulter und zog mich an sich.

Seine erste Schulter nach elf Jahren. Kein Wunder, daß er schwer atmete, kein Wunder, daß die Begierde, die wir zu zügeln versuchten, zu einer wilden Stute wurde, die sich aufbäumte und mit aufgerissenem Maul laut wieherte, bis sie zu ihrem Stall gepeitscht und geschlagen wurde, schaumbedeckt und erschrocken. Wieder sagte er, Ossi, und nahm seine Hand nicht von mir, warm und schwer lag sie auf meinem Oberschenkel. Erst als die Kälte scharf und beißend wurde, nahm er seine Hand weg und sagte »fahren wir«. Er ließ den Motor an.

Ich schlug meine Fingernägel in eine kalte Orange, der Saft lief mir bis zu den Ellenbogen. Willst du ein Stück? fragte ich und er ließ das Lenkrad nicht los, sondern machte nur den Mund auf. Ich schob ihm einen Schnitz zwischen die Lippen, ohne sie zu berühren, fütterte ihn weiter, schob ein Stück nach dem anderen hinein und dachte, mir wäre es recht, wenn unser Moschaw jetzt in der Antarktis läge, damit wir fahren und fahren und nie ankommen würden. Ich fragte ihn nicht, ob er zu Ehren der Beerdigung heute sein bestes Hemd angezogen und nur deswegen die Manschetten zugeknöpft hatte. Mir fiel ein, daß Nachum Levi schon seit über zehn Stunden in seinem Grab auf dem Berg ruhte und daß die Erde, die ihn bedeckte, sich langsam senkte.

Neuntes Kapitel

Heda stützte die Ellenbogen auf die Stuhllehne und sah mir beim Packen zu. Sie hatte die Ärmel bis zum Oberarm aufgekrempelt, um für Tätigkeiten rund um das Spülbecken gerüstet zu sein, aber ihre Handgelenke waren noch immer zu dünn und zu zart. Schwarze Stellen und Augen an den Kartoffeln zu entfernen und meterlange Schalen zu schälen, würde ihre Muskeln und ihre Gelenke vielleicht anschwellen lassen. Sie glättete mit der Hand ihren Kragen, der sich aufgestellt hatte, und schob ein Buch so, daß es genau in eine Lücke am Kofferrand paßte.

Es wäre wirklich übertrieben gewesen, sie zu verdächtigen, daß sie ihren Vorteil genau kalkulierte und wußte, daß, wenn eine von vier Personen verschwindet, der Wert jedes einzelnen der Verbliebenen steigt. Schon seit zwei Wochen riß sie sich keine Wimpern mehr aus, sondern begnügte sich mit denen, die von allein ausfielen. Die vielen Aufregungen konkurrierten mit dem Alltag, da war der Tod Menachem Levis, ihre Fahrt zu einem Kondolenzbesuch bei Naomi, die zu erwartende Entlassung Jo´els aus dem Krankenhaus, der Abschied von mir. An ihrer Türklinke hingen unfertige Mobiles und wurden vom Wind hin- und hergeschlagen, sie kratzte mit dem Bleistift in die Tischplatte, sie warf die Körner direkt auf die Hühner, sie knallte Türen zu, das liegt alles an ihren Nerven, sagte meine Mutter.

Sehr beeindruckt hatte sie der niedrige Trauerschemel, auf dem Naomi gesessen hatte, sie hatte staunend beobachtet, wie sie ihre langen Beine angezogen hatte, bis sie die Höhe ihres Mundes erreichten, und nicht nur, daß sie nicht weinte, manchmal lachte sie sogar. Und Nachum Levis Mantel, der an der Garderobe hing, hatte wie ein alter Lumpen ausgesehen. Was macht sie jetzt mit all seinen Kleidern, fragte sie, und Elischa sagte, bestimmt wird sie sie den Armen geben, und Heda, die noch nie in ihrem Leben Arme gesehen hatte, fragte, ob die dünn wären und ob sie faule Zähne hätten und wie man sie überhaupt finden könne, wenn sie kein Haus haben. In Wahrheit hatte sie auch nicht die leiseste Vorstellung von Reichen, für sie waren das Leute, die eine Schrankwand besaßen und ein Spiegelkarussell mit Flaschen als Bar, so wie Tante Rosi.

Verwirrt und durcheinander von dem, was sie im Trauerhaus gehört und gesehen hatte, hatte sie anschließend, was nur sehr selten vorkam, Ziona und Awrum einen Besuch abgestattet. Selten oder nicht, Ziona duldete nie und unter keinen Umständen, daß jemand die peinliche Ordnung ihrer Spitzendeckchen auf dem Büffet störte, daß jemand die Fensterscheiben anblies, bis sie beschlugen, oder am Vorhang zog und seine Falten durcheinanderbrachte. Sogar Awrum, der sich angewöhnt hatte, auf Zehenspitzen zu gehen, schaffte es, sie aufzuregen, wenn er seine Hausschuhe umgedreht neben dem Bett liegenließ.

Trotzdem hatte sie für Heda ein Geschenk parat, ein silbernes Armband, das Ofra nicht mehr gewollt hatte und von dem sie drei Kettenglieder hatte entfernen lassen, um es dem dünnen Handgelenk des Mädchens anzupassen. Sie sagte, das Armband habe an Ofras Handgelenk fabelhaft ausgesehen, aber Ofra war für Heda nicht mehr als eine verschwommene Tänzerin, wie auf dem Bild, das in Manzi Ullmanns Schlafzimmer hing. Den Gästen zu Ehren servierte Ziona koschere Orangencreme, mit Vitamin C angereichert, und Heda beherrschte sich und steckte nicht den Finger in den Rest und fragte nicht, ob sie noch eine Portion bekommen könne. Eine Stunde später verabschiedeten sie sich von den Scha´ulis und fuhren zu Jo´el. Er zog einen Pullover über seinen blauen Pyjama und fuhr mit ihnen hinunter in die Cafeteria des Krankenhauses, und Heda wollte nur noch eine Dose Cola. Sie stand mit ihnen zwischen den beiden gebogenen, menschenbreiten Eisengeländern, an denen sich die Schlange entlangschob, zog ihren Ärmel hinauf und herunter und schüttelte ihre Hand und lauschte auf das Klirren des Armbands.

Ossi, wie schön, woher hast du die? Sie breitete eine Unterhose aus, die mit einem angebissenen Apfel und gelben Schmetterlingen bedruckt war. Ich hätte auch gern so eine, sagte sie und legte die Unterhose zusammen, so, wie man sie gelehrt hatte, Unterhosen zusammenzulegen, Naht auf Naht und mit der Hand glattstreichen.

Ich werde dir eine schöne Unterhose aus Jerusalem mitbringen, versprach ich, als sei ausgerechnet Jerusalem der Quell eleganter und gewagter Unterwäsche. Tatsache war, daß ich Heda nicht mit Geschenken verwöhnte, ich brachte ihr nur selten etwas mit oder gab ihr etwas, das ich nicht mehr benutzte. Andererseits wußte sie aber, daß ich Versprechungen normalerweise einhielt.

Du hast's gut, daß du in Jerusalem wohnen darfst, sagte sie und rückte an dem Stuhl, so daß das Stuhlbein gegen den Tisch stieß.

Warum hab ich's gut?

Weil du Naomi so oft besuchen kannst, wie du willst, sagte sie.

Immer wieder diese Naomi. An dem Wochenende, als Naomi uns besuchen sollte, hatte Heda nicht gewartet, bis die

Sonne oder der elektrische Strom den Wasserboiler erwärmt hatten, sondern war sofort unter die kalte Dusche gegangen. Blau vor Kälte und noch naß, hatte sie ihr Schabbat-Kleid angezogen und war hinausgelaufen zur Bushaltestelle, um auf sie zu warten. Lotti hatte sich ihr angeschlossen, entweder aus Langeweile oder weil sie daran gewöhnt war, an der Bushaltestelle auf irgend etwas zu warten.

Heda war nicht die einzige, die völlig aus dem Häuschen geriet. Mein Vater überlegte sich im voraus Fragen, die er an den Besuch richten könne, ohne die Regeln des Takts zu verletzen, und meine Mutter steckte schon mittags Kerzen in die Schabbatleuchter und richtete den Docht her. Außerdem erweiterte sie den Speiseplan um eine Bohnenpastete und trällerte dabei israelische Volkslieder mit einem fröhlichen und energischen La-la-la vor sich hin, und ab drei Uhr schaute sie schon aus dem Fenster.

Eine Stunde vor Eintritt des Schabbat tauchte Naomi zwischen den Kasuarinen auf, groß, in einem grauen Winterkleid, den langen, schwarzen Mantel über die Schultern gehängt. Heda tanzte mal links, mal rechts von ihr, und Lotti lief voraus, mit erhobenem Kopf, den sie nur zur Seite wendete, wenn ihr die Sonne in die Augen schien. Naomi hatte sich zu Ehren des Schabbat eine silberne Kette umgelegt und trug eine weinrote Strickjacke. Ich dagegen begnügte mich mit meinem blauen Wollkleid und der Kette mit den türkisfarbenen Perlen, die für Festtage und für Schejnfeld reserviert war.

Die Schritte derer, die aus der Synagoge zurückkamen, waren kaum zu hören, die Sohlen ihrer Schabbat-Schuhe waren feiner und glatter, und der Kies, der zu dieser Stunde schon feucht war, knirschte kaum.

Als die Tür aufging, flackerten die Kerzen im Luftzug. Mein Vater strahlte über seinem weißen Kragen, Elischa begrüßte Naomi, gab ihr aber nicht die Hand, und die Verlegenheit wurde bald von der Zeremonie verdrängt. Heda senkte den

Kopf, Elischas Hand bedeckte ihren kurzgeschorenen Schädel und bewegte sich leicht hin und her, während er den Segensspruch sagte. Naomi nahm, als sie an der Reihe war, einen Schluck aus dem Kelch, ich trank erst, als alle vier schon getrunken hatten, und es fiel mir schwer zu entscheiden, wer von ihnen am bitteren Geschmack des Weins schuld war oder ob er nur von dem Silberbecher verursacht wurde. Als Elischa die Challa brach, sah ich, daß der Schorf auf dem Kratzer an seiner Hand inzwischen abgefallen war und eine lange, weiße Linie hinterlassen hatte.

Am Morgen wurde in der Frauenabteilung der Synagoge über die junge Frau getuschelt, die sich Malkins kleine Mutterlose offenbar adoptiert hatte. In der letzten Bank wurden die Köpfe gereckt, und es gab auch Frauen, die aufstanden und zur Toilette gingen, nur um an ihr vorbeigehen und sie aus der Nähe sehen zu können. Heda war verwirrt wegen der ungewohnten Aufmerksamkeit. Und weil sie sich so unsicher fühlte, sagte sie, das ist meine Tante aus Jerusalem. Keine der Frauen widersprach, denn wenn man genau hinschaute, fand man durchaus eine gewisse Ähnlichkeit mit Alma, bestimmt war das diese Tante, die in Amerika tanzte, aber um die Wahrheit zu sagen, für eine Ballerina war der Körper dieser Frau ein bißchen zu groß.

Der Himmel war nicht weniger klar als an dem Tag, da Nachum Levi beerdigt worden war. Es war die erste Woche des Monats Schewat. Hedas Kopf war schon wieder zu nahe an dem, was ihm die Schere bald antun würde. Ihre Haarstoppeln leuchteten in der Sonne, und da, wo Manzi Ullmann beim Schneiden übertrieben hatte, war ein runder Fleck zu erkennen. Lotti kam angelaufen und leckte an Naomis Beinen, aber sie mochte den Geschmack der Strümpfe nicht, und nachdem sie von der Spitze der Lackschuhe getroffen worden war, verschwand sie ohnehin wieder. Heda rieb sich die brennenden Augen, fragte, wieviel Uhr es sei, und machte ein bedrücktes

Gesicht, weil der halbe Tag von Naomis Besuch bereits vorbei war. Naomi, kannst du nicht bis morgen bleiben? fragte sie.

Die unbearbeiteten Landstreifen an der Südwestgrenze unseres Moschaw waren mit hohen Gräsern bewachsen. Die Milchsterne nährten sich von dem, was ihre Zwiebeln im Vorjahr gesammelt hatten, und blühten besonders früh. Heda pflückte eine Blume, entfernte ein Insekt, das an ihrem Nektar saugte, und zupfte ein schmales, lanzenförmiges Blatt nach dem anderen ab.

Heda, was ist mit dir, wir haben Schabbat, sagte ich.

Sie erschrak, sagte »oj«, warf die Blume zu Boden und zertrat sie.

Naomi sagte, sie sind so schön, daß ich selbst fast den Schabbat vergessen und welche gepflückt hätte.

Elischa erklärte ihr, was weit und breit alles wuchs, und sie legte die Hand über die Augen, gegen die Sonne, und drehte den Hals, je nachdem, wohin er deutete.

Gehören diese hohen Dattelpalmen dahinten zum Moschaw? fragte sie.

Ja, dort ist unser Friedhof, antwortete er.

Meine Mutter liegt dort, sagte Heda und drehte sich mit dem Rücken zum Friedhof. Ihretwegen tun sie das da mit mir, fuhr sie fort und zerstampfte eine trockene Erdscholle.

Was tut man mit dir? fragte Elischa.

Sie gab keine Antwort.

Heda, wer tut dir etwas Böses an? fragte er noch einmal und kauerte sich neben sie auf den Boden, damit er so klein war wie sie, und näherte sein Gesicht dem ihren.

Das da, sagte sie und rieb heftig ihren Schädel, das Armband rutschte vom Handgelenk hinunter und klimperte. Ihretwegen schneidet ihr mir die Haare, sagte sie und deutete zum Friedhof hinüber.

Naomi ging ein paar Schritte vor und sagte zu mir, komm, lassen wir sie in Ruhe, damit sie die Sache gründlich besprechen können. Ihr Kopf war gesenkt, ihre Gesichtszüge sahen scharf und erwachsen aus.

Erst als wir am Zaun waren, holten uns Elischa und Heda ein.

Also, mir werden die Haare nur noch neunmal geschnitten, erklärte Heda, in neun Monaten bin ich Bat-Mizwa und Papa hat gesagt, nach meiner Bat-Mizwa trage ich selbst die Verantwortung.

Elischa nahm ein Insekt von seinem Hemd und warf es wütend weg. Vielleicht hatte er ja endlich kapiert, daß er mit der verrückten Idee wegen des Schicksals nur erreicht hatte, daß Heda Alma haßte. Er hängte sich den Pullover so um die Schultern, daß die Ärmel leer über seiner Brust baumelten, und saugte an einem Sauerkleeblatt, das er achtlos abgerissen hatte.

Wo sind eigentlich deine Zitrusplantagen und deine Felder? fragte Naomi.

Das Plateau im Süden des Moschaw verbarg den Blick auf die Zitrusplantagen. Sie sind zu weit weg, sagte er, man kann am Schabbat nicht hingehen. Wenn du mal während der Woche kommst ... Der unvollendete Satz blieb in der Luft hängen, suchte seine Fortsetzung und löste sich auf.

Elischa und Naomi gingen vor mir her, ich wartete auf Heda, die hinter mir stehengeblieben war. Der Wind löste Naomis Haare, und mindestens einmal streiften sie Elischa. Seine spitzen Ellenbogen drückten Dreiecke in das Hellblau, er erklärte Naomi etwas, und die Dreiecke bekamen eine lange Spitze. Sein Hemd und ihre Bluse flatterten im Wind wie Segel. Dieser Mann und diese Frau strahlten eine Harmonie aus, die man nicht übersehen und nicht leugnen konnte. Warte einen Moment, sagte ich zu Heda. Ich zog einen Schuh aus und schüttelte den Sand heraus, der gar nicht darin war. An ihre schmale Schulter gelehnt, stand ich auf einem Fuß, zog nun auch den zweiten Schuh aus und schüttelte ihn.

Du bist also bald Bat-Mizwa?

Sie zuckte mit den Schultern und sagte, das ist mir egal, und ging weiter neben mir her, noch immer gekränkt und wütend.

Die Sonne ließ die Felder reifen. Die Pflanzen verströmten ihre Düfte, und Insekten torkelten um die Blüten, geblendet vom Licht und trunken von den Gerüchen. Elischas Beine steckten in seinen Schabbat-Hosen, das Hemd war in den Bund gestopft. Wie heiß waren Jeans doch, wenn einem das Blut kochte. Was wissen die Toten von der Schönheit des Schabbat. Die Erde wärmt ihnen die Knochen, aber was haben sie davon. Alma konnte sich nicht gegen das wehren, was ich von ihr wußte und von dem ich einstweilen keinen Gebrauch machte. Ich ließ die beiden vor mir durch das Westtor den Moschaw betreten und nahm an, daß sie dort anhalten und auf uns warten würden. Die Toten fängst du an zu besiegen, meine Liebe, sagte ich zu mir, aber warten wir mal ab, was mit den Lebenden ist. Heda fragte, was ich da murmelte, sie lachte und sagte, auch deine Mutter redet manchmal mit sich selbst.

Am nächsten Tag legte Naomi ihre Tasche und ihren Mantel auf den Rücksitz des Transit und setzte sich vorn ins Auto, sie drückte ihre Bluse gegen den Fensterrahmen, als sie sich hinausbeugte, um sich von meiner Mutter zu verabschieden. Elischa wendete den Transit, und sie winkte uns zu. Keine Stunde später stieg ich in meinen Peugeot, er machte einen Satz und schoß durch die Luft, und der Wind, der durch das Fenster drang, wirbelte zwischen den Sitzen und fand keinen Weg hinaus.

Was ist mit all diesen Röcken, nimmst du sie nicht mit? Heda schob Bügel hin und her und wühlte in den Kleidern, die im Schrank hingen.

Nein, sagte ich, ich werde mir statt dessen ein paar Hosen kaufen.

Hosen? Ossi, wirst du etwa auch am Schabbat Licht anmachen? Sie war verwirrt, niemand hatte ihr beigebracht, wie man zwischen der Entheiligung des Schabbat, Hosen, unbedeckten Köpfen und der Zurschaustellung nackter Körperteile unterschied, sogar die Strafen waren in ihren Augen gleich. Sie saß rittlings auf dem Stuhl, die Lehne zwischen den Beinen, das Kinn auf den Lehnenrand gestützt, und sah aus wie jemand, dem gerade etwas Wichtiges abhanden kommt. Ich konnte sie nicht beruhigen und ihr versprechen, daß ich keine Sünden begehen würde, deshalb schwieg ich, und sie stieß ein lautes »oj« aus. Dann stand sie auf, um pinkeln zu gehen, und von der Toilette aus rief sie, sag mir Bescheid, bevor du den Koffer zumachst, und danach rief sie, auch die Tochter von Manzi Ullmann ist nicht fromm, sie fährt am Schabbat mit dem Auto. Ich war froh, daß das Klofenster ziemlich klein war und zum Schuppen ging, so konnte niemand hören, was Heda sagte, außer den Hühnern, die vielleicht zufällig draußen herumliefen.

Zum Abschied schenkte mir meine Mutter ein Gebetbuch mit Ledereinband. Sie hatte allerdings darauf verzichtet, meinen Namen mit silbernen Lettern aufdrucken zu lassen, denn sie hoffte ja, daß ich bald einen anderen tragen würde. Nie hatte sie ihren Glauben an Wunder verloren, sondern bezog sie so selbstverständlich in ihre Überlegungen ein wie alle anderen Möglichkeiten. Von Manzi Ullmann bekam ich einen Waschbeutel mit großen roten Rosen und einem Reißverschluß, der sie der Länge nach teilte, und Elischa schenkte mir einen Geldbeutel, den man sich um den Bauch binden konnte, für die Trinkgelder. Wenn du schon einen hast, kann man den umtauschen, sagte er.

Auch wenn ich hundert hätte, würde ich diesen einen nie umtauschen, sagte ich.

Manzis Blick traf den meiner Mutter, beide Frauen atmeten tief und verschlossen diesen Vorfall in ihren Herzen. Die Reihe der Geschenke endete mit einer Mütze, die Heda mir gestrickt hatte. Sie hatte einen bunten Karton dazugelegt, auf dem »viel Erfolg« stand. Sie schrieb nicht »in Liebe«, weil sie noch nicht gelernt hatte, zu lügen oder auch nur zu übertreiben.

Mein Vater hatte gute Ratschläge beigesteuert und mir geholfen, den Peugeot loszuwerden. Er hatte ihn an einen Gebrauchtwarenhändler verkauft, die Summe, die er mir gab, nach oben aufgerundet und gesagt, gut, daß wir ihn los sind. Jetzt hatte sein Käfer wieder einen großen Parkplatz und die Katzen einen Ort, der sie vor Hitze und Kälte schützte. Der Ort war ihnen so vertraut, daß sie einmal, als das Auspuffrohr gerissen war und sich wie ein Helikopter gedreht hatte, nicht aufgehört hatten, sich gleichgültig den Bart zu lecken.

An dem Tag, als Jo´el aus dem Krankenhaus zurückkam, dünner und weniger hustend, zog ich nach Jerusalem. Elischa, der ihn abholte, hatte mich, meine Koffer und mein Federbett mitgenommen. Heda hatte an diesem Tag schulfrei bekommen. Trotz aller Bemühungen ihrer vielen Erzieher schaffte sie es nicht, solche aufregenden Ereignisse auszuhalten, ohne Ritze in die Tischplatte zu machen, Bleistifte zu zerkauen und sich die Finger schmutzig zu machen. In aller Frühe stand sie auf, zog ihren Mantel über den Pyjama und lief in den Garten, um duftende Wicken zu pflücken, dann saß sie in der Küche und teilte die Blumen in zwei Hälften, einen Strauß für Jo´el und einen für mich. In den Mantel gewickelt, zog sie an ihren Pyjamabeinen, um ihre Knöchel zu bedecken, und trampelte mit den Hausschuhen auf den Boden.

Mein Vater wollte den Abschied für immer festhalten, so entstand ein Foto von einer der seltenen Gelegenheiten, da ich ihn umarmte, dann fotografierte er mich, wie ich den Fuß hob und in den Transit stieg, er fotografierte die Reihe der Leute, die gekommen waren, um sich von mir zu verabschieden, und mit gereckten Hälsen und zitternd vor Kälte dastanden. Bald ist Rosch Chodesch des Adar, sagte ich zu Heda, dann bleiben dir noch achtmal. Ich hob den Daumen in die Luft, und der Fotoapparat nahm meinen Daumen auf und bewahrte das Bild in Schwarzweiß.

Die Wicken waren feucht vom Tau, ihr Duft mischte sich mit dem Geruch von Grapefruits und Benzin. Ich empfand weder Freude noch Trauer über den Abschied vom Moschaw, der sich immer weiter entfernte, je wärmer der Motor wurde, auch nicht beim Gedanken an die Menschen, die zurückgeblieben waren, ich spürte lediglich ein leichtes Mitleid mit einer kleinen Biene, die sich in den Transit verirrt hatte und immer wieder gegen die Scheibe flog, erschrocken über die undurchdringliche Durchsichtigkeit, bis der Wind sie ergriff und zum Fenster zog, das Elischa für sie geöffnet hatte.

Deine Heda entwickelt sich, sagte ich zu ihm, ich meine damit nicht nur ihre biologische Entwicklung.

Er murmelte ein vorsichtiges »Ja«.

Es ist nicht leicht, den ersten Büstenhalter in Anwesenheit einer älteren Nachbarin anzuprobieren, fügte ich hinzu.

Ich kann mir keine Frau vorstellen, die empfindsamer und passender wäre als deine Mutter. Er nahm seine Sonnenbrille ab, hauchte auf die Gläser und putzte sie, dann machte er das Radio an.

Meine Mutter hat soviel Mütterlichkeit, daß es für ein Dutzend Kinder reichen würde, sagte ich. Ihre eine Tochter braucht nicht mehr viel davon, man muß aufpassen, daß die zweite nicht erstickt wird von dem Übermaß an Hingabe und Mitleid.

Mit Mitleid hat das nichts zu tun, Ossi, deine Mutter hat Heda wirklich lieb.

Ich habe sie nie danach gefragt, aber ich nehme an, daß du recht hast.

Am Himmel waren dichte Schäfchenwolken zu sehen, die ihre Schatten auf die Getreidefelder rechts und links der Straße warfen. Im Radio sprach jemand über Terror und Palästinenser und machte düstere Voraussagen, doch sie bedrückten mich weniger als die Frage, ob Margit daran gedacht hatte, mir den Schlüssel im Sicherungskasten zu lassen. An den Hängen blühten Mandelbäume. Elischa warf einen Blick auf die weiße Blütenpracht und sagte, man sieht, daß sie einen guten Winter hatten.

Er half mir, meine Sachen zu Margits Wohnung hinaufzutragen, nach mir betrat er das alte, dämmrige Treppenhaus. Die Marmorplatten an den Wänden waren zerbrochen, manche schon herausgefallen. Einige der Briefkästen waren kaputt. Im Sicherungskasten erwartete mich Margits Schlüssel, kalt und ohne jeden Anhänger. Ich packte mein Federbett mit beiden Händen und trug es vor mir her, als wäre ich schwanger, und Elischa steckte den Schlüssel in das fremde Schlüsselloch, und nach zweimaligem Klicken ging die Tür auf.

Nichts war, wie ich es mir vorgestellt hatte, außer dem Dämmerlicht und der stickigen Luft. Sie hatte mir die Schlafkammer neben der Toilette zugeteilt, eine jämmerliche Kiefer kratzte mit den Zweigen an die Fensterscheibe, ein Rolladen aus Metall knarrte in der Halterung.

Elischa legte meinen Koffer auf das Bett. Die Wicken fingen schon an zu welken. Wasser könnte sie jetzt noch retten, aber warum sollten sie gerettet werden in dieser armseligen Zelle mit den achtundvierzig Stufen und dem abblätternden Eisengeländer und den kranken Bäumen im Hof.

Der Vorhang im Wohnzimmer wölbte sich bauchig, ein Windstoß hatte seinen Weg durch eine Ritze gefunden und blähte ihn auf. Elischa schaute sich nicht um, so wie er auch nie einen Brief lesen würde, der nicht für ihn bestimmt war. Das enge Zimmer war in seinen Augen fremdes Eigentum, und er hütete sich davor, es zu betrachten und sich von der Armseligkeit beeindrucken zu lassen, statt dessen hielt er den Blick auf das staubige Fenster gerichtet.

Es wäre ganz natürlich gewesen, den Finger in den Metallring zu stecken und den Reißverschluß seines Pullovers immer weiter nach unten zu ziehen und den warmen Bauch mit dem Haarstreifen zu berühren, der ihn in der Mitte teilte. Margit würde vor dem Abend nicht kommen, und die stickige Luft hatte etwas von Hotelzimmern an sich, in denen Begierden zurückgelassen werden und für immer eingesperrt bleiben. Das Fenster schwitzte, kleine Tropfen rannen daran herunter, und sogar in diesem schwachen Licht konnte man die dünne Haut sehen, die über dem Kratzer an Elischas Hand gewachsen war. Er gab mir zum Abschied die Hand, ließ sie länger in meiner liegen, als es die Höflichkeit verlangt hätte, und suchte nach Worten. Als er sie nicht fand, sagte er, seltsam, wir sind fast so etwas wie Geschwister, und jetzt wirst du hier wohnen ... Ich fragte nicht, was daran seltsam war und warum wir fast so etwas wie Geschwister wären, ich nahm eine halbverwelkte Wicke und steckte sie ihm in den Reißverschluß seines Pullovers, und er wehrte sich nicht, versuchte sogar, sie aufzurichten, als sie den Kopf hängen ließ.

Ich nahm mich zusammen und stand nicht im Treppenhaus, als er ging. Durch die offene Tür hörte ich, wie seine Hand das Geländer hinunterglitt, wie seine Füße immer zwei Stufen auf einmal nahmen, dann hustete und keuchte der Transit, erholte sich plötzlich und fuhr los.

Der Küchenvorhang aus Kunstfaser, mit aufgenähten Erdbeeren, verbarg den Blick auf den Hinterhof, aber wer hätte auch schon Zeit gehabt, den Kopf hinauszustecken und alles zu betrachten. Ich beugte mich über das Becken und trank vom Hahn, Wassertropfen sprangen auf die Marmorplatte, ich wischte sie nicht weg, wer weiß, ob ihre Küche koscher war, nur ein Spülbecken und nur ein Trockengestell, aber in diesem Moment brachte ich nicht die Geduld auf, es herauszufinden, und außerdem war es mir egal.

Dann fuhr ich zum Café und verbrachte den Rest des Tages damit, zu putzen. Ich wischte die kleinen, schwarzen Flecken weg, die die Fliegen auf der Lampe im Café hinterlassen hatten, und Margit fuhr mit dem Finger über den Türstock und über die Fensterrahmen, hielt ihn prüfend gegen das Licht und sagte, bitte auch in den Ecken.

Am Ende der Welt kochte meine Mutter Borschtsch. Der rote Saft der Rüben färbte Hedas Finger. Sie malte sich damit die Lippen an und lachte, und danach kippte sie in den Zimmern ihres Großvaters Wasser auf den Boden und wischte es zu den Stufen. Die Hühner liefen mit ihren alten Füßen durch das Wasser, wurden vom Schrubber zum Hof gescheucht, plusterten ihre schmutzigen Federn auf und warteten auf den Herrn des Hauses.

Zu einem Zeitpunkt, als kaum Gäste da waren, aß ich mit Margit Pilzcremesuppe, wir unterhielten uns fast nicht, ich fischte die gerösteten Brotwürfel heraus, die oben auf der Suppe schwammen, und sie betrachtete zwei Männer, die am Fenstertisch saßen und Toast aßen, von dort wanderten ihre Blicke zu der belebten Straße, die sich hinter den blankgeputzten Scheiben erstreckte.

Sie fragte, ob ich die Scheibe Brot nicht essen wolle, die ich angebissen auf dem Teller hatte liegenlassen, ich sagte nein, und sie nahm das Brot und wischte damit den Rest ihrer Suppe vom Teller. Obwohl wir nun Brot, Arbeit und Wohnung teilten, war sie mir nicht nähergekommen. Als ich sie dabei erwischte, wie sie mich betrachtete, wandte sie den Blick nicht ab und reagierte nicht im geringsten verwirrt. Ich gehörte jetzt ihr, sie hatte mich erworben wie die Kaffeemaschine und die Kuchenvitrine.

Der Schachbrettfußboden war nicht weniger trübe als meine Stimmung. In alles stecke ich meine Nase, dachte ich, und dann wird doch nichts draus; Alma, bei der ich einem Sieg so nahe gewesen war, Elischa, dem ich nie etwas klar und deutlich gesagt habe, und jetzt ist Naomi aufgetaucht und wer weiß, was daraus werden wird. Und Schejnfeld, der überflüssig geworden ist. Und vor allem Heda, wohin dieses Mädchen ihren Vater wohl führen wird? Und das modrige Zimmer, in dem ich schlafen werde. Und was ist, wenn Margit beim kleinsten Geräusch aufwacht und ich nachts nicht zur Toilette gehen darf, und was ist, wenn sie den Boiler nicht anmacht und ich kein warmes Wasser habe, um mir den Dreck abzuwaschen, der an mir klebt, vom Putzlappen, von den fremden Tassen, die ich gespült habe. Wie dumm von mir, die Arena einfach im Stich zu lassen, Heda, Elischa, Naomi. Seltsam, daß ausgerechnet Alma mich jetzt fast weniger bedrückte als alle anderen, ich mußte unbedingt Zeit finden, um Amnon zu besuchen, damit er mir ein, zwei Dinge erklärte. Ich brannte darauf, ihr ein für allemal klarzumachen, daß nichts an ihr schicksalhaft gewesen war, außer ihrer Körpergröße und der Farbe ihrer Augen. Einfach Blödsinn, sagte ich laut. Margit hörte es und sagte, du sprichst schon mit dir selber vor Müdigkeit, Süße. Hier heißt arbeiten wirklich arbeiten, es wird ein paar Tage dauern, aber dann haben sich deine Beine bestimmt daran gewöhnt.

Um Mitternacht zog Margit das Gitter herunter, schloß ein großes Eisenschloß zu und führte mich zu ihrem kleinen Renault 5. Die Straßen waren leer. Der Nebel breitete orangefarbene Fächer aus Staub über die Laternen. Margit stellte die Scheibenwischer an und fuhr durch die dicke Luft zu der Straße hinter dem Busbahnhof, parkte ihren Renault zwischen zwei anderen Autos und schaltete den Motor aus.

Auf dem Sofa lag der Koffer, darauf der Strauß Wicken, schlaff und welk. Irgendwann am Anfang dieses unendlich langen Tages war ein Mädchen in den Garten gegangen, hatte Blumen gepflückt und warmen Atem über ihre kalten Hände geblasen, und jetzt würde alles im Mülleimer landen. Margit ging in die Dusche, und ich saß auf dem Sofa im Wohnzimmer und wartete darauf, daß ich drankäme. Dicke, schwere Sessel gab es nicht, nur zwei Bambussessel und einen niedrigen Bambustisch mit einer Glasplatte. Auf einem roten Samtdeckchen stand eine Vase mit ein paar Stoffrosen. Viel zu lange Vorhänge verbanden die Decke mit dem Fußboden, auf dem der überflüssige Stoff Falten schlug. Vom Wohnzimmer aus führte die Tür zu Margits Schlafzimmer, ich sah ein riesiges Bett, so groß, wie es noch nicht einmal Gideon Lamdan hatte, der ein großes Lager für die Fülle seines Fleisches und das seiner Frau brauchte. Bald würde Margit in diesem Bett liegen, auf dem Rücken, sie würde die Glieder ausstrecken und sich entspannen, und das Blut würde aus den Beinen strömen und wieder zurück und sie bereit machen für den nächsten Tag, den sie hinter der Glasvitrine verbringen würde.

Sie kam barfuß aus der Dusche, die Knöpfe ihres Satinmorgenrocks standen offen bis zum Zwerchfell, ihre Haare tropften in ihren Nacken und über die nackte Haut, die der Morgenrock entblößte. Ich hatte keinerlei Zweifel daran, daß diese Frau nicht immer allein schlief. Sie goß Whisky in zwei Gläser, stieß sie aneinander, trank ihres mit einem Schluck aus und steckte sich eine Zigarette an.

Wann machst du eigentlich mal deine Fenster auf? fragte ich.

Am Samstag mache ich alles gründlich sauber, reiße alle Fenster auf und lasse frische Luft für die folgende Woche herein.

Bei uns sagt man nicht Samstag, sondern Schabbat, sagte ich. Es ist nicht einfach ein weiterer Tag, es ist Schabbat.

Das habe ich nicht verstanden, sagte sie, und der Rauch, den sie ausstieß, stieg in Kringeln zur Decke und traf auf einen Schimmelfleck.

Das ist auch egal, sagte ich, und sie ließ ihre Asche auf den Rand des Aschenbechers fallen, drückte dann die Zigarette aus und sagte, gut, und jetzt wird geschlafen.

Von meinem Bett aus hörte ich, wie sie eine Telefonnummer wählte, dann ein großes Hallo und einen Sturzbach von tschechischen Worten mit diesem fremdartigen und aufreizenden »r«, dazwischen ihr Lachen, das aus ihrer Kehle brach und wieder aufhörte.

Die letzten Autobusse fuhren zum Busbahnhof und störten die Stille. In den Stockwerken über uns wurde ab und zu eine Wasserspülung betätigt, über der Decke waren Schritte zu hören.

Ich weiß nicht, ob ich eingeschlafen war. Margit telefonierte nicht mehr, aus ihrem Zimmer kamen flache Schnarchtöne. Plötzlich fiel mir ein, daß ich nicht nachgeschaut hatte, ob in dieser Wohnung Mesusot an den Türen waren, und ich erschrak. Ich könnte aufstehen und nachschauen, dachte ich, aber wozu wäre das gut? Millionen von Menschen schliefen jetzt ganz ruhig, ohne eine Mesusa an ihrer Tür. Und selbst wenn es hier Mesusot gab, waren sie vermutlich so alt wie dieses Haus selbst, waren schon eingesunken in das Holz der Türstöcke, das sich bei Feuchtigkeit ausdehnte und bei Hitze zusammenzog, und das Pergament darin war brüchig und unrein geworden. Es war aufregend und beängstigend, in einem Zimmer zu schlafen, dessen Türstock nicht gesegnet war. Ich hätte den Teufeln gern mal in die Augen geschaut, aber Teufel waren provinzielle Geschöpfe, die den Bereich des Moschaw nicht verließen, ehrlich, warum sollten sie das auch, ging es ihnen etwa schlecht dort bei uns, in unseren weiträumigen Häusern mit den großen Gärten?

Am Morgen stellte sich heraus, daß ich sowieso keine Chance gehabt hätte, den Teufeln in die Augen zu schauen, denn an allen Türstöcken waren Mesusot aus Plastik, und neben der Wohnungstür war eine aus Kupfer, die schon Grünspan angesetzt hatte. Ich berührte das kalte Kupfer und küßte meine Fingerspitzen. Margit sah es und lachte und goß uns Kaffee ein. Sie packte nach einer Liste Lebensmittel zusammen, öffnete Schränke und schloß sie wieder, spülte die Tassen ab und band sich die Haare, in denen das Braun immer noch überwog, im Nacken zusammen, holte ein Stück Fleisch aus dem Kühlfach und sagte, bis zum Abend wird es aufgetaut sein.

Ich fragte nicht, ob das Fleisch koscher war, ich hatte bis jetzt ohnehin noch nichts in den Mund genommen außer Kaffee, und was konnte an Kaffee schon nicht koscher sein?

So magere Bäume wie die hinter dem Busbahnhof hatte ich noch nie gesehen. Die Stämme waren erodiert vom Wind und schwarz vom Ruß der Autobusse, die Zweige krumm und leer, als wären ihnen Sommer oder Winter egal. Aber wer hatte schon Zeit für Mitleid mit irgendwelchen Bäumen, wenn bereits der Renault 5 auftauchte. Irgendwo anders hüpfte jetzt ein Mädchen mit einem Seil im Schulhof, betrachtete die anderen, deren Haare mit ihnen sprangen, fuhr sich mit der Hand über den Kopf und dachte, noch acht Monate, das war mehr als eine Kartoffelsaison.

Schneller, als ich mir vorgestellt hatte, erfüllten sich Margits Erwartungen. Meine Füße standen fest auf dem Boden, meine Augen sehnten sich nicht mehr nach der Lichtfülle des Moschaw, und ein Lächeln erschien auf meinem Gesicht, wenn die Glocke bimmelte, und wurde breit, wenn ein Gast hereinkam.

Die Zahl der alten Frauen morgens vergrößerte sich. Mittags kamen Angestellte aus den umliegenden Büros, Praktikanten von Rechtsanwälten mit ihren Sekretärinnen, außerdem Leute von der Straße, die der Geruch und der Blick durch die Scheiben anlockte. Oft reizte mich die Vorstellung, daß ein Bauer in einem karierten Flanellhemd plötzlich die Klinke drücken und eintreten könnte. Alle zwei Tage rief ich zu Hause an. Meine Mutter erzählte mir, daß Jo´el weniger huste und sie schon angefangen hatten, die Plastikplanen von den Gewächshäusern zu nehmen, und daß Heda in der letzten Zeit Gedanken habe, über die sie am Telefon nicht sprechen könne. Was für Gedanken, fragte ich, und sie sagte, nein, Ossi, nicht am Telefon, wirklich nicht.

Und da gab es auch Elijahu. Er war nicht viel größer als ich, aber kräftig gebaut. Dichtes Haar bedeckte seine Unterarme und brach aus der Hemdöffnung oberhalb des letzten Knopfes, und dichte Wimpern verdunkelten seine Augen. Ihm und seinem Vater gehörte das Schmuckgeschäft an der Ecke. Er war noch nicht einmal dreißig Jahre alt und wog schon so viel Gold ab. Er trug einen Ring, den ihm sein Großvater vor seinem Tod geschmiedet hatte, der Ring drückte seinen kleinen Finger und ließ ihn anschwellen. Und er hatte ein Tuch um den Hals, gegen den Schweiß von Nacken und Schultern. Ich servierte ihm Blinzes mit Pilzen, und er roch an dem heißen Gebäck und schaute mich an, einen Tag nach dem anderen. Seine Manieren waren seltsam fremdländisch; so klopfte er sich mit der Serviette immer ein paarmal auf die vollen Lippen und wischte die Soße weg, die ihm über das Kinn lief, er schnitt die Blinzes in genau gleiche Teile, und zum Nachtisch bestellte er heißen Espresso. Immer wählte er den Ecktisch, weil er mich von dort aus beobachten konnte, wenn ich die Kasse bediente oder die Kaffeemaschine anstellte. Während ich ihm das Besteck hinlegte, betrachtete er mich mit seinen schwarzen Augen unter dem dichten Gebüsch darüber. Möchten Sie sich vielleicht zu mir setzen, sagte er einmal zu mir, er wurde rot, und seine Lippen füllten sich mit Blut.

Solche Hosen aus Trevira, wie er sie trug, sah man bei uns im Moschaw nur am Schabbat und an Feiertagen, und eine Börsenzeitung wie die, die er las, gab es höchstens in der Verwaltung. Manchmal unterstrich er irgend etwas in der Zeitung, dann winkelte er den kleinen Finger ab, und der Stein an seinem Ring funkelte.

Margit sagte, er wird dich eines Tages noch hier wegholen und dich mit Schmuck behängen wie Königin Elisabeth, und du brauchst nicht mehr zu arbeiten, keinen einzigen Tag. Aber du wirst ihm Söhne gebären müssen. Margits Augen entgeht nichts. Zehn Tage später ließ er auf dem Tisch eine Karte liegen, mit dem Logo des Ladens und seiner Telefonnummer, der geschäftlichen und der privaten.

Ich sagte Margit, wenn ich ihn jemals anrufe, dann wird es wegen des Tuches sein, das er zwischen Schultern und Hals trägt.

Ich verstehe dich nicht, ein Tuch um den Hals sollte ein Grund sein, ihn anzurufen? sagte sie.

Nein, aber das Tuch drückt den Kragen auf und man sieht etwas von seinem Rücken.

Sie lachte und sagte, ich habe ja gewußt, daß du eine mit Pfeffer bist. Merk dir, Süße, Margit weiß immer, was sie sagt.

Zwei Schabbatot verbrachte ich in Jerusalem, zwei Schabbatot, an denen ich nur schlief. Ich beteiligte mich nicht an Margits gründlichem Hausputz, ich hörte das Radio nicht, das sie am Schabbat anmachte, ich schaute nicht fern. Sie drängte mich nicht, mir eine Wohnung zu suchen, und um die Wahrheit zu sagen, ich hatte mich an den Zustand gewöhnt. Wenn sie Fleisch kochte, rührte ich es nicht an, mein Gemüse und meine Milchprodukte aß ich von einem Glasteller, mit ihr am Tisch sitzend, und obwohl wir so eng zusammen waren, wußte ich über sie nicht mehr als das, was sie wollte, daß ich wußte. Ihre nächtlichen Telefonate verrieten nichts außer der Tatsache, daß noch eine andere Person zu so später Stunde wach war und daß sie Tschechisch sprach.

Nach drei Wochen war die Tasche, die mir Elischa geschenkt hatte, prall gefüllt mit den großzügigen Trinkgeldern, die ich bekam, ich hatte einen Verehrer, der Juwelen besaß und die Manieren eines Gentleman, meine Füße hatten sich schon mindestens hundert Stunden auf dem Schachbrettboden bewegt, und nachts floß mir das Blut aus den Knöcheln zurück und verbreitete sich gleichmäßig in allen Gliedmaßen.

Am Ende der dritten Woche fuhr ich nach Hause. Margit

stattete mich mit zwei Strudeln aus. Bring sie deinen Eltern, ich bin gespannt, was deine ungarische Mutter dazu sagt, sie versteht schließlich was von Strudeln.

Es war ein schöner Tag am Ende des Schewat. Eine dünne Wolkenschicht bedeckte den Himmel, und die Sonne bohrte immer wieder Löcher hinein. Neben der Bushaltestelle im Moschaw öffnete ein Reiherschnabel seine rosafarbenen Blüten. Schönheit für nur einen Tag, noch vor Beginn des Schabbat würde er seine Blätter abwerfen. Die Luzernen neigten grüne Scheiben in der Sonne, und die Lupinen gossen Tinte in das Feld. Wie hart hatte das Schicksal doch den Baum geschlagen, der mit seinen Zweigen Margits Fenster berührte. Der warme Geruch nach Kuhstall drang mir in die Nase, ich konnte nicht anders, ich riß den Mund so weit auf wie beim Zahnarzt und atmete tief die Luft ein.

Heda erwartete mich, die Hände in den Trapezen des Metalltors, Lotti lag zu ihren Füßen und schnappte mit ihrer rosafarbenen Zunge nach Fliegen. Rutha Schochet legte die Hand über die Augen und spähte die Straße entlang. Als sie mich erkannte, winkte sie mir einen kurzen Gruß zu, beugte sich wieder über ihre Rosen und schnitt blutrote Blüten ab.

Alles in allem war ich nur drei Wochen nicht hiergewesen. Aber Hedas Beine waren dünner und länger geworden, der Saum ihres Pepitarocks reichte ihr nicht einmal mehr bis an die Knie. Seit wann trug sie eigentlich durchsichtige, hautfarbene Strumpfhosen?

Deine Haare sind länger geworden, sagte sie, ging mir voraus und machte die Tür auf. Es war erst Mittagszeit, und schon lag die weiße Tischdecke auf dem Tisch. Die künstlichen Blumen hatten gewaschene Blüten, und die echten standen aufrecht in Vasen.

Wie dünn du geworden bist, sagte meine Mutter, trat einen Schritt zurück und betrachtete mich prüfend, dann umarmte sie mich lange und fest. Der Strudel, den Margit mir mitgegeben hatte, lag auf dem Pergamentpapier, eine der beiden Rollen war auseinandergebrochen, und dicker Sirup floß aus der Apfelfüllung.

Meine Mutter fragte, ob er wirklich koscher sei, und ich sagte, sie hat ein Zertifikat vom Rabbinat, und viele ihrer Kunden sind Fromme. Die Nachricht von den frommen Kunden freute meine Mutter, schließlich konnte man nie wissen, auf welchem Weg das Heil kommen würde.

Mein Vater kam aus dem Garten, die Zitronen, die er gepflückt hatte, fest an den Bauch gedrückt. Doch als er mich sah, vergaß er die Zitronen und streckte mir die Hände entgegen, die Zitronen fielen herunter und rollten über den Boden. Alle drei standen um mich herum und fragten mich aus, während ich aß. Heda rieb sich den Rücken am Türpfosten und fragte, ob ich mir die Haare wachsen lassen wolle.

Ich habe mich noch nicht entschieden, sagte ich und fragte, was gibt es Neues bei dir, Kleines?

Sie nahm eine Nudel, die am Tischrand hing wie ein Wurm, und sagte, Großvater ist zurückgekommen, aber er muß immer zu Untersuchungen fahren, und eine hatte er schon. Ich fragte sie nicht, wer ihn gefahren habe, was die Ärzte meinten und ob sie etwas von Naomi gehört habe.

Sie folgte mir in mein Zimmer und betrachtete die zerknitterten Kleidungsstücke, die ich aus der Tasche nahm. Unter dem Haufen lag, eingepackt, die Unterhose, die ich am Busbahnhof für sie gekauft hatte. Oj, sagte sie, fuhr mit dem Finger über den Spitzenbesatz und lief zum Badezimmer. Die Unterhose, die sie auszog, ließ sie zusammengerollt wie ein Würstchen auf dem Boden liegen, kam ins Zimmer zurück und hob das Kleid, um mir die neue zu zeigen. Ich sah, daß ihre birnenförmigen Hüften sich gestreckt hatten und schmaler geworden waren.

Sie genierte sich, ihren Vater und Jo´el an ihrer Freude über die Unterhose teilhaben zu lassen, bestand aber darauf, sie wieder einzupacken, und am Schluß erzählte sie Elischa doch davon und zeigte ihm das Päckchen.

Was für Ideen hat das Mädchen, daß man sie nicht am Telefon sagen kann, fragte ich meine Mutter, als alle in die Synagoge gegangen waren. Sie pickte mit den Fingern einen Krümel von der Decke und sagte, in der letzten Zeit ist sie unzufrieden damit, daß sie keine Mutter hat.

Ich nahm das Handtuch herunter, das ich mir wie einen Turban um den Kopf gewickelt hatte, und fragte, wie sie denn plötzlich darauf komme. Das Kerzenlicht ließ die Creme aufleuchten, die sich meine Mutter unter die Augen geschmiert hatte. Ich weiß es nicht, sagte sie, es ist schwer für sie, daß du weggegangen bist und sie mit zwei alten Leuten allein gelassen hast. Sie ist wie unsere Tochter, wie das spätgeborene Kind, das wir nicht bekommen haben, und dabei kann man wirklich nicht sagen, daß wir es nicht probiert hätten.

Und was sagt ihr Vater zu ihren Ideen?

Meine Mutter verschränkte ihre Hände, ließ sie in ihren dicken Schoß sinken und sagte, du kennst ihn doch, einmal hat er zu ihr gesagt, wir werden sehen, ein andermal hat er gelacht und gesagt, erst müßte er ja mal eine Braut finden, und da ist sie aufgesprungen und hat gesagt, es gibt eine, und hat ihm einen Namen ins Ohr geflüstert, und er hat ihr nicht geantwortet.

Was für ein Name war das?

Woher soll ich das wissen? Sie hat ihren Mund hinter beiden Händen versteckt und direkt in sein Ohr geflüstert. Vielleicht hat sie versucht, ihm Ofra einzureden, denn manchmal fällt ihr ein, daß sie eine Tante hat, die Tänzerin in Amerika ist.

Da brauchst du dir keine Sorgen zu machen, sagte ich, es ist bestimmt nicht Ofra, die sie ihm einreden will, ihre beschränkte Phantasie reicht nicht, um sich so weit vom Moschaw zu entfernen, auf keinen Fall bis nach Amerika. Dann fügte ich hinzu, Ofra wird er nie im Leben heiraten.

Plötzlich hatte ich die Nase voll von diesem Gespräch, ich

dachte an Margit und sehnte mich nach ihr. Bestimmt legte sie gerade die Beine hoch und blätterte in der Wochenendbeilage der Zeitung, oder sie briet sich ein Schnitzel zur Feier des Schabbat und machte eine Dose eingelegtes Kraut auf und schaute fern und stellte den Apparat lauter, wenn ein verspäteter Autobus zum Busbahnhof fuhr. Kein Wunder, daß Alma in diesen Moschaw geflohen war. Es war leichter, an einem Ort zu leben, wo sich alles regelmäßig wiederholte, so wie jetzt eine Suppe auf der Herdplatte köchelte und so wie Jecheskel mittags eine Runde gemacht hatte, um zu sehen, ob alles für den Schabbat vorbereitet war. Wenn hier etwas Unvorhergesehenes auftauchte, war das wirklich etwas aus dem Rahmen Fallendes. Die Dächer waren niedrig, das Blickfeld flach, man konnte alles sehen und sich zugleich doch verstecken.

Meine Mutter schwieg und sammelte Kraft für die wichtigste Frage, die sie bis jetzt noch nicht gestellt hatte. Wir konnten das Flackern der Kerzen hören und das einsame Gackern eines Huhns. Schließlich atmete sie tief ein und fragte, gibt es schon etwas Neues, Ossi?

Weil ich so müde war oder weil ich von einer plötzlichen Dummheit befallen wurde, antwortete ich, vielleicht, es gibt einen Elijahu, einen Schmuckhändler.

Vorsichtig, ganz vorsichtig nahm sie eine Hand vom Schoß, legte einen Finger auf den Tisch und fragte, auch vorsichtig, ob er fromm sei.

Traditionell, sagte ich, aber weißt du, er hat einen Ring am kleinen Finger, der Stein sieht aus wie ein Diamant.

In unserem Moschaw muß sich ein Mann, der einen Ring trägt, anstrengen, um zu beweisen, was er wert ist. Ein goldener Ring macht jeden verdächtig, sich mit Luftgeschäften oder Glücksspiel abzugeben, denn wer sich mit wirklichen Dingen beschäftigt, kann sich keinen goldenen Ring leisten. Wie soll man mit einem Ring am Finger auch Bewässerungsgruben für die Zitronenbäume ausheben oder Pekannüsse ernten oder einen Nagel einschlagen?

Na gut, hat er also einen Ring, sagte sie. Er muß noch lange kein Parasit sein, wenn er einen Ring trägt.

Am nächsten Morgen fragte mein Vater, ob er ein Aschkenase sei, und meine Mutter rechtfertigte sich noch nicht einmal dafür, daß sie es ihm erzählt hatte.

Ein Perser, sagte ich, mein Vater schwieg und meine Mutter blickte durch die Petersilie hinaus in den Garten. Spatzen tauchten ihre dünnen Beinchen in den kalten Tau und flogen auf die leeren Wäscheleinen, und meine Mutter schaute über die Leinen hinweg und sah sie nicht. Wäre nicht Schabbat gewesen, hätte sie bestimmt nach einem Rechen oder dem Rad der Nähmaschine gegriffen, doch jetzt sah sie verloren aus und suchte Trost im Himmel über den Kartoffelfeldern.

Ich wollte ihnen die Nachricht nicht leichter machen, deshalb schwieg ich. Und sie tranken ihren Kaffee wortlos, mein Vater tat einen Löffel Zucker mehr hinein als die üblichen zwei und verzog beim Trinken das Gesicht, als handelte es sich um Medizin. Als beide fertig waren, verneigte ich mich tief vor ihnen und verkündete, ich erlaube mir hiermit, dem Adel von Budapest mitzuteilen, daß die Jungfrau Jiska Simon, die ins heiratsfähige Alter gekommen ist, noch immer offen für Vorschläge ist und möchte, daß die Hochwohlgeborenen mit ihr sprechen.

Mein Vater goß sich noch eine Tasse Kaffee ein, und meine Mutter brach ein Stück von dem Strudel ab, und wenn man die Geschwindigkeit bedachte, mit der der Strudel weniger wurde, hatten sie keinerlei Verdacht, was meine Heiratsfähigkeit und meine Jungfräulichkeit betraf.

Erlaubt mir nur, euch darauf aufmerksam zu machen, daß auch Esther einen Perser geheiratet hat.

Was willst du, Ossi, wir haben kein Wort darüber gesagt, jede Bevölkerungsgruppe hat ihre eigenen Fehler, auch unter den Ungarn gibt es welche, die alles andere als vollkommen sind.

Später, als wir nach dem Mittagessen in den Garten gingen, sagte ich zu Heda, ich habe gehört, du hast eine Braut für deinen Vater.

Ihre glatten Wangen glühten. Stimmt, sagte sie.

Und was hält dein Vater von diesen Heiratsplänen?

Sie wickelte sich einen Hundezahngrashalm um den Finger und riß ihn heraus, danach noch einen, und erst beim vierten fiel ihr ein, daß Schabbat war, sie sagte »oj« und zertrat alle, die sie herausgerissen hatte.

Er sagt immer nur, wir werden sehen, sagte sie, aber weißt du, Ossi, wenn er sie heiratet, ziehe ich um, zu ihnen. Sie schwieg einen Moment, dann sagte sie, hoffentlich, nahm etwas Spucke auf den Finger und wischte sich etwas Weißes, Angetrocknetes von ihrem Lackschuh. Die Hühner sammelten sich um uns, sie streckte ihnen die leeren Hände hin und schrie bei jedem frechen Picken, dann warf sie Steinchen in die Luft und fing sie wieder auf. Die Steinchen trafen ihre Hand und sprangen in den Sand, und die Hühner stürzten sich auf sie, als wären es Brotkrumen.

Wen hast du ihm vorgeschlagen?

Naomi, sagte sie und hob die Steinchen auf.

Da ich nichts hatte, um mich für ihre Naivität und ihr Zutrauen zu bedanken, legte ich die Hand auf ihre Stachelhaare, die jetzt, kurz vor dem Neumond, ihre maximale Länge erreicht hatten, und sie wich der Berührung nicht aus.

Heute hat man den Monat gesegnet, sagte sie, in drei Tagen werden meine Haare geschnitten, und dann sind es nur noch achtmal.

Achtmal, das ist doch gar nichts, sagte ich, und sie stand auf, strich sich das Kleid glatt, und wir gingen los, um Jo´el zu besuchen. Er legte den Wochenabschnitt, den er gelesen hatte, zur Seite, und stand lang und gebeugt vor mir, allerdings etwas gerader, als ich ihn in Erinnerung hatte, auch sein Gesicht war weniger blaß.

Du siehst, sagte er, der Todesengel war ein bißchen voreilig gewesen, aber der Heilige, gelobt sei er, hat zu ihm gesagt, was rennst du so? Und jetzt zeigt er es seinem Engel und macht mich von Tag zu Tag gesünder.

Er log. Seine Stimme war heiser, und er mußte zwischen den Worten immer wieder nach Luft schnappen. Er wußte genau, wie krank er war, aber vor den strahlenden Augen seiner Enkelin zog er es vor, schnell und flach zu atmen und nicht nach dem Sauerstoffballon zu greifen.

Komm, sagte ich zu Heda, und sie, hin- und hergerissen zwischen Jo´el, der allein bleiben würde, und mir, fragte, wieviel Uhr ist es, rechnete sich aus, daß der Schabbat bald zu Ende sein würde und ging hinter mir her.

Am Schabbat-Ausgang ging Elischa zum Lagerschuppen, brachte mir Dattelpflaumen und verschnürte das Paket mit Angelschnüren. Mein Vater schaffte es wegen der Feuchtigkeit nicht, seinen alten Käfer in Gang zu bringen, und konnte mich wegen seines Rheumatismus nicht zur Bushaltestelle bringen. Elischa bot seinen Transit an, aber ich sagte, ich zöge es vor, zu Fuß zu gehen.

Er nahm meine schwere Tasche und das Paket mit den Dattelpflaumen, ich griff nach der Tüte mit meiner sauberen Wäsche, und zusammen mit Heda gingen wir durch das Tor. Neben den Kasuarinen sagte sie, auf Wiedersehen, Ossi, drehte sich um und lief, mit gesenktem Kopf, zurück zum Haus.

Sie haßt Abschiede, sagte Elischa, sie erträgt es nur schwer, wenn jemand verschwindet.

Der Mond hatte schon so abgenommen, daß die Strecken zwischen einer Straßenlaterne und der nächsten vollkommen dunkel waren.

Ich habe gehört, sie hat Pläne, was dich betrifft, sagte ich, und wegen der Dunkelheit konnte ich nicht sehen, ob ihm das Blut in den Kopf stieg.

Ihre Ideen haben nur etwas mit ihr selbst zu tun, sagte er, sie will eine Mutter, vielleicht wird es Zeit, daß ich sie wieder zu mir nehme.

Was heißt das, wieder zu dir nehmen, sie war doch noch nie bei dir.

Stimmt, als es passiert ist, war ich selbst noch ein Junge, was hätte ich mit so einem kleinen Geschöpf anfangen sollen, das nur ein paar Tage alt war? Außerdem war ich viel zu verwirrt und durcheinander von dem Schlag, der mich getroffen hatte.

Ich wollte nicht sagen, daß er sich diesem Schlag zu sehr hingegeben hatte und daß er sich eine zu große Portion genommen hatte, auf Kosten seiner Tochter. Für ein solches Gespräch braucht man genügend Zeit, das läßt sich nicht führen, während man auf den Autobus wartet, deshalb sagte ich nur, daß diese Trauer nie aufgehört habe, sie habe nur andere Formen angenommen.

Er bestätigte meine Worte nicht, leugnete sie aber auch nicht ab, er vermied es, Almas Namen zu nennen, als könnten solche Reden ihr Andenken beschmutzen. Es kostete mich große Mühe, mich zu beherrschen. Klopf nicht an diese Wand, hatte diese Frau an einen anderen Mann geschrieben, mit einem »l«, so lang wie der Hals einer Giraffe.

Weißt du, sagte ich, in Bet-Guvrin gibt es eine Höhle aus dem dritten Jahrhundert.

Womit hat das zu tun, Ossi?

Er stellte den Koffer und das Paket auf den Asphalt an der Haltestelle, umfaßte mit der Hand die Stange und schaute hinauf zum Himmel, wo die dünne Sichel des Mondes von Wolken bedeckt wurde.

Es hat mit Alma zu tun.

Wie? fragte er.

Ein andermal, Elischa, gleich kommt mein Autobus, mir ist nur etwas Blödes von einem Ausflug eingefallen.

Er wischte sich die Hand an seiner Schabbat-Hose ab, schob sie dann in die Tasche und schaute die dunkle, leere Straße entlang. Mag sein, daß er den Verdacht hegte, es läge eine verborgene Bedeutung in dem, was ich gesagt hatte, aber er fragte nichts. In der Ferne tauchten die Lichter des Autobusses auf und erschreckten ein Ichneumon, das über die Straße lief und von den Büschen verschluckt wurde. Der Autobus zerschnitt mit zwei langen Lichtstreifen die Dunkelheit, sein Motorgebrumm zerstörte die Stille. In den Lärm hinein sagte Elischa, wir hatten beim Militär einmal eine Übung in der Gegend von Bet-Guvrin. Ein Soldat ist fast in eine Höhle gestürzt, deshalb wurde die Übung mittendrin abgebrochen.

Ja, die Höhlen dort sind sehr gefährlich, sagte ich und stieg in den Autobus. Er half mir, das Gepäck hineinzuheben, sagte »Auf Wiedersehen«, drückte mir die Hand und quetschte mir die Finger. Aus irgendeinem Grund legte er seine zweite Hand darauf. Eine Sekunde oder zwei war meine Hand von seinen Händen umfangen, bis er sie wegnahm. Der Busfahrer drehte das Lenkrad einmal ganz um, und Elischa wurde vom Lichtkegel erfaßt. Dann sah ich nur noch ein Stück von seinem weißen Kragen, bevor er von der Dunkelheit verschluckt wurde.

Im Radio übertrugen sie Lieder zum Schabbat-Ausgang, und jemand sang »Elijahu ha-navi, Elijahu ha-tischbi«, und ein Chor antwortete »bimhera jawo elejnu im maschiach ben-David«, der Fahrer sang mit dem Chor mit, und im Takt öffnete und schloß er den Kartenlocher, als hätte er Castagnetten in der Hand.

Zehntes Kapitel

Das Licht fiel auf Margits rechtes Bein, das sie auf den Hocker gelegt hatte. Sie hielt den Telefonhörer zwischen Ohr und Schulter geklemmt, stieß einen Schwall tschechischer Wörter aus und fuhr gleichzeitig mit einem scharfen Rasiermesser über ihr Bein. Ihr Morgenrock war bis zur Leistengegend hochgerutscht und nichts schützte das, was sie zwischen den Oberschenkeln hatte. Sie warf mir einen Blick zur Begrüßung zu, richtete sich auf, legte nun das linke Bein auf den Hocker und zog mit dem Rasiermesser einen Streifen nach dem anderen über das Bein, und als sie sich verletzte, wischte sie den winzigen Blutstropfen mit dem Saum ihres Morgenrocks ab.

Das hätte ich mir nicht vorstellen können, daß sie sich die Beine mitten im Wohnzimmer rasierte, daß sie einen zerknitterten Morgenrock auf das Sofa warf und darauf einen Büstenhalter, dessen zeltförmige Ausbuchtungen nach oben ragten.

Was haben sie zu meinem Strudel gesagt? rief Margit nun aus der Dusche und kam dann zurück ins Wohnzimmer, während sie sich noch mit dem Finger Make-up auf Kinn und Wangen klopfte. Sie prüfte ihr Aussehen im Spiegelkarussell der Bar, zwischen Likör- und Whiskyflaschen, und besprühte sich mit einem schweren Parfüm, das einen so süßen Duft verströmte wie Schochets Rosen, kurz bevor sie anfingen zu welken, dann zog sie ein violettes Kleid an und sagte, mach's mir zu. Der Reißverschluß kletterte von der Pospalte den Rücken hinauf und zwängte das Fleisch ins Kleid. Es war prächtig, mit einem Schlitz, der das seidenbestrumpfte Bein in voller Länge den Blicken preisgab, und durch das Spitzenmuster, das ihre Nacktheit dämpfte, schauten ihre Brüste auf die Welt.

Laß den Schlüssel nicht in der Tür stecken, ich komme erst spät nach Hause, sagte sie vom Vorplatz aus und stieg dann die Treppe hinunter, majestätisch wie die Kaiserin eines untergegangenen Imperiums oder eine Dame, deren Jugend verblühte.

Schabbat-Ausgang. Es war halb zehn Uhr abends, und ich hatte nichts zu tun. Ich saß auf dem Bambussofa, betrachtete meine Hände, streckte meine Finger und krümmte sie wieder, beugte die Gelenke und ließ die Knorpel hervortreten. Ein bißchen Pflege könnte diesen Händen nicht schaden, zwei Fingernägel waren abgebrochen, die anderen nicht gefeilt, aber die Haut war noch glatt und geschmeidig. Erst vor zwei Stunden hatte Elischa sie so fest gedrückt, daß ich einen süßen Schmerz empfunden hatte. Ich drückte meine eine Hand mit der anderen, um nachzuempfinden, was er gespürt hatte, aber alles, was ich fühlte, war Haut, die sich selbst berührt, sonst nichts. Ein erschreckender Gedanke, daß die Anziehungskraft, die anderes Fleisch auf uns ausübt, in seiner Fremdheit liegt. Eines Tages werde ich die Frau von irgend jemandem sein, und er wird an mir kleben, und je mehr wir ein Fleisch werden, um so weniger werden wir uns gegenseitig spüren.

Vom Treppenhaus waren unterdrückte Stimmen und ein trockenes Husten zu hören, auf der Straße trippelten hastige Schritte, ein Mann rief, warte auf mich, und eine Frau antwortete, dann komm schon, was stehst du rum und träumst. Margits Fenster gehen auf die Mauer mit den Regenrinnen und den Rohren für Installation und Strom, man konnte unmöglich sehen, wer unten auf der Straße wem etwas zurief, aber ich mußte sie aufmachen, um an Margits Düften nicht zu ersticken. Ich öffnete auch das Fenster in ihrem Schlafzimmer und schaute hinaus. Magere Pappeln, die früh aufgehört hatten zu wachsen, senkten ihre traurigen Köpfe. Drei Stockwerke unter mir knackte ein herabgefallener Zweig unter den Füßen eines Menschen, energisches Füßescharren war zu hören, dann ein unterdrückter Seufzer. In einer der Wohnungen knipste jemand die Lampe in der Toilette an, eine dünne Lichtgarbe fiel auf den Hof, und vor der Mauer tauchte ein dunkler Klumpen auf, der sich vor- und zurückbewegte. Dann hörten die Geräusche auf, jemand schlug auf seine Kleidung, wie um etwas abzuklopfen, was daran hängen geblieben war. Zwei engumschlungene Gestalten lösten sich von der Mauer und gingen um das Haus herum Richtung Straße. Der Schein hatte auch einen umgedrehten Farbeimer erfaßt, den eine Katze schnüffelnd umkreiste, dann ging das Licht aus.

Die Luft war kühl und feucht und erfüllt von fernen und nahen Geräuschen. In einer der Wohnungen spielte jemand Flöte, ihre dünnen Töne fielen hinunter in den schwarzen Hof und schwebten als abgerissenes Pfeifen wieder nach oben. Ich atmete den Fäulnisgeruch ein, den der Hof verströmte, und schlug das Fenster zu, der Vorhang zitterte, als wäre er erschrocken. Ich wühlte in meiner Trinkgeldtasche. Da war die Karte von Elijahu Awrahamian, nicht mehr ganz sauber und mit umgebogenen Ecken. Das Telefon klingelte nur zweimal, dann war ein fremdes, männliches »Hallo« zu hören.

Hier spricht die Kellnerin vom Café Margit.

Wer?

Jiska, sagte ich, die Kellnerin, Sie haben mir mal Ihre Nummer gegeben.

Ach ja, sagte er, wie geht es Ihnen, ich freue mich, daß Sie angerufen haben, wie geht es Ihnen. Er hustete, räusperte sich und fragte mich zum dritten Mal, wie es mir gehe.

Sind Sie heute abend frei? fragte ich.

Ja, natürlich, sehr frei sogar, antwortete er. Wollen wir uns treffen?

Es lag nicht an ihm, daß mir sofort ein energisches »Ja« aus dem Mund kam. Ich wußte, daß nicht einmal zehn Elijahus meine Sehnsucht ersticken und mich von den Toasts ablenken könnten, die mein Vater gerade aus der übriggebliebenen Challa vom Schabbat machte, oder von dem Pudding, den meine Mutter aus der restlichen Milch kochte. Aber was ich auch von Elijahu wollte, er war an nichts schuld. Um ihn zu beruhigen, sagte ich noch einmal »ja« und bemühte mich, daß es sich diesmal weich und sympathisch anhörte.

Er sagte, er sei in einer Viertelstunde da und werde vor dem Haus auf mich warten, er habe einen roten Audi.

Ich hatte nichts Richtiges zum Anziehen für eine Verabredung mit einem Mann, der ein Schmuckgeschäft besaß und einen Brillanten am kleinen Finger trug. Ich holte das blaue Schejnfeld-Kleid aus dem Schrank, breitete es auf Margits großem Bett aus, fuhr mit dem Bügeleisen darüber und zog es, noch warm, an. Margit hatte eine Menge Tücher im Schrank, das türkisfarbene würde gut zu meinen Augen passen, und nichts würde ihm passieren, wenn ich es für kurze Zeit benutzte. Ich würde ohnehin vor Margit zurückkommen, es bestand also überhaupt keine Gefahr, daß sie es bemerken würde. Das Tuch paßte zum Kleid, türkisfarbene Streifen leuchteten auf der Seide. Ich band es an der Schulter zu einem lockeren Knoten, so daß es halb über meinem Rücken und halb über meiner Schulter hing.

Die orangefarbenen Lichter des Audi blinkten. Elijahu, in einem dunklen Anzug, stieg aus, streckte mir eine warme Hand entgegen und öffnete mir die Autotür. Ich setzte mich so elegant hin, als wäre ich die Königin von England, mit zusammengelegten, abgewinkelten Beinen. Er schloß die Tür mit einem sanften Schlag, ging um das Auto herum und stieg auf der anderen Seite ein. An der Decke schaukelte ein kleiner Luftreiniger, sein Duft mischte sich mit dem Geruch des After-shaves, das Elijahus glattrasierte Wangen verströmten. Also gut, sagte er und drückte den Verschluß meines Sicherheitsgurts in die dafür bestimmte Nute, der Gurt spannte sich über meiner Brust und quetschte Margits Tuch ein. Wieder fragte er, wie es mir gehe, doch als er die Hände auf das Lenkrad gelegt hatte und die Bedienungsknöpfe drückte, wuchs seine Sicherheit und er wagte es, mich anzuschauen. Etwas später sagte er, ich habe sofort, als ich Sie das erste Mal sah, gewußt, daß Sie etwas Besonderes sind. Seine Wimpern warfen so dichte Schatten auf seine Augen, daß sie aussahen wie zwei schwarze Eier.

Was ist Besonderes an mir?

Man sieht gleich, daß Sie nicht wegen des Trinkgelds im Café arbeiten, Sie sind zu intelligent für diese Arbeit, Sie ... Seine Zunge wurde schwer, er verhaspelte sich. Aber er kämpfte nicht gegen sein Stammeln, er sagte, ich weiß nicht, wie ich es Ihnen erklären soll, starrte das rote Auge der Ampel vor uns an und wartete.

Wohin fahren wir? fragte ich.

Wohin Sie wollen.

Ein Café wäre von mir aus in Ordnung, sagte ich.

Im Café half er mir vorsichtig aus dem Mantel und hängte ihn auf, dann setzte er sich mir gegenüber in einen breiten Ledersessel und zog an seinen Hosenbeinen, damit sie lose über das Knie fielen, und lockerte seine Krawatte. Diesmal trug er kein Tuch zwischen Nacken und Schulter.

Wieviel Zucker, fragte er, riß für mich die Tütchen auf und rührte den Kaffee um. Im Licht, das vom Kronleuchter fiel, funkelte der Diamant an seinem kleinen Finger. Er legte das Löffelchen auf den Unterteller, reichte mir die Tasse und sagte, trinken Sie. Ich trank, bis mir warm wurde, und öffnete den Knoten von Margits Schal. Die Seidenstreifen glitten von meiner Brust und verströmten einen Hauch von Margits Parfüm.

Etwa eine Stunde später brachte er mich nach Hause, stieg aus dem Auto und wartete, damit mir auf dem Weg zur Haustür nichts passierte, und kehrte nicht zu dem blinkenden Audi zurück, bis die Tür hinter mir zugefallen war. Erst als ich das Schejnfeld-Kleid auszog, bemerkte ich, daß das Tuch nicht mehr da war. Keine Katastrophe, dachte ich, Margits Schrank platzt bald vor Tüchern, es besteht überhaupt keine Gefahr, daß sie etwas merkt. Wenn ich einmal ein ähnliches Tuch zu einem vernünftigen Preis finde, dachte ich, werde ich es kaufen und in den Haufen schieben.

Um drei Uhr morgens kam sie zurück. Als ich aufstand, um zur Toilette zu gehen, traf ich sie. Sie roch nach Alkohol und Zigaretten, lachte und sagte, was willst du, das Leben ist schön, dann wurde sie plötzlich ernst, legte mir die Hand in den Nacken, ließ sie über meinen Rücken gleiten und sagte wieder, das Leben ist schön. Ihre große, warme Hand lag auf meinem Hintern. Sie war aufreizend und betrunken. In ihren Augen funkelte etwas Wildes. Das Licht aus dem Badezimmer beleuchtete feine, rote Äderchen auf ihren slawischen Wangenknochen. Sie gab mir einen Kuß auf die Wange und sagte, und jetzt wird geschlafen, Süße, bald ist es Zeit zum Aufstehen. Sie zog ihr violettes Kleid aus und stand im Unterrock am Becken, putzte sich die Zähne, spuckte weißes Wasser aus und fluchte auf Tschechisch.

Am Morgen stand sie wütend und mürrisch auf, verkündete, sie habe Migräne, und was für eine, drückte sich die Finger auf die linke Schläfe, massierte ihre Stirn, wühlte im Schrank und sagte, Mist, ich finde das Optalidon nicht, dann fand sie es doch und schluckte zwei Tabletten. Gegen Mittag war ihre Migräne verschwunden, und sie fiel heißhungrig über die Vitrine her, und mindestens zweimal sah ich, wie sie in sich hineinlächelte.

Du bist verliebt, sagte ich.

Für so etwas bin ich schon zu alt, aber auch in meinem Alter passieren einem schöne Dinge, sagte sie, und wieder war dieser seltsame Glanz in ihren Augen. Wir standen beide an der Theke, als die Tür aufging, das Glöckchen ließ sein Gebimmel hören und verklang. Elijahu kam herein, ging aber nicht zu seinem Ecktisch, sondern steuerte auf die Theke zu. Margit stieß mir ihren Ellenbogen in die Rippen und sagte, dein Kavalier ist da. Er hatte rote Flecken auf seinen glattrasierten Wangen, hielt mir eine Plastiktüte hin und sagte, das hast du in meinem Auto vergessen. Das Seidentuch glitt aus der Tüte und breitete leuchtend türkisfarbene Streifen auf die Theke.

Das ist nicht meines, sagte ich, in dem Versuch, Margit nicht nur den Diebstahl, sondern auch meine Verabredung mit Elijahu zu verheimlichen.

Aber es war in meinem Auto, neben dem Sitz, auf dem du gesessen hast, sagte er.

Vielleicht gehört es irgendeinem Mädchen, das du mal mitgenommen hast, sagte ich und streckte die Hand nicht aus, um die Seide zu berühren.

Die Röte breitete sich von seinen Wangen bis zu den Ohren und verschwand irgendwo in dem Gebüsch von Haaren, das ihm im Nacken wuchs.

Gestern war kein einziges Mädchen in meinem Auto, außer dir. Ich erinnere mich doch genau, daß du das Tuch umhattest.

Als würde sie ein Tennismatch beobachten, sprangen Margits Augen zwischen Elijahu und mir hin und her. Sie hob ihre rote Hand, nahm das Tuch und blies ein bißchen Mehlstaub weg, der an ihm hängen geblieben war, legte es ordentlich zusammen und sagte zu mir, Süße, such dir einen anderen Platz zum Wohnen.

Elijahu ging niedergeschlagen zu seinem Tisch, und sein kurzer Hals sah noch kürzer aus. Er setzte sich und trommelte leise mit dem Ring auf die Tischplatte. Ich folgte Margit in die Küche und sagte, schau, ich hatte einfach nichts Passendes zum Anziehen, und unter uns, du hättest doch gar nicht gemerkt, daß dir ein Tuch fehlt.

Was hast du mir noch weggenommen, ohne daß ich es gemerkt habe?

Gar nichts.

Und warum hast du nicht gleich die Wahrheit gesagt? fragte sie.

Ich wollte nicht, daß du erfährst, daß ich mit ihm ausgegangen bin.

Margit lachte so sehr, daß ich die Füllungen in ihren Backenzähnen sehen konnte. Da klaut sie mir ein Tuch, um schön zu sein, sagte sie, belügt mich und belügt ihn, und das alles nur, um zu verhindern, daß ich das erfahre, was ich ohnehin schon weiß. Süße, vor Margit kann man nichts geheimhalten, als ich dich in der Nacht gesehen habe, habe ich gleich gewußt, daß du dich mit ihm getroffen hast, und ich habe auch gewußt, daß er dich nicht angerührt hat, und ich verspreche dir, wenn er dich eines Tages anrührt, wirst du kein Wort zu sagen brauchen, ich werde es wissen.

Also, soll ich mir einen anderen Platz suchen?

Sie drehte zornig den Wasserhahn auf und sagte, geh raus und schau, ob jemand was braucht, und wärme ihm seine Blinzes auf.

Ich brachte ihm das Besteck und sagte, ich habe dich belogen und bitte um Entschuldigung. Er bewegte seine aufgestützten Ellenbogen nicht, schlug auch nicht seine Börsenzeitung auf und blies nicht über die Blinzes, um sie abzukühlen. Erst nach einer ganzen Weile griff er nach dem Messer, schnitt sich schmale Streifen ab und fing an zu essen. Die Zeitung blieb unangerührt und zusammengerollt auf dem Tisch liegen. Und jedesmal, wenn er sich über den Teller beugte, vergrößerte sich der Abstand zwischen Tuch und Schultern, und ein warmer Duft stieg empor.

Am nächsten Tag legte er ein in geblümtes Geschenkpapier eingewickeltes Päckchen neben seinen Teller und sagte, das ist für dich. Margit sagte, reine Seide, toll, und was für ein Blau, ich sage dir, da hast du ein gutes Geschäft gemacht, wenn das hier der Lohn für deine Lüge ist. Beim nächsten Mal solltest du vielleicht meinen Renault klauen, damit du einen Mercedes bekommst.

Aber bis der Mercedes kommt, werde ich noch ein bißchen arbeiten müssen, sagte ich. Und bei dieser Gelegenheit könntest du mir sagen, ob mir nicht irgendwelche sozialen Leistungen zustehen.

Was für Leistungen zum Beispiel, fragte sie.

Ich arbeite zwölf Stunden am Tag, sagte ich, und wie du ja weißt, sind schon etliche Jahre seit der industriellen Revolution vergangen.

Bilde dir bloß nicht ein, Süße, daß du Wohnung und Essen umsonst bekommst, sagte sie.

Aber zwei Tage später verkündete sie mir, daß ich mittwochs nachmittags ab vier frei hätte, und am Schabbat sei das Café ohnehin geschlossen. Einen Tag später stellte sie eine zusätzliche Kraft ein, Sima, ein Mädchen mit vollen, blonden Haaren, und damit wuchs meine Autorität, denn mein höheres Dienstalter stärkte meine Position, in Simas Augen war ich Teil der Geschäftsführung. Margit bemerkte das natürlich, stellte die Dinge aber nicht richtig. Aus der Höhe ihrer Theke beobachtete sie zufrieden ihre Angestellten und ihr blühendes Geschäft. Besonders an den Donnerstagen war das Café sehr voll, eine Stuhllehne berührte die andere, und der Geruch der Suppen mischte sich mit dem Zigarettenrauch und dem Atem der sich eifrig unterhaltenden Gäste. Es dauerte nicht lange, da stieß auch noch Selim zum Team. Er kam aus dem Ostteil der Stadt und war zuständig für die Sauberkeit der Küche und der Toiletten. Er band sich eine große Schürze um die Hüften, griff mit seinen nikotingelben Fingern ins Spülbecken, entfernte Essensreste von den Tellern und spülte sie ab.

In einem Moment der Schwäche und der Zufriedenheit schob Margit die Hand in die Schürzentasche, steckte sich eine Zigarette an und sagte, man kann es nicht anders sagen, du hast mir Glück gebracht, der Mensch sagt einmal etwas, was er nie zuvor gesagt hat, oder er faßt einen anderen an oder er kauft sich neue Schuhe, und plötzlich ändert sich sein Geschick. Mir war nicht ganz klar, ob sie die Veränderung am Glück festmachte, an meinen Fähigkeiten oder am Zufall. Alma hätte es Schicksal genannt.

An jedem Mittwochnachmittag wartete der Audi vor dem Café auf mich. Elijahu brachte mich zu Margits Wohnung, und bis ich mich geduscht und zum Ausgehen zurechtgemacht hatte, wartete er im Auto, fütterte den Recorder mit Kassetten und hörte Musik.

Du kannst mit hinaufkommen, wenn du willst, sagte ich einmal zu ihm. Er zögerte, fragte, ob er nicht störe, stellte die Warnblinkanlage ein, schloß dann die Autotüren und folgte mir in das düstere Treppenhaus. Atme tief ein, sagte ich, in ihrer Wohnung gibt es wenig Sauerstoff.

Er saß im Wohnzimmer, trommelte auf die Bambuslehne und beobachtete die Wellen, die der Wind in den Vorhang blies, schaute zu, wie ich von der Dusche zu meinem Zimmer ging und wieder zurück, hörte das Wasser laufen, er roch die Seife und stand nicht auf, er rührte noch nicht einmal die Kanne mit Saft an, die ich vor ihn auf den Tisch gestellt hatte. Der hygienische Standard, auf den die Luft in Margits Wohnung hinwies, befriedigte ihn vielleicht nicht.

Wenn wir kein Gesprächsthema fanden, schwiegen wir geduldig und hörten uns Musik aus seinem Kassettenrecorder an, und wenn ich etwas sagte, stellte er das Gerät leiser, neigte den Kopf zu mir und hörte mir so aufmerksam zu, daß er sich später an jedes einzelne Wort erinnerte, das ich gesagt hatte. Er hielt mir die Autotür auf, er wartete, bis ich vor ihm ein Café oder ein Kino betrat, er half mir aus dem Mantel, er schüttete Zucker in meinen Kaffee und rührte ihn für mich, und seine Augen unter den dichten Wimpern betrachteten mich dunkel und zurückhaltend. Jeden Mittwochnachmittag ging ich mit ihm aus, und jedesmal fragte ich mich, was ich mit diesem Schmuckhändler eigentlich zu tun hatte, warum ich falsche Hoffnungen in ihm weckte und ihn damit quälte, indem ich wie eine Nonne in Reichweite neben ihm saß, und er nichts wagte und auch nichts andeutete, sondern langmütig und geduldig wartete.

Margit horchte auf den Donner und sagte, dieser verrückte Mars. Wir standen vor der Theke und betrachteten die kleinen Eiskörner, die der Regen an die Fensterscheiben schlug.

Wenn es so weitergeht, brauchen wir bald eine Gondel, um heimzukommen, sagte Margit. Selim und Sima hatten sich zu uns gesellt und betrachteten ebenfalls das Wasser, das sich in einer Falte der Markise sammelte und dann herunterplatschte. Sima fror, sie trat näher zu Selim und rieb sich an seinem Arm, aber er stieß nur Rauch aus, betrachtete den Regen und dachte offenbar an ganz andere Dinge. Spuren von Mehl oder Puderzucker hingen ihm in den Haaren, er war so dünn, daß er die Schürzenbänder zweimal um seine knochigen Hüften wickeln mußte.

Was ist das, eine Gondel, fragte Sima, und Margit sagte, so eine Art Boot. Es lag etwas fast Familiäres in der Art, wie wir vier dastanden und die Natur beobachteten, die draußen verrückt spielte.

Elijahu kam in einem langen Regenmantel, um seine Blinzes zu essen, die Haare klebten ihm, naß vom Regen, an der Stirn und tropften auf seine Nase. Wenn er sich hingesetzt hat und seine Blinzes ißt, werde ich es ihm sagen, dachte ich. Ein paar Fettkügelchen schwammen auf den dampfenden Pilzen, er legte die Börsenzeitung zum Trocknen auf die Heizung, lächelte mir zu und sagte, heute ist Mittwoch, um vier, wie immer?

Nein, ich wollte gerade mit dir sprechen, sagte ich.

Er legte die Gabel mit ein paar aufgespießten Blinzesstreifen auf den Teller zurück, tupfte sich mit der Serviette die Lippen ab und machte sich bereit, mir zuzuhören.

Ja, bitte, sagte er.

Iß doch, sagte ich, es wäre schade, wenn das Essen kalt würde.

Das ist nicht schlimm. Was du mir sagen willst, ist viel wichtiger.

Nein, nein, iß. Das, was ich dir sagen will, ist nicht so dringend.

Ich wollte es ihm nicht vor den Blinzes mitteilen. Auf seinem Teller lagen noch acht Bissen, die er zum Mund führen, zerkauen und runterschlucken mußte, um sich dann die Lippen abzutupfen. Er krempelte die Ärmel auf, damit sie ihm nicht in die Soße hingen. Die Haare auf seinen Handgelenken waren trocken und weich. Seltsam, nicht ein einziges Mal hatte ich sie wirklich berührt. Sima kaute auf einer blonden Haarsträhne und stand nahe bei Selim, der sich in sich zusammenzog und die Wärme nur in seinem eigenen Körper suchte, und Margit legte ihre roten Hände auf die heiße Kaffeemaschine.

An so einem Tag sucht sich jeder Körper etwas zum Wärmen. Die Katzen auf dem Parkplatz meines Vaters reiben ihre geschmeidigen Körper aneinander, und die Spatzen sitzen dicht zusammengedrängt auf der Stromleitung. Elischa kann heute nicht zu seiner Plantage gehen. Er wird Heda aus der Schule abholen, sie werden den Ofen anmachen, sie werden auf dem Teppich sitzen, Mikadostäbe auf den Boden werfen und versuchen, sie vorsichtig aufzuheben.

Heda wird gewinnen, ihre Finger sind dünn, mit der Geduld einer Bäuerin wird sie die Lage der Stäbe prüfen und den richtigen herausfinden, sie wird mit der einen Hand die Spitze des Stabes auf den Boden drücken, ihn mit der anderen Hand abheben und zu jenen legen, die sie schon genommen hat. Elischa wird es ihr nicht leicht machen, zu gewinnen. Er wird den Haufen betrachten und sich darauf verlassen, daß ein Stab sich überraschend anheben lassen würde, doch dann wird er einen anderen anstoßen, der sich leicht bewegt.

Sie wird sagen, ich habe gewonnen, ohne dabei zu lächeln. Es tut ihr leid, daß er immer verliert, aber sie ist unfähig, sich zu verstellen, hätte sie es gekonnt, hätte sie ihre Finger lügen lassen, damit er ein- oder zweimal gewinnt.

Der Regen war noch stärker geworden, er peitschte die Leute, die vereinzelt die Straße entlangeilten. Sima drückte die Stirn ans Fenster und schaute hinaus. Margit sagte, sie solle die Scheibe nicht berühren, das mache Flecken, geh lieber und hilf Selim beim Geschirr. Sima gehorchte nur allzugern und trocknete die Tassen ab, die er gespült hatte. Elijahu hatte jetzt noch drei Bissen auf dem Teller, zwei von Pilzen aufgeblähte Stücke und ein flaches, ohne Füllung, das fast von der Soße bedeckt wurde.

Bei so einem Wetter gingen die Leute nicht aus dem Haus, das Café war fast leer, es war nicht viel Arbeit zu erwarten. Gleich werde ich den Mund aufmachen müssen, und dabei habe ich meine Worte noch nicht vorbereitet, es besteht auch keine Chance, daß Margit mich retten und in die Küche rufen wird, denn es ist alles für eventuelle Gäste vorbereitet. Ich habe keine Wahl, ich werde es ihm kurz und klar sagen und es hinter mich bringen und den Preis später bezahlen, um vier Uhr nachmittags, wenn ich an der kahlen Haltestelle stehen werde und kein Audi auf mich wartet. Aber was drängt mich eigentlich, es ihm ausgerechnet jetzt zu sagen? Wer zwingt mich denn, gerade heute Schluß zu machen? Ich leide doch nicht unter seinen Avancen, und es kann einem Menschen doch nichts schaden, wenn er in dieser harten Stadt und bei so einem beschissenen Wetter ein oder zwei Freunde hat, die keine Gegenleistung erwarten? Und sofort war ich wütend auf mich. Da droht dir nur ein winziges bißchen Alleinsein und schon erschrickst du, sagte ich mir. Denk doch mal an Elischa, er ist seit über elf Jahren allein, die Sehnsucht steigt in ihm auf wie Sodbrennen, und er bringt sie zum Schweigen und macht weiter. Und Jo´el lebt schon über fünfundzwanzig Jahre allein mit seinem Schatten, und er hustet ihm etwas vor und fragt, hast du's gehört? Und der idiotische Schatten schweigt wie eine Wand. Na und, dann bist du eben allein, Ossi Simon, eine gute Gelegenheit, mal in dich hineinzuschauen. Was ist, hast du vielleicht Angst vor der großen Leere, die du da entdecken wirst?

Inzwischen hatte Elijahu seine Blinzes aufgegessen, schob den Teller von sich und pickte noch einen grauen, soßenbeschmierten Pilz vom Tellerrand.

Was wolltest du mir sagen, Jiska? Obwohl er seine Lippen mit der Serviette abgewischt hatte, waren sie feucht von der heißen Mahlzeit, die jetzt anfing, in seinen Därmen verdaut zu werden.

Zeig mal, sagte ich, nahm die Serviette und wischte einen Soßenflecken vom Tisch und wiederholte, zeig mal.

Was soll ich dir zeigen?

Den Ring.

Er hob mir den kleinen Finger entgegen, ich nahm ihn, zog ihn näher vor meine Augen und sah weiße Funken sprühen. Unter dem Nagel war die Haut schwärzlichrot und weiter unten, auf seinem Handrücken, wuchsen harte Haare. Ich hielt seinen kleinen Finger mit beiden Händen und konnte es kaum fassen, daß mein fester Entschluß vor einem Fingernagel zerschmolz.

Ich wollte dir sagen, daß wir heute weder ins Café noch ins Kino gehen, sagte ich.

Er schaute mich an, und seine Wimpern waren so dicht, daß sie sich gegenseitig berührten.

Was ist passiert?

Nichts, ich habe heute Lust, im Regen herumzufahren und zuzuschauen, wie diese Stadt naß bis auf die Knochen wird.

Elijahu lächelte, zog seine Hand zurück und sagte, ich werde dich durch die verschiedenen Stadtviertel fahren, alles, was du willst.

Fangen wir mit Kiriat-Juwal an, sagte ich.

Wie du möchtest.

Willst du jetzt deinen Espresso?

Ja, bitte.

Margit hatte die Sache mit dem kleinen Finger beobachtet und lächelte in sich hinein. Heute wird es passieren, sagte sie, als ich zur Theke kam, um den Espresso zu machen.

Was wird passieren?

Das, was noch nicht passiert ist.

Nichts wird passieren, sagte ich feindselig. Die Dinge passieren nicht einfach von selbst, sie passieren, wenn man beschließt, daß sie passieren sollen. Außerdem geht dich das nichts an. Merk dir, ich hätte vor einer Minute fast mit ihm Schluß gemacht, aber nur eine Masochistin oder eine Idiotin wird an einem solchen Tag darauf verzichten, mit dem Auto mitgenommen zu werden.

Um vier Uhr stand der Audi vor dem Café. Trotz des starken Regens stieg Elijahu aus und öffnete die Autotür, wartete, bis ich den Schirm zugeklappt und die Beine in den Wagen gehoben hatte, und schloß sie wieder. Der Kassettenrekorder lief, eine Frau sang »Im Sommer am Meer, wenn es Abend wird«, und er fragte, ob mir die Musik recht sei. Sie ist prima, sagte ich, bei so einem Regen tut es gut, etwas vom Sommer zu hören. Auch die Traurigkeit einer Abenddämmerung war mir recht.

Die Heizung war genau richtig eingestellt. Elijahus Haare waren noch feucht vom Regen am Mittag und hingen ihm in die breite Stirn, auf seinem rechten Ohr glitzerten ein paar frische Regentropfen. Er schaltete die Geschwindigkeit der Scheibenwischer herunter und sagte, wir haben sehr lange in Kiriat-Juwal gewohnt, wir sind erst weggezogen, als ich in der achten Klasse war, ich habe geweint, als wir unsere Sachen zusammenpackten, und mein Vater sagte, was weinst du, du solltest Gott danken, daß wir vorankommen im Leben und daß wir einen guten Platz in Rechawja gefunden haben, das ist ein angesehenes Viertel und außerdem nicht weit vom Geschäft entfernt.

Der Audi strebte Kiriat-Juwal zu, wie ein Pferd seinem Stall zustrebt, Elijahu steuerte ihn mit sicherer Hand durch die Autoschlange, die sich auf der Herzl-Straße langsam vorwärtsbewegte. Die Dächer waren von einem schweren, grauen Himmel bedeckt, Wolken kamen und verschwanden, versuchten, den Abstand zueinander zu vergrößern. Die Wärme und das Surren halfen mir, mich zu entspannen, ich lehnte mich zurück und war nahe daran einzuschlafen. Erzähl mir noch etwas, bat ich, um selbst nicht reden zu müssen. Seine Stimme war männlich und angenehm und paßte in die Harmonie der Geräusche im Audi.

Wir fuhren durch die Straßen von Kiriat-Juwal. Er konnte mir nicht erklären, warum die Straßen die Namen von südamerikanischen Städten trugen. Da kamen schwer arbeitende Menschen abends in ihre Wohnungen zurück und mußten mit den Namen von Orten leben, die sie nie im Leben sehen würden. Er wußte auch nicht, welche Verdienste jene Leute erworben hatten, nach denen die Durchgänge zwischen einer Blockreihe und der nächsten benannt waren. Hier, an der Stern Straße, war Naomi damals ausgestiegen. Ich versuchte, mich zu erinnern, welche Hausnummer sie gesagt hatte, und brauchte mich gar nicht besonders anzustrengen. Halt an, schrie ich.

Elijahu erschrak, aber er verlor nicht die Nerven. Er verringerte die Geschwindigkeit und wartete, bis das Fahrrad hinter uns vorbeigefahren war, dann hielt er an und fragte, was ist passiert?

Der nackte Laternenpfahl mit der geköpften Lampe bezeichnete die Stelle. Der zerbrochene Schirm schaukelte im Wind.

Was ist los mit dir, fragte Elijahu, fühlst du dich nicht gut?

Ich fühle mich wunderbar, sagte ich. Unter dem Laternenpfahl parkte der blaue Transit. Trotz des Regens klebten Erdschollen von unserem Moschaw an den Kotflügeln und an den Rädern. Im ersten Stock sah man durch den zugezogenen Vorhang das gelbe Licht einer Lampe.

Elijahu machte das Radio aus. Vorsichtig, um mich nicht zu bedrängen, fragte er noch einmal, was los sei, obwohl er sich denken konnte, daß das Fahrzeug, das dort unter dem Laternenpfahl geparkt war, für ihn ein Rätsel bleiben würde.

Es war sechzehn Uhr fünfunddreißig, und Elischa war mit ihr zusammen. Wirklich, ein Mönch! Die Scheinwerfer des Transit betrachteten einsam und verlassen die fremde Straße und warteten auf ihren Herrn. Der Wind trieb ein abgerissenes Stück Karton zum Hinterrad, wo es hängen blieb.

Fahr weiter, sagte ich zu Elijahu.

Wohin?

Das ist egal, Elijahu, fahr doch irgendwohin. Übrigens, warum hat man dich Elijahu genannt?

Ich achtete aber nicht auf das, was er antwortete. Ich habe einen Elijahu und einen Elischa, dachte ich, und um die drei voll zu machen, werde ich Schejnfeld Ach´aw nennen und mich selbst in aller Bescheidenheit Isebel, jetzt fehlt nur noch eine Prophezeiung, dann kann's losgehen.

Achte nicht darauf, daß ich lache, Elijahu, fahr nur immer weiter. Ich streckte mich auf dem gepolsterten Sitz aus und schloß die Augen, unfähig, einen klaren Gedanken zu fassen, und Elijahu fragte, ob ich zur Beruhigung etwas trinken wolle.

Fahr doch, Elijahu, du sollst bloß nicht aufhören zu fahren.

Siehst du, Alma, wir sind beide besiegt worden, du und ich, sollen sich doch die Räder des Audi drehen, ich werde Elijahus

Hände betrachten, die das Lenkrad halten, und der Motorlärm wird mir den Kopf füllen. Die Zeit für Gedanken wird schon noch kommen.

Ich drückte meinen Rücken an die Lehne, und mein Kopf schwankte jedes Mal hin und her, wenn der Audi über einen der Kanaldeckel fuhr, die in dieser Stadt aus der Straße herausragen.

Mach das Radio an, sagte ich, laß uns irgend etwas hören.

Er hatte ein ernstes Gesicht und starrte auf die Straße vor uns. Seine gute Erziehung, seine Sensibilität oder weiß der Teufel was hinderten ihn daran, zu bohren. Er fragte nur, ob ich sicher sei, daß ich nichts trinken wolle.

Fahr, Elijahu, fahr weiter. Die rote Metallschachtel glitt weich und elegant über die Straße. Er ist jetzt bei ihr, die Narbe an seiner Hand ist weich und purpurfarben, die Haut drumherum schon trocken, sie berührt die neue Haut, die über der Wunde gewachsen ist, und dieser Audi fährt, als wäre überhaupt nichts passiert.

Jiska, kann ich dir irgendwie helfen? fragte Elijahu. Die Worte kamen sanft und gefühlvoll aus seinem kurzen Hals.

Danke, Elijahu, ich bin in Ordnung, sagte ich und legte meine Hand auf seine Finger, die das Lenkrad umklammerten. Ohne den Regen hätte ich mich heute von ihm getrennt, ich hätte mir das erspart, was ich gesehen hatte, ich hätte weitergemacht wie ein blinder Maulwurf. Und jetzt bricht sich der Maulwurf die Fingernägel und wühlt und wühlt und wirft Erdhaufen auf und findet nichts und sieht nichts außer der Erde.

Hast du schon mal einen Maulwurf gesehen? fragte ich.

Nein, antwortete Elijahu, ich habe immer in der Stadt gewohnt, ich hatte nie die Gelegenheit, einen zu sehen.

Bei uns stellt man auf den Feldern Fallen für die Maulwürfe auf, weil sie die Wurzeln abnagen. Es sind abstoßende, eklige Tiere. Nein, sie sind eigentlich nicht abstoßender als jedes andere Geschöpf, schließlich will jeder nur das, was auch die anderen wollen, nicht mehr und nicht weniger, jeder will essen, schlafen, einen Partner finden und mit ihm kleine Maulwürfe machen.

Anfangs ist es das, was alle wollen, sagte Elijahu, aber wenn du das alles hast, willst du mehr, wenn du kein Maulwurf bist.

Was willst du mehr?

Liebe, Jiska, Liebe, und ich bin nicht der einzige, der diesen Wunsch hat. All die Leute, die jetzt hier auf der Straße herumlaufen, würden nicht gerade wenig für Liebe geben.

Du kannst Ossi zu mir sagen, so nennen mich alle, zu Hause und im Moschaw.

Ich gehöre nicht zu deinem Zuhause und nicht zu deinem Moschaw.

Aber wir sind doch schon ein bißchen befreundet, da können wir doch auf den offiziellen Namen verzichten.

Ein bißchen befreundet, wiederholte Elijahu und seufzte. Diese Definition hatte ihn offenbar enttäuscht.

Weißt du, sagte ich, ich habe angenommen, Geld wäre dir ebenso wichtig wie Liebe. Alles in allem hast du nicht gerade wenig Geld, und du arbeitest schwer, um noch mehr zu bekommen.

Ich gebe zu, daß ich kein Maulwurf bin und mich nicht zufriedengebe mit dem, was ich habe, und trotzdem, Jiska, Ossi, und trotzdem, Ossi, steht die Liebe bei mir viel, viel höher als Geld.

Das »Ossi« klang aus seinem Mund fremd und anders, angestrengt und künstlich.

Sag zehnmal Ossi, bis du das Wort ganz natürlich herausbekommst, sagte ich.

Er lachte und sagte Ossi, Ossi, Ossi, Ossi. Die Straßenlaterne beleuchtete seine dichtstehenden Zähne, wenn er die Lippen für das »Si« breit machte, und das Licht drang in seine Nasenlöcher, wenn er sie beim »O« rundete. Beim siebten oder achten Mal hörte er auf zu lachen. Das »O« und das »Si« zogen sich zusammen, und er war sehr angespannt, als er sagte, Ossi, ich liebe dich, Ossi.

Der letzte Satz gehört nicht zur Übung, sagte ich.

Das ist keine Übung, das ist die Realität, sagte er und bremste für eine alte Frau, die über die Straße gehen wollte. Sie trug übervolle Tüten und bewegte die Füße tastend, als habe sie Angst, es gebe ein Hindernis, über das sie stolpern könnte. Hinter ihr überquerten zwei Kinder die Straße. Ihre Ellenbogen hoben und senkten sich rasch und schnitten Dreiecke in die kalte Luft. Ich reagierte nicht. Wer kann schon auf solche Bekanntmachungen reagieren, wenn in der Stern Straße der Transit im Regen wartet, mit ausgeschalteten Scheinwerfern, und nervös mit einem Rad trampelt.

Ich weiß, daß unsere Gefühle nicht symmetrisch sind, sagte er, und ich verstehe auch, daß heute nicht dein bester Tag ist.

Du bist sehr höflich, Elijahu, und du hast recht, heute ist nicht mein bester Tag.

Und was ist mit der Asymmetrie?

Laß das jetzt, ich war immer schwach in Geometrie. Bring mich bitte nach Hause.

Er bog in die schmale Straße hinter dem Busbahnhof ein, da, wo das Wasser in den Rinnsteinen hinunterfloß und einen schwarzen Himmel widerspiegelte, und hielt unter einer Pappel mit gesträubten nackten Zweigen.

Möchtest du mit hinaufkommen und etwas trinken? fragte ich.

Nein, ich habe den Eindruck, du bist jetzt lieber allein.

Stimmt, sagte ich, berührte leicht seine Schulter und stolperte nach oben. Er stand unten an der Tür des Treppenhauses und paßte auf, daß das Licht nicht ausging. Er verließ seinen Wachtposten erst, als das Klirren des Schlüssels zu hören war, dann das Auf- und Zuklappen der Wohnungstür.

Margits Kühlschrank barg keine Überraschungen, nur einen vier Tage alten Käse und ein paar anämische Radieschen. Aber meine Zunge war gleichgültig. Ich goß mir Whisky ein und machte mir nicht einmal die Mühe, ihn, wie es sich gehörte, zu schwenken.

Die Käseschachtel hatte einen runden Rand auf dem Bambustisch hinterlassen. Angeschwollen von vielen Crackern, streckte ich mich auf dem Sofa aus, und vor meinen Augen wölbte sich der lange Vorhang und fiel wieder zusammen in weiche, leere Falten.

Warum war ich eigentlich überrascht? Ich habe sie doch gesehen, wie sie zu unserem Westtor gegangen sind, ein Blinder hätte es merken können, sogar der Himmel hatte sich gesenkt und sie berührt, selbst Heda hatte es bemerkt und ihn gebeten, ihr eine Mutter zu geben, sie hatte ihn förmlich gedrängt. Er hat innerlich mit sich gekämpft und am Schluß nachgegeben. Auch wenn ihm das Nachgeben leichtgefallen sein wird. Naomi ist alles, was ein Mann wie er sich nur wünschen kann. Aber was weiß ich eigentlich über diese eifrige Studentin, die sich den Ausschnitt zuhält, wenn sie sich bückt, wer kann schon wissen, was die Liebe aus ihr macht.

Der Whisky stieg mir in den Kopf, mir wurde schwindlig. Ich sah sie vor mir, ihre Haare schwangen durch die Luft, und aus ihrem Körper wuchsen Charlottes große Hände. Sie nahm Elischas Hand und drückte die Narbe an ihre Wange, sie tanzten, sie stießen mit den Köpfen gegen die Glühbirne, und es wurde dunkel. Ich strengte meine Vorstellungskraft an, ich wollte, daß meine Phantasie weitermachte, so wie man mit der Zunge einen kranken Zahn immer wieder befühlt, auch wenn das geschwollene Zahnfleisch weh tut. Wann würde es sein? Kein Wunder, daß er mir so die Hand gedrückt hatte, als er mir nach Schabbat-Ausgang mit meinem Gepäck half. Es ist nicht schwer, Liebe zu verströmen, wenn man sie im Übermaß besitzt. Vermutlich hatte er es mir sagen wollen, sich aber geschämt oder befürchtet, mir weh zu tun. Du bist ein Feigling, Elischa, was hast du dir gedacht? Daß ich anfange zu schlagen, zu morden? Daß ich dir eine Szene an der Bushaltestelle mache? Wenn du mir schon die Hände gedrückt hast, wäre es nur anständig gewesen, es mir auch zu sagen. Ich liege mit einem anderen, aber dich liebe ich, hat deine Frau an einen anderen geschrieben. Eines Tages werde ich dir die Augen öffnen, Elischa, obwohl ich nicht weiß, was ich davon haben werde.

Ich hätte am liebsten in die Wand gebissen oder Streifen aus dem Vorhang gerissen, so gereizt war ich, aber ich zwang mich, zur Vernunft zu kommen, ich sagte zu meiner Vernunft, los, überzeuge mich, daß Elijahu unter diesen Umständen gar kein so schlechter Handel für mich ist. Er ist schüchtern, schweigsam und zu gut erzogen, mit einer kräftigen Brust und einem kurzen Hals, er hat keine Geheimnisse, was man sieht, ist genau das, was tatsächlich vorhanden ist, nicht wie bei Elischa, der sein ganzes Leben lang bald erstickt an den Geheimnissen, die sich in seinem Bauch sammeln.

Hundert Tode und keine Eifersucht. Wieso hundert Tode? Noch nicht einmal ein einziger. Elijahu ist höflich, er hat Geduld und behaarte Hände, vermutlich hat er auch Haare auf dem Rücken und an den Beinen, es fällt mir schwer, zu entscheiden, ob mich das anzieht oder abstößt. Und er hat Wimpern, die so dicht wachsen wie das Schilfrohr um das Wasserreservoir hinter unserem Friedhof.

Ich nahm den Hörer und wählte seine Nummer, aber er nahm nicht ab, vielleicht war er eingeschlafen oder er besuchte seine Eltern, wo war er, zum Teufel? Was auch passiert, morgen werde ich großzügig ihm gegenüber sein. Ich werde vom Leben nehmen, was es mir im Moment bietet, und ich werde mich zusammenreißen und nicht bei Schejnfeld anrufen.

Margits Schlüssel wurde ins Schloß gesteckt, Metall rieb sich an Metall, sie machte Licht in der Diele. Eingehüllt in eine rote Decke, ging sie mit schweren Schritten zu ihrem Zimmer, legte ihre Sachen aufs Bett, zog die Schuhe aus und kam in Strümpfen zu mir.

Warum Whisky? Ist etwas Besonderes passiert, was du feiern mußt?

Nein, sagte ich.

Ich sehe schon, sagte sie, das, was ich dachte, das heute passieren würde, ist nicht passiert. Du bist zu hart zu ihm, Männer wie ihn findet man nicht einfach auf der Straße. Sie holte sich Klemmen aus dem Haar, knöpfte ihre Bluse auf und öffnete den Reißverschluß an ihrem Rock. Wenn du mich fragst, sagte sie, das ist einer mit heißem Blut.

Was weißt du schon von ihm, stieß ich aus und starrte den Vorhang an.

Mir reicht es zu sehen, auf welche Art er ißt, sagte sie, was für ein Vergnügen er aus seinen Blinzes ziehen kann. Ist dir aufgefallen, wie viel Blut ihm in die Lippen strömt? Und außerdem ist er ein Asiate.

Was hat das damit zu tun?

Viel hat es damit zu tun, sehr viel. Bei den asiatischen Männern fließt das Blut stark. Nicht wie bei den Europäern, die dauernd frieren. Die Europäer halten die Hände immer dicht am Körper, und die Kälte macht ihnen Flecken in die Haut, das raue Klima und die Erziehung haben sie zerstört. Als ich nach Israel kam, hatte ich einen jungen Iraker zum Freund, ein Kerl mit Strom im Bauch, er hat mich geliebt, was Besonderes, sag ich dir, und ich ihn auch.

Und was ist dann passiert?

Wir hatten zuviel Druck, der Korken ist uns herausgesprungen. Margit lächelte traurig, legte ihre müden Beine zusammen, verschränkte die Arme und schwieg. Ihre Wangen sahen hohl aus, ihr Doppelkinn schlaff.

Ist es dir mal passiert, daß du einen Mann geliebt hast und er zu einer anderen Frau gegangen ist?

Ja, aber darüber will ich vor dem Schlafengehen nicht reden, sagte sie entschlossen. Dreißig Jahre ist es her, und es regt mich noch immer auf. Jedesmal, wenn ich daran denke, habe ich den Kopf voll mit Flüchen auf Tschechisch und auf Deutsch.

Sie rieb sich den Fuß und massierte den geschwollenen Knöchel. Mach nicht denselben Fehler wie ich, sagte sie, nie habe ich aufgehört, auf einen Anruf von ihm zu warten, und ich habe immer gehofft, er würde eines Tages in der Wohnungstür oder in der Tür zum Café auftauchen. Sie stand auf und ging zur Dusche. Ihre Hinterbacken hoben und senkten sich unter dem groben Stoff, aus dem offenen Reißverschluß schaute der Unterrock heraus.

Es war still und sehr dunkel. Aus irgendwelchen Gründen hatte Margit sogar die kleine Lampe in der Küche ausgemacht, aus ihrem Schlafzimmer drangen ihre langen, regelmäßigen Atemzüge. Sie schlief tief. Der Schlaf eines müden Menschen, frei von Alpträumen und Gewissenskämpfen. Draußen schrie ein Nachtvogel, schlug mit den Flügeln gegen Zweige und flog zu anderen Bäumen. Helle Flecken schwammen über die Zimmerdecke. Ich machte die Augen zu und sah Heda an meinem Kopfende stehen, mit kahlem Schädel und kahlen Augenlidern, das Gesicht weiß und ernst wie damals, als sie zu Talja Lamdan gesagt hatte, du gehst hier nicht weg, bis du das repariert hast.

Sie hatte Talja nur selten eingeladen, meine Mutter hatte ihnen dann immer Erdnußflips und Himbeersaft hingestellt, und Heda und Talja hatten sich damit beschäftigt, Puppen an- und auszuziehen. An jenem Tag betrachtete Heda die langen Haare ihrer Besucherin und überlegte, warum Talja erfolgreich war und sie nicht. Talja knöpfte kleine Perlmuttknöpfe auf und schob den Puppenarm in einen Ärmel, als der Arm plötzlich aus der Kugel rutschte. Wie eine Katze sprang Heda auf alle viere und sagte, bring's in Ordnung, du hast es kaputtgemacht.

Talja schob den Puppenarm in die Höhlung, aber er sprang sofort wieder heraus. Ich kann es nicht, sagte sie und blickte Heda flehend an.

Du hast es kaputtgemacht, du reparierst es auch, sagte Heda, sprang auf und stand groß und häßlich vor Talja, dann machte sie einen Satz zur Tür, versperrte sie mit den Armen und sagte, du gehst hier nicht weg, bis du das repariert hast. Sie hatte eindeutig ihren Vorteil erkannt und wollte ihn bis zum letzten auskosten. Drohend und gespannt starrte sie den Puppenarm an, der nicht in die Höhlung zurückwollte. Du gehst hier nicht weg, bis du das repariert hast, sagte sie noch einmal und spreizte die Beine.

Talja fing an zu weinen, ich hab's nicht mit Absicht gemacht, ich gebe dir eine Puppe von mir.

Wer braucht schon deine Puppen, antwortete Heda, schloß die Beine wieder, machte ihr Platz und betrachtete sie mit feindseliger Verachtung. Talja rannte, als ginge es um ihr Leben, und als sie schon an der Treppe war, lief Heda ihr nach und warf ihr den kaputten Arm hinterher. Der Arm fiel ins Gras, Vögel wurden von ihm angelockt und pickten in das harte Plastik.

Am nächsten Tag war Talja an der Spitze des Chors, der laut sang, die Katze hat 'ne Tatze und Heda hat 'ne Glatze. Heda nahm ihren Ranzen, verließ die Schule, ging zu Jo´els leerer Terrasse und saß auf den Treppenstufen, bis die Zwölf-Uhr-Glocke verkündete, daß die Schule aus war.

In meinen wirren Träumen spreizte sich die rosafarbene Hand im Gras und riß Halme aus, ein Arm und eine Hand, die zu keinem Körper gehörten.

Margit weckte mich, indem sie mich an den Schultern schüttelte. Was ist mit dir, hast du zuviel Whisky getrunken, daß du nicht aufstehen kannst?

Scharf und schneidend kam mir der Morgen entgegen. Das Licht und Margits laute Stimme erinnerten mich sofort an den blauen Transit in der Stern Straße unter dem Laternenpfahl. Zum Teufel, rief ich, sprang aus dem Bett und zog am Rolladen, um das Bild loszuwerden. Was ist mit dir, fragte ich mich laut, nimm dich gefälligst zusammen, schau der Eifersucht ins Gesicht und stell dich ihr.

Es war ein schöner Tag draußen, der Winter ging allmählich vorbei, bald würde Alma endlich ihre Ruhe finden, bald würde gelb blühender Senf aus den Ritzen zwischen Grabstein und Erde wachsen, und in den Feldern würden die Bauern gegen Prudenia spritzen, aber auf dem Friedhof würde die Luft klar und rein bleiben.

Du siehst heute irgendwie geschwollen aus, sagte Margit. Ich schaute in das Spiegelkarussell der Bar, aber abgesehen von den dunklen Ringen unter den Augen sah mein Gesicht schmal und blaß aus.

Nein, nicht wirklich geschwollen, sagte Margit, ich meine, du siehst aus wie ein geschwollener Furz. Hör auf mich, du hast einen Glücksfall in der Hand, nimm ihn und schick alles andere zum Teufel.

Weißt du, was man bei uns sagt? Ein Skorpion, ein Glücksfall und der Messias kommen, ohne daß man es merkt, sagte ich.

Solche Sachen verstehe ich nicht, sagte Margit, steckte sich einen Zahnstocher zwischen die Zähne und spuckte ihn wieder aus.

Zusammen gingen wir hinunter zu ihrem Renault. Heute wollte ich gut zu Elijahu sein.

Auf dem Rücksitz des Renault stand ein Paket, mit Anglerschnüren zusammengebunden. Was ist das für ein Paket? fragte ich. Sieht aus wie ein verdächtiger Gegenstand.

Margit schlug sich mit der Faust gegen die Stirn und rief, ich werde wirklich langsam senil, das habe ich ganz vergessen. Drei Leute aus deinem Moschaw haben dich gestern gesucht und das Paket für dich dagelassen.

Drei? fragte ich und sah meine besorgten Eltern vor mir, die ihre Pflegetochter zu einem Ausflug in die heilige Stadt mitgenommen hatten.

Und? Hat meine Mutter von deinem Kuchen gegessen? fragte ich.

Da war niemand dabei, der wie deine Mutter ausgesehen hat, sagte Margit. Es waren zwei Männer und ein Mädchen.

Zwei Männer?

Ja, ein alter und der nette Kerl, der mal mit dir im Café war, und das Mädchen, das sie dabei hatten, hatte fast keine Haare. Soweit ich gesehen habe, war der Alte früher mal ein toller Mann. Wirklich ein Jammer, was die Zeit den Menschen antut. Margit bog in die belebte Straße ein und sagte, seltsam, daß ich das vergessen konnte. Ein Glück, daß es heute nacht kalt war, im Sommer wäre dieses Obst schon verfault.

Gestern hatte ich mir noch überlegt, was sie hinter dem billigen Vorhang in der Stern Straße trieben, und jetzt, am Morgen, stellte sich heraus, daß er bereits seinen ganzen Anhang zu ihr mitnahm, so weit waren die Dinge also schon gediehen. Am Mittag wird Elijahu kommen, ich werde zu ihm gehen, mit den dunklen Ringen unter meinen Augen, und werde sagen, übrigens kann man durchaus von Symmetrie sprechen, was deine Frage betrifft, obwohl ich gestehen muß, daß Geometrie nie meine Stärke war. Er wird rot werden bei dieser Nachricht, einen Knopf an seinem Hemd aufmachen, sich mit seiner Börsenzeitung Luft zufächeln und das Tuch aus seinem Hemd ziehen.

Gehören sie zu deiner Familie? fragte Margit.

Wer?

Die drei, die dich gestern gesucht und dir Dattelpflaumen gebracht haben.

Nein, es sind Nachbarn. Sag mal, hat das Mädchen etwas gesagt?

Das Mädchen hat bedauert, daß du nicht da warst und hat »oj« gesagt. Sima hat ihr ein Stück frischen Käsekuchen gegeben und gesagt, ist es nicht schade um deinen Kopf, Mädchen? Warum schneidest du dir so die Haare? Der nette Mann hat gehört, was Sima gesagt hat, er hat dem Mädchen über den Kopf gestreichelt, und der Alte, der übrigens viel gehustet hat, hat auf die Wanduhr geschaut und gesagt, es ist schon spät, Leute, machen wir uns auf den Weg.

Elftes Kapitel

Drei Tage vor Pessach waren Rutha Schochets Rosen in übervoller Blüte. Höher als der Zaun, schauten sie hinaus auf die Straße, und Rutha, mit ihren arthritischen Fingern, besprühte die Knospen, als reichte ihnen nicht, was sie von der Erde bekamen.

Na, Ossi, wie geht es dir? Bist du gekommen, um den Eltern zu helfen?

Sie hielt sich eine nasse Hand über die Augen, gegen die Sonne, und blies eine Fliege weg, die sich auf ihre Nase setzen wollte. Rutha gehörte nicht zu denen, die mich verurteilten, weil ich erst im letzten Moment kam, wenn nur noch die festgebackenen Fettreste aus dem Backofen gekratzt oder die Aufsätze vom Gasherd gescheuert werden mußten.

Nimm dir Urlaub, hatte Margit gesagt, bei euch macht man doch ein Mordstamtam aus diesem Fest.

Wie eine Reihe geköpfter Priester hingen die Mäntel und Kleider der Familie auf Bügeln an der ganzen Länge des Zauns. Heda schob die Hand in eine Tasche nach der anderen, zog das Futter heraus und schüttelte es sorgfältig aus. Was konnte schon an Gesäuertem in den Taschen eines Mantels sein, der mindestens fünf Jahre lang nicht mehr getragen worden war und den man im letzten Jahr und in allen Jahren davor schon gründlich ausgeschüttelt hatte? Außerdem steckte man bei uns ohnehin nie Essen in Manteltaschen, wegen der Motten. Aber mein Vater sagte immer, man könne nie ganz sicher sein, ob man nicht doch einmal Erdnußschalen oder Sonnenblumenkerne in die Tasche gesteckt habe. Heda ließ auch die Innentaschen nicht aus, hartnäckig untersuchte sie jedes Kleidungsstück und hängte die bereits kontrollierten ans Ende der Reihe. Meine Mutter konnte in aller Ruhe in der Küche die Karpfen durch den Wolf drehen, sie wußte, daß sie sich auf Heda verlassen konnte. Nicht weit von ihr, auf dem Rasen, lag Lotti, alt und müde, und leckte am Rasensprenger. Von Zeit zu Zeit schloß sie die Augen und öffnete sie wieder, um die Vogelscheuchen mit den herunterhängenden Ärmeln am Zaun zu betrachten.

Die da habe ich alle schon kontrolliert, sagte Heda, gleich bin ich fertig.

Ihre Fesseln hatten sich gestreckt und waren schmaler geworden, die kleinen Schwellungen an ihrer Brust sahen spitzer aus, aber noch nicht voller, es schien, als würde sie am Ende doch Almas schmales Becken bekommen. Bald würde Elischa zwei Frauen im Haus haben, eine junge Braut und ein heranwachsendes Mädchen, das schweigsam und mit hängenden Schultern herumläuft, plötzlich wird dieser Mönch Deodorants riechen, Frauenhaare aus der Badewanne fischen und rosafarbene Unterhosen von der Leine nehmen, der Geruch von Hormonen wird ihm in die Nase steigen, von reifen und von unreifen.

Ich legte meine Hand auf Hedas Rücken, sie wich zurück und fuhr mich an, wer hat dir erlaubt zu kontrollieren, ob ich schon einen anhabe? Diese blöden Mädchen fassen mich jeden Tag am Rücken an, dabei habe ich gar nicht vor, einen anzuziehen.

Ich habe doch nur gewollt, daß du dich geradehältst, sagte ich.

Oj, du bist genau wie deine Mutter, laß doch meinen Rücken in Ruhe.

Sie hatte recht. Steh gerade, geh nicht barfuß, hör auf, Grind abzukratzen. Was hatte ich mit den Versuchen meiner Mutter zu tun, gegen die Unvollkommenheiten der Welt anzugehen?

So, ich bin fertig, verkündete sie und betrachtete forschend den Trupp Textilien am Zaun. Dann ging sie in den Garten hinter dem Haus und fing an, unter der Tulpe zu graben, die zwischen den Zwiebelbeeten und dem Schuppen wuchs. Mit einem Aluminiumlöffel hob sie Erde heraus, vorsichtig, damit der Stengel nicht umkippte. Die Tulpe trug eine einzige rote Knospe, ihre Zwiebel steckte tief in der Erde.

Heda hockte auf der Erde wie ein Frosch, breitbeinig, das Kleid zwischen die Oberschenkel gestopft, damit man nichts sah. Seit wann war sie sich bewußt, daß geöffnete Beine Gefahr bedeuteten?

Die Erde gab nicht so schnell nach. Unter der obersten Schicht war sie hart und fest, aber Heda kämpfte hartnäckig. Sie goß Wasser über den trockenen Boden, stemmte die Ellenbogen auf die Knie und legte das Kinn in die Hände und wartete, daß die Erde aufweichte, hob eine Schicht heraus und goß Wasser nach, grub die nächste Schicht aus, bohrte mit den Fingern in der trockenen Erde und rieb dann die Hände, wie sie es sonst macht, wenn sie Teig geknetet hat.

Ossi, geh zur Seite, du nimmst mir die Sicht.

Ich zog meinen Schatten von der Tulpe und fragte, was ist mit deinem Vater?

Meinem Vater geht es gut, Gott sei Dank. Sie hatte ihre Zunge schon den Beruhigungstabletten angepaßt, die man hier dem Satan in den Rachen schiebt, der, sobald er hört, etwas sei gut, die häßlichen Zähne bleckt und sich aufrichtet, doch dann kommen das »Dem Ewigen sei Dank« und das »Wenn der Ewige will« und das »Gelobt sei der Ewige« und weisen ihn an seinen Platz. Auch Elijahu wagt es nicht, etwas Gutes mitzuteilen, ohne das notwendige Lob Gottes hinzuzufügen, Margit hingegen verkündet von sich selbst, sie sei gesund wie ein Stier und habe keine Angst, daß jemand sie hinterrücks angreifen und ihr die Freude verderben würde, und auch ich gewöhnte mir diese Floskeln langsam ab, nicht weil ich dachte, es gäbe keinen Gott, sondern weil ich beschlossen hatte, ihn nicht zu stören und ihn seine Arbeit in Ruhe tun zu lassen.

Was ist mit den Plänen, die du für deinen Vater gehabt hast?

Weiß ich nicht, sagte sie und prüfte, ob die Zwiebel schon weit genug freigelegt war, aber sie steckte noch fest in der Erde, Heda mußte weitergraben. Früher hatte ihre Geduld nur zu fingerbreitem Graben gereicht, aber jetzt kämpfte sie mit der Erde und wollte die gesamte Wurzel der Zwiebel freilegen, um die Tulpe in einen Blumentopf zu pflanzen, als Pessach-Geschenk für Jo´el.

Ossi, ich habe dir ja schon mal gesagt, wenn er heiratet, ziehe ich zu ihm.

Und wie stehen die Chancen, daß er heiratet?

Das weiß ich nicht, sagte sie wütend und verschlossen wie die Erde, die sie zu durchdringen versuchte.

Wieso weißt du das nicht, erzählen sie dir nichts? fragte ich.

Wer?

Dein Vater und seine Freundin.

Was für einen Blödsinn redest du.

Ich nahm einen dicken kleinen Zweig, der vom Flammenbaum gefallen war, und half ihr beim Graben. Paß auf, sagte sie, wenn der Stengel kaputtgeht, ist alles umsonst, diese Zwiebel bringt nur eine Tulpe im Jahr hervor, sei vorsichtig, verstehst du, nur eine Tulpe im Jahr, geh weg, ich kann es alleine.

Sie nahm mir den Zweig aus der Hand und warf ihn zur Seite, ich protestierte nicht. Mir tat es ohnehin leid um meine Fingernägel, die ich mir für Margits Reise nach Tschechien wachsen ließ, denn dann würde ich das Café führen und wäre befreit von allen Putzarbeiten. Heda spuckte ein Bröckchen Erde aus, das ihr an der Lippe klebte, wischte sich angeekelt über den Mund. Ein schwarzer Schmutzstreifen blieb auf ihrer Wange zurück.

Du mußt mir wirklich nichts verraten, Kleines.

Ich weiß nichts, was ich dir verraten könnte, sagte sie, rieb sich Erde von den Händen, befreite die Zwiebel und hielt die Tulpe in die Luft. Die Wurzeln der Zwiebel waren erdverkrustet und schwer und bewegten sich nicht im Wind.

Innerhalb weniger Tage sollte sich herausstellen, daß Jo´els Fensterbrett hervorragend geeignet war für die Tulpe, die Blätter wurden voll und der Stengel richtete sich auf und wuchs.

Das Putzfieber, das den ganzen Moschaw heimgesucht hatte, verschonte auch die Familie Malkin nicht. Heda übernahm es, die Badezimmer von Elischa und Jo´el zu putzen, sie kratzte Beläge ab, kippte Bleichmittel in die Kloschüssel und reinigte die Wände.

Nein, danke, sagte Elischa, als ich meine Hilfe anbot, Heda und ich kommen zurecht, und wirklich, warum sollte er sich auch die Blöße geben und mich ein Haar sehen lassen, das am Waschbecken klebte, Spucke, die aufs Kissen geflossen war, oder Urintropfen, die am Rand der Kloschüssel eingetrocknet waren.

Und dann hörte plötzlich alles auf, der Lärm vom Ausklopfen der Teppiche, das Heulen der Staubsauger und das Rattern der Waschmaschinen. Die Männer zogen ihre Trevirahosen an, die Frauen ihre Kleider aus Chiffon oder Viskose. Ihre Hände waren von Reinigungsmitteln angefressen, schwarz vom Auberginenschälen und zerkratzt vom Nüssereiben für das Charosset, aber ihre Ringe funkelten und blitzten.

Die Malkins und Tante Rosi kamen am Seder-Abend zu uns, auch Gito. Er saß auf dem hohen Kinderstuhl, der bei uns stand, seit Heda klein gewesen war. An der einen Seite des Tisches saßen Elischa, Jo'el und Heda, den beiden männlichen Malkins gegenüber saßen die beiden Frauen der Simons, die es für immer auf sie abgesehen hatten, nämlich Tante Rosi und ich, und an den beiden Schmalseiten des Tisches mein Vater und meine Mutter. Jo'el bemühte sich, sein Husten zu unterdrücken, klopfte mit dem Finger auf den Tisch, schlug mit der Gabel gegen sein Glas und bewegte Kopf und Schultern im Takt der Lieder. Elischa reckte den Kopf, schloß die Augen und sang aus voller Kehle, und in seiner Stimme drückte sich eine solche Freude aus, daß sich einem unwillkürlich der Verdacht aufdrängte, daran könne nicht nur der Auszug aus Ägypten schuld sein.

Ich besaß kein neues Kleid zu Ehren des Festes, statt dessen trug ich eine Kette aus blauen Steinen, die mir Elijahu geschenkt hatte, aber nicht aus seinem Schmuckgeschäft; was er in seinem Laden verkaufte, paßte zu reichen Matronen mit dicken Hälsen und schweren Brüsten. Als er mich zum Autobus begleitet hatte, hatte er mir die Kette gegeben und gesagt, die Trennung, die uns die Festtage auferlegten, mache ihn sehr traurig, während ich mir keine Mühe gab, meine Freude über die Ferien von der Beziehung zu verbergen.

Am Pessachmorgen drang Licht durch die Rolladenritzen und ließ Streifen von Staub aufleuchten. Ich konnte nicht weiterschlafen, denn die Symphonie der Geräusche, die aus dem Garten hereindrang, war laut und fröhlich. Tauben, Amseln, Hühner und Bienen trugen nach besten Kräften ihren Teil bei, sogar Lottis Gebell war zu ausgelassen für ihr Alter. Ich zog den Rolladen hoch und wunderte mich nicht, es war ein vollendeter Frühlingstag, der die Geschöpfe so närrisch machte. Insekten schwirrten in der Sonne, überall drängten Keime aus der Erde, sogar aus den Rissen im Stamm des Flammenbaums und aus den Ritzen zwischen den Steinen am Gartenzaun.

Elijahu hatte schöne große Schuhe, vielleicht Größe sechsundvierzig. Sie trugen seine Beine über Asphalt und Gehwegplatten. Die einzigen Grünpflanzen, die er kannte, waren die, welche die Stadtverwaltung in Kübel gepflanzt und mit Eisengittern gesichert hat. Doch obwohl der Mohn auf den Hängen um uns herum noch nie so schön geblüht hatte wie gerade jetzt, schlug ich Elijahu nicht vor, während der Zwischenfeiertage herzukommen und mit mir spazierenzugehen.

Fünf Tage vergingen, bis ich Elijahu anrief. Wenn er nur einmal einen Ausdruck wilder Freude gezeigt hätte, wenn er nur einmal einen gesunden Schrei ausgestoßen hätte, hätte ich mich von ihm anfassen lassen, doch einstweilen gab es zwischen uns nur zeremonielle Berührungen, wenn er mir half, den Mantel aus- oder anzuziehen, wenn er beim Treppensteigen meinen Ellenbogen stützte, wenn er für mich meinen Sicherheitsgurt schloß oder öffnete.

Weißes Licht ließ die Schatten der Apfelbaumzweige auf den Wänden tanzen. Es wäre schon interessant, einmal seine behaarten Hände zu spüren, seine Brust, die ich noch nie nackt gesehen hatte, seine Hüften, deren Härte sich durch den dünnen Stoff seiner Hosen abzeichnete. Das Licht machte mich betrunken und weckte Sehnsüchte in mir. Wie klug ist doch das Gras, das nichts berechnet, sondern zwischen den Sandkörnern herausbricht und sich nimmt, was es brauchen kann, von der Sonne, vom Schatten, vom Wind und von der Hühnerkacke, was kümmert es die Spitzhacke, an der mein Vater den Griff schon wieder festgenagelt hat.

Heda fütterte Gito, sie hatte Mazza im Hühnerwasser eingeweicht und schob ihm nun kleine Stücke in die Schnauze, er richtete sich auf seinen kurzen Hinterbeinen auf und legte die Pfoten an ihren Arm.

Tante Rosi hatte sich im Schatten des Flammenbaums niedergelassen und betrachtete das Gras, der Wind fuhr ihr durchs Haar, so daß es ihr wie ein Diadem aus grauem Kreuzkraut um den Kopf stand. In dem jungen Licht, das den Kies aufleuchten ließ, die Sandkörner, Glasscherben und das Blech des Schuppens, sah sie niedergeschlagen und armselig aus, als grübelte sie über die vielen Möglichkeiten nach, die jedes Hundezahngras im Garten besaß, während sie gezwungen war, ihre Kräfte dafür zu vergeuden, die Zeichen ihres zunehmenden Verwelkens zu tarnen. Ich zog mich an und ging zu ihr hinaus, und sie schaute mich an wie jemand, der auf frischer Tat ertappt wurde.

Nun, wie geht's, Ossinka? Wieder mal ein Pessach, und bei dir tut sich nichts. Weißt du, deine Tante Rosi ist nicht das beste Beispiel für dich.

Sie scharrte mit dem Schuh im Sand, die Sonne beleuchtete neue Haarstoppeln, die aus den Poren drangen, obwohl sie sich die Beine zu Ehren des Festes rasiert hatte, doch plötzlich faßte sie sich und schimpfte mit Gito und Heda, weißt du eigentlich, was er von diesen Mazzot für eine Verstopfung bekommen wird? Das ist kein Hund, den ich auf der Straße gefunden habe, er hat empfindliche Därme.

Die beiden hörten sich ihre Vorwürfe an und warfen sich niedergeschlagene Blicke zu. Heda stieß die Schüssel mit dem Fuß um, und das graue Wasser näßte Gitos kleine Krallen. Sie sagte, das ist mir doch egal, und versuchte, die Hühner mit den eingeweichten Brocken anzulocken.

Als Elischa am folgenden Tag losgezogen war, um das Feld zu bewässern – die einzige Arbeit, die er sich an den Halbfeiertagen erlaubte –, nahm ich den Schlüssel vom Haken in der Küche und ging hinüber zu seinem Haus. Almas Augen folgten mir durch das Glas, das zu Ehren des Festes geputzt worden war.

Ich fuhr mit dem Finger über ihre kühle Wange und sagte, Alma, siehst du die Nelken in der Vase? Wann hat dein Witwer je sein Haus geschmückt? Nichts beweist besser als diese Blumen, wie sehr sich seine Stimmung geändert hat. Auch daß er die Distel, die jahrelang traurig in einer Flasche stand, herausgenommen und durch den blühenden Zweig eines Zitronenbaums ersetzt hat, spricht für sich. Es stimmt, in den Schränken gibt es keine neuen Gerüche, auch keine neuen Kleidungsstücke, in der Schublade keine fremden Briefe. Und in seinem Notizkalender finden sich keine Einträge, außer die üblichen Verabredungen mit Händlern von Schädlingsbekämpfungsmitteln und Kunstdünger. Du siehst, Alma, wir müssen uns einstweilen mit der bescheidenen Zeugenaussage der Nelken und des blühenden Zweiges begnügen, die plötzlich in sein karges Leben eingebrochen sind, aber wenn du willst, kann ich noch ein Buch von Tschechow dazulegen, das ich neben seinem Bett gefunden habe. Seit wann liest dein Bauer etwas, was nichts mit der Landwirtschaft oder der Halacha zu tun hat?

Während ich mich noch mit Alma unterhielt, klingelte das Telefon laut und herausfordernd. Soll es doch platzen, das Telefon, dachte ich und verließ das Haus, aber ich hörte das Klingeln noch, nachdem ich die Tür abgeschlossen hatte. Insekten kreisten über den Kreuzdornbüschen, der Wind drehte die Blätter, ihre Farbe wechselte von Grün zu Bronze, Tausende von gelben Blüten kündeten von den zu erwartenden Früchten.

Warum hast du das Telefon nicht abgenommen? fragte Heda, als ich nach Hause kam.

Was für ein Telefon?

Du warst im Haus von meinem Vater, ich wollte, daß du mir was von dort mitbringst, deshalb habe ich angerufen.

Ein Anruf im Haus deines Vaters ist nicht für mich bestimmt.

Warum bist du hingegangen?

Ich habe ein Buch gesucht, sagte ich.

Sie gab sich zufrieden mit der Antwort. Sie ging in die Küche, um nachzuschauen, ob ich den Schlüssel wieder an seinen

Platz gehängt hatte, aß ein Stück Mazza und wischte die Krümel vom Tisch. Während meiner Abwesenheit war ihr Verantwortungsbewußtein für die Sauberkeit im Haushalt zweifellos gewachsen, sie glättete Falten in der Tischdecke, sie knotete Abfalltüten zu, sie wechselte das Wasser in den Blumenvasen, schnitt Blumenstengel kürzer, staubte in der Küche ab, wenn der Staub auf den Resopalplatten in der Sonne aufleuchtete, und ersetzte ohne Aufforderung das Klopapier, wenn die alte Rolle leer war.

Ossi, in den großen Ferien komme ich zu dir nach Jerusalem, sagte sie und zog sich das Armband bis zum Ellenbogen. Ich helfe dir im Café.

Gern, sagte ich, obwohl ich mich überhaupt nicht freute. Was würde Elijahu sagen, ich konnte mir kaum vorstellen, daß es ihn begeistern würde, dieses Mädchen auf unsere Ausflüge mitzunehmen.

Diese dicke Angestellte in deinem Café hat mir einen stinkenden Kuchen gegeben, sagte Heda, und wer hat ihr erlaubt, über meine Frisur zu reden?

Es kann dir doch egal sein, was sie sagt.

Ich pfeife auf sie, sagte Heda, kratzte sich am Kopf und hielt die Finger ans Licht, um zu sehen, ob keine Schuppen unter den Nägeln hängen geblieben waren.

Ich habe gehört, ihr wart auch bei Naomi, sagte ich, wie war's da?

Toll, sie hat uns Fotoalben gezeigt. Weißt du, was ihr Vater früher gearbeitet hat? Er hat Grabsteine gemacht, wirklich, das war seine Arbeit.

Nachum Levis Beruf gefiel mir. Er war also kein Lehrer gewesen, kein Chauffeur, kein Schmied. Herr Levi als letztes Glied in der Reihe derer, die den Toten dienen, eine Tatsache, die dazu angetan war, die Begeisterung eines Witwers abzukühlen. Naomi erlernte allerdings einen Beruf, der dazu diente, den Kundenstamm ihres Vaters zu verringern, aber ihr Vater war ja bereits auf die Seite seiner Kunden gewechselt, es spielte jetzt schon keine Rolle mehr.

Über was habt ihr noch gesprochen, als ihr bei Naomi wart?

Sie hat mich für die großen Ferien eingeladen.

Allein oder mit deinem Vater?

Ossi, deine Fragerei stinkt mir. Die Nuß, die sie aufzumachen versuchte, zerbrach zwischen den Zangen des Nußknackers, aber sie ließ nicht locker und knackte auch noch das letzte Stück Schale, in dem sich etwas befand.

Obwohl er sich an den Halbfeiertagen nicht rasierte und die Stoppeln sein Gesicht schmaler machten, sah Elischa ruhig aus, ja sogar fröhlich. Er erkundigte sich, wie ich mich darauf vorbereitete, ein Café zu führen, und sagte, wenn ich dir bei irgend etwas helfen kann, brauchst du es mir nur zu sagen. Mit der einen Hand wühlte er in den Nüssen, seine andere lag ruhig und entspannt auf dem Tisch, die Narbe war nur noch ein heller Streifen, ungefähr so breit wie eine Nudel.

Ich sehe, daß dein Kratzer geheilt ist, sagte ich. Damals war er noch eine tiefe, empfindliche Wunde.

Er wurde rot, zog seine ausgestreckten Beine an und schwieg. Eine Lust, die von nichts abhing, hatte ich ihm an jenem Tag versprochen. Er nahm eine Nuß, rollte sie zwischen den Händen und sagte, Ossi, ich möchte etwas mit dir besprechen, wenn du Zeit hast.

Offenbar hatte er endlich den Mut, um mir von Naomi zu erzählen. Aber er konnte sich nicht vorstellen, daß ich keine Lust hatte, mir das alles anzuhören, nur damit er sich von dem bedrückenden Gefühl befreien konnte, etwas vor mir zu verbergen.

Ich habe dir ebenfalls etwas zu sagen, sagte ich und dachte, ich liege mit einem anderen, aber dich liebe ich, das hatte seine Alma an einen anderen Mann geschrieben, und er saß da und wühlte gelassen in den Nüssen.

Du kannst es mir jetzt sagen.

Nein, das paßt jetzt nicht, wir werden schon noch einen geeigneten Zeitpunkt finden.

Er zerteilte die geknackte Nuß und reichte mir eine Hälfte, die andere behielt er für sich. Er schaute mich konzentriert und gesprächsbereit an, und ich nahm mich zusammen und schwieg, in diesem Moment haßte ich den Mann, der beharrlich leugnete, etwas zu verpassen.

Weil ich nichts sagte, stand er auf, wischte die Nußschalen vom Tisch, warf sie in den Mülleimer und sagte, ich gehe jetzt heim, hast du Lust, mich zu begleiten?

Nein, antwortete ich, ich bin müde.

Er glaubte mir nicht, er schaute mich mit seinen grauen Augen an und sagte, gut, also auf Wiedersehen, dann drehte er sich um und ging. Seine Sandalen knirschten auf dem Weg, doch einen Moment später war er schon zurückgekehrt, er hatte vergessen, Heda gute Nacht zu sagen, danach verschwand er wieder. Durch das Fenster sah ich, daß er an seinem Haus vorbeiging, ohne einzutreten, und es dauerte eine Stunde, bis er zurückkam und das Licht in seiner Küche anknipste.

Es wäre richtig gewesen, sich jetzt vor ihn hinzustellen und zu sagen, sprich, du wolltest mir doch etwas sagen. Aber wer hat schon Kraft für solche Dramen? Verwirrt und gereizt erhob ich mich und machte noch nicht mal das Licht in der Küche aus. Ohne den Morgenrock auszuziehen, legte ich mich ins Bett und befahl mir, an Elijahu zu denken. Aber es gelang mir nicht, die Lippen und die Augenwimpern und die fleischige Nase zu einem Gesicht zusammenzusetzen. Ich sah Hände und Haare, die auf den Handgelenken wuchsen, Finger, die eine Gabel hielten und sie in die Blinzes stießen. Ich sah auch Elischa vor mir, er geht die dunkle Straße entlang und denkt nach, sein ganzes Leben lang denkt er nach, was gibt es so viel nachzudenken, zum Teufel? Plötzlich geht er Arm in Arm mit

Naomi und berührt ihre weiche Brust, dann spreizen sich seine Beine, der Bund seiner Jeans rutscht nach unten, er streckt sich und pflückt eine Orange für Naomi, sie ißt die Frucht und lacht ein orangefarbenes Lachen und dann löst sie einen Schnitz ab und gibt sie dem Skelett, das neben ihnen herschlurft und eine Spur im Sand hinterläßt.

Zehn Tage hatte ich Elijahu nicht gesehen. Es war gut zu wissen, daß es dort in der Stadt der Steine jemanden gab, der an mich dachte, ich sehnte mich nach dem Audi und nach dem Geruch Elijahus, nach dem Anblick seiner Hände, die das Lenkrad hielten.

Am Ausgang des Festes knarrte endlich die Leiter unter Elischas Gewicht. Wir reichten ihm die schweren Pessach-Töpfe und das andere Geschirr, damit er sie in dem Verschlag unter der Decke verstaute. Heda hob die Porzellanteller hoch, ihre Ärmel rutschten über die Ellenbogen und entblößten ihre weißen Arme. Sie beugte sich über den Stapel und nahm einen Teller nach dem anderen, sie war die Schnellste und Vorsichtigste von uns allen. Zu diesem Zeitpunkt packte Tante Rosi ihre Sachen, und Gito sprang an dem Koffer hoch und roch das kommende Abenteuer der Heimreise, sein lautes Gebell übertönte die Melodie, die Elischa vor sich hin pfiff.

Die Familie wartete auf mich, bis ich ein paar Sommerkleider und meine gewaschenen Sachen eingepackt hatte, dann begleiteten sie mich und Tante Rosi zur Bushaltestelle. Rosi bedankte sich mit erhobenem Kopf für die Bewirtung und sagte, Dworales *Knejdlech* schmecken original so wie früher, bei uns zu Hause. Sie hatte sich Gitos Leine wie Tefillin um die linke Hand gewickelt, er rannte voraus und lauschte auf die Geräusche der Nacht.

Es war eine Nacht im Spätfrühling, der Duft des Waldes mischte sich mit dem der Luzerne, eine Grille zirpte kurz und schwieg dann wieder. Meine Mutter atmete tief ein, nahm meinen Ellenbogen und sagte, bring dich nicht um mit der Arbeit, Ossi, laß dir auch noch ein bißchen Zeit, um das Leben zu genießen.

Sie freute sich nicht, daß der Trubel der Festtage hinter ihr lag. In den kommenden Tagen würde sie wieder nur für drei Leute kochen, die Wäschestücke an der Leine würden sich verringern, sie würde Zeit haben. Der Garten mußte gründlich und sorgfältig bearbeitet werden, sie würde wieder lange Gespräche mit Manzi Ullmann führen können, aber die Zahl der Themen, über die man sich unterhalten konnte, würde abnehmen, dagegen würde die Zahl der Themen, über die man lieber schwieg, größer werden.

Heda kauerte im Gras und beobachtete, wie ein Glühwürmchen aufleuchtete und ausging. Auch sie bedrückte das leerer werdende Haus. In den vierzig Tagen bis Schawu´ot würde sie in den sauberen und leeren Zimmern herumlaufen und nachmittags in der Küche Gespräche auf Ungarisch hören müssen, auch abends vor dem Fernseher. Sogar Elischa sah bekümmert aus. Er wollte mir etwas sagen und lauerte auf den Moment, da meine Mutter meinen Ellenbogen loslassen würde, aber als das geschah, waren schon die Scheinwerfer des Autobusses zu sehen.

Meine Mutter küßte mich, Heda stand aus dem Gras auf und sagte, auf Wiedersehen, Ossi, ich habe noch sieben Monate bis zur Bat-Mizwa, und in den großen Ferien komme ich zu dir, wie wir besprochen haben. Die letzten Worte schrie sie, um den Motorlärm zu übertönen. Sie gab sich mit den geringen Freuden zufrieden, die sie im Sommer erwarteten, und kauerte sich wieder ins Gras zu den Glühwürmchen.

Ich stieg hinter Tante Rosi und Gito in den Autobus. Elischa stand auf der untersten Stufe und drückte mir die Hand, zögernd, als könne er sich nicht entschließen, ob er sie festhalten oder loslassen wolle, und weil er sich nicht entscheiden konnte, berührten sich unsere Hände, ohne sich wirklich zu berühren, und die warme Luft, die von den Rädern aufstieg, blies zwischen ihnen hindurch.

In fünf Tagen würde Margit abreisen, ihre Koffer verstopften schon den Flur vor der Toilette. Sie schob sie mit dem Fuß an die Wand, breitete auf ihrem Bett Kleider aus, die sie einpacken wollte, probierte sie an und räumte diejenigen, die ihr zu eng geworden waren, wieder weg.

Für die Zeit ihrer Abwesenheit hatte sie zwei zusätzliche Kellnerinnen eingestellt, die sie, weil sie davon ausging, daß die Disziplin ohne sie nachlassen würde, hart anfaßte, solange sie noch da war. Ich sagte nicht, daß ich, wenn sie mit der Peitsche züchtigte, mit Skorpionen züchtigen würde, denn solche Sätze versteht sie nicht. Die eine Kellnerin hatte ein angenehmes Gesicht und kräftige Schultern und hieß Iris, die andere hatte ein spitzes Kinn, zu kurz im Verhältnis zu ihrer Nase, sie hieß Inat. Selim und Sima waren den beiden Verstärkungsspielerinnen gegenüber mißtrauisch und bildeten gemeinsam und demonstrativ eine Front. Sie schwiegen, wenn die beiden anderen anwesend waren, und sie unterhielten sich nur miteinander, wenn sie mit dem Gesicht zum Spülbecken standen. Sima achtete wieder darauf, ihre Haare zusammenzubinden, wenn sie aus dem Gummi gerutscht waren, und zog sich die Bluse über den Fettwulst am Bauch. Selim änderte nichts an seinem Verhalten, er rauchte nicht weniger und bewegte sich nicht schneller, auch die Zahl der Schürzenbandwindungen um seine Hüften blieb gleich, und alle vier zeigten sich mir gegenüber respektvoll und wahrten die nötige Distanz.

Nachdem er mich zehn Tage nicht gesehen hatte, ging Elijahu um seinen Blinzestisch herum und kam mit strahlenden Augen zur Theke. Um die Wahrheit zu sagen, ich freute mich auch, ihn zu sehen. Da war jemand, in dessen Anwesenheit ich weder mißtrauisch noch listig sein mußte, ich war nicht gezwungen, meine Füße in Schuhe mit zu hohen Absätzen zu quetschen, und brauchte mir keinen Schmuck an die Ohrläppchen zu klipsen. Bei ihm konnte ich mir erlauben, einfach Ossi Simon vom Moschaw zu sein, eine, die nicht jedesmal, wenn sie sich hinsetzte, die Beine zusammenlegte, und auch beim Essen nicht immer ordentlich den Mund schloß.

Ich habe Sehnsucht nach dir gehabt, sagte er, und ich war erleichtert, daß er nicht fragte, du auch?

Am nächsten Tag stand eine grelle Sonne am Himmel über der Stadt und färbte die Steine weiß. Kinder zogen ihre Pullover aus und banden sie sich um den Bauch. Margit versammelte den gesamten Stab und sprach darüber, daß sie in zwei Tagen nicht mehr dasein würde. Sie blickte Selim, Sima und die beiden anderen mit scharfen Augen an und sagte, Ossi wird eure Vorgesetzte sein, bis ich zurückkomme. Wenn einer von euch Schwierigkeiten macht, wird Ossi ihn hinauswerfen, aber wer sich ordentlich benimmt, kann nach meiner Rückkehr mit einer Belohnung rechnen.

Die beiden Neuen lächelten sich an, Selim blickte zu Boden und stieß breite Rauchschwaden aus den Nasenlöchern, Sima verschränkte die Arme vor den Brüsten, die sich prall und fleischig gegen ihr T-Shirt drückten.

Früh am Morgen hupte vor dem Haus das Taxi, das sie bestellt hatte. Margit gab mir einen kräftigen, schmatzenden Kuß auf die Wange, nahm ihre Koffer und segelte hinaus. Ich hörte, wie sie beim Hinuntergehen immer wieder mit dem Koffer gegen die Wand stieß.

Plötzlich war ich Herrin der Wohnung, des Cafés und der vier Angestellten, und schon bald stellte ich fest, daß sie mir gegenüber mehr Respekt zeigten als gegenüber ihrer eigentlichen Chefin. Auch Margits Renault stand mir zur Verfügung. Es dauerte nur einen Tag, da hatte ich den Geschmack der Macht und der dazugehörigen Unterwerfung kennengelernt. Zur Feier meiner neuen Stellung kaufte ich mir ein geblümtes Sommerkleid und ließ mir die Haare, die im Lauf des Winters ungezügelt gewachsen waren, gerade schneiden.

Noch am selben Tag bestellte ich bei meiner Mutter rotkarierte Vorhänge, und Elischa bat ich um einen Topf mit Geranienablegern, und es dauerte keine Woche, da stand er in der Tür zum Café, im Arm einen langen Blumenkasten. In der Erde steckten hohe Stengel mit Knospen, die sich etliche Stunden später schon zu blutroten Blüten öffneten. Er hatte auch die Vorhänge mitgebracht. Dann trank er einen Espresso und sagte, ich muß jetzt schnell zum Krankenhaus.

Ich fragte nicht, ob er wegen Naomi oder wegen Jo´el zum Krankenhaus mußte, denn was man nicht weiß, kann einem auch nicht weh tun. Aus Gewohnheit brachte er seine schmutzige Tasse zur Theke.

Laß doch, das ist ein Café, sagte ich, und dann sagte ich noch einmal, laß doch, als er sein Portemonnaie herausziehen wollte.

Es tut mir leid, daß ich keine Zeit habe, um dir die Vorhänge aufzuhängen, Ossi, aber ich bin spät dran. Er nahm die Schlüssel und seine Sonnenbrille, und bevor er hinausging, betrachtete er mich mit dem gleichen Blick, mit dem er mich damals im Schuppen betrachtet hatte, und sagte, es steht dir sehr gut.

Was? fragte ich.

Das Kleid.

Ich schwieg. Was wollte er mit dieser plötzlichen Freundlichkeit zudecken? Er steckte den Finger in einen Blumenkasten und sagte, gib ihnen nicht öfter als einmal in der Woche Wasser, winkte mir zu und ging.

Danach war ich wütend und fuhr bei der erstbesten Gelegenheit Sima an. Sie senkte den Kopf mit den blonden Haaren und schwieg, ihre Unterwürfigkeit machte mich noch zorniger auf mich selbst und auf sie, sogar das rötliche Dämmerlicht, das durch die neuen Vorhänge drang, nachdem Selim sie aufgehängt hatte, besänftigte mich nicht.

Am Abend sagte ich zu Elijahu, du darfst mich heute küssen, und er fragte nicht, warum ich es ihm plötzlich erlaubte. Es war zu dunkel im Audi, um zu sehen, wieviel Blut sich in seinen Lippen sammelte, aber ich konnte es mir vorstellen. Eine volle, warme Zunge schob sich in meinen Mund wie eine Schnecke, schlang sich um meine und leckte mir das Make-up von Kinn und Wangen, und ich wischte mir die feuchten Flecken weg und öffnete das Autofenster, um Wind hereinzulassen.

In der Nacht träumte ich, daß er nach mir die Treppe heraufkommt, und ich sage zu ihm, wenn schon, denn schon, und führe ihn zu Margits großem Bett; er beugt sich verlangend über mich, und ich gebe mich ihm hin, später liegen wir dann ausgestreckt auf dem Bett, meine Brüste sind schwer, mit steifen Brustwarzen, meine Begierde wächst und wächst, so viel Frau ist in mir, ich dränge mich an Elijahu und gebe mich ihm zum zweiten Mal hin, und diesmal ist er zarter und abwartender, seine Augen sind schwarze Kugeln, die Haare auf seiner Brust gleichen dem Gras in Jo´els Garten, dicht und lang und vom Wind gekämmt. Er lächelt, steht vom Bett auf, geht zum Badezimmer und beugt sich über das Waschbecken, paßt auf, daß kein Wasser an die Kacheln spritzt, trocknet und glättet sich die Haare, die ihm in die Stirn gefallen sind, und lächelt mir im Spiegel zu. Ich sage zu ihm, Elijahu, mein lieber Mann, ich habe keinen Zweifel, daß es mit uns immer so sein wird, immer werden wir es auf dem großen Bett machen, immer wirst du dir danach das Gesicht im Waschbecken waschen, und immer wirst du daran denken, mir im Spiegel zuzulächeln, das einzige, was man nicht wissen kann, ist, wie viele Haare dir im Laufe der Zeit bleiben werden und ob sie dir dann immer noch in die Stirn hängen.

Aber einstweilen hatte er mich nur geküßt, war glücklich gewesen, hatte ein Glas Limonade nach dem anderen getrunken und seinen Ring nach links und nach rechts gedreht. Als er am nächsten Tag die Tür zum Café aufmachte, wirkten sein Hals und sein Nacken länger, und in dem rötlichen Licht hatten seine Lippen die Farbe von voll erblühten Santa-Rosa-Rosen. Margit hätte es sofort erraten. Das helle Tageslicht verdeckte nicht den Aufruhr in seiner Seele. Er klappte seine Börsenzeitung auf und legte sie wie immer vor sich hin, aber die Blinzes verschlang er in der Hälfte der Zeit.

Ich sehe dich jetzt, Alma, du reibst dir die Hände vor Vergnügen. Du hast das Gefühl zu gewinnen und verspottest mich, weil ich aufgebe. Die Enttäuschung, die mir Elischa zugefügt hat, ist eine ehrenvollere Niederlage wert. Aber ich muß dir sagen, daß ich mich noch nicht entschieden habe. Hörst du, ich weiß noch nicht mal, ob die vielen Haare, die Elijahu auf den Händen und den Beinen hat, mich anziehen oder abstoßen. Du legst einen Finger auf die Schläfe deines Schädels und denkst, daß meine Wahl die Sache weder besser noch schlechter macht. Du bist davon überzeugt, daß es das Schicksal war, das Elijahu zur Tür von Margits Café geführt hat, damit er Ordnung in die Wirren meines Lebens bringt und dein Elischa wieder frei wird für sein Witwertum. Nun, Alma, meine Liebe, ich wiederhole es, ich habe mich noch nicht entschieden. Es steht mir frei, ihn zu lieben oder zu hassen, ihn zu verführen oder ihn wegzustoßen, gut zu ihm zu sein oder böse, genauso wie es mir freisteht, deiner Vergangenheit nachzuspüren und das Papier herauszuziehen, das ich in meiner Handtasche mit mir trage, und deinen Witwer unglücklich zu machen oder nicht. Nur in einem bin ich gescheitert, das gebe ich zu. Bei all der Freiheit, die ich besitze, schaffe ich es nicht, mich von der Eifersucht zu befreien, und ausgerechnet wegen dieser Eifersucht fange ich an, in Naomi eine akzeptable Möglichkeit für deinen Witwer zu sehen, verstehst du, er wird weder dir noch mir gehören, es wird Zeit, daß du in Frieden ruhst, Alma, es wird Zeit, daß du endlich stirbst.

Schon bald eroberten die Geranien den Blumenkasten, füllten den Raum zwischen dem Kastenrand und dem Vorhangsaum aus, wuchsen weiter und schoben die roten Karos zusammen. Diese Pflanzen sind wild, sagte Iris und hatte recht damit. Die Stengel wurden dicker, die Blätter fleischiger und dunkler, und die roten Blüten schimmerten fast schwarz. Sie waren noch keine Woche da, da kratzten sie schon an den Fensterscheiben und suchten nach Platz. Inat sagte, das ist doch nicht normal, eine Abweichung von der Natur, pflückte eine Blüte und stecke sie sich in die Bluse, es war nicht ganz klar, ob sie von der Blume begeistert war oder sie verabscheute. Aber alle stimmten zu, daß das Café von außen sehr beeindruckend aussah und von innen noch mehr. Selim strich die Wände, Sima wusch die Sonnenmarkise, auf die Tische stellte ich Ständer für Räucherstäbchen, und die Kunden sagten oho, wenn sie eintraten, und sahen geheimnisvoll und festlich in dem rötlichen Licht aus.

Einige Tage, nachdem die Geranien ihren Weg nach Jerusalem gefunden hatten, rief Elischa im Café an. Es war sieben Uhr abends.

Ossi, ich brauche deine Hilfe. Er machte eine Pause, hustete kurz und sagte, ich habe meinen Vater zum Untersuchen ins Krankenhaus gefahren, er muß heute nacht dort bleiben. Sie haben ihm ein neues Medikament gegeben und wollen ihn dabehalten, um morgen früh zu untersuchen, wieviel davon noch in seinem Blut ist.

Und womit kann ich dir helfen?

Ich brauche einen Platz, wo ich heute nacht schlafen kann, sagte er.

Diesmal hustete ich, um Zeit zu gewinnen. Ich wollte sagen, du hast doch Naomi, geh zu ihr, aber ich wußte, daß er nicht bei ihr schlafen würde, wegen des »Jechud«, während ich im Zweifelsfall als eine »Schwester« betrachtet werden konnte, mit der man unter einem Dach schlafen durfte. Eine Schwester, hach. Du hast keine Schwester, Elischa.

Kein Problem, du kannst kommen, sagte ich.

Ich rief Elijahu an und sagte ihm, daß wir heute abend nicht weggehen konnten. Er fragte nicht warum, nie im Leben drängte er sich in etwas, was ihn nichts anging.

Ich bekomme Besuch aus dem Moschaw, sagte ich.

Wenn sie dich freigeben, ruf mich an, egal um welche Uhrzeit.

Gut, sagte ich und dachte, es wäre sinnvoll, das Tempo unserer Beziehung ein bißchen zu drosseln, meine Freiheit wird immer kleiner werden, wenn wir uns weiterhin küssen.

Bevor ich das Café zumachte, packte ich drei große Stücke Käsekuchen und zwei Stücke Hefekuchen mit Kakao in einen Karton. Das war aber auch alles an Vorbereitungen, die ich für den Gast traf. Ungeschminkt und müde sank ich in den Bambussessel, legte meine nackten Füße auf den Tisch und hoffte, daß der Kaffee kurz ausfallen und die anderen Bewirtungspflichten sich in Grenzen halten würden und ich bald ins Bett gehen könnte. Am nächsten Morgen müßte ich unbedingt tanken, die Einnahmen zur Bank bringen und bei der Bäckerei die notwendigen Bestellungen aufgeben.

Ein lautes Klopfen ließ mich aufspringen. Das vorangegangene leise hatte ich wahrscheinlich überhört. Verwirrt öffnete ich die Tür und zog mir das Kleid über dem Hintern glatt. Auf der Schwelle stand Elischa, groß und gebeugt. Sein Kinn wurde vom Treppenlicht beleuchtet, seine Augen und seine Stirn lagen im Dunkeln.

Guten Abend, Ossi, ich habe dich geweckt, nicht wahr? Das tut mir leid.

Vergeude dein Bedauern nicht für Blödsinn, sagte ich, ließ ihn eintreten und schloß die Tür.

Das ist keine Ware, die ausgeht, sagte er. Es kann dir etwas so leid tun, wie du willst, es bleibt dir immer genug übrig.

Und ich dachte, oj, wer hat jetzt noch die Kraft für Philosophie. Wegen seiner Größe werde ich ihm Margits Bett anbieten und ihm eine dünne Sommerdecke hinlegen und mir die Wolldecke nehmen. Als Elischa ins Licht trat, sah er älter aus als achtunddreißig und glich Jo´el. Die Haut über dem Schlüsselbein war eingefallen. Zwei tiefe Einbuchtungen an den Schläfen kündeten kommende Falten an. Er setzte sich auf den Rand des Bambussessels, wie ein Fremder oder wie ein Gast, der nur einen Moment bleiben möchte.

Du bist kaputt, Ossi, es tut mir leid, daß ich dich belästige.

Laß doch, was ist mit deinem Vater?

In der letzten Zeit fällt es ihm schwer, ohne Sauerstoff auszukommen. Du weißt ja, daß diese Krankheit nicht statisch ist.

Elischa war durstig und sehr hungrig. Er wartete nicht auf eine Einladung, sondern nahm sich eine Tasse und trank. Nach ein paar Schlucken stellte er sie ab. Ihm war eingefallen, daß er noch nicht gebetet hatte, und er stand auf, ging in die Ecke und fragte, wo ist hier Osten? Osten war vor der Tür zu Margits Schlafzimmer, dort stellte er sich hin und betete, mit dem Rücken zu mir, die Arme mit den spitzen Ellenbogen über der Brust verschränkt, und sein Schatten zog sich von seinen Füßen bis über Margits Bett. Er bewegte den Rücken und betete lautlos, der Vorhang wehte bis zu seinen Hosen und fiel wieder zurück zur Wand. Als er zum Schemone essre kam, schloß er die Beine, seine Sandalen standen dicht beieinander und rührten sich nicht. Sein Körper bewegte sich im Takt der unhörbaren Worte, der Vorhang bewegte sich mit dem Wind, und beide warfen Schatten auf den Fußboden.

Beim »dankend bekennen wir vor dir« verbeugte er sich zur Tür, und sein Schatten bewegte sich mit ihm, und als der Schatten keinen Platz mehr hatte, kletterte er weiter über Margits Bett und erstreckte sich über die ganze Länge und blieb dort, bis Elischa drei Schritte zurückging und drei Schritte vorwärts.

Du betest dieses Gebet dreimal jeden Tag, schon dein ganzes Leben lang, kannst du überhaupt noch daran denken, was du sagst? fragte ich ihn.

Nicht immer, sagte er, setzte sich wieder in den Sessel und sank gegen die Lehne. Wenn ich mich an manchen Tagen nicht konzentrieren kann, bemühe ich mich aber immer, jedenfalls einen Abschnitt bewußt zu sagen.

Und heute?

Diese Frage ist ziemlich persönlich, Ossi, aber wenn es dir wichtig ist, ich hatte heute einen verrückten Tag. Nur beim »Elohai nezor« habe ich es geschafft, mich zu konzentrieren und an das zu denken, was ich sagte.

Ja, es war dumm von mir, dich auszufragen, man könnte glauben, ich wäre eine Vertreterin des Heiligen-gelobt-sei-er oder sonst was, aber was für einen Sinn hat das Gemurmel, wenn du es nicht wirklich meinst?

Er versank noch tiefer im Sessel, nahm sich ein Stück vom Hefekuchen und dachte über eine Antwort nach.

Mir tat es schon leid, daß ich diese Frage gestellt hatte, deshalb sagte ich, weißt du was, lassen wir das jetzt, wir sind beide müde. Wenn ich müde bin, neige ich nicht im geringsten dazu, mich überzeugen zu lassen, und viele Antworten weiß ich ohnehin schon.

Um von diesem Thema abzulenken fragte ich, wie geht es Heda? und dachte, wie gut es doch ist, wenn man über jemand anderen sprechen kann.

Sie macht sich Sorgen um ihren Großvater, sagte er. Sie fängt schon wieder an, sich Wimpern auszureißen, ich denke, sie merkt auch, daß sich seine Krankheit verschlimmert hat.

Ja, ihre Sinne sind dunkel, aber gesund, sagte ich. Sie versteht die Welt durch den Bauch.

Stimmt, und es ist nicht einfach, mit einem offenen Bauch durch die Welt zu gehen, sagte er, dann schwieg er.

Ich fragte ihn, ob er noch Kaffee wolle, er wollte und folgte mir in die Küche.

Du hast überhaupt nicht gefragt, ob es hier auch koscher ist, sagte ich.

Er erschrak. Ich bin gar nicht auf die Idee gekommen, daß es nicht koscher sein könnte, schließlich wohnst du doch hier, oder?

Warum bist du so sicher, daß mich Kaschrut noch interessiert?

Auch wenn dich Kaschrut nicht mehr interessieren würde, hättest du mich nicht sündigen lassen.

Ich nickte. Das stimmt.

Er trug die Tassen ins Wohnzimmer und fragte nicht, ob ich meine Anschauungen geändert hatte, er zweifelte nicht an meiner Aufrichtigkeit.

Du schuldest mir eine Geschichte, sagte er, und ich setzte mich aufs Sofa und streckte meine Beine aus.

Ich schulde dir eine Geschichte? fragte ich.

Irgend etwas mit den Höhlen von Bet-Guvrin.

Trotz der Überraschung blieb ich gelassen. Nur meine großen Zehen spannten sich unter dem Tisch und drückten sich gegen den kalten Fußboden. Wovon redest du?

Du hast einmal einen Ausflug zu den Höhlen von Bet-Guvrin erwähnt, sagte er, und daß dieser Ausflug etwas mit Alma zu tun hatte.

Er saß nun aufrecht da und schaute erst mich an, dann die Stoffrosen in der Vase.

Ja, ich erinnere mich, sagte ich, aber du solltest dieser Geschichte keine allzu große Bedeutung beimessen, obwohl ja alles, was mit Alma zu tun hat, in deinen Augen eine große Bedeutung besitzt. Die Wahrheit ist, daß es sich um etwas ganz Nebensächliches gehandelt hat.

Er kratzte einen Schmutzrest vom Tisch und sagte, wenn du dich nach so langer Zeit auf einmal daran erinnert hast, scheint dich doch irgend etwas beeindruckt zu haben.

Obwohl ich rot wurde, ließ er nicht locker. Er wandte den Blick nicht von mir, und auf seiner Stirn erschien eine breite Falte.

Gut, wenn es dich interessiert, dann erzähle ich es dir. Wir haben in der achten Klasse einen Ausflug zu den Höhlen von Bet-Guvrin gemacht und Alma hat sich ein paar Sätze, die dort am Türstock standen, in ihr Heft abgeschrieben. Es tut mir leid, Elischa, aber das ist die ganze Geschichte.

Was stand dort?

Ich habe keine Ahnung, sagte ich und zerrieb einen Käsekrümel auf der Glasplatte.

Ossi, versuch doch, dich zu erinnern.

Das wird mir nicht gelingen. Ich weiß es nicht mehr, es hat mich damals einfach nicht interessiert, vielleicht habe ich geistesabwesend gelesen, was da stand, aber vielleicht auch nicht.

Er rührte den Kuchen nicht mehr an, die Tasse trank er mit einem Schluck leer, er rutschte nach vorn, an den Rand des Sessels. Wenn wir zusammen hinfahren, wärest du in der Lage, die richtige Höhle zu identifizieren?

Nein, alle Höhlen dort sehen ähnlich aus. Das einzige, woran ich mich erinnere, ist, daß es dort Mastix-Terebinthen gab, die den Eingang verdeckten. Almas Hände wurden schwarz, als sie eine Frucht zerdrückte.

Ich hätte ihm eine Keule auf den Kopf schlagen können. In meiner Tasche, zusammen mit dem Führerschein, befand sich zusammengefaltet das Papier, auf das ich Amnons Brief abgeschrieben hatte.

Erinnerst du dich noch, was für eine Handschrift sie hatte? fragte ich.

Ja.

Er wollte, daß wir aufhörten, über sie zu sprechen. Sein »Ja« war kurz und verschlossen gewesen. Er nahm die Hände von den Armlehnen und versank im Sessel, ohne den Blick von mir zu wenden.

Noch einen Kaffee? fragte ich.

Nein.

Irgend etwas anderes, ein Sandwich?

Nein.

Er wollte gar nichts. Er hatte keine Wünsche. Man kann sterben vor lauter Bescheidenheit, Demut und Geduld. Was wollte er schließlich für sich? Nur einen direkten, dreisten Blick, die Möglichkeit, Gespräche abzuwürgen und sich zum Herrn des Schweigens zu ernennen. Du, Ossi Simon, kannst beten oder platzen, es steht dir frei.

Wie geht es Naomi? fragte ich, entschlossen, den Kampf mit den Augen, die mich zu bezwingen versuchten, nicht aufzugeben.

Ich habe sie heute im Krankenhaus getroffen, sie bereitet sich auf ihre Prüfungen vor.

Warum bist du nicht zu ihr gegangen zum Schlafen? fragte ich.

Er wurde nicht rot und wandte den Blick nicht ab, sein Kopf lag noch immer an der Lehne.

Es ist in Ordnung, du brauchst mir keine Antwort zu geben. Dieser dumme Jechud, ich weiß, das Was-werden-die-Leute-sagen, der idiotische Augenschein, all diese Antworten kenne ich doch, nur die Antwort auf eine Frage weiß ich nicht, wann werdet ihr heiraten?

Was ist mit dir, Ossi?

Entschuldige diesen Einbruch in deine Privatsphäre. Daß du zu mir zum Schlafen kommst, heißt noch lange nicht, daß es mir erlaubt ist, aufdringliche Fragen zu stellen, aber merke dir, daß man eine Schwangerschaft und eine Glatze nicht lange geheimhalten kann. Auch keine Hochzeit.

Ossi, woher hast du denn diese Idee?

Wäre sein Transit die Eselin Bileams gewesen, hätte er den Mund aufgemacht und verkündet, wie lange er auf seinen Herrn gewartet hatte, im Regen, neben dem Block Nummer dreiundzwanzig, während Elischa hinter dem Vorhang war, der alles verbarg.

Ich lachte, aber er fragte nicht, was so komisch sei, er schwieg, und dann klingelte das Telefon. Ich wartete vier Klingelzeichen ab, dann streckte ich die Hand aus. Es war Elijahu.

Nein, sie sind noch nicht weggegangen, sagte ich. Nein, wahrscheinlich nicht. Auf Wiedersehen, gute Nacht.

Wenn du etwas vorhast, Ossi, laß dich durch mich nicht stören, sagte Elischa.

Nein, ich habe nichts vor. Es gibt jemanden in der Stadt, der jetzt enttäuscht ist wegen mir, aber er wird darüber hinwegkommen.

Elischa schwieg. Er löste die Schulter von der Lehne und rollte einen Kuchenkrümel zwischen den Fingern, bis er ihm über dem Daumen hing wie ein Wurm.

Ich habe einen eifrigen Verehrer, er heißt Elijahu, sagte ich und dachte, zum Teufel mit diesem Gespräch, man sagt, schlag zu, und hebt die Hand, um sich vor Schlägen zu schützen, man schleicht umeinander herum und nimmt sich in acht. Soll er doch schweigen, soweit es Naomi betrifft, wenn er Lust hat zu schweigen, aber ich, was habe ich zu verbergen außer diesem Stück Papier, das ich verstecke, um diesen Menschen zu schützen, der hier vor mir sitzt, diesen Menschen, den ich seit meinem vierzehnten Lebensjahr belauere, als gäbe es niemanden außer ihm.

Ich habe gesagt, daß ich einen Verehrer habe, und du hast nichts gefragt.

Ossi, ich mische mich nicht in fremde Angelegenheiten.

Stimmt, aber gegenüber einer Frau, die du als deine Schwester betrachtest, solltest du doch ein Minimum von Interesse zeigen.

Ich habe dich nie als meine Schwester betrachtet. Ich bin ein Einzelkind, ich habe keine Ahnung, was jemand empfindet, der eine Schwester hat. Er zog einen Fuß so weit aus der Sandale, daß auf ihrer Sohle der Abdruck seines großen Zehs zu sehen war, tat dasselbe mit dem zweiten Fuß, und je fünf Zehen waren gekrümmt, damit der Sandalenriemen, der über ihnen lag, nicht abrutschte.

Ein Windstoß fuhr durch das offene Fenster und schlug die Toilettentür zu, doch ich stand nicht auf, um das Fenster zu schließen. Elischa saß vornübergebeugt auf dem Sessel, sein Schatten berührte den der Stoffrosen auf dem Tisch, und ich hätte, wenn es meine eigene Wohnung gewesen wäre, die Tür so fest zugeschlagen, daß es den Türstock herausgerissen hätte und der Putz heruntergefallen wäre.

Wenn es etwas gibt, das mich umbringt, dann ist es dein Schweigen, sagte ich, es kann doch nicht sein, daß du keine Fragen zu dem hast, was ich dir erzählt habe, wozu also immer diese idiotische Höflichkeit? Wovor hast du Angst? Man hat solche Angst davor, das Territorium des anderen zu betreten, daß man ihn einfach allein läßt. Hast du dir schon mal die Hühner im Hof deines Vaters angeschaut? Sie hören nicht auf, eines dem anderen in den Hals zu picken, und trotzdem laufen sie gemeinsam zu jedem Loch und fürchten sich nicht, sich aneinanderzudrängen, wenn sie frieren oder Angst haben, sie sind nie allein.

Jetzt schlug der Wind auch die Badezimmertür zu.

Du hast recht, sagte er und streckte die Zehen. Daran sind mein blöder Charakter und die Umstände schuld. Ich habe mich daran gewöhnt, mich mit dem zufriedenzugeben, was man mir erzählt, aber diesmal nehme ich die Herausforderung an und frage dich, ob dieser Verehrer dir gegenüber ernste Absichten hat.

Sehr ernste, sagte ich, er ist verrückt nach mir.

Und du?

Ich mag ihn, er ist ein anständiger Mann.

Elischa richtete sich auf und rieb sich den Hals so fest, daß rote Streifen zurückblieben. Ich verstehe, sagte er, wenn ich nicht gekommen wäre, wärest du heute abend mit ihm ausgegangen, nicht wahr? Tut mir leid.

Da gibt es nichts zum leid tun. Ein Abend mehr oder weniger, was spielt das schon für eine Rolle.

Wenn man sich liebt, spielt es eine große Rolle, sagte er und rührte in der leeren Tasse.

Wer hat denn von Liebe gesprochen?

Er ließ den Löffel los und schwieg. Dann stand er auf und fragte, wo die Toilette sei.

Von Margits Wohnzimmer aus hörte ich ihn kräftig und lange urinieren. Ich stand vom Sofa auf und setzte mich in den Sessel, um besser zu hören, bis die Wasserspülung losdonnerte. Er kam ins Wohnzimmer zurück und sah aus wie ein müder Clown. Seine Augenbrauen waren zusammengezogen, der Schatten unter seiner Nase war länger geworden. Ich lachte erst leise, dann laut, da verzogen sich auch die Lippen des Clowns, und ein Lachen kam aus seinem Mund, das Spiegelkarussell vervielfachte den lachenden Mund, dieser maßvolle, beherrschte Clown stand in Margits Wohnzimmer und lachte und kannte sich selbst nicht mehr.

Meine Schwester, welches Lager hast du für mich bestimmt? fragte er prustend, und ich antwortete, das größte Bett des Nahen Ostens, mein Bruder, und warf ihm eine krumme Stoffrose zu, die ich aus der Vase gezogen hatte. Er bückte sich, hob sie auf und warf sie im Bogen zurück, ich erwischte sie in der Luft und warf sie meinerseits zurück, allerdings ohne ihn zu treffen, er hob sie auf, zielte und traf, dann wich er meinem Wurf aus und lachte, während die Rose über den Tisch flog.

Hände hoch, sagte ich, hob die Rose auf und steckte sie ihm ins Knopfloch seines Hemdes. Sie beulte das Knopfloch aus und vergrößerte die Öffnung, durch die man ein Stück nackter Haut sah.

Auch im Fernen Osten wirst du kein solches Bett finden, sagte er, als ich ihn in Margits Zimmer führte.

Das ist deine Suite für heute nacht, sagte ich. Auch wenn du dich quer ins Bett legst, schauen deine Füße nicht raus.

Er stand neben dem Bett. Hinter ihm war der offene Schrank mit Stapeln von Unterröcken mit duftigen Satinbändern und durchsichtigen Nylonsäumen. Gemeinsam breiteten wir ein grünes Laken aus und bezogen eine Wolldecke. Von Margits Bett stieg ein Duft nach frischer, parfümierter Wäsche auf und erfüllte das Zimmer.

Auch ein Mönch von fünfundneunzig und eine Nonne von siebenundachtzig könnten solchen Bedingungen nicht widerstehen, sagte ich, und er wurde rot, unterdrückte ein Lächeln und sagte, genug damit, Ossi, dann fragte er, ob er ein Handtuch bekommen könne, und vielleicht willst du vor mir duschen?

Entweder zusammen oder du zuerst, sagte ich, und er hängte sich das Handtuch über die Schulter und ging ins Badezimmer, das Wasser strömte kräftig, lief in den Abfluß zu den Stockwerken darunter und füllte die Wände mit seinem Lärm.

Danach war die Dusche sauber und roch fremd. Er hatte das Wasser in den Abfluß geschoben und keinerlei Spuren hinterlassen, außer einem nassen Duschvorhang und dampfbeschlagenen Kacheln.

Barfuß, in Jeans und Unterhemd, die Haare naß und mit ein paar Tropfen Wasser auf den Schultern, saß er im Wohnzimmer und schaute sich die letzten Nachrichten im Fernsehen an, er bewegte sich nicht, als ich mich im Morgenrock und mit nassen Haaren in den Sessel gegenüber setzte.

Ich habe keinen Pyjama für dich, sagte ich, du kannst in Unterhosen schlafen oder nackt, ich verspreche dir, daß ich nicht ins Zimmer komme.

Wie provokant du bist. Wenn ich dich nicht kennen würde, könnte ich glatt erschrecken.

Dann erschrick doch. Es wäre keine Lüge, wenn ich zu dir sagte, daß ich verrückt danach bin, jetzt mit dir zu schlafen. Und wenn du noch so sehr erschrickst, mußt du mir eine Sache erlauben.

Ohne eine Antwort abzuwarten, bückte ich mich zu seinen Hosenbeinen hinunter und krempelte sie hoch, bis sie nicht weiter zu krempeln waren und die Muskeln seiner Unterschenkel die Hose ganz ausfüllten.

Er bewegte sich nicht. Seine Jeans war bis zur Mitte der Waden hochgeschlagen, die Haare waren feucht, seine Füße kalt und nackt und ausgestreckt, seine roten Fersen drückten sich fest gegen den Boden. Der Fernseher gab das Ende der Sendungen bekannt und ließ einen andauernden Summton hören. Ich hielt den Atem an, um ja nicht die Hand zu stören, die auf meiner Schulter lag und sich nun zögernd nach vorn bewegte, meinen Hals streichelte, über mein Schlüsselbein glitt bis zum Rand meines Büstenhalters und wieder zurück und plötzlich weggenommen wurde.

Er stand auf und machte den Fernseher aus, dann bückte er sich und küßte meinen nassen Kopf, wie er Heda immer küßte, wenn er sie segnete, nahm eine Haarsträhne, die mir an der Wange festklebte, legte sie mir hinter das Ohr, drehte sich um und ging in Margits Zimmer.

Falls ich dich morgen früh nicht sehe, grüße Naomi von mir, sagte ich, und meine Stimme zitterte.

Er blieb in der Tür stehen und sagte, mit dem Rücken zu mir, Ossi, bei all deiner Klugheit gibt es etwas, was du bisher noch nicht verstanden hast.

Was?

Ich werde dir Stoff zum Nachdenken dalassen, sagte er und schloß die Tür hinter sich. Er machte kein Licht an. Das Bett knarrte kurz, als er sich hinlegte, dann war es vollkommen still.

Am Morgen war Margits Matratze nackt. Die Bettwäsche, in der er geschlafen hatte, lag zusammengefaltet auf einem Häufchen und roch noch warm. Die Haustür war geschlossen, der Reserveschlüssel lag im Sicherungskasten im Treppenhaus, und auf dem Bambustisch fand ich einen zusammengefalteten Zettel.

Wenn du es nicht verstanden hast, Ossi, dann frag.

Danke für die Bewirtung,

Elischa.

P. S. »So sage doch, du seist meine Schwester.« Genesis, 12, 13.

Und ich, Ossi Simon, las den Vers hundertmal und jedesmal verstand ich etwas anderes.

Später, im Café, blickte Sima Selim an und Selim Sima, und beide hörten zu, wie ich bei der ersten Zigarette meines Lebens hustete. Selim, der sie mir gegeben hatte, hörte einen Moment auf zu spülen und sagte, zieh den Rauch nicht so tief ein, man fängt mit dem Mund an, erst wenn man das richtig kann, zieht man den Rauch in die Lungen.

Zwölftes Kapitel

Am Mittag des dritten Juni, ohne Vorankündigung, drückte Margit die Tür zum Café auf. Simas Besen hielt mitten in der Bewegung inne, und der Rauch, den Selim ausstieß, wurde vom Luftzug erfaßt. Margit, nicht gewöhnt an das rötliche Licht, kniff die Augen zusammen, schritt mit ihren neuen Schuhen, die sie in Tschechien gekauft hatte, zum Fenster und zog energisch den Vorhang zurück, dieser stieß gegen die Geranien und riß ein paar Blätter ab. Sie hob ein Blatt auf und zerdrückte es, bis ein grüner Fleck an ihrer Hand zu sehen war. Was für ein Mistding, sagte sie und spuckte auf ihren Finger und rieb den Fleck weg, dann bückte sie sich und betrachtete die Blumen, die aussahen, als wären sie fest entschlossen, bis in den Himmel zu wachsen. So etwas habe ich im Leben noch nicht gesehen, sagte sie, nahm einen Räucherstäbchenständer von einem Tisch, drehte ihn hin und her und stellte ihn dann mit einem harten Schlag zurück. Er wackelte ein paarmal, bevor er umfiel. Sie betrachtete das Café und sagte, so vulgär, ging dann zur Theke und zog die Schublade mit den Belegen auf. Bis zum Abend saß sie murrend über die Papiere gebeugt und wurde auch dadurch nicht milder gestimmt, daß die Glocke nicht aufhörte zu bimmeln und das Café sich mit Gästen füllte.

Spätabends, als wir zu ihrer Wohnung fuhren, sagte ich, wenn es dir nicht gefällt, können wir in fünf Minuten alles rauswerfen. Sie schaute in den Spiegel, versuchte, ihren kleinen Renault zwischen zwei Lieferwagen durchzudrücken und sagte, herzlichen Glückwunsch.

Wozu?

Zu dem Zigarettengeruch, der aus deinem Mund kommt.

Danke.

Als ich später aus der Dusche kam, stand sie über ihren Koffer gebeugt und sagte, wie ein Bordell, was für ein vulgäres Rot, aber wenn es das ist, was die Leute hier wollen, sollen sie es haben.

Am nächsten Morgen zeigte sie sich zufrieden, zog den Vorhang auf und zu, bückte sich immer wieder zu den Geranien und sagte, dieser Blumenstock ist eine Reinkarnation von Casanova. Sie hielt mich zurück, als ich ein paar Stengel abschneiden wollte. Rühr ihn ja nicht an, sagte sie, wenn ihm der Platz nicht mehr reicht, dann machen wir eben den Vorhang kürzer.

Zufrieden mit dem Umsatz, der Sauberkeit, den neuen Gesichtern, die sie unter den Gästen entdeckte, sagte sie, ich habe einen Vorschlag für dich.

Was für einen Vorschlag?

Teilhaberschaft.

Aber ich habe kein Geld, um mich einzukaufen.

Das ist nicht nötig, sagte sie. Du bezahlst mit deiner Arbeit als Geschäftsführerin, und den Gewinn teilen wir halbe-halbe, natürlich abzüglich der Miete für die Wohnung.

Und was machst du?

Ich habe ein paar neue Angelegenheiten in Tschechien, ich werde die ganze Zeit hin- und herfahren.

Ich möchte darüber nachdenken, sagte ich und hatte noch nicht ausgesprochen, da ging die Tür auf und Elijahu kam herein.

Geh zu deinem Kavalier, sagte Margit, und gib mir so bald wie möglich eine Antwort.

Ich ging ganz langsam. Zeige jetzt keine Begeisterung, sagte ich zu mir, weder wegen der Teilhaberschaft noch wegen des Kavaliers. Dinge, denen du nicht hinterherjagst, laufen dir auch nicht weg. Brennt es etwa? Nimm dich zusammen. Wenn du es nicht verstanden hast, frage, hatte Elischa geschrieben. Und ich habe es nicht verstanden, werde aber vorläufig nicht fragen, was bringt es mir, wenn ich alles weiß? Der Zweifel hält mir einstweilen die Türen offen. »So sage doch, du seist meine Schwester, auf daß mir's wohl ergehe um deinetwillen und ich am Leben bleibe um deinetwillen.« So steht es geschrieben. Margit hatte eine Bibel in ihrer Nachttischschublade, wie es in Hotelzimmern üblich ist. Die Federn der Matratze knarrten, die Verse waren eingesperrt in der Schublade und hörten die Geräusche und wurden immer schärfer. Hätten sie gekonnt, wären sie schon längst geflohen und in alle Richtungen geflogen.

Ich habe etwas mit dir zu besprechen, sagte Elijahu und wischte sich mit einem Taschentuch über den Hals, kleine Schweißtropfen blitzten auf seinen Schultern. Er schob meinen Sicherheitsgurt ins Schloß, und seine Schulter berührte meine Brust, die Gurtschnalle rutschte wieder heraus und stieß gegen ihn, er nahm sie, schob sie wieder hinein und war nicht verlegen, als er mich ein zweites Mal berührte.

Sprich, sagte ich, ich höre.

Nein, er wolle einen Platz mit Luft, sagte er, es gebe Dinge, über die man sich besser nicht in einer drangvollen Stadt unterhielt.

Eine drangvolle Stadt? Ich habe gar nicht gewußt, daß du dichterische Anwandlungen hast.

Sei nicht zynisch, ich möchte doch nur ein ruhiges Plätzchen finden.

Gut, fahr, wohin du willst, sagte ich, legte den Kopf zurück und nahm mir ein Bonbon aus der offenen Tüte, um den Geruch der Zigarette zu überdecken, die ich vorhin mit Selim in der Küche geraucht hatte.

Die Sonne stand tief und wurde von den Baumwipfeln verschluckt. Auf der Straße, die von Jerusalem nach Tel Aviv führte, wechselten sich blendendes Licht und Schatten ab, manchmal wurde Elijahus Gesicht erhellt, dann wieder verdunkelt. Er klappte den Sonnenschutz herunter. Schatten fiel auf seine Nase, während seine Lippen in der Sonne aussahen wie ein aufgeplatzter Pfirsich. An der Kreuzung Scho´ewa bog der Audi nach links ab, auf eine schmale, kurvige Straße. Rechts erhoben sich Jerusalemer Kiefern, links ging es steil nach unten.

Dieser Ort hier wird Kamm genannt, sagte Elijahu und machte, als wir oben auf der Anhöhe waren, den Motor aus. Auf einem Teppich aus alten Nadeln gingen wir einen ausgeschilderten Weg entlang, zwischen hohen, krummstämmigen Kiefern hindurch. Auf einem Berge, den ich dir sagen werde, sagte ich, als wir uns auf einen Felsen des Bergrückens niederließen.

Das Licht nahm ab, zog sich in die Sonne zurück, die sich allmählich in eine rotglühende Scheibe verwandelte.

Wieso hat dich auf einmal eine biblische Stimmung befallen? fragte Elijahu und nahm meine Hand, die Kiefernnadeln zerdrückte, und verschränkte seine Finger mit meinen. Die Haare auf seiner Stirn färbten sich golden.

In den letzten Tagen blättere ich viel in der Bibel, jemand hat mir da ein Rätsel aufgegeben.

Brauchst du Hilfe? Ich kenne mich ziemlich gut in der Bibel aus. Bei uns wird an jedem Schabbat der Wochenabschnitt gelesen.

Danke, ich möchte es lieber alleine schaffen.

Die Kiefern warfen lange Schatten auf den Boden. Der Wind bewegte die Wipfel und wehte blassen Staub an Elijahus Wimpern.

Ich muß zugeben, du hast ein vollendetes Bühnenbild geplant, sagte ich, jetzt laß mich hören, ob dein Text dazu paßt.

Mein Text besteht aus vier Worten, sagte Elijahu und löste seine Finger von meinen, ich möchte dich heiraten.

Peng! sagte ich, ein Wind fuhr mir in den Mund und als er herauskam, trug er ein Lachen, das lauter und schärfer war, als ich es gewollt hatte.

Ich mache keine Witze, Ossi, ich liebe dich.

Wie in einem türkischen Film, sagte ich. Ich liebe dich vor einem kitschigen Sonnenuntergang. Wer weiß, ob all diese Sonnenuntergänge nicht eine Tapete sind, die Gott für uns aufgehängt hat.

Elijahu schwieg, und mir tat es leid. Ich schoß kaltblütig auf die Sonne, und er beobachtete schweigend ihren Tod. Entschuldige, Elijahu, sagte ich, das war schrecklich zynisch von mir, eine dumme Art, auf Überraschungen zu reagieren. Ich pflückte die Hülse eines Dornginsters, sie war offen und leer. Kleine gelbe Blüten hingen an dem Strauch. Elijahu wollte eine pflücken, stach sich aber und zog die Hand zerkratzt und leer zurück.

Der Strauch ist wie dieses Gespräch, sagte er und lächelte säuerlich. Seine Nase wurde in dem abnehmenden Licht breiter und länger.

Du kennst mich nicht wirklich und machst mir einen so weitreichenden Vorschlag.

Ich bin bereit, diese Gefahr einzugehen, sagte er.

Und wenn sich herausstellt, daß ich keine Jungfrau bin? fragte ich.

Ich habe dir keine Bedingungen gestellt, auch nicht diese, sagte er und betrachtete weiter die untergehende Sonne. Der helle Staub hatte seine Schuhe weiß gefärbt. Ein Strumpf war ihm über den Knöchel gerutscht und entblößte einen behaarten, kräftigen Unterschenkel. Er legte eine Hand auf sein Knie, hypnotisiert von diesen letzten Minuten des Tages. Der Horizont färbte sich purpurrot, und eine goldene Naht trennte ihn von den Feldern, die schon im Dunkeln lagen. Im Moschaw muhten jetzt die Kühe zum Stalldach hinauf, Menschen schauten aus den Fenstern, während sie auf den Abendgottesdienst warteten. Wie drei Punkte am Ende eines Satzes traten drei Blutstropfen aus dem Kratzer an Elijahus Hand.

Mir hat noch nie jemand einen Heiratsantrag gemacht, mir fehlt die Erfahrung, sagte ich, und er zog meine Hand auf sein Knie und legte seine darüber.

So sage doch, du seist meine Schwester, hatte Elischa mir zum Enträtseln zurückgelassen, und ich hatte die Aufgabe noch immer nicht gelöst. Du bezahlst mit deiner Arbeit als Geschäftsführerin, und den Gewinn teilen wir halbe-halbe, hatte mir Margit vorgeschlagen, und ich hatte weder ja noch nein gesagt. Und nun wollte mich dieser anständige Schmuckhändler heiraten, und wieder habe ich weder ja noch nein gesagt.

Die Sonne versank hinter dem Horizont, und die Täler wurden von der Dunkelheit verschluckt. Elijahus warme Lippen wanderten bis zum obersten Knopf meiner Bluse und hielten dort inne. Nadeln lösten sich aus den Baumwipfeln und sanken auf den Felsen, auf Elijahus Schuhe und auf seine Haare. Er blickte auf den Nebel, der dichter wurde, schob sich eine Kiefernnadel zwischen Fingernagel und Fingerkuppe und rieb sie hin und her. Arm in Arm gingen wir schweigend zum Auto zurück. Er pfiff mit, als ein Sänger »Der Wind, die Dunkelheit, das Wasser« sang, und der Audi glitt den dunklen, glatten Weg hinunter.

Halte in Beit-Kerem an, es wird Zeit, daß ich einen Familienbesuch erledige, sagte ich.

Du hast mir gar nicht erzählt, daß du Familie in Jerusalem hast.

Ich habe dir viel noch nicht erzählt. Hoffentlich prüfst du deine Geschäftspartner gründlicher als mich. Ich befeuchtete meinen Finger mit Spucke und wischte ihm den Staub von den

Wimpern. Albino, hat man dir schon mal gesagt, daß du Wimpern hast, die einen verrückt machen können?

Eines Tages werden seine Brauen dicker werden, seine Lider werden anschwellen, und die Haare in seinen Ohren und den Nasenlöchern werden wachsen. Aber vorläufig ist alles richtig und hübsch angerichtet. Zweifellos wäre ich in der Lage, mich an das alles zu gewöhnen und es sogar zu lieben, und wenn die Liebe aufhörte, mich aufs neue zu gewöhnen. Die Kassette war zu Ende und begann von vorn, wieder sang der Sänger von Wind, von Dunkelheit und Wasser, und wieder pfiff Elijahu die Melodie mit.

Ich hörte zu und dachte, mit diesem Mann gerät man nicht in exotische Gefahren und versinkt nicht zwischen seltsamen Korallen. Andererseits, wenn man das Leben mit dem Meer vergleicht, gibt es nur wenige Schiffe, die sicherer und stärker sind als er.

Das Metallschild »Doktor Schejnfeld, Facharzt für Frauenkrankheiten und Geburtshilfe« glänzte wie frisch geputzt. Aus dem Garten drang der Duft nach gemähtem Rasen und feuchten Rosen und mischte sich mit dem Geruch gebackener Eier, der aus den Fenstern kam. Schejnfelds Praxis war abgeschlossen. Ich setzte mich auf die kalte Stufe. Wind kam auf, in dem noch die Wärme des Tages lag und der gleichzeitig schon die Kühle der Nacht ahnen ließ.

Zwei Gestalten traten durch das Tor, eine Frau und ein Kind. Die Frau hielt in der einen Hand einen Korb, an der anderen Hand führte sie ihren Sohn. Als sie das zusammengesunkene Häufchen auf der Treppenstufe bemerkte, wich sie erschrokken zurück. Der Doktor hat so spät keine Sprechstunde, sagte sie, haben Sie nicht gesehen, was auf dem Schild steht?

Der Junge griff fester nach ihrer Hand und schaute abwechselnd von mir zu ihr.

Gut, gut, sagte ich, ich ruhe mich nur ein paar Minuten aus, dann gehe ich wieder.

Sie sagte »komm« zu dem Jungen, das Licht im Treppenhaus ging an. Der Junge drehte sich noch einmal um und fragte, Mama, warum sitzt diese Frau auf dem Fußboden? Dann ging das Licht aus.

Der Junge hat recht, warum bin ich eigentlich hergekommen? Ein großer Körper erschien im Fenster des dritten Stocks, neben ihm ein kleiner. Jemand machte eine Tür auf, dann waren Schritte auf der Treppe zu hören. Ein Mann in Unterhemd und Brille kam aus dem Treppenhaus und sagte, das ist kein öffentlicher Park, meine Dame, der Doktor kommt erst morgen wieder, wenn Sie etwas Dringendes haben, dann gehen Sie doch zum Magen-David-Adom.

Danke für die Information, sagte ich, bewegte mich aber nicht.

Bitte, ich wende mich im guten an Sie, verlassen Sie diesen Ort. Hier werden keine Abtreibungen vorgenommen.

Köpfe erschienen in den Fenstern und auf den Balkons. Noch jemand kam die Treppe herunter. Eine Katze überquerte elegant den Gehweg und sprang auf einen Steinpfosten. Sechs oder acht Beine standen um mich herum. Hausschuhe aus Gummi und aus Stoff. Schlappen. Eine große Frau sagte, nun, nun, meine Dame, kann man Ihnen ein Glas Wasser anbieten oder wollen Sie vielleicht telefonieren?

Hier fehlt uns gerade noch ein Bordell, sagte ein Mann. Und als er den Mund öffnete, um noch etwas zu sagen, stand ich auf, stützte mich mit beiden Händen an Schejnfelds Türstock und fragte, was ist es eigentlich, was Sie stört, darf man das vielleicht erfahren? Ich habe nichts beschmutzt, ich war nicht laut, ich habe nicht gegen Anstand und Sitte verstoßen, ich habe nur auf der Treppe gesessen und Luft eingeatmet, die, soweit ich weiß, umsonst an alle Bürger abgegeben wird.

Sie wichen ein paar Schritte zurück und flüsterten miteinander. Die große Frau sagte etwas, von dem ich nur das Wort »intelligent« verstand. Plötzlich streifte ein Lichtschein über ihr Gesicht, dann über den Zaun. Schejnfelds Chevrolet war vorgefahren und hielt jetzt an. Der Doktor schritt auf die Ansammlung vor seiner Tür zu, die Leute traten in die ordentlich gestutzten Büsche, um ihm Platz zu machen.

Guten Tag, Frau Simon, ich bitte um Entschuldigung für die Verspätung, sagte er, steckte den Schlüssel ins Schloß, bedeutete mir mit einer Handbewegung, vor ihm einzutreten, und verneigte sich kurz vor seinen Nachbarn, die nun einer nach dem anderen im Treppenhaus verschwanden.

Als er die Tür hinter sich zugezogen hatte, fuhr er mich an, bist du verrückt geworden, was suchst du hier um diese Uhrzeit?

Und du, was tust du hier?

Ich wollte nur meinen Notizkalender holen und habe dich bei dieser Gelegenheit vor einem Skandal gerettet, nenne es Zufall oder Glück, aber jemand dort oben ordnet die Dinge für dich.

Mach dir keine Sorgen, ich wäre auch alleine mit ihnen fertiggeworden. Ich habe einen Platz zum Nachdenken gesucht, und irgendwie habe ich mir eingebildet, deine Praxistür wäre besonders inspirierend.

Worüber mußt du nachdenken?

Jemand hat mir ein Rätsel aufgegeben, jemand hat mir einen Heiratsantrag gemacht, und jemand hat mir eine Teilhaberschaft angeboten. Das reicht doch wohl für einen einzigen Kopf, findest du nicht?

Schejnfeld hatte es eilig, fragte nicht, wer und wie, er goß keinen Wodka ein und bot mir nur einen hastigen Kuß an und daß er mich im Auto mitnehmen könne. Ich lehnte beides ab, und wir gingen hinaus. Kaum eine Minute später leuchteten die Scheinwerfer des Chevrolet auf, und er fuhr los. Ich ging zu Fuß nach Hause. Schejnfeld, mein Lieber, was weißt du schon, eines Tages wirst du im Sack meiner Reue landen. Du bist auf einen geschwollenen Hohlkopf reingefallen, Ossi Simon. Tausend Kiefernnadeln flimmerten vor meinen Augen. Geh zum Teufel, Schejnfeld, diese ganze Geschichte mit dir hätte nie passieren dürfen, aber im Moment habe ich keine Kraft für Selbstanklagen und Selbstvorwürfe.

Am Abend rief meine Mutter an und fragte, wie es mir gehe, und als ich sagte, gut, erkundigte sie sich nicht weiter. Sie hatte ihre eigenen Methoden, aus der Art, wie ich das »gut« sagte, ihre Schlüsse zu ziehen und zu wissen, ob es ein gutes Gut oder ein schlechtes Gut war.

Die Kleine steht neben mir, sie will dir etwas sagen, sagte meine Mutter und gab den Hörer an Heda weiter.

Die großen Ferien fangen an, du weißt doch noch, was du mir versprochen hast, Ossi? Die Entfernung und die Telefonleitung verliehen ihrer Stimme einen weichen, angenehmen Klang.

Ja, willst du zu mir kommen?

Ja.

Wann kommst du?

Das mußt du mit meinem Vater besprechen.

Ich wartete an der Haustür auf sie. Es war das Ende des Monats Tamus, die Sonne verschonte nichts, ging an keiner Stoßstange, an keiner Schraube und an keinem Nagel vorüber, das Licht kam verdoppelt von den Steinen zurück, von den Regenrinnen, von den Zähnen der Katzen und ihren Krallen. Schejnfeld hatte bestimmt schon seinen Vorhang zugezogen. An solchen Tagen schien die Sonne bereits um neun Uhr auf seinen Untersuchungsstuhl und warf einen blendenden Streifen auf seine Patientenblätter.

Die Tür glühte, man konnte sich unmöglich anlehnen. Gott hatte seinen Scheinwerfer auf die Welt gerichtet, und die Gedanken erschraken und wichen zurück. Die Pappel bot nur einen armseligen Schutz. Im Moschaw war das Licht anders, nicht gedrängt und nicht so konzentriert, es breitete sich in der Weite aus und kam besänftigt zurück, die Sonnenblumen wendeten ihm hingebungsvoll ihre Köpfe zu, und die Menschen sagten, »gut sind die Lichter, die uns Gott erschaffen hat, er hat sie gebildet mit Erkenntnis, Vernunft und Verstand«.

Heda stieg aus dem Transit, in einem Kleid, das ich nicht kannte, ein Blumenmuster in Grün und Rosa. Sie griff nach ihrem Rucksack, und Elischa trug eine mittelgroße Reisetasche. Sie warteten, bis die Straße frei war, dann kamen sie herüber. Blinzelnd und lächelnd betraten sie hinter mir das Treppenhaus. Heda fuhr mit der Hand an den Wänden entlang, und als sich ihre Augen an das Dämmerlicht gewöhnt hatten, las sie laut die Namen, die auf den Türen standen.

Ich bot ihnen Himbeersaft an, und sie saßen auf dem Bambussofa und tranken. Heda hielt die Beine weit gespreizt, ihr Kleid war dazwischengestopft. Sie betrachtete die beiden Porzellankatzen, die Margit aus Tschechien mitgebracht hatte, sie zählte die Spiegelbilder in der Bar und kam auf sechs Katzen. Sie berührte eine Stoffrose und sagte, die ist nicht echt, dann stand sie auf und fragte, wann gehen wir endlich zu deinem Café?

Elischa erkundigte sich, ob ich Margit schon eine Antwort wegen der Teilhaberschaft gegeben hätte, und sah erleichtert aus, als ich sagte, noch nicht. Dann umarmte er Heda, und sie sagte, es ist das erste Mal, daß ich für so viele Tage wegfahre, dann griff sie wieder nach den Katzen und drehte sie hin und her.

Ich begleitete ihn zur Treppe. Auf dem zweiten Treppenabsatz blieb er stehen und sagte, ich habe dir Stoff zum Nachdenken zurückgelassen, aber ich habe nichts von dir gehört.

Gib mir einen Hinweis, antwortete ich von oben.

Er drehte sich zu mir, sein Fuß hob sich von der Stufe. Heda hatte die Stimmen gehört, kam zur Tür und sah ihn unschlüssig auf der Treppe stehen.

Ich gehe schon, sagte er, und sie machte das Licht an und paßte darauf auf, bis er das Haus verlassen hatte. Als wir hineingingen, hörten wir den Transit nicht, denn Margits Rolläden waren heruntergelassen, wegen der Hitze. Heda erforschte die Wohnung und fragte, wo sie schlafen würde.

Bei mir, sagte ich, mein Bett kann man ausklappen.

Bei dir? fragte sie erstaunt, dann ging sie und öffnete ihre Tasche und ihren Rucksack und gab mir die Geschenke, die meine Mutter für mich mitgeschickt hatte, Gesichtswasser, eine Feuchtigkeitsemulsion und eine Sommerbluse mit einem Spitzenkragen. Bis ich die Bluse anprobiert hatte, hatte sie ihre Kleider schon auf die Bügel gehängt und glattgestrichen. Aus ihren Achseln stieg ein zarter Schweißgeruch auf, als sie die Kleiderbügel bewegte.

Du wirst kein Wort wegen ihrer Frisur zu ihr sagen, warnte ich Sima. Sie beugte sich über einen Eimer, drückte einen Lappen aus, warf einen Blick zu Heda und sagte, deine Schwester ist dünner geworden. Margit musterte Heda prüfend von den Sohlen ihrer roten Sandalen bis zu den geschorenen Haaren. Nur Selim beschäftigte sich mit dem Geschirr und hob den Blick nicht, bis er seine Zigarette ausgeraucht, den Wasserhahn zugedreht und sich eine neue Zigarette genommen hatte. Da hast du dir aber einen Platz ausgesucht, um deine Ferien zu verbringen, was, Kleine? sagte Iris und lächelte, und Heda, die sich noch fremd fühlte, reagierte nicht, erst als sich alle wieder an ihre Arbeit gemacht hatten, ging sie zu den Geranien.

Casanova hört nicht auf zu wachsen, er hat Probleme mit den Hormonen, verkündete Margit und zwinkerte Heda zu.

Heda fragte, ob das die Geranien seien, die ihr Vater von Schochet geholt habe, und als sie die Antwort gehört hatte, wagte sie es, die Blätter zu berühren. Dann strich sie mit der Hand über den Vorhang und sagte, ich habe deiner Mutter beim Saum geholfen, ich habe ihn ganz allein geheftet.

Gäste kamen und gingen, Heda hielt sich in der Nähe der Theke auf, verfolgte alle Vorgänge mit neugierigen Augen, trank eine Cola aus der Dose und sagte kein Wort. Ab und zu drehte sie den Kopf zur Küche und betrachtete Selim, dessen Hände Seifenschaum aufrührten, und die bunten Blasen, die auf seinen Fingern blühten. Dann nahm sie die leere Coladose und ging in die Küche.

Du kannst sie hier reinwerfen, sagte Selim, und sie bückte sich und warf die Dose in den Mülleimer. Sie stand einen Meter von ihm entfernt und betrachtete die Zigarette, die er zwischen den Lippen hielt, dann nahm sie, ohne ihn zu fragen, einen Lappen und wischte das Wasser von der Marmorplatte und half ihm, die Tassen wegzuräumen.

Sima kam in die Küche, beobachtete verärgert das stillschweigende Einverständnis zwischen den beiden und ging wieder. Selim brachte den Müll hinaus und Heda begleitete ihn, ein paar leere Kartons an die Brust gedrückt, die sie in die große Mülltonne stopfte.

Seid ihr nur zwei? fragte er.

Was soll das heißen, zwei?

Habt ihr keine anderen Geschwister?

Nein, sagte Heda.

Er lächelte, goß sich einen Espresso ein und für sie eine kalte Schokolade, und beide saßen auf den hohen Hockern und tranken schweigend. Sie hatte keine Lust, ihn und ihre Schokolade zu verlassen, um Elijahu kennenzulernen, und ich drängte sie auch nicht. Margit warf mir einen Blick über die Brille zu und fragte, kennt die Kleine ihren Schwager schon?

Elijahus Börsenzeitung war zerdrückt wegen der Feuchtigkeit und der Hitze. Er wischte sich mit einem Taschentuch über die Schultern, ließ es dort liegen und lächelte mir zu. Mit keinem Wort erinnerte er mich an den Vorschlag, den er mir oben auf dem Berg gemacht hatte, denn Elijahu war sicher, daß alle Dinge von alleine reiften, wenn ihre Zeit gekommen war.

Ich stellte ihm Heda als meine Schwester vor, und sie berührte mit ihrer Linken die Hand, die er ihr entgegenstreckte, und lächelte nicht, doch am Abend sagte sie zu mir, der Mann mit dem Ring sei nett. Aber es nervt mich, wie er dich die ganze Zeit anschaut, Ossi, und auch das komische Tuch auf seiner Schulter, hat er dort etwa Schnupfen?

Margits Aufregung kühlte sich nicht ab. Plötzlich brachen in ihr die mütterlichen Gefühle auf, die bisher nie eine Chance gehabt hatten. Immer wieder griff sie nach Hedas knochigem Arm, als läge ein Geheimnis in den kleineren Gliedmaßen, und Heda ließ sich darauf ein, sie schüttelte die Hand nicht ab und stampfte nicht mit dem Fuß auf.

Ossi, schau nicht her, sagte sie, drehte das Gesicht zur Wand, zog sich aus und schlüpfte in ihr blaues Nachthemd. Seit Jahren schlief ich allein, und nun waren da plötzlich andere Atemzüge, ein anderer Körper, der Wärme verströmte, andere Ohren, die die knarrenden Geräusche des Schranks hörten, andere Beine, die sich zusammenzogen und streckten und die Decke wegstießen.

Nach einem langen Schweigen sagte sie, heute ist der achtundzwanzigste Tamus, in zwei Tagen ist Rosch Chodesch, sie werden mir nicht die Haare schneiden können, weil ich bei dir bin, und nach dem Rosch Chodesch sind es noch neun Tage bis Tischa be-Aw, da werden sie sie mir doch bestimmt nicht schneiden, und dann vergessen sie es vielleicht.

Ja, sagte ich, vielleicht vergessen sie es.

Im Licht, das für einen Moment durch das Fenster fiel, sah ich, daß ihre Augen offen waren und daß sie mit beiden Händen die rechte Schulter umklammerte. Ich wollte ihr etwas Tröstliches sagen, aber weil mir nichts einfiel, löste ich ihre eine Hand von der Schulter und hielt sie fest, und mir taten die vielen Tage leid, an denen ich hart zu ihr gewesen war, ich dachte an die kleinen Vorteile, die ich durch ihre Existenz gehabt hatte. Ihre Finger waren hart und gespannt, mißtrauisch gegen meine plötzliche Herzlichkeit.

Ossi, warum erzählst du jedem, ich wäre deine Schwester? fragte sie.

Weil es zu kompliziert ist, allen die Beziehung zwischen uns zu erklären.

Aber es ist eine Lüge.

Erinnerst du dich an die Genesis? Sogar Abraham, unser Erzvater, sagte zu Sarah, so sage doch, du seist meine Schwester, und das war eine Lüge. Manchmal bleibt einem nichts anderes übrig.

Ganz langsam entspannten sich ihre Finger, und der Abstand zwischen ihren Atemzügen wurde länger. Morgen kaufe ich ihr was zum Anziehen und einen Schmuck für ihr Zimmer, dachte ich, wir werden durch die Stadt spazieren und uns einen Film anschauen, aber das wird nicht alles wieder gutmachen, was in der ganzen Zeit falsch gelaufen ist. Sie zog die Decke zum Hals und drehte sich auf die andere Seite, ihre Hand glitt aus meiner, sie stieß ein paar Silben aus. Unzählige Male hatte sie mich darum gebeten, bei mir schlafen zu dürfen, nur eine Nacht, und immer hatte ich es ihr abgeschlagen. Im Laufe der Zeit hatte sie aufgehört, darum zu bitten.

Am Morgen wurde die Tür des Cafés aufgestoßen, und in dem weißen Viereck standen Ziona und Awrum. Ziona trug einen breitrandigen Strohhut auf den zusammengebundenen Haaren, auf Awrums Kopf saß eine weiße, durchlöcherte Sommerkappe. Ziona drückte mir einen Kuß auf die Wange und sagte, wir sind böse auf dich, Ossi, du meldest dich nie, warum kommst du nicht mal bei uns vorbei?

Heda hörte die laute Stimme ihrer Großmutter, wischte sich die Hände an ihrem Kleid ab und kam aus der Küche. Ziona fiel über sie her und umarmte sie, dann trat sie einen Schritt zurück und rief, komm, laß dich anschauen. Du hast genauso lange Beine wie dein Vater, aber warum sind sie so dünn?

Margit, die sich im ersten Moment damit begnügt hatte, die Brille hochzuschieben, nahm sie nun ganz ab und betrachtete die Verwandtschaft, die plötzlich von irgendwo aufgetaucht war. Ziona und Awrum warteten keine weitere Einladung ab, als ich ihnen vorschlug, sich an einen Tisch zu setzen, aber sie waren verlegen, und man sah ihnen an, daß sie nicht daran gewöhnt waren, Cafés zu besuchen.

Ziona erfaßte als erste die Spielregeln und sagte, einen Orangensaft und Mineralwasser, bitte, und sie schimpfte mit Awrum, als er einen Nescafé verlangte, schau nur, wie du schwitzt, wozu brauchst du Kaffee bei dieser Hitze. Als sie bezahlen wollten, hob ich die Hand wie auf den Stopschildern und sagte, halt, das geht auf mich.

Heda trank mit einem Strohhalm einen gelben Milkshake und betrachtete den Mann und die Frau, die ihretwegen gekommen waren, dann die Flamencotänzerin, die sich auf dem Fächer ausbreitete, mit dem Ziona sich nun Kühlung zufächelte. Als alle drei aufstanden, um zu gehen, ließ Heda das Armband vom Ellenbogen zum Handgelenk zurückrutschen und antwortete nicht auf Zionas Vorwurf, wieso hast du eigentlich keinen Hut? Du mußt besonders vorsichtig sein, weil du keine Haare hast, die dich schützen, sagte sie, schau deinen Großvater an, von Ende April bis Mitte Oktober geht er nicht ohne Hut aus dem Haus.

Margit ließ sich kein Wort entgehen, und noch bevor die Tür

hinter ihnen zugefallen war, sagte sie zu mir, was soll ich dir sagen, mein Geschmack ist sie nicht.

Und Sima sagte, bis ich eure Großmutter gesehen habe, habe ich gedacht, ihr wärt Aschkenasim. Nie hätte ich geglaubt, daß ihr Jemeniten in der Familie habt.

Elijahu fragte, wo ist das Mädchen, und es war unmöglich zu wissen, ob er traurig war oder froh, daß wir sie vom Hals hatten. Wir fuhren zum Museum und liefen zwischen den ausgestellten Judaica herum, er betrachtete Tora-Bände und Kerzenleuchter mit dem Auge eines Goldschmieds, begutachtete Schmuck und Kultgegenstände, die im Laufe der Zeit Beulen und Schrammen bekommen hatten, schätzte das Gewicht von Gold oder Silber und las alle Angaben über Herkunft und Alter der Stücke, während ich müde und erschöpft hinter ihm hertrottete.

Dann saßen wir im Park, zwischen den Figuren aus Marmor und Bronze. Ich dachte an Heda und hoffte, daß die Scha´ulis sie nicht überredeten, bei ihnen zu übernachten, sondern daß wir wieder das Bett aufklappen und nebeneinander schlafen würden. Ich warf einen Blick auf meine Uhr und einen Blick auf die Sonne, und Elijahu sagte, du bist nervös heute, ist etwas passiert?

Nein, ich bin nur müde. Komm, fahren wir zurück. Ich möchte nicht, daß die Kleine vor verschlossener Tür steht.

Er band sich einen Schnürsenkel zu, der aufgegangen war, zog seine Strümpfe hoch und sagte, deine Schwester hat etwas ganz Besonderes an sich, sie hat den Blick einer Erwachsenen. Ich habe noch nicht viele Kinder gesehen, die so einen Blick haben.

Sie ist nicht meine Schwester, sagte ich. Meine Eltern ziehen sie auf. Ihre Mutter ist bei ihrer Geburt gestorben.

Und was ist mit ihrem Vater?

Er wohnt zwei Häuser von uns entfernt, und noch ein Haus weiter wohnt ihr Großvater.

Ich weiß es nicht, sie hat etwas, was einen für sie einnimmt, sagte er, sie ist etwas Besonderes.

Wenn ich Elijahu heirate, wird es für die Kinder, die wir bekommen werden, keinen besseren Vater geben. Mit der Geduld eines Elefanten wird er ihnen den Unterschied zwischen einem Schekel und einer Agura erklären, zwischen Gold und Platin, er wird mit ihnen Legobrücken bauen, wird sie abends zudecken und als Wellenbrecher zwischen ihnen und den Stürmen stehen, die sie von seiten ihrer Mutter erwarten.

Er stand auf und streckte mir die Hand hin. Ein rötlicher Schirm spannte sich über den Himmel und senkte Dunst über das Tal des Kreuzes. Wir gingen zum Auto, und zwischen uns schlich, leise wie eine Katze, aber spürbar, der Antrag, den er mir auf dem Berg gemacht hatte. Wir umkreisten ihn beide, und er lief uns zwischen den Füßen herum. Elijahu tat, als merkte er es nicht, weil er von Natur aus abwartend ist, und ich, weil ich vorläufig keine Antwort hatte. Insgeheim war ich mir noch nicht mal sicher, ob ich überhaupt je heiraten wollte, oder ob ich die Freiheit und die dazugehörige Einsamkeit vorzog.

Was dieses große Angebot angeht, das du mir gemacht hast, laß mir noch ein bißchen Zeit, sagte ich.

Soviel Zeit, wie du brauchst, antwortete er und ließ das Auto an.

Die Sonne war fast verschwunden. Zu unserer Linken verloren die Gebäude von Giv´at Ram ihre Konturen und verschwanden in den Bäumen.

Elijahu erzählte von seinem Geschäft, das im Sommer blühte, von Touristen, die Davidsterne und goldene Kreuze und Chamsot aus Silber kauften. Nach einem schwachen Winter entschädigt einen der Sommer für alles, sagte er.

Ich sagte, so ist es auch in der Landwirtschaft, eine ganze Jahreszeit lang nährst du nur Hoffnungen, und dann kommt die Ernte und die Bäume entschädigen dich für deine Mühe und deine Geduld.

Wenn wir an einer Ampel warten mußten, legte er seine kühlen Finger auf meinen Arm und nahm sie zurück, wenn das Licht auf Grün schaltete, und als wir uns trennten, sagte er, richte dem Mädchen Grüße von mir aus.

Am nächsten Tag brachte er ein Geschenk für sie mit, ein silbernes Eichhörnchen an einer Kette, und ihr fiel ein, daß heute Rosch Chodesch des Monats Aw war und man etwas Neues annehmen durfte, sie legte sich das Kettchen gleich um den Hals und strich sich, wie an allen Neumondtagen davor, über ihren Kopf, auf dem sich schon kleine Locken zeigten. Manzi Ullmanns Schere war weit weg und würde keinesfalls in den kommenden neun Tagen eingesetzt werden.

Später saß Heda in ihrem grün-rosa Kleid, festlich und aufgeregt, auf dem Hocker an der Theke und beobachtete alles. Sie baumelte mit den Beinen und hörte jedesmal sofort auf, wenn die Glocke bimmelte. Endlich winkte ihr eine Hand aus der hellen Öffnung einen Gruß entgegen. Naomi, mit kurzgeschnittenen Haaren und sommerlich gekleidet, sah schöner aus, als ich sie in Erinnerung hatte.

Heda sprang vom Hocker und sagte, du hast gesagt um vier, und jetzt ist es schon halb fünf.

Naomi umarmte sie. Du hast ja recht, sagte sie, aber die wichtigsten Ampeln sind ausgefallen, es war ein schrecklicher Stau, aber das macht nichts, wir werden uns für die Verspätung entschädigen. Sie weigerte sich, etwas zu trinken. Nein, danke, Heda und ich werden zusammen essen, ich habe uns etwas Tolles gekocht. Heda kratzte sich ihre kurzen Locken, befreite sich aus der Umarmung und betrachtete Naomi, dann gingen sie. Durch das Fenster sah ich, daß sie sich an den Händen hielten, als sie an der Straßenkreuzung warteten. Naomi nahm ihre Jutetasche auf die andere Schulter, damit sie nicht zwischen ihnen zusammengedrückt wurde, dann verschwanden beide in der Menge der Leute, die mit ihnen die Straße überquerten.

Margit sagte, da kann man nichts sagen, in deiner Familie gibt es schöne Mädchen.

Ein Winter und die Hälfte des Sommers waren vergangen, und noch immer war der Laternenpfahl vor dem Block Nummer dreiundzwanzig nicht repariert worden. Der Vorhang, der im Winter vorgezogen gewesen war, wurde jetzt vom Wind aus dem offenen Fenster geweht und an die Außenwand gedrückt.

Ich klopfte und hörte lange Schritte. Ein großer junger Mann mit Brille füllte die Tür aus und sagte, guten Tag, komm rein. Naomi kam hinter ihm her und sagte, darf ich vorstellen, das ist Schachar. Schachar drückte mir die Hand, dann legte er den Arm um Naomis Schulter, und wir gingen zusammen in das kleine Wohnzimmer.

Heda kauerte auf dem Boden und war mit einem riesigen Puzzle beschäftigt. Du bist zu früh gekommen, sagte sie, ich habe kaum etwas geschafft. Sie suchte ein blaues Puzzleteil, um den Himmel fertigzubekommen.

Du kannst das Puzzle mit nach Hause nehmen, sagte Naomi, goß mir Orangensaft in ein Glas und fragte, ob sie mir noch etwas anbieten könne.

Im Zimmer gab es nicht viel mehr als ein altes Sofa, einen niedrigen quadratischen Tisch und eine mit medizinischen Büchern und Heften vollgepackte Kommode. Schachar klappte seinen Körper über dem Tisch zusammen, stellte Teller aufeinander, tauchte einen Cracker in eine scharfe Käsesoße und hielt ihn mir hin. Probier mal, sagte er, die Soße habe ich gemacht.

Inzwischen hatte Heda den Himmel fertig, nun zerstörte sie ihn mit einer weiten Handbewegung und schob die Puzzleteile in die Schachtel. Auf dem Deckel war ein grünes Meer mit flachen Fischerbooten zu sehen, darüber ein blauer Himmel.

Naomi und Schachar begleiteten uns zur Bushaltestelle. Naomi küßte Heda und sagte, wir werden Sehnsucht haben nach dir, und Schachar sagte, bye, Kleine.

Heda antwortete nicht, sie bewegte das Eichhörnchen an ihrer Kette hin und her. Der Autobus kam. Schachar legte den Arm um Naomis Schulter. Heda stieg vor mir ein, die Puzzleteile stießen in der Schachtel geräuschvoll aneinander. Sie schaute durch die große Windschutzscheibe hinaus auf das Paar, das auf dem Gehweg stand, hatte aber keine Hand zum Winken frei, denn mit der einen umklammerte sie die Schachtel, mit der anderen hielt sie sich an der Stange fest. Ein alter Mann rückte zum Fenster und sagte, hier, Mädchen, warum setzt du dich nicht hin? Sie ließ die Stange los und setzte sich, die Puzzleschachtel auf den Knien.

Wie war's, fragte ich. Hast du Spaß gehabt?

Nicht besonders, sagte sie, ich wäre lieber allein mit Naomi gewesen, wer braucht schon diesen Freund, und außerdem ist er noch nicht mal fromm.

Fromm oder nicht, das war schließlich egal. Wie wenig Phantasie hatte ich doch bewiesen, als ich die Medizinstudentin sofort mit dem Witwer hatte verheiraten wollen. Und nun war dieser lange Kerl aufgetaucht und hatte Naomi aus der Geschichte herausgenommen und mich mit Alma allein zurückgelassen.

Bis zum Busbahnhof wechselten Heda und ich kein Wort miteinander. Sie betrachtete die Leute, die aus- und einstiegen, und beugte sich vor, um zu sehen, welche Schuhe sie trugen und welche Pakete sie schleppten.

Als wir zu Hause ankamen, setzte sie sich sofort auf den Fußboden und suchte die Puzzleteile für den Himmel. Elischa rief an, und sie erzählte ihm von Naomi und Schachar, dann hörte sie zu, was er ihr zu sagen hatte. Schließlich hielt sie mir den Hörer hin, und er fragte, ob sie mir wirklich nicht zur Last falle.

Ich sagte, von mir aus kann sie bis nach Tischa be-Aw bleiben. Und dann sagte ich, es tut mir leid, daß ich es dir schwergemacht habe.

Er fragte, was ich meine.

Wegen Naomi, sagte ich, und er sagte, komm, vergessen wir das.

Weil Heda da war, konnte ich ihm nicht erzählen, daß mir das Rätsel langsam klarer wurde, ich sagte nur, ich habe nicht vergessen, daß ich dir noch etwas schulde, er antwortete, ich habe es auch nicht vergessen.

Später, als wir schon im Bett lagen, sagte Heda, mir hast du es auch schwergemacht wegen Naomi.

Es tut mir leid, sagte ich, ich habe mich geirrt, und tastete nach ihrer Hand.

Ich habe mir wirklich sehr gewünscht, daß sie heiraten.

Na ja, vielleicht heiratet er ja irgendwann einmal eine andere Frau, sagte ich tröstend. Schließlich gibt es nicht nur Naomi auf der Welt.

Aber die anderen kenne ich nicht, und Naomi habe ich lieb, antwortete sie.

Dein Vater wird nur eine Frau wählen, die auch gut für dich ist, sagte ich, sie gab mir keine Antwort, reagierte auch nicht auf meinen Händedruck. Doch dann sagte sie in die dünne Sommerdecke, die sie ganz über sich gezogen hatte, in drei Monaten feiere ich meine Bat-Mizwa, und am Tischa be-Aw werde ich den ganzen Tag fasten. Danach schlief sie ein. Ein vorbeigleitender Scheinwerfer erhellte für einen Moment ihr Gesicht und die weiße Stelle zwischen Hals und Schulter. Ihre Lippen öffneten sich, zu einem Schrei oder zum Lachen, sie hätte gute Gründe für beides gehabt. Wer konnte wissen, ob sie wegen Naomi weinte oder ob sie sich wegen der Trauertage freute, die die Schere lahmlegten.

Am Vorabend des Tischa be-Aw rief Ziona an. Ossi, daß es ihr ja nicht einfällt, zu fasten.

Ich habe keinen Einfluß auf das, was ihr einfällt oder nicht, sagte ich, aber ich verspreche dir, daß ich auf sie aufpasse.

Auch mein Vater rief an und sagte, dieses Fastgebot hat nichts mit dem Tanach zu tun, nur mit dem, was unsere Weisen gesagt haben, und die Kleine hat keine Reserven.

Doch Heda blieb bei dem, was sie sich vorgenommen hatte. Mittags war sie schon ganz blaß und fing an, die Stunden auszurechnen, die ihr bis fünf nach acht noch blieben.

Margit befahl, los, mach den Mund auf. Heda gehorchte und zeigte ihre weiße Zunge. Nie werde ich diesen Irrsinn verstehen, sagte Margit. Wegen eines Gebäudes, das zu Methusalems Zeiten zerstört wurde, fastet man anderthalb Tage, aber für die Millionen, die in unserer Zeit verbrannt wurden, noch nicht mal eine Minute.

Am Abend, als wir schon die Suppe aßen, rief Elischa an.

Ich habe den ganzen Tag gefastet, erzählte Heda stolz, ließ den Hörer fallen und fing an, sich zu erbrechen.

Margit legte ihr ein nasses Handtuch auf die Stirn, führte sie zum Sofa, brachte ihr eine Zitronenscheibe, an der sie lutschen sollte. Sie beherrschte sich und sagte nicht, ich hab's euch ja gesagt. Dann machte sie die Fenster auf, um frische Luft hereinzulassen, beugte sich über Heda, betrachtete das grünliche Gesicht und das Eichhörnchen, das über der Ader zitterte, die an ihrem Hals hervortrat, und sagte, endlich kriegst du wieder Farbe.

Heda lag da, das Handtuch auf der Stirn, die Zitrone im Mund, und sagte, das ist mir egal, ich werde auch am Jom Kippur fasten. Sie fuhr sich mit dem Finger unter den Augen entlang, und als sie keine Wimper fand, rieb sie sich die Augen so lange, bis zwei Wimpern ausfielen, und pustete sie weg.

Was hast du dir gewünscht? fragte Margit.

Das verrate ich nicht, sagte Heda, rutschte vom Sofa zu

ihrem Puzzle und trank gehorsam die Limonade, die Margit ihr hinhielt.

Dieses Mädchen ist ein richtiger Mensch, verkündete Margit und ging zur Küche, um weitere Zitronen auszupressen.

Zwei Tage später kam Elischa, um sie abzuholen. Erstaunt betrachtete er ihre Haare, fuhr mit der Hand durch ihre Locken und strich über ihren Kopf, dann trat er einen Schritt zurück und stellte erstaunt fest, sie sind gewachsen.

Du wirst es ihr nicht mehr antun können, sagte ich, als Heda ins andere Zimmer gegangen war, um ihre Sachen zu packen.

Er drehte das Spiegelkarussell und sagte, stimmt, vermutlich geht es nicht mehr.

Hast du gesehen, wie gut ihr die Haare stehen?

Ja, aber das ist nicht das wichtigste.

Elischa, was ihr passieren soll, wird ihr passieren, ob mit Haaren oder ohne. Ihre Mutter ist nicht deshalb gestorben, weil sie lange Haare hatte, Absalom hat sich in der Eiche verfangen, weil seine Zeit gekommen war, nicht wegen seiner langen Haare. Glaubst du etwa, das Schicksal meint es besser mit den Menschen, die keine Haare haben? Schau dir doch Awrum an, er ist doch wirklich vollkommen glatzköpfig, und trotzdem rettet ihn das nicht vor Ziona.

Er lächelte nicht, er betrachtete die Porzellankatzen in der Bar, die Katzen starrten zurück, und Elischa warf einen Blick auf die Uhr und schwieg, bis Heda verkündete, sie sei mit dem Packen fertig.

Als wir zum Café kamen, wo sich Heda von den Angestellten verabschieden wollte, blieb Elischa draußen im Auto sitzen und hörte sich die Nachrichten an. Margit packte ihr Süßigkeiten in eine Tüte, Selim steckte sich die Zigarette in den Mund, um eine Hand frei zu haben, und hielt sie Heda hin, sie nahm die Hand, drückte sie und sagte, auf Wiedersehen, dann bat sie um die Erlaubnis, sich einen Ableger von Casanova abbrechen zu dürfen, um ihn Dworale mitzubringen, und Sima sagte, das wird dir sehr gutstehen, wenn du dir die Haare wachsen läßt, die Leute werden glauben, du hättest eine Dauerwelle.

Die Augen gegen das Licht zusammengekniffen, ging sie zum Transit, in der einen Hand die Tüte mit den Süßigkeiten, in der anderen den Geraniumstengel. Neben dem Transit blieb sie stehen, damit ich sie umarmen konnte, und diesmal wehrte sie sich nicht. Ohne dich werde ich Angst vor dem Einschlafen haben, sagte ich, sie lächelte und kletterte auf den Beifahrersitz. Bevor er den Motor anließ, hob Elischa die Hand zum Ohr und bedeutete mir pantomimisch, daß wir das, was wir zu besprechen hätten, telefonisch erledigen würden, und ich nickte.

Der Transit kroch in die lange Autoschlange. Heda drehte den Kopf und schrie »Auf Wiedersehen, Ossi«, und von ihrem Eichhörnchen blitzte eine pfeilförmige Spiegelung der Sonne.

Ein Mann ging vorbei und spuckte auf den Gehweg. Heda schaute von ihm zu dem Schleimfetzen auf den Steinen. Ich stand unter der gewaschenen Markise, ein Autobus raubte mir den Blick auf den Transit, ein junges Mädchen mit kurzen Haaren und Ballerinahüften las den Veranstaltungskalender, und die Nachmittagssonne fiel auf Alma, die mir gegenüber auf dem Bürgersteig stand. Seltsam, Alma, sagte ich, deine Tochter mit den kurzgeschnittenen Fingernägeln hat es geschafft, am Ohr dieses Nilpferds zu kratzen, das man Gewissen nennt, und so etwas wie Reue in mir zu wecken. Das tut weh, Alma, und nur dir wage ich es zu erzählen, denn niemand bewahrt ein Geheimnis so gut wie eine Tote, niemand außer dir wird je erfahren, in welcher Schuld ich stehe, wenn man das, was ich von ihr bekommen habe, mit dem vergleicht, was ich ihr gab.

Ein Mann und ein Mädchen drehten sich nach mir um. Diese Frau da redet mit sich selbst, sagte das Mädchen, der Mann zog sie weiter und sagte, schau vor dich, und trat mit dem Schuh die Schleimpfütze platt. Selim sah mich im Eingang stehen, verstand etwas, ohne zu fragen, zog eine Zigarette für mich aus dem Päckchen, steckte sie an seiner eigenen an und brachte mir dann ein Glas kaltes Mineralwasser.

Genau um diese Zeit, hundertfünfzig Kilometer weiter nördlich, fand Menachem Mewurach seine Frau Tanja tot auf dem Küchenfußboden, eine Suppenkelle in der Hand, daneben ein Huhn, das die Reisreste von der Kelle pickte. Meine Mutter rief mich an und sagte, daß die Beerdigung am folgenden Tag um drei Uhr nachmittags stattfinde.

Mit einer Verspätung von einer Viertelstunde hielt der Autobus, der mich zum Moschaw gebracht hatte. Ich lief den Feldweg entlang, über die Fußspuren hinweg, die die Trauergäste in den Boden gedrückt hatten, rechts und links von den Rillen, die vom Wagen der Chewra Kaddischa stammten. Der Geruch von Datteln füllte die Luft mit süßem Duft.

Außer Heda, den kleinen Kindern und den Tieren gab es niemanden im Moschaw, der Tanja Mewurach nicht auf ihrem letzten Weg begleitet hätte. Menachem und seine beiden Söhne betrachteten die Bahre. Für einen Moment drang die Sonne durch das Tuch, in das die Leiche gehüllt war, und ließ es so durchsichtig erscheinen, daß Menachem fast das Gefühl hatte, er könne die von Arthritis gekrümmten Finger sehen. Der älteste Enkel Tanjas klammerte sich mit einer Hand am Kleid seiner Mutter fest, mit der anderen bohrte er mit einem Finger in einem kleinen Nasenloch und starrte zwischen den Beinen der Männer hindurch in das Grab mit seiner toten Großmutter. Zwischen den Beinen der Frauen hindurch konnte er nichts sehen, denn alle trugen Kleider.

Manzi Ullmann und meine Mutter hatten sich eingehängt, ein Windstoß, der von hinten kam, fuhr unter ihre Kopftücher und blähte sie auf wie Segel. Sie hielten sich die Hände vor den Mund und schauten zu, wie die Männer der Reihe nach Erde auf die Leiche schaufelten. Oskar war direkt vom Feld gekommen, breitbeinig stand er da, in seinen Bewässerungsstiefeln, und warf mit gezielten Bewegungen Erde in die Grube. Mein Vater griff die Schaufel zu weit oben an, sie sprang ihm aus der Hand, und die Erde fiel auf meine Füße und meine Strümpfe. Nach ihm war Jecheskel Schochet an der Reihe und stieß die Schaufel in den Erdhaufen, dann kam Sami vom Genossenschaftsladen, der einen großen Erdbrocken ins Grab schaufelte. Gideon Lamdan warf die Erde mit dem gleichen Schwung ins Grab, mit dem er frisches Stroh in den Kuhstall warf. Elischa drängte sich nicht vor, und bis er an der Reihe war, bewegte er seine über der Brust gekreuzten Arme nicht, und nachdem er ebenfalls Erde aufgehäuft hatte, verkreuzte er sie wieder. Jo´el schaute zur Seite und versuchte, den Staub nicht einzuatmen. Während der ganzen Zeit bewegte Rutha Schochet den Kopf vor und zurück, als würde sie »ja, ja« sagen. Lotti, die ihr nachgelaufen war, hatte den Friedhof aus Ehrfurcht vor der Toten nicht betreten dürfen, sie lag zusammengerollt neben dem Tor im Sand, wartete und kühlte sich einstweilen an dem schwarzen Marmor der Toreinfassung, auf dem in großen Buchstaben »Er aber war barmherzig und vergab die Schuld und vertilgte sie nicht« eingemeißelt war.

Nachdem Menachem Mewurach und seine Söhne das Beileid der Trauergäste entgegengenommen hatten, verstreute sich die Trauergemeinde und machte sich auf den Rückweg. Die Gesichter waren rot, entweder von der Sonne oder vom Weinen.

Elischa wischte mit seinem Taschentuch den Staub weg, der sich in den Buchstaben von Almas Grabstein gesammelt hatte, und entfernte Unkraut, das unter dem Stein herausgewachsen war. Er sammelte sich, schloß die Augen und betete, und dann beugte er sich vor und legte einen Stein auf Almas Grab. Er wollte ein paar Schritte machen, um das alles am Grab seiner Mutter zu wiederholen, doch da fiel mein Schatten über den Stein und über den Zwischenraum, der auf Jo´el wartete.

Ach, Ossi, sagte Elischa und reckte einen staubbedeckten Hals.

Du siehst, die Toten bringen uns eher zusammen, als wir erwartet haben, sagte ich.

Ja, dieser Tod war überraschend. Wie Dummköpfe haben wir uns darauf verlassen, daß er viel zu faul wäre, diesen ganzen Weg zu unserem Moschaw heraufzukommen.

In deinem Fall war er aber ziemlich fleißig, der Tod, sagte ich und legte einen Stein auf Almas Grab.

Wir verließen den Friedhof, ohne daß er Staub vom Namen seiner Mutter gewischt hätte. Er hatte sogar vergessen, einen Stein auf ihr Grab zu legen.

Und das, was wir besprechen wollten, wenn ich am Wochenende käme, besprachen wir sechs Stunden nach Tanja Mewurachs Beerdigung.

Es war, als hätte er hinter seiner Tür gestanden und gewartet, denn sie ging sofort auf, kaum daß ich geklopft hatte. Er war barfuß, in Jeans und einem grünkarierten Hemd und sagte, komm rein.

In der Diele roch es nach Pfirsichen. Ein dunkler Nachtfalter landete auf Almas Gesicht, krabbelte über ihre Augen und ihre Nase, bevor er zur Lampe flatterte und sie umkreiste.

Kaffee? fragte Elischa.

Ich nickte, ja.

Kalt oder warm?

Warm.

Bis er den Kaffee zubereitet hatte, wartete ich in der bescheidenen Diele, zu der seit Almas Tod nie etwas Neues hinzugekommen und aus der nie etwas Altes weggenommen worden war, außer daß Elischa die traurige Distel durch einen Zitronenzweig ersetzt hatte, dem später vermutlich ein Garbenstrauß folgen würde, und außer der Schale, in der das Obst entsprechend der Jahreszeiten wechselte. Eine Tischdecke in der Farbe von Paradiesäpfeln lag auf dem Tisch und hing an den Seiten lang herunter. Elischa deckte hölzerne Untersetzer, stellte Keramikbecher darauf und schnitt einige Stücke von einem Honigkuchen, den er bei Sami gekauft hatte.

Es gibt eine Tischdecke und es gibt Honig, sagte ich, es fehlt nur noch ein Fischkopf.

Lach nicht, sagte er, das war der einzige Kuchen, der gut gerochen hat, alle anderen lagen schon seit über einer Woche im Laden.

Der Kuchen schmeckte gut, Honig und Nelken waren richtig aufeinander abgestimmt, aber Elischa rührte ihn nicht an, er stellte auch den vollen Becher zurück auf den Untersetzer. Er schaute mich an, und bis er seine Worte gefunden hatte, steckte ich die Hände in die Rocktasche, zog ein zusammengefaltetes Papier heraus und legte es auf den Tisch.

Was ist das? fragte er.

Das Rätsel, das du mir zum Lösen dagelassen hast.

Ein Windstoß wehte das Blatt an die Obstschale. Er nahm einen Pfirsich, legte ihn auf das zusammengefaltete Blatt und sagte, du hast nichts gefragt und keinen Hinweis verlangt, vermutlich hast du es gelöst.

Ja, ich habe endlich verstanden, daß du mich ein bißchen gern hast.

Gernhaben ist ein kleines Wort, Ossi. Seit Jahren kämpfe ich mit mir und warte auf den Tag, da du dich von dieser unreifen Liebe befreist und verstehst, daß ein Witwer mit Kind eine zu große Belastung für eine Liebe ist. Aber du bist nicht nüchtern geworden, und die Zeit, die wir zur Verfügung haben, bleibt nicht stehen.

Der graue Falter umkreiste seinen Kopf, und sein Schatten flatterte über die paradiesapfelfarbige Tischdecke. Ich fühle mich wie ein Soldat, der aus dem Kampf zurückgekommen ist, und du sagst kein Wort, sagte Elischa.

Herzlich willkommen, sagte ich, und meine Stimme zitterte, als wäre ich erschrocken. Ich machte eine Bewegung mit dem Kinn zu Almas Foto. Und was ist mit ihr?

Sie ist tot, sagte er, drehte den Pfirsich wie einen Kreisel, paßte dabei auf, daß er nicht vom Tisch fiel und drehte ihn wieder.

Ich schaute ihn an. Ich habe immer geglaubt, daß du diese Tatsache leugnest und eine Liebesgeschichte mit ihrer Seele unterhältst.

Ossi, sie ist tot, ich weiß nicht, was eine Seele ist, ich kenne keine, und ich war es schließlich nicht, der das »Aus Staub bist du und zu Staub sollst du werden« erfunden hat. Nur die Erinnerung stirbt nicht, aber die Erinnerung ist nicht in der Lage, Liebe zurückzugeben, mit der Erinnerung kann man keine Kinder haben und keine Zukunft aufbauen.

Der Pfirsich rutschte aus seiner Hand, fiel vom Tisch, rollte über den Boden, stieß gegen ein Tischbein und blieb liegen. Elischa stand auf und legte ihn zurück in die Schale. Doch der Pfirsich fand keine passende Vertiefung und rollte wieder zu Boden. Was ist mit dir, schimpfte Elischa, du willst unten bleiben? Bitte. Er bückte sich nicht, um den Pfirsich aufzuheben, sondern stieß ihn mit dem Fuß an, so daß er irgendwohin verschwand.

Trinken wir was, sagte ich und nahm eine Flasche Rotwein aus dem Regalfach unter den schweren Bänden der Mischna heraus.

Es gibt auch Likör und Cognac, sagte er.

Heute trinken wir Kiddusch-Wein, sagte ich und goß die Keramikbecher voll. Wir stießen an, Elischa trank seinen Becher in einem Zug leer und goß sich nach.

Sag mal, findest du es nicht seltsam, daß Abraham zu Sarah sagte, so sage doch, du seist meine Schwester, nur damit ein anderer Mann mit ihr schlafen konnte?

Er schüttelte den Kopf. Nein, die Menschen sind bereit,

sehr viel zu opfern, um mit einer geliebten Person leben zu können.

Du redest so, als hättest du Erfahrung.

Stimmt, sagte er. Der Wein, den er getrunken hatte, machte ihn weder zufriedener noch fröhlicher. Er öffnete die beiden oberen Knöpfe seines Hemdes und sagte, komm, gehen wir hinaus, draußen ist es kühler.

Hinter dem Haus wuchsen die Kreuzdornbüsche so wild und dicht wie immer, sie kletterten hinauf bis zum Schlafzimmer und wucherten über das Treppengeländer. Der alte Transit stand, naß vom Tau, auf dem Weg, der zu den Feldern führte. Eine Katze lief an uns vorbei und warf uns von unten einen Blick zu.

Der Weg wußte nichts davon, daß jetzt eine Frau auf ihm lief, deren Wünsche in Erfüllung gegangen waren, dachte ich. Wie auch, zwischen uns herrschte Schweigen und unsere Schritte waren schwer wie die alter Menschen. Dünne Federwölkchen zogen über den Mond und bedeckten ihn mit einer milchigen Schicht, er war hoch und weit und ließ den Himmel im Dunkeln, aber als wir die Felder erreichten, war er wieder zu sehen. Wir setzten uns in das feuchte Gras. Elischa lehnte sich an die Blechwand des Schuppens, zog die Knie an und legte seine Arme darauf.

Welche Erfahrungen hast du mit Selbstaufopferung? fragte ich.

Elischa schlug die Beine übereinander und sagte, Alma hat Amnon geliebt, bevor sie mich kennenlernte, und sie hat ihn später immer noch geliebt, obwohl sie bereits mit mir verheiratet war.

Hat sie dir das gesagt?

Ja, sie konnte diese doppelte Liebe nicht allein ertragen. Mit dem einem Mann lebte sie in dieser Welt, aber zugleich hegte sie den Traum, mit einem anderen in jener Welt zu leben. Sie hat fest daran geglaubt, daß das Leben nicht einfach aufhört.

Ich habe mich nie in ihre Träume eingemischt, sondern mich darauf verlassen, daß die Zeit zu meinen Gunsten arbeiten würde, aber in unserem Fall war die Zeit ein Meister an Geiz.

Er trommelte mit den Fingern auf die Knie und starrte hinauf zum Himmel.

Nimm mich in den Arm, sagte ich und rutschte näher zu ihm, aber er bewegte sich nicht und sagte in einem Ton, als spräche er zum Himmel, ich hatte erwartet, daß du durchdrehst nach all diesen Jahren, aber so ist es nicht.

Ich bin verwirrt, sagte ich. Plötzlich haben sich drei Vorstellungen, die ich hatte, als falsch erwiesen. Ich habe Alma verdächtigt, sie hätte dich betrogen, ich habe dich verdächtigt, du hättest eine Liebesgeschichte mit einer Toten, und ich war sehr schnell bereit, dich mit Naomi zu verheiraten. Plötzlich erfahre ich jetzt, daß du alles gewußt hast und daß du in der kurzen Zeit, die du mit ihr hattest, gezwungen warst, ihre Liebe mit einem anderen Mann zu teilen.

Und jetzt sagst du, nimm mich in den Arm, weil du Mitleid mit mir hast. Er warf einen Brocken Erde in die Luft, danach noch ein paar, die nichts trafen.

Wenn sich Mitleid in meine Liebe mischt, dann kann ich es nicht ändern, sagte ich. Bis morgen wird es vorbei sein.

Gut, dann sprechen wir weiter, wenn es vorbei ist. Er erhob sich, stand groß und mager über mir, am Rand des Feldes, und der Mond strahlte über seinem Kopf.

Trinken wir noch einen Schluck Likör, sagte ich, als wir den Hinterhof betraten. Wir haben allen Grund zum Feiern und tragen unsere Freude wie ein Kreuz.

In dem schmalen Streifen Schatten, zwischen dem Transit und dem Tor, streckte er den Arm aus, berührte meine Wange und zog mich zu sich, ich stand eingekeilt zwischen ihm und dem Transit und nahm an seinem Atem den Geruch des Strohhalms wahr, den er auf dem Feld gekaut hatte. Sein Gesicht über mir war dunkel, die Zweige des Paternosterbaums sahen aus, als würden sie direkt aus seinem Kopf wachsen und ihn mit dem Himmel verbinden.

Wäre ich ein Hahn gewesen, hätte ich die ganze Nacht auf dem Hühnerstalldach gestanden und aus Leibeskräften gekräht, aber schließlich war ich nur Ossi Simon, deshalb stand ich die ganze Nacht am Fenster, und die alte Kasuarine betrachtete mich mit ihrem hinterhältigen Lächeln.

Alma ist tot, Punkt. Sie lebt nicht mehr in dieser Welt, Punkt. Was spielt es für eine Rolle, in was sie sich in jener Welt verwandelte, in ein Staubkorn auf der Schwelle zu Amnons Buchhandlung, in einen Windhauch, der Hedas Mobile in Bewegung setzte, oder in das seltsame Aufblitzen in Lottis Augen, die aufgewacht war und angelaufen kam, vielleicht weil sie einen Alptraum gehabt oder weil ein Ungeborenes sie von innen gezwickt hatte.

Schejnfeld sagte, von mir aus kannst du gleich kommen, wenn es so dringend ist, und dann fragte er, von wo aus ich anrief.

Vom Busbahnhof.

Was machst du dort?

Ich bin gerade aus dem Moschaw zurückgekommen, sagte ich.

Ich ging nicht erst die hundert Meter zur Wohnung, um mir das Gesicht zu waschen, etwas Kaltes zu trinken und eine frische Bluse anzuziehen. Verschwitzt und unordentlich stieg ich in den Bus Nummer sechs. In seinem Wartezimmer saßen diesmal keine Frauen. Kühl und sauber hob er in seinem Zimmer mit Klimaanlage den Kopf, blickte mich über sein goldfarbenes Brillengestell an, legte den Stift auf ein medizinisches Formular und lächelte.

Schejnfeld, das war's, sagte ich und zog mir den Stuhl heran, auf dem sonst seine Patientinnen saßen, wenn sie ihm ihre gynäkologische Vorgeschichte erzählten.

Was meinst du.

Aus und vorbei, sagte ich.

Was?

Weil du keine langen Reden magst, sagte ich, werde ich mich kurz fassen. Also, ab heute werden wir uns nicht mehr sehen, es sei denn, wir treffen uns irgendwo zufällig.

Ich hatte mich nicht geirrt, Schejnfeld liebte keine langen Erklärungen. Er goß für uns beide einen Wodka ein, drehte seinen Stift wie ein Karussell auf dem Formular, trank, drehte dann den Stift weiter. Es ist dieser Witwer, nicht wahr? fragte er. Der Stift kreiselte über das Formular, stieß gegen das Glas und blieb liegen.

Ja, sagte ich.

Er hat einen ausgezeichneten Geschmack, das letzte, was man von ihm behaupten könnte, wäre, daß er bescheiden ist, schon bei der ersten Runde hat er sich nicht mit wenig zufrieden gegeben. Ein dünnes, bitteres Lächeln verzog die Falten über seiner Oberlippe. Ich wünsche dir Glück, sagte er und streckte mir seine saubere, trockene Hand hin, ich drückte sie und war überrascht davon, wie leicht sie war.

Was hast du gesagt, es sei denn, wir treffen uns irgendwo zufällig? Ich gehe davon aus, daß der Zufall jetzt lächelt.

Was für einen Grund sollte er haben, zu lächeln? fragte ich.

Der Zufall ist alt und klug und kann sich beherrschen. Mach dir keine Sorgen, er wird nicht auftauchen, bevor seine Zeit gekommen ist.

Der Prophet Jeremias ist klein gegen dich, Doktor, sagte ich, trotzdem wäre es wünschenswert, daß du deine Voraussagen auf Ungeborene im Mutterleib beschränkst und alles andere Gott überläßt.

Schejnfeld antwortete nicht. Er lächelte wieder, diesmal ein festes, sicheres Lächeln, das nicht verschwand, auch als ich die Tür hinter mir zuzog.

Menschen betraten das Café und verließen es wieder. Margit sagte, Jesus, was für ein August ist das, wischte sich mit der Schürze die Schweißtropfen vom Gesicht und drehte den Knopf der Klimaanlage auf volle Stärke. Du bist anders als sonst, sagte sie zu mir, und außerdem schuldest du mir noch eine Antwort.

Gib mir noch ein paar Tage Zeit, sagte ich und goß Casanova, er trank das Wasser mit großem Appetit, und je mehr ich goß, um so feuchter wurden seine Wurzeln.

Was für eine Hitze, sagte Margit, ich weiß wirklich nicht, ob das am August liegt oder an meinen Wechseljahren. Sie fächerte sich mit einer Speisekarte Luft zu.

Auch Elijahu stellte fest, daß ich verändert sei, aber es falle ihm schwer zu entscheiden, ob die Veränderung guter oder schlechter Art sei. Du bist auf einmal so ernst geworden, hat das etwas mit unserem Gespräch zu tun?

Nein, sagte ich, es hat mit anderen Gesprächen zu tun, laß mich, Elijahu, gib mir Zeit, bei dieser Hitze schmilzt einem das Gehirn, da kann man nicht vernünftig nachdenken.

Gegen Abend, als die Sonne etwas von ihrer Macht verlor, fuhren wir zum Skopusberg und saßen auf dem Geländer vor der Böschung. Zwei arabische Jungen trieben einen Esel vor sich her und schlugen mit einem Stock gegen seine Rippen, die Lumpen klebten an ihren Körpern, ihre T-Shirts zeigten eine verschossene Coca-Cola-Reklame. Mit neugierigen Augen betrachteten sie den Audi und die Schlüssel, mit denen Elijahu spielte. Er zog eine Fünf-Schekel-Münze aus der Tasche und gab sie ihnen, sie schlugen energischer auf den fügsamen Esel ein, der ein zerrissenes Ohr bewegte, die tränenden Augen hob und den Hang hinunterhumpelte. Die untergehende Sonne zog eine scharfe Linie über seinen grauen Kopf.

An einem schönen Tag kann man von hier aus das Tote Meer sehen, sagte Elijahu und deutete nach Osten, wo schon die durchsichtige Scheibe des Mondes am Himmel auftauchte.

War das heute etwa kein schöner Tag? An einem solchen Tag werden wir den Trauhimmel auf einem der Berge aufstellen, eine Chuppa aus weinrotem Samt, mit goldenen Fransen, Elischas Augen werden klar sein, Elischa ist mager, aber er wird ein weißes Hemd in x-large tragen, weil er so lange Arme hat, er wird den Brautschleier anheben, und der Wind wird ihn über uns beide wehen und unseren Kuß vor den Blicken der Gäste verbergen, Tante Rosi und Heda werden die weiße, dünne Seidenschleppe anheben, und in den judäischen Bergen wird man Jauchzen und Frohlocken hören, Lotti wird ihren Anteil von der Torte verschlingen und die Creme ablecken, die ihr in dem frischgewaschenen Fell hängen bleibt, Manzi und meine Mutter werden jedem fest die Hand drücken, eine Klarinette wird spielen, die Chuppa wird ein rundes Loch in den Himmel malen, und Elischa und ich, er in einem weißen Hemd in x-large und ich in weißer dünner Seide, werden über die Berge schweben, über magere Ziegen und den Esel, die Kinder werden das weiße, schwebende Gebilde am Himmel über dem Wadi anstaunen, Tante Rosi und Jo´el werden im Dunst verschwinden und immer kleiner werden, Elischa wird die Hände um meine Hüften legen, eine Million Jahre habe ich darauf gewartet, werde ich zu ihm sagen, er wird seine Beine um mich schlingen und ostwärts drängen, der Schleier wird auf dem schweren Wasser treiben, die Seide wird sich voll Salz saugen und auch Elischas Wimpern werden salzig werden.

Die Lichter dort, das ist Jordanien, sagte Elijahu und deutete nach Osten.

Der Westwind wird das weiße Kleid und das große Hemd nach Jordanien tragen, auch der Schleier wird nach Osten schweben, die doppelte Schwere zweier Körper wird auf dem Wasser treiben und nicht untergehen, und hoffentlich wird das Glück nicht zu schwer sein.

Hinter jenen Bergrücken liegt Sodom, dort ist die staatliche Kaliumfabrik, sagte Elijahu. Seine Hand hob sich und deutete nach Süden, und der Wind bewegte die Haare auf seinem Arm.

Mich interessierten weder Sodom noch die staatliche Kaliumfabrik. Elischa wird im Wasser zu mir kommen, der Mond wird vom Himmel auf seinen Bauch gleiten, und es wird mir egal sein, wo wir sind, im Toten Meer oder im Roten Meer oder im Schwarzen Meer oder in den Fjorden Norwegens, von mir aus auch im Jarkon.

Hör auf, Elijahu, sagte ich, ich habe heute keinen Kopf für Geographie.

Schade, sagte er gekränkt, ich habe geglaubt, daß du diese Landschaft liebst. Er betrachtete den Esel, der den Pfad hinunterlief und jetzt von dem einen Jungen geführt wurde, während der zweite auf ihm ritt und ihn mit seinen nackten Fersen antrieb.

Ja, eine wunderbare Landschaft, sagte ich, und meine Hand wurde in seiner hart und gespannt. Komm, gehen wir zurück. Ich entzog ihm meine Hand. Die Mauern der Universität waren dunkel, ein paar vereinzelte Autos fuhren die Straße hinunter.

Elijahu fragte nicht, warum und wie lange, als ich sagte, machen wir eine Pause und hören wir für eine Weile auf, uns zu treffen, ich muß Ordnung in meinen Kopf kriegen. Er küßte mich auch nicht, als ich das Auto verließ, stieg aber hinter mir aus und bewachte das Licht, er hörte, wie ich, immer zwei Stufen auf einmal nehmend, die Treppe hinauflief und zum dritten Treppenabsatz drei Stufen nahm. Am nächsten Tag kam er nicht, um seine Blinzes zu essen, auch nicht einen Tag später, und Margit sagte, euch ist eine schwarze Katze über den Weg gelaufen, was? Siehst du, genauso ging es mir mit dem Iraker, ein Stromausfall, und dann wird das Licht plötzlich angehen und die Spannung wird zu groß, sag mal, warum ißt du denn nichts?

Elischa hatte gesagt, wenn mein Mitleid vorbei wäre, würden

wir miteinander reden, als wäre das Mitleid so etwas wie Schnupfen oder Halsschmerzen. Doch davon konnte ich Margit unmöglich erzählen. Sie strich milchige Margarine auf eine Scheibe Brot und schlug ihre Zähne in die Kruste. Krümel fielen auf den Tisch.

Stell dir jemanden vor, sagte ich, der elf Jahre von etwas Bestimmtem geträumt hat, sagen wir mal, von einer Kristallkugel.

Ja, und?

Also stell dir vor, diese Person geht schlafen und träumt davon, sie steht auf und denkt daran, elf ganze Jahre lang, und eines Tages kommt sie ins Zimmer und die Kristallkugel liegt auf dem Tisch.

Wer ist es, der davon geträumt hat, du?

Ja.

Und weiter?

Die Kugel liegt auf dem Tisch, aber plötzlich sind meine Finger gelähmt, ich kann sie nicht anfassen.

Warum? Margit entkernte eine schwarze Olive und sah mich dabei scharf an.

Weil sie in dem Moment, da ich sie anfasse, kaputtgeht. Dieser Kristall ist durchsichtig und glatt, die Berührung mit einem Finger würde ausreichen, einen blinden Fleck auf das Glas zu machen und das Licht zu brechen.

Margit verlor die Geduld. Mein Gerede langweilte sie. Moment mal, wenn ich recht verstanden habe, ist diese Kristallkugel nicht Elijahu.

Stimmt, Elijahu ist eine Teigkugel, die man so oft anfassen kann, wie man will, ohne daß sie kaputtgeht.

Aha, jetzt habe ich alles verstanden, du hast einen anderen, du siehst, Margit braucht keine Geschichten über Kristall oder so. Was soll ich dir sagen, du steckst in einem Dilemma. Wenn du mich fragst, nimm den persischen Teig. Wenn ein Mensch die Wahl hat zwischen Brot und Glas, nimmt er doch das Brot. Sie aß zehn oder mehr Oliven, nagte auch noch die grauen Reste von den Kernen und sagte dann, übrigens, du hast mir immer noch keine Antwort gegeben, was das Café betrifft.

Das Wasser wurde nicht sofort vom Papier aufgesogen. Das Wasser floß aus dem Hahn, floß über das Papier und nichts geschah. Erst als ich den Heißwasserhahn aufdrehte, wellte sich der Zettel, und Almas Worte »Klopf nicht an diese Wand« wurden zu einem Brei, in dem das Lamed sich auflöste.

He, verstopfe ja nicht den Abfluß, schrie Margit, hast du eine Ahnung, was dieses Haus für eine Installation hat? Seit damals, als die Briten hier waren, hat man kein Rohr ausgetauscht.

Der Papierbrei verschwand im Abfluß, ich liege mit einem anderen, aber dich liebe ich, was meinst du, Alma, sollte ich mir auch die Vorstellung aneignen, daß ich beide Welten genießen kann? Mit dem Goldschmied diese hier, mit dem Bauern die künftige? Wer sät und pflanzt und auf die Ernte wartet, hat Geduld, er hat immer ein Stück Himmel im Blick und wartet auf ein Zeichen.

Ich nehme mir heute frei, verkündete ich Margit.

Schon wieder? Bei euch im Moschaw fangen sie jetzt wohl an, schnell wegzusterben.

Es ist niemand gestorben.

Du warst doch erst vor vier Tagen dort. Na gut, von mir aus, du bist eine vernünftige Person, du wirst wohl wissen, was du tust.

Um zwei Uhr nachmittags erreichte der Bus den Moschaw und hielt an der Haltestelle. Die Asbestdecke warf kleine Schattenquadrate auf den Boden. Die Hitze des Asphalt drang durch meine dünnen Sohlen. Der Weg zur Plantage war lang, und außer Mewurachs Zypressen gab es keinen einzigen Schattenspender. Doch die Erde war trocken und hart und stellte meine Sandalen nicht zu sehr auf die Probe.

Mewurachs Traktor stand verlassen auf dem Feld und schien in der Sonne zu verdunsten. Die Wipfel der Zypressen, schlaff und weiß vom Staub, warfen nur einen schmalen, kurzen Schatten. Ich hob den Saum meines Kleides und wischte mir damit über Stirn und Hals und verfluchte mich dafür, daß ich mich ohne Wasser und ohne Tissue auf diesen Weg gemacht hatte. Neben dem Packhaus glühte der Transit in der Hitze, und die Scheinwerferscheiben spiegelten das Sonnenlicht, so daß ich geblendet die Augen schließen mußte.

Im hinteren Feld kniete Elischa auf dem Boden und band Schößlinge von Orangen an dünnen Holzstäben fest. Die Schößlinge der zukünftigen Plantage standen aufrecht in runden Blechdosen.

Ich kam von hinten, keuchend und hechelnd wie ein Hund. Er bemerkte mich erst, als ein plötzlicher Schatten über den Schößling fiel, den er gerade festbinden wollte. Mitten in der Bewegung hielt er inne und hob den Kopf, die Sonne explodierte in seinen Augen.

Ossi! Erschrocken sprang er auf und zog mich in den Schattenstreifen, den die Wand des Packhauses warf. Er brachte einen Kanister mit Wasser und hielt ihn schräg, ich trank und trank, dann hob er den Kanister über mich, und die kalte Dusche lief mir vom Kopf über die Brust und den Bauch.

Ich habe gedacht, ich phantasiere, sagte er, wischte mir das Kinn ab, gab mir dann sein Taschentuch, damit ich mich trocknen konnte, und fragte, was für ein Notfall mich zu einem solchen Weg getrieben hatte.

Du hast gesagt, wir würden weiterreden, wenn mein Mitleid vorbei wäre, sagte ich.

Er holte Trauben und ein in Pergamentpapier gewickeltes Brot aus seinem Beutel und setzte sich auf eine umgedrehte Kiste, mit dem Rücken an die Wand gelehnt, ich saß ihm gegenüber auf einem alten Autositz. Zuerst wirst du etwas essen, befahl er, wickelte ein mit Schnittkäse und Gurkenscheiben belegtes Brot aus und hielt es mir hin. Ich biß hinein, konnte aber nicht essen.

Elischa goß sich dreimal Wasser über die Hände, sprach den Segen, wickelte sein Brot aus und schaute mich an. Warum ißt du nicht? Er schob mir die Trauben zu und scheuchte eine Fliege weg, die sich darauf setzen wollte.

Was ist mit dir, Ossi? Er wickelte das angebissene Brot wieder ein, beugte sich vor, stellte die Ellenbogen auf die Knie und wartete.

Ich bin gekommen, um uns vor einem Fehler und vor Kummer zu bewahren.

Was soll das heißen?

Ich wäre eine Katastrophe für dich, Elischa, sagte ich, und du hast schon genug Katastrophen erleben müssen.

Ich verstehe nicht, was du meinst.

Unsere Verbindung wäre wie eine riesige Flamme, aber so heftig, wie sie auflodern würde, würde sie auch wieder verlöschen, und wir würden zurückbleiben und unsere Brandwunden lecken.

Ich weiß nicht, woher du dieses Bild und diese Untergangsprophezeiungen hast.

Aus dem Bauch. »So sage doch, du seist meine Schwester«, hast du mir geschrieben, »auf daß mir's wohl ergehe um deinetwillen und ich am Leben bleibe um deinetwillen.« Es wird dir nicht wohl ergehen mit mir, Elischa, die Realität wird die Liebe zerstören.

Du hast dich dreimal geirrt, Ossi, jetzt irrst du dich zum vierten Mal, sagte er, verscheuchte die Fliege nicht und hob auch die Gurkenscheibe nicht auf, die zu Boden gefallen war. Er lehnte sich zurück an die Wand des Packhauses und betrachtete die Dosen mit den Schößlingen, die so zart waren, daß sie beim leichtesten Windhauch zitterten.

Seit meinem vierzehnten Jahr war mein Kopf voll von dir, voller Phantasien über Liebe. Wenn wir aus dieser Liebe Kinder machen, eine Küche, Geschirr, Putzeimer, Krankenkasse, Pension, wird sie einen billigen und armseligen Tod erleiden. Eine solche Liebe muß im Kopf leben, Elischa, außerhalb des Kopfes hat sie keine Chance, die Realität würde ihr die Seele rauben.

Ein Sonnenstrahl glitt über seine weit offenen Augen und traf dann die Trauben und machte sie durchsichtig. Schwarze Flecken tanzten vor meinen Augen.

Die Trauben, die Elischa abpflückte, zerplatzten ihm eine nach der anderen zwischen den Zähnen, er nahm auch die kleinen, verschrumpelten Beeren, dann nagte er die nackten Stiele ab, warf den Rest in den Sand und schaute den Ameisen zu, die sich darüber hermachten.

Als du so plötzlich auf dem Feld erschienst, sagte er, sind mir die Engel eingefallen, die Abraham besucht haben, als der Tag am heißesten war. Er bereitete ihnen ein Mahl, und sie überbrachten ihm eine gute Nachricht. Bis auf das Ende gleichen sich die beiden Geschichten.

Ich bin leider weit davon entfernt, ein Engel zu sein, sagte ich.

Er antwortete nicht, sondern packte die angebissenen Brote wieder ein und bedeckte den Traubenstrunk und die heruntergefallene Gurkenscheibe mit Sand, dann fragte er, möchtest du, daß ich dich heimfahre?

Nein, ich bleibe bei dir und helfe dir, die Schößlinge anzubinden.

Eine Reihe nach der anderen beugten wir uns über die Dosen und banden die Schößlinge fest, doch ich konnte bei seinem Tempo nicht mithalten, so sehr ich mich auch bemühte. Als der Abstand zwischen der Sonne und den Hügeln immer kleiner wurde und der Schatten des Packhauses immer länger, klappte er seine Uhr auf, schaute zum Himmel und sagte, wir müssen zurück, in einer halben Stunde wird bei Mewurach das Mincha-Gebet gesprochen.

In seinem Hinterhof stiegen wir aus dem Transit. Er setzte sich auf die Treppe seiner Küchenveranda, beugte sich vor, um die Schnürsenkel seiner Arbeitsschuhe aufzubinden und sagte, Ossi, wenn du deine Entscheidung auf Grund deiner Intuition getroffen hast, dann schlage ich vor, daß du sie überdenkst. Deine Intuition hat dich die ganze Zeit in die Irre geführt, sie verdient nicht das Vertrauen, das du in sie setzt.

Der Wind wendete die Blätter des Kreuzdorns und machte den Hof bronzefarben. Ich legte die Hand auf seine Schulter, bis er die Schuhe ausgezogen hatte, dann sagte ich, auf Wiedersehen. Die Worte kamen viel zu dramatisch und geschwollen aus meinem Mund, sie hörten sich an, als wollte ich nach Amerika reisen. Wieder beugte ich mich zu ihm, wieder berührte ich seine Schulter und sagte, auf Wiedersehen, Elischa, und diesmal kamen die Worte traurig und armselig heraus, als drückte mir jemand die Kehle zu. Meine Hand glitt über seinen Hals zu seinem Rücken und wäre gerne dort geblieben, aber ich zog sie zurück und ging weg.

Das Quietschen des Tores brachte meine Mutter und Heda dazu, sich umzudrehen. Ach, Ossi, sagte meine Mutter, bist du gekommen, um den Trauerbesuch abzustatten? Du mußt eine schwere Fahrt gehabt haben, so wie du aussiehst.

Heda sprang mir von der Treppe entgegen, dünn und blaß, ihre Locken wehten im Wind. Ach, Ossi, das ist aber schön, rief sie.

Wie ich sehe, hat man dir die Haare auch am Rosch Chodesch des Monats Elul nicht geschnitten, sagte ich.

Mein Vater hat versprochen, daß man sie mir nicht mehr schneiden wird.

Zu den Mobiles an ihrer Decke waren keine neuen hinzugekommen. Doch auf der Kommode, auf einem Ehrenplatz, stand die Shampooflasche, die man ihr für die wachsenden Haare gekauft hatte. Auf der Flasche war das Bild eines jungen Mädchens mit einem Schwanenhals, das sich die langen, üppigen Haare kämmt.

Wir können heute nacht zusammen schlafen, sagte ich.

Schön, sagte sie, schlief dann aber viel zu früh auf dem Sofa im Wohnzimmer ein. Elischa trug sie zu ihrem Bett, wie er sie auch als Dreijährige zu ihrem Bett getragen hatte. Ihr Kleid rutschte hoch, und blaue Flecken wurden sichtbar, zwei kleinere auf dem rechten Oberschenkel und ein größerer auf dem linken Unterschenkel.

In der Nacht bekam die Hündin Charlotte Junge. Sie war so daran gewöhnt, daß sie ein Junges nach dem anderen warf, ohne auch nur zu seufzen. Am nächsten Morgen fand Rutha Schochet ein dunkles Hündchen, das an einer Zitze saugte, und drei gelbe, die tot daneben lagen.

Mein Vater machte Toast mit weißem Käse und zerdrücktem Knoblauch und fragte, ob ich ein Rührei wolle. Ja, sagte ich, weil ich nichts anderes hatte, womit ich ihm eine Freude machen konnte. Dann ließ er seinen Käfer an, und wir stiegen ein, um zur Bushaltestelle zu fahren. Kaum waren wir an zwei Häusern vorbei, da schrie ich, anhalten. Der Käfer schaukelte und hüpfte und noch bevor er richtig stand, war ich schon hinausgesprungen und zu Elischas Hof gelaufen, um den Anblick aus der Nähe zu sehen. Hof und Garten waren rasiert, neben der Mülltonne häuften sich die Leichen der herausgerissenen Kreuzdornbüsche, um auf ein Streichholz oder auf die Müllabfuhr zu warten.

Wann hatte er es geschafft, die Erde so zu bearbeiten, daß keine Spuren des Gebüschs zurückgeblieben waren?

Endlich ist er vernünftig geworden, sagte mein Vater, er hätte das Zeug schon lange herausreißen sollen. Wenn er kein Witwer wäre, hätte der Gemeinderat schon längst von ihm verlangt, endlich seinen verwahrlosten Hof in Ordnung zu bringen, aber du weißt ja, das Volk Israel ist mehr als barmherzig, also hat man ihm bei seinen Verrücktheiten nur zugeschaut und den Mund gehalten. Jo'el hörte uns von seiner Veranda aus sprechen und stand auf, um zu sehen, was los war. Er hob seine magere Hand und winkte mir einen Abschiedsgruß zu, ließ sie sinken, hob sie erneut und winkte noch einmal.

Ich landete im Café wie auf einer ersehnten Insel. Der Glokkenklöppel schwang hin und her. Laß mal einen Moment deine Rechnungen in Frieden, sagte ich zu Margit, ich habe eine positive Antwort für dich.

Was für eine Antwort? fragte sie und legte den Bleistift hin.

Wegen der Teilhaberschaft.

Warum machst du dann ein Gesicht, als wäre ein Krieg ausgebrochen? Sie goß sich einen Cognac ein, sagte, ich wünsche uns viel Glück, und nahm einen Schluck. Ich bat Selim um eine Zigarette, zog diesmal den Rauch in die Lungen und hustete nicht. Du wirst sehen, es wird dir nicht leid tun, sagte Margit, du hast ein gutes Geschäft gemacht. Sie klopfte dreimal mit der Faust auf die Theke und sagte, wir werden den Vertrag bei einem Rechtsanwalt machen. Dann zog sie ihr Notizbuch heraus und suchte die Nummer des Rechtsanwalts, trank den Rest des Cognacs aus und sagte, in diesem Monat ist der Umsatz stark zurückgegangen, der Kunde mit den Blinzes kommt nicht mehr.

Mach dir keine Sorgen, er wird wiederkommen, und außerdem habe ich ein paar Ideen, wie man den Umsatz erhöhen kann, sagte ich und ging hinaus, zum Hinterhof des Cafés. Zwei Katzen sprangen von den offenen Mülltonnen zum Zaun. Die verfaulten Wurzeln des Baums lagen auf der Erde, an den Mauern wuchs gelbes Gras. Noch in diesem Sommer werden wir den Hof in Ordnung bringen, wir werden eine Terrasse bauen, wir werden weiße Gartenmöbel aufstellen und Lämpchen ans Geländer hängen, die Gäste werden abends auf der Terrasse sitzen, wir werden ihnen eine Bar einrichten und jemanden anstellen, der Querflöte oder Geige spielt, wir werden Selim befördern und ihn zum Hausmeister ernennen und Sima zu seiner Stellvertreterin. Einstweilen aber brachte die Hitze den Abfall zum Gären und kochte eine Mahlzeit für die Katzen. Der Gestank stieg mir in die Nase. Doch es war ohnehin Zeit, daß ich hineinging und einen Termin mit dem Rechtsanwalt ausmachte.

Elul ist der Monat des Verzeihens und Erbarmens, nur die Sonne hatte davon nichts gehört. Am Tag glühte der Wasserbehälter auf dem Dach, und nachts war der Himmel gelb und man konnte nicht einschlafen. Geräusche drangen durch die offenen Fenster, die Rinde an den Baumstämmen bekam Risse, und Katzen traten Blätter ab. Draußen herrschte Unruhe, drinnen auch. Elischas Hof war kahl, das Schicksal konnte, wenn es wollte, geradewegs über seine Schwelle treten. Früher hatte ich mir mit dem Finger an die Stirn getippt, wenn es um Almas seltsame Wahnvorstellungen ging, hach, das Schicksal, das vom Gebüsch zurückgehalten wird, und nun, da das Gebüsch ausgerissen war, keimte die Angst in mir auf. Die ganze Nacht lang heulten die Katzen und heulten die Sirenen von Krankenwagen, wie oft kann man in einer Nacht auf die Toilette gehen? Wie viele Liter Urin hat ein Mensch in seinem Körper? Drei blaue Flecken hatte ich an Hedas Beinen gezählt, zwei etwa geldstückgroße auf dem rechten Oberschenkel, einen, so groß wie ein Ei, auf dem linken Unterschenkel.

Am nächsten Morgen rief ich meine Mutter an. Bring sie sofort zu einem Arzt und ruf Manzi Ullmann, damit sie ihr gleich die Haare schneidet.

Man kann das Mädchen unmöglich damit verrückt machen, Ossi.

Aber es geht um ein Menschenleben, rief ich.

Meine Mutter glaubte, ich sei übergeschnappt. Sie schwieg einen Moment, sammelte Kraft und fragte dann, ob ich irgendwelche Medikamente oder, Gott behüte, vielleicht sogar Drogen nähme.

Tu mir einen Gefallen und vergeude keine Zeit, bat ich.

Ich wartete nicht auf eine Antwort, sondern warf den Hörer auf. Keine Minute später erfüllte das Läuten des Telefons die Wohnung.

Warum antwortest du nicht? schimpfte Margit. Sie kam aus der Dusche, die Zahnbürste im Mund und Zahnpasta an den Lippen. Sie spuckte weißes Wasser in das Spülbecken in der Küche, griff nach dem Telefon, stieß ein gereiztes »Hallo« aus und fing an zu lächeln, als sie die Stimme am anderen Ende erkannte. Wie geht es dir, Süße? Willst du mit Ossi sprechen? Hier. Sie hielt mir den Hörer hin. Das Plastik roch säuerlich, so wie Mundgeruch morgens riecht.

Das ist nicht fair, Ossi, sie sind schon so gewachsen und jetzt sagst du ihnen, sie müssen sie mir wieder schneiden?

Es ist doch nur so, daß ich mir Sorgen um dich mache, sagte ich.

Warum solltest du dir Sorgen um mich machen?

Die Flecken an deinen Beinen, Heda, du mußt unbedingt untersucht werden, damit man Klarheit darüber bekommt, woher sie stammen.

Sie stammen vom Sturz.

Von was für einem Sturz redest du? fragte ich und hielt mich am Türstock der Küche fest, um nicht zusammenzusinken. Ein neuer Alptraum klopfte an, das Wort »Epilepsie« fiel mir nicht ein, aber ich brauchte kein Wort für meine Angst, um sie mir bewußtlos und krampfend auf dem Boden liegend vorzustellen.

Vom Paternosterbaum, im Garten von meinem Vater, sagte sie. Ich bin hinaufgeklettert, um eine kleine Katze herunterzuholen, aber dann konnte ich nicht zurück, weil der Saum von meinem Kleid, dem mit den rosa und grünen Blättern, an einem Ast hängen geblieben ist. Ich bin auf das Dach vom Transit gefallen und von dort hinuntergerollt auf die Verandatreppen.

Gott sei Dank, sagte ich, und meine Hand, mit der ich mich am Türstock abstützte, zitterte, als wäre ich plötzlich an Parkinson erkrankt.

Ossi, bist du verrückt geworden oder was? Wieso sagst du Gott sei Dank? Dafür, daß ich mir die Beine aufgeschlagen und Schürfwunden bekommen habe? Sie hatten schon Angst, ich hätte eine Gehirnerschütterung und wollten mich ins Krankenhaus bringen, aber ich habe ihnen klargemacht, daß ich keinen Schlag am Kopf abgekriegt hatte, sie haben trotzdem aufgepaßt, daß ich nicht einschlafe und mich nicht erbreche.

Hauptsache, du bist gesund, Kleines, sagte ich, und die modrige Luft, die sich seit dem letzten Schabbat hier in der Wohnung angesammelt hatte, drang in langen Zügen in meinen Mund und kam stoßweise wieder heraus.

Du sollst auch gesund sein, sagte sie, deine Mutter glaubt, daß du irgendwelche Medikamente nimmst, die dir den Kopf verwirren.

Sag meiner Mutter, daß ich nichts nehme und sag ihr auch, sie soll Manzis Schere in den Müll werfen, und niemand soll es wagen, deine Haare anzufassen.

Ossi, du bist komplett verrückt. Nimmst du wirklich nichts?

Sie hatte recht. Ossi Simon war komplett verrückt. Die große Fahnenträgerin des freien Willens und der Selbstbestimmung saß auf der Schwelle zu Margits Küche und traute schon ihrem eigenen Schatten nicht mehr. Ein aufgeblasener Ballon, aus dem die Luft heraus war.

Wieso sitzt du auf dem Boden, haben wir keine Stühle mehr? fragte Margit und stieg über meine Beine, die ihr den Weg versperrten. Ihr Kleid streifte meine Knie. Sie kochte Kaffee und erkundigte sich, wie es der Kleinen gehe. Es ist schön, morgens ihre Stimme zu hören, sagte sie. Weißt du, ausgerechnet ich, die ich Kinder liebe, habe kein eigenes Kind. Der Iraker hat mir damals vorgeschlagen, wir sollten ein Kind haben, ohne zu heiraten, aber damit war ich nicht einverstanden, ich sagte, wenn man einem Kind keine Sicherheit bieten könne, sei es besser, es überhaupt nicht auf die Welt zu bringen.

Sie zerbrach einen Keks und knabberte daran, und bis das Wasser kochte, betrachtete sie durch ein Stück Spitze zwischen den auf den Vorhang genähten Erdbeeren den Himmel. Wenn ich auf ihn gehört hätte, sagte sie, hätte ich heute einen Sohn, der so alt wäre wie du, und müßte nicht mehr arbeiten, weil er für mich sorgen würde. Aber wer weiß, vielleicht wäre ja auch genau das Gegenteil passiert, vielleicht würde er die ganze Zeit Geld von mir verlangen, für Kleidung, für Zigaretten, für Frauen, ich sage immer, was passieren muß, passiert. Sie schaute mich an. Nun, was soll dieser Trauertag, schon seit über einer Woche läufst du herum, als hättest du ein Faß Essig getrunken, was willst du eigentlich, du bist Teilhaberin im Geschäft, du hast zwei junge Männer, die dich wollen, diese Kristallkugel und den Teig, worüber beklagst du dich eigentlich?

Halt den Mund, fuhr ich sie an, erschrak und bat sie sofort um Entschuldigung, dann stand ich auf, setzte mich auf einen der beiden Hocker und wartete auf den bitteren Kaffee, den Margit morgens immer kochte. Ich betrachtete ihren breiten Rücken und ihre Arschbacken, über denen sich der flachsfarbene Stoff spannte, und hätte sie am liebsten umarmt. In diesem Moment war sie für mich der festeste und sicherste Halt auf der ganzen Welt.

Auch wenn mal nicht alles so klappt, wie es sollte, braucht man nicht wie ein geschwollener Furz herumzulaufen, sagte sie. Ein Mensch muß seine Schwierigkeiten im Zaum halten können, damit die anderen kein Mitleid mit ihm bekommen.

Und in einem außergewöhnlichen Anfall von Zuneigung rührte sie mir Zucker in den Kaffee und schob mir die Kekse hin. Ich antwortete nicht, denn mehr als alles andere sehnte ich mich nach Ruhe.

Elischa hatte recht. Meine Intuition war das Vertrauen nicht wert, das ich in sie setzte. In diesem Moment fährt er zu seiner Plantage oder zu den Dattelpflaumen. Am Ende des Sommers ist die Erde ausgelaugt und hart, die Absätze seiner Arbeitsschuhe sind flach und abgetreten. Wie kann Kaffee die Kehle hinunterlaufen, wenn sie von einer plötzlichen bitteren Sehnsucht zugeschnürt wird? Er hat die Ärmel so weit wie möglich hochgekrempelt, weiter geht es nicht mehr. Um diese Uhrzeit sieht man an seinem Arm noch die Spuren der Tefillin, die er beim Morgengebet angelegt hat. Was war mit mir los? Warum war auf einmal alles auf den Kopf gestellt? Ihre Haare wurden länger, das Kreuzdorngestrüpp war herausgerissen worden, sie hatte blaue Flecke an den Beinen. Und schon zähle ich eins und eins zusammen und sehe diese Dinge als Zeichen des Schicksals, als hätte ihr das Schicksal höchstpersönlich blaue Flecken verpaßt. Nimm dich zusammen, Ossi, es war nur der doppelte Faden, mit dem deine Mutter den Saum näht, es war nur das trockene Aufschlagen von Fleisch auf das Dach des Transit.

Trink, warum trinkst du nicht, fragte Margit und goß sich eine weitere Tasse ein. Ich gehorchte, hob das warme Porzellan an meine Lippen, nahm einen großen Schluck und füllte die Tasse wieder. Margit schaute mir teilnahmslos zu.

Das ist schon dein zehnter Keks, sagte sie, als ich einen Keks nach dem anderen verschlang, als drohte eine Hungersnot und dies wäre das letzte bißchen Essen, das man noch bekommen konnte.

Willst du wirklich sagen, ich hätte schon zehn gegessen? fragte ich.

Nein, du hast sie nicht gegessen, du hast sie in dich reingestopft, aber wenn du das Bedürfnis danach hast, wird es dein

Körper wohl brauchen, von mir aus iß noch mal zehn, heute ist Donnerstag, heute werden wir viel Kundschaft haben, da brauchst du Kraft, um dich auf den Beinen zu halten. Außerdem möchte ich dich daran erinnern, daß am Sonntag der Bauunternehmer kommt und mit der Terrasse anfängt, das heißt, daß man den Platz für ihn vorbereiten und den ganzen Hof in Ordnung bringen muß.

Ich nahm zehn weitere Kekse, vielleicht auch zwanzig, jedenfalls hörte ich nicht auf, bis die Tüte leer war und Margit sagte, heute wirst du mit einem vollen Bauch hinter der Theke stehen, wie eine Frau im neunten Monat. Aber es dauerte keine Minute, da war mein Bauch noch nicht mal so voll wie der einer Frau im ersten Monat, denn ich war zur Toilette gerast und hatte alles erbrochen, bis es nichts mehr zum Erbrechen gab.

Margit stand in der Badezimmertür und sagte, ich habe das mit der Schwangerschaft als Witz gesagt, aber jetzt verstehe ich, warum du so launisch bist, wenn du willst, kann ich dir jemanden sagen, der dir hilft, es loszuwerden, ich werde mit ihm reden, damit er dir einen guten Preis macht. Sie wartete nicht, bis ich mich von der Kloschüssel wieder aufrichtete, sondern erkundigte sich sofort, ob es von dem Kunden mit den Blinzes wäre oder von diesem anderen, nun, diesem Kristall-Typ.

Weder von dem einen noch von dem anderen, sagte ich, vom Heiligen Geist. Ich wusch mir das Gesicht mit kaltem Wasser und fühlte mich sehr erleichtert. Aber sie gab die Idee mit der Schwangerschaft erst wieder auf, als sie sah, wie ich im Café die schweren Tabletts mit den Hefekuchen schleppte und mich bückte, um sie in die Vitrine zu schieben, wie ich mit Selim Kartons mit Abfall trug, wie ich den Kühlschrank ausräumte und ihn mit Seifenwasser auswusch.

Mittags saßen wir zusammen am Tisch und aßen überbackene Linsensuppe. Margit aß mit gesundem Appetit, hob den Blick vom Teller und betrachtete prüfend einen Gast nach dem anderen. Der Kunde mit den Blinzes hat sich von uns scheiden lassen, oder? fragte sie dann und tunkte den Rest Suppe mit einem Stück Brot auf.

Noch ist nichts verloren, antwortete ich und stieß in die Kruste, die die Suppe bedeckte, fischte Croutons heraus und zerdrückte sie auf dem Teller, ohne etwas zu probieren, ich wollte die saubere Leere in mir nicht zerstören, außer Mineralwasser nahm ich nichts zu mir. Von Zeit zu Zeit flackerte Margits Mißtrauen wieder auf, sie betrachtete forschend meinen flachen Bauch, und ich dachte, wenn Elischa mir das vorgeschlagen hätte, was ihr Iraker ihr damals vorgeschlagen hatte, ich hätte mit beiden Händen zugegriffen. Doch dann dachte ich, ein Kind von Elischa, hach, vielleicht in San Francisco oder in London, doch in einem Moschaw wie dem unseren wird man keine Gebärmutter finden, die sich ohne Eheurkunde und Unterschrift des Rabbiners öffnet; und trotzdem summte mir die Idee ununterbrochen im Kopf herum, so wie damals die Biene im Transit.

Am Schabbat stürzte sich Margit auf die Wohnung. Die Fenster waren weit aufgerissen, aber kein bißchen Wind drang herein. Die Luft stand in den Zimmern und trug winzige Insekten. Margit schleppte Bettzeug zum Fenster und schüttelte es aus und entfernte mit dem Besen Spinnweben von der Decke. Ich fühlte mich überflüssig und ging hinunter in den Hinterhof des alten Wohnblocks.

Trotz der mageren Kiefer und der dünnen Pappeln war der Hof schattig. Die Sonne schien auf die Hauswand, dicht davor wuchsen drei Callas. Mit ihren weißen, muschelförmigen Blüten wirkten sie fremd in dieser Umgebung, aufrecht ragten sie aus dem bißchen Erde, das ihnen zur Verfügung stand. Im Hof war es still. Auch die Geräusche der Radioapparate und das Stimmengewirr der Hausbewohner klangen dumpf und fern.

Der Zweifel kroch wie ein Wurm in meinem Inneren herum und nagte an mir. Die energischen Schritte, die ich unternommen hatte, schienen mir auf einmal keine Berechtigung mehr zu haben, die Verachtung, die ich Almas Vorstellungen gegenüber gehegt hatte, verwandelte sich plötzlich in Verteidigung. Wer konnte schon wissen, ob ich wirklich ein Unglück für Elischa wäre? Woher stammte die Unverfrorenheit, etwas zu behaupten, was noch unbekannt war?

Nach Schabbat-Ausgang werde ich ihn anrufen, dachte ich, ich werde ihm sagen, daß ich mich vorschnell entschieden habe. Er geht jetzt gerade in die Synagoge, zum Mincha-Gebet. Danach wird er mit Menachem Mewurach die Sprüche der Väter studieren, bevor er zu Jo´el geht und mit ihm auf der Veranda sitzt und Tee trinkt. Nie wird er sich von seinen Pflichten gegenüber Gott und den Menschen befreien.

Der Himmel war blaß, der geschwächte Sommer kämpfte, kochend vor Hitze, um sein Leben. Nur eine so starke Blume wie die Calla konnte gewaltsam aus einer solchen Erde hervorbrechen, die noch nicht einmal von Putzwasser getränkt wurde. Wäre nicht Schabbat gewesen, ich hätte eine Blüte gepflückt, nur um zu sehen, wie sie sich an einen Lebensraum vom Durchmesser eines Olivenglases gewöhnen würde.

Um sieben Uhr fünfunddreißig war der Ausgang des Schabbat, um sieben Uhr fünfzig rief ich ihn an, erreichte ihn aber nicht. Um sieben Uhr fünfundfünfzig wählte ich noch einmal seine Nummer. Selbst wenn er Jo´el oder Heda besuchen wollte, würde er auf jeden Fall bei sich zu Hause vorbeigehen, um zwischen heilig und nicht-heilig zu unterscheiden und die Dinge zu erledigen, die nach dem Ausgang des Schabbat erledigt wurden, zum Beispiel die Herdplatte ausschalten und das Telefon wieder einstecken. Doch auch um Viertel nach acht erreichte ich ihn nicht.

Margit zog eines ihrer guten Kleider an, schminkte sich und

verließ die Wohnung. Vor mir lag ein langer, leerer Abend und ich, wie eine Kranke, die sich von ihrer Krankheit erholt hat, spannte die Muskeln, um mich auf die Welt zu stürzen. Zum Teufel, wo steckte er bloß?

Vielleicht bekam Jo´el nicht mehr genug Sauerstoff in die Lungen, vielleicht waren die Ballons, die er für Notfälle aufbewahrte, leer? Vielleicht hatte jemand die Plantage überfallen, vielleicht war ein Feuer ausgebrochen, vielleicht verbrannten die Bäume?

Kühle Luft drang von Margits Fenster ins Zimmer. Elijahu hatte einmal gesagt, er würde nie im Leben diese Stadt verlassen, die über eine natürliche Klimaanlage verfüge, und wie man es überhaupt wagen könne, sie mit Tel Aviv oder Petach Tikwa zu vergleichen. Elijahu. Viele Tage waren vergangen, seit ich ihn allein im Treppenhaus hatte stehenlassen. Nachdem er die Hand vom Lichtknopf genommen hatte, war er wie vom Erdboden verschluckt, und ich hatte mich kein einziges Mal danach erkundigt, wie es ihm ging. Sei ein Mensch, sagte ich zu mir, rufe ihn an, und noch bevor das Telefon zum zweiten Mal klingelte, hörte ich sein »Hallo«, männlich und höflich.

Wie geht es dir, fragte ich.

Er erkannte meine Stimme sofort und sagte, gut, danke, und nach einem langen Schweigen fragte er, und wie geht es dir?

Mir geht es auch gut, sagte ich.

Wieder schwieg er. Sein Schweigen traf mich völlig unvorbereitet.

Schließlich fragte er trocken, und was hat dich dazu gebracht, anzurufen?

Ich wollte wissen, wie es dir geht.

Gut, das weißt du jetzt, sagte er, ohne den Ton zu ändern, und ich verabscheute das kalte Plastikteil, das ich ans Ohr drückte. Ich habe gedacht, wenn du heute abend nichts vorhast, könnten wir vielleicht . . .

Jiska, wenn du nur anrufst, um einen Abend totzuschlagen, dann bin ich die falsche Adresse.

Es tut mir leid, wenn ich dich gekränkt haben sollte, sagte ich und dachte daran, daß Margit mir einmal erzählt hatte, ihr Iraker sei nie bereit gewesen, seine Ehre zu verkaufen, weder für wenig noch für viel.

Was war, ist vorbei, sagte er, du schuldest mir nichts.

In all der Zeit, die ich mit ihm ausgegangen war, hatte ich darauf gewartet, daß er einmal aufschreien würde, und jetzt, wo der Schrei endlich kam, hatte er den Geschmack von altem Toast, vertrocknet und kühl.

Ich wünsche dir eine gute Woche, Elijahu.

Danke, ich dir auch, sagte er, dann kam ein langer, scharfer Ton aus dem Hörer, Elijahu hatte aufgelegt.

Als Elischa endlich ans Telefon ging, stellte sich heraus, daß all die Flammen, die an den Baumstämmen hochschlugen, und der Husten, an dem Jo´el erstickte, nur in meiner Einbildung existiert hatten. Elischa hatte lediglich vergessen, das Telefon wieder anzuschließen. Das passiert mir manchmal, sagte er, und seiner Stimme war nicht anzumerken, ob er sich über meinen Anruf freute oder ob er ihm gleichgültig war.

Warum hast du mir nichts von dem Sturz erzählt? fragte ich.

Von was für einem Sturz redest du?

Von Hedas Sturz vom Baum.

Warum hätte ich dir das erzählen sollen?

Ja, wirklich, warum hättest du es mir erzählen sollen, du konntest dir ja nicht vorstellen, was für eine Angst mich packen würde, wenn ich die blauen Flecken auf ihren Beinen sehe. Keine Ahnung, wie es geschehen konnte, daß ich von den Ängsten ihrer Mutter angesteckt wurde. Überhaupt, ich glaube, ich habe mich in ein oder zwei Dingen geirrt.

Worin?

In meiner Verachtung gegenüber dem Schicksal. Und in noch einer Sache, aber darüber werden wir sprechen, wenn wir uns treffen.

Wie du willst, sagte er. Im Hintergrund war Lottis Bellen zu hören.

Diese Alte hat noch etwas zu sagen, meinte ich, man hört sie bis nach Jerusalem.

Ja, sie will unbedingt noch alles loswerden, bevor ihre Geschichte zu Ende geht, sagte er, ohne den leisesten Hauch eines Scherzes in der Stimme.

Sie gehört zu den glücklichen Geschöpfen, deren Geschichte sehr lang ist, sagte ich.

Ossi, man gehört nicht zu den Glücklichen, wenn man eine lange Geschichte hat, sondern wenn sie richtig und gerechtfertigt ist.

Wer weiß schon, was richtig ist, Elischa? Wer weiß, wann ein Leben gerechtfertigt ist? Und warum muß es sich überhaupt rechtfertigen? Man hat es sich nicht selbst ausgewählt, und niemand hat einem im voraus mitgeteilt, daß man seine Existenz rechtfertigen müsse.

Alles, was du sagst, stimmt, Ossi, soweit es Lotti und die Hühner betrifft, aber nicht, wenn es um mich geht, sagte er ungeduldig.

Ich bin eine armselige Partnerin für solche Philosophien, nicht wahr?

Nein, du bist nie armselig.

Warum bist du dann so ungeduldig?

Ich war schon auf dem Weg zu gehen, als du angerufen hast. Bei meinem Vater läuft die Toilette über, ich will ihm helfen. Wenn du willst, können wir das Gespräch morgen oder ein andermal weiterführen.

Das ist ja eine feine Konkurrenz, Jo´els Kloschüssel. Warum hat sie sich ausgerechnet heute verstopft und zieht dadurch die Aufmerksamkeit dieses Witwers auf sich? Aber kann ich andererseits von ihm erwarten, daß er mit mir Gespräche über die Rechtfertigung des Lebens führt, wenn im Klo seines Vaters die Scheiße schwimmt?

Ich goß mir ein Glas von Margits Wodka ein. Das Licht fiel auf den dünnen Stiel des Glases und wurde in zerbrochenen Reflexen zurückgeworfen. Das Glas fühlte sich kühl und glatt an meinen Lippen an. Vielleicht werde ich ihm einmal erzählen, was Margits Iraker ihr vorgeschlagen hatte, aber von ihrer Antwort werde ich kein Wort sagen. Morgen wird der Bauunternehmer kommen und den Sockel für die Terrasse gießen. Er wird bis zum Sonnenuntergang arbeiten und zwischen halb sechs und sechs weggehen, in dieser Zeit, zwischen dem Nachmittagsgebet und dem Abendgebet, werde ich das Telefonkabel bis in die Küche ziehen und Selim bitten, er solle für einen Moment aufhören mit dem Geschirr und mich allein lassen, ich werde warten, bis er seine Hände abgetrocknet hat, sich eine Zigarette anzündet und hinausgeht, und dann, wenn niemand außer mir in der Küche ist, werde ich Elischa anrufen.

Ich habe keine Ahnung, was sein wird und wie alles weitergeht. Aber ich weiß, daß in der nächsten Woche die Terrasse fertig sein wird. Ich werde Ableger von Casanova nehmen und sie am Geländer entlang einpflanzen, sie werden wuchern und das Geländer zudecken, und die Gäste, die daran gewöhnt sind, daß Geranien sich nicht nur dem Geländer fügen, sondern auch den Schalen, die die Stadt für sie bereitstellt, werden staunen und sagen, wie kommt es, daß diese Pflanze so stark ist? Nur Heda wird sich nicht wundern, wenn sie in den nächsten Ferien zu mir kommt. Sie wird sagen, das ist der Ableger, den mein Vater von Schochet mitgebracht hat, nicht wahr? Siehst du, Ossi, wie fair Gott ist? Wenn er jemandem keine Kinder schenkt, dann gibt er ihm Geranien, die nicht aufhören zu wachsen und jede Grenze überschreiten, genau wie Kinder.

Aber bis zu den Ferien werden Casanovas Ableger nicht stillhalten. Sie werden ihre Stengel himmelwärts wachsen lassen, selbst wenn man sie vom Geländer löst und auf die Erde zurücklegt. Casanova ist es schließlich egal, daß der Himmel Gott gehört und die Erde den Menschen gegeben ist.

Glossar

Ach´aw: Ach´aw (Ahab) war König des israelitischen Nordreichs, Gegner des Propheten Elijahu, dessen Schüler wiederum Elischa war. Isebel war die Gemahlin Ach´aws und überredete ihn zur Einführung des Baal-Kults.

Aw: entspricht dem August.

Bat-Mizwa: Tochter des Gesetzes; wenn ein Mädchen 12 Jahre alt wird, ist sie religionsmündig und Bat-Mizwa. Ein Junge ist mit 13 Jahren Bar-Mizwa.

Bileam: Bileam war ein heidnischer Prophet der Wüstenwanderungszeit; seine Eselin redet und weist ihn zurecht, seine Fluchworte gegen Israel verwandelt Gott in Segnungen.

Blinzes: kleine, gefüllte Teigtaschen.

Bore minei besamim: Segensspruch, ähnlich dem *Bore pri ha-gafen* und *Bore pri ha-adama*, mit denen man Wein und Brot segnet. (Gelobt seist du, Ewiger, unser Gott, König der Welt, Schöpfer der Frucht des Weinstocks – (...) der das Brot aus der Erde hervorbringt.) *Bore pri ha-besamim* müßte übersetzt werden: (...) der alle Arten von Wohlgerüchen geschaffen hat.

Bubale: (jiddisch) Püppchen, Kleines.

Burekas: gefüllte Teigtaschen.

Challa: Hefezopf, Schabbatbrot.

Chamsa: (Pl. Chamsot) ein Schmuckstück in Form einer Hand; (die Hand der Fatima), das als Glücksbringer gilt.

Charosset: geriebene Äpfel, mit Nüssen, Zimt, Feigen und Wein gemischt; wird an Pessach zur Seder-Mahlzeit gegessen, zur Erinnerung an den Lehm des ägyptischen Frondienstes.

Cheschwan: entspricht dem November.

Chewra kaddischa: Beerdigungsbrüderschaft, die alles für eine Beerdigung Notwendige unternimmt, das Grab aushebt und den Sarg in die Erde senkt.

Chuppa: Hochzeitsbaldachin, unter dem die jüdische Trauzeremonie vollzogen wird, in deren Verlauf auch ein Glas zertreten wird, damit es danach nie Gewalt in der Ehe gebe.

Dunam: Flächenmaß, etwa 1000 qm.

Elijahu ha-navi . . .: Elijahu, der Prophet, Elijahu der Thisbiter (Beiname des Propheten Elias) »bald wird er zu uns kommen mit dem Messias, dem Sohn Davids«.

Elohai nezor . . .: »Mein Gott, bewahre . . .« wird am Schluß des *Schemone essre* gebetet. (Mein Gott, bewahre meine Zunge vor Bösem und meine Lippen vor Reden des Truges!)

fejgelech: (jidd.)Vögelchen.

Fischkopf: Diese Bemerkung bezieht sich auf das Neujahrsfest. In vielen Gegenden ist es Brauch, am *Erew Rosch Haschana* (am Vorabend des Neujahrsfestes) vom Kopf eines Fisches (oder Widders) zu essen, als Sinnbild dafür, am Anfang und nicht am Ende zu sein. Ein in Honig getauchtes Stück Apfel wird als Symbol der Hoffnung auf ein »gutes und süßes« Jahr genossen.

gefilte kischkes: (jidd.) gefüllte Därme.

Goja: eine Nicht-Jüdin.

Halacha: (Wandel) der normative Teil der mündlichen Lehre, Hauptbestandteil des Talmud.

Ha-mozi: Der Anfang des Segensspruchs für das Brot. Gilt auch für das Stück Brot selbst, das jeder am Tisch nach dem Segen bekommt.

Hawdala: (Unterscheidung) Segensspruch am Ausgang des Schabbat.

hed: (hebr.) Echo. Hier ist der Name Heda von *hed* abgeleitet.

Ichneumon (Pharaonenratte): bis 65 cm lange, langhaarige, grünlichgraue Schleichkatze (Unterfamilie Mangusten), vor allem in den Steppen und Flußniederungen Spaniens und großer Teile Afrikas. Vertilgt Mäuse.

Jechud: Unverheiratete Männer und Frauen dürfen nicht allein in einem Raum zusammen sein. Bei den religiösen Juden bringt man den Bräutigam und die Braut für ungefähr eine Stunde in ein Zimmer, das wird dann ihr erster »Jechud« genannt.

Kaddisch: Das Totengebet, aber auch Hauptgebet des jüdischen Gottesdienstes.

Kiddusch: Heiligung, Einweihung des Schabbat bzw. Festtags, Gebet des Hausherrn am Freitagabend, verbunden mit einem Segen über einem Becher Wein.

Kislev: entspricht dem Dezember.

Kreplech: kleine, gefüllte Teigtaschen.

Lamed: Buchstabe des hebräischen Alphabets, entspricht dem »l«.

Magen-David-Adom: das israelische Rote Kreuz.

Mesusa: (Pl. Mesusot) Bezeichnung für die hölzerne oder metallene Kapsel mit der Inschrift *Schadai* am rechten Türpfosten, in der sich ein beschriebenes Pergament befindet.

Mincha: Nachmittagsgottesdienst.

Moschaw: kooperative landwirtschaftliche Siedlung.

Moschawnik: Bewohner eines Moschaw.

Neun Tage: gemeint sind die neun Tage, die vom Rosch Chodesch bis zum Tischa be-Aw (9. Aw) fehlen, dem Trauertag wegen der Zerstörung des Tempels in Jerusalem (586 v. und 70. n.) mit Verlesung der Klagelieder; strenger Fasttag. Das Verbot des Haarescherens gilt während der ganzen drei Wochen vom Fasttag des 17. Tamus bis zum 10. Aw.

Rabbi Gerschom: gemeint ist Gerschom ben Juda, 960–1028 (1040?), einflußreichste Autorität seiner Zeit, Urheber der für die abendländischen Juden verbindlich gewordenen Verordnungen: Verbot der Polygamie, Verbot der Ehescheidung ohne Zustimmung der Gattin, Verbot der Verletzung des Briefgeheimnisses.

Rebbe, Rebbezn: (jidd.) Rabbiner, Frau des Rabbiners.

Riß: (kri´a) Beim Tod eines nahen Angehörigen reißt man sich einen Riß in sein Kleidungsstück.

Rosch Chodesch: Neumond.

Sabre: eine Kaktusfrucht; Name für in Israel geborene Kinder. Die Bedeutung ist: außen stachlig, innen süß.

Schaltjahr: unübersetzbares Wortspiel. Schana me´uberet ist sowohl das Wort für Schaltjahr wie für »geschwängertes Jahr«.

Schema-al-ha-mita: Nachtgebet, das *Schema Israel*, das im Bett gesagt wird.

Schemone essre: Achtzehngebet (Segenssprüche), Hauptgebet des werktäglichen Morgen-, Nachtmittags- und Abendgottesdienstes, wird stehend gesprochen und deshalb auch oft *Amida* genannt.

Schewat: entspricht dem Februar.

Schiwa: Die Trauerzeit ist eingeteilt. Die ersten sieben Tage sitzt man Schiwa, auf niedrigen Hockern, man verläßt die Wohnung nicht, Nachbarn und Verwandte machen Kondolenzbesuche, bringen Essen usw. Dreißig Tage nach dem Tod treffen sich die Trauernden wieder, meist am Grab, und gedenken des Toten. Diese dreißig Tage (Schloschim) sind auch noch eine sehr intensive Trauerzeit, wenn auch nicht mehr so wie die *Schiwa*. Während der *Schloschim* darf man sich z. B. auch nicht die Haare schneiden oder sich rasieren (vgl. die »Stoppeln der Trauer«).

Sefer ha-Agada: »Erzählendes«, der nicht religionsgesetzliche Teil de. Tora.

Sochnut: Jewish Agency.

Sukkot: Das Laubhüttenfest.

Tamus: entspricht dem Juli.

Tanach: die ersten Buchstaben von Tora (Lehre), Neviim (Propheten) Chetuwim (Schriften).

Tewat: entspricht dem Januar.

Tisch'a be-Aw: der neunte Aw; Fasttag zur Erinnerung an die Zerstörung des Tempels in Jerusalem.

tscholent: (jidd.) Schabbatgericht aus Fleisch, Kartoffeln und Gemüse.

Tefillin: Gebetsriemen, werden von männlichen Personen über 13 Jahren am linken Arm, dem Herzen gegenüber, und an der Stirn getragen.